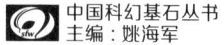

中国科幻基石丛书
主编：姚海军

起风之城

张冉中短篇
科幻小说集

| 张冉 著 |

四川科学技术出版社

图书在版编目（CIP）数据

起风之城：张冉中短篇科幻小说集/张冉　著．

-- 成都：四川科学技术出版社，2021.7

（中国科幻基石丛书/姚海军　主编）

ISBN 978-7-5727-0182-5

Ⅰ.①起… Ⅱ.①张… Ⅲ.①幻想小说—小说集—中国—当代 Ⅳ.① I247.7

中国版本图书馆 CIP 数据核字（2021）第 141220 号

中国科幻基石丛书

起风之城：张冉中短篇科幻小说集

出 品 人　程佳月

丛书主编　姚海军

著　　者　张　冉

责任编辑　宋　齐　姚海军

特邀编辑　陈　曜

封面绘画　苏　寒

封面设计　王莹莹

版面设计　王莹莹

责任出版　欧晓春

出版发行　四川科学技术出版社

　　　　　四川省成都市槐树街 2 号 出版大厦　邮政编码：610031

成品尺寸　147mm×208mm

印　　张　15.75

字　　数　338 千

插　　页　2

印　　刷　成都博瑞印务有限公司

版　　次　2021 年 7 月成都第二版

印　　次　2021 年 7 月成都第一次印刷

定　　价　56.00 元

ISBN 978-7-5727-0182-5

写在“基石”之前

■ 姚海军

　　“基石”是个平实的词,不够“炫”,却能够准确传达我们对构建中的中国科幻繁华巨厦的情感与信心,因此,我们用它来作为这套原创丛书的名字。

　　最近十年,是科幻创作飞速发展的十年。王晋康、刘慈欣、何夕、韩松等一大批科幻作家发表了大量深受读者喜爱、极具开拓与探索价值的科幻佳作。科幻文学的龙头期刊更是从一本传统的《科幻世界》,发展壮大成为涵盖各个读者层的系列刊物。与此同时,科幻文学的市场环境也有了改善,省会级城市的大型书店里终于有了属于科幻的领地。

　　仍然有人经常问及中国科幻与美国科幻的差距,但现在的答案已与十年前不同。在很多作品上(它们不再是那种毫无文学技巧与色彩、想象力拘谨的幼稚故事),这种比较已经变成了人家的牛排之于我们的土豆牛肉。差距是明显的——更准确地说,应该是“差别”——却已经无法再为它们排个名次。口味问题有了实际意义,这正是我们的科幻走向成熟的标志。

与美国科幻的差距,实际上是市场化程度的差距。美国科幻从期刊到图书到影视再到游戏和玩具,已经形成了一条完整的产业链,动力十足;而我们的图书出版却仍然处于这样一种局面:读者的阅读需求不能满足的同时,出版者却感叹于科幻书那区区几千册的销量。结果,我们基本上只有为热爱而创作的科幻作家,鲜有为版税而创作的科幻作家。这不是有责任心的出版人所乐于看到的现状。

科幻世界作为我国最有影响力的专业科幻出版机构,一直致力于对中国科幻的全方位推动。科幻图书出版是其中的重点之一。中国科幻需要长远眼光,需要一种务实精神,需要引入更市场化的手段,因而我们着眼于远景,而着手之处则在于一块块"基石"。

需要特别说明的是,对于基石,我们并没有什么限定。因为,要建一座大厦需要各种各样的石料。

对于那样一座大厦,我们满怀期待。

再版自序

我 2011 年开始科幻创作,到 2021 年,正好十年。

这十年可以分成两个阶段:努力写了五年,停笔歇了五年。如今科幻迷对我残留的印象,通常要到童年记忆里去搜寻,当有人拿着中小学时节衣缩食买的杂志找我签字,我能清楚感到世代的更迭:有些人,出道多年一直活跃在年轻人的视野里,让更多人在下一个十年得以追索;有些人,已是新千年的遗物,等 90 后、00 后老去之后,或许再无人记得。

前者如阿缺,后者如我。

在人类的寿命漫长到乏味的时代,十年很短。乌飞兔走,白云苍狗,福岛还是福岛,iPhone 还是 iPhone。白井仪人去世的时候,我们说失去了童年;梁羽生去世的时候,我们说失去了青年;季羡林去世的时候,我们说失去了中年;迈克尔·杰克逊去世的时候,我们说失去了全世界。但十年过去了,世界依旧转动,草木生发,鱼馁肉败,我们什么都没有失去,失去的只是失去的时间本身。

我只是在这些年月里寻找某些东西。我坐在钟表间,听秒针滴答作响,希望能把世界运转的节奏弄清。每个荒废的日子,比充实的日子更像修行,我知道"或许可以写得更好"是个缺乏终止条件的死循环，可今天的我，确实强于昨天的我，阳光、讨价还价、泡茶、如厕、翻书、做饭、骑车、开窗、关窗、下载游戏、删除游戏，都是目数不同的砂纸，打磨着我。

唯一害怕的是，我不知道自己是钢铁还是木头，年岁增长，刀锋是变得锐利，还是在不断消磨？

《起风之城》再版，使我在这种彷徨中暂时解脱。回头翻看当年的作品，有些段落幼稚得好笑，有些段落则太意气用事。如果有机会，我非常想和当年的我交个朋友，告诉他写小说应该少走点弯路，结构、人物、笔法，总有先例可循。可当年的我大概会说：反正我交稿了，你呢？

快了，快了——这句话编辑听不得。

尽管多有不足，但我还是推荐当年的我所作的这本《起风之城》，它代表一名三十岁的科幻作者对巨大而晦涩的世界的诸多思考。十年之后，我还是听摇滚，穿帆布鞋，看漫画玩游戏，所以还是会被有关音乐、旧时记忆和桃子气味女孩的段落打动，倘若这宇宙总有某种精神不灭，那应该就是对爱和自由的永恒追求。

感谢你们购买此书，无论是旧版还是新版。

四十岁的科幻作者对巨大而晦涩的世界的思考，我会代大家催促现在的自己，努力写出来。

桃李春风一杯酒，江湖夜雨十年灯。

人生是个盘旋下坠的螺旋，只希望我们随时仰望，头顶都有光。

2021.6

目录

以 太

1

我突然想起二十二岁那年冬天的某个午后。

当时,我的右边坐着一对非常漂亮的双胞胎姐妹,叽叽喳喳聊着天,左边坐着一个胖家伙,抱着一瓶碳酸饮料不停地给自己续杯。我的碟子里是冷掉的鸡肉、乳酪和切碎的甘蓝,如今我已经记不得那些食物的味道,只记得夹通心粉时掉了一些在我崭新的条纹长裤上。整场宴席的后半段,我一直在擦拭长裤上的新月形污痕,留下鸡肉在盘子里渐渐变冷。为了掩饰尴尬,我试图与双胞胎姐妹找个话题聊聊,但她们似乎对大学生活不感兴趣,我也不懂得马尾辫的几种编法。

这场宴会显得极其漫长,一个又一个人站起来无休无止地举杯致辞,我一次又一次随他们举起高脚杯,啜饮苹果汁,明知没有任何人会注意到我的举动。宴会的主题是什么,婚礼、节庆还是丰收?我记不清了。那时,我无数次隔着四张桌子偷偷看我的父亲,他忙于与同样年纪、长着浓密胡须和酒糟鼻的朋友们聊天喝酒,说着粗鲁的笑话,直到宴会结束都不曾向我投来一丝目光。乐师疲惫地将小提琴装进琴匣,主妇开始收拾狼藉杯盘,醉醺醺的父亲终于发现我的存在，摇晃着庞大的身躯走来，嘟囔着说："你还在啊？叫你妈来开车。"

"不，我自己回去。"我站起来盯着地面说，用力揉搓长裤上的污迹，直到手指发白。

"随便。跟你的小朋友们聊得好吗？"他四处张望。

我没有回答，握紧拳头，感觉血液向头部聚集。他们不是我的朋友。他们只是孩子而已，十一二岁的小孩，而我已经二十二岁，即将大学毕业。在城市里，我有我的朋友和骄傲，在那里，没有人拿我当孩子看待，把我安排在一桌儿童中间，也没有人在我的高脚杯中倒满甜苹果汁而不是白葡萄酒；在我走入餐馆的时候，侍者会殷勤地接过我的外套叫一声"先生"，若不小心将通心粉掉在长裤上，我的女伴会温柔地用湿巾擦去污迹……我是成年人了，我想要成年人的话题，而不是在愚蠢的乡村宴会中被当作学龄儿童对待。

"……去你的！"我终于说，然后头也不回地走掉。

那年我二十二岁。

我努力睁开眼睛，天色已经完全暗了，屋子笼罩在对街脱衣舞俱乐部的霓虹灯光芒中。起居室里只有电脑屏幕闪闪发亮。我揉着太阳穴，从沙发上缓缓坐起，端起咖啡桌上的半杯波旁威士忌一饮而尽。这是本周第几次在沙发上睡着了？我应该上网查查，四十五岁的单身男人在周日下午窝在家里独自上网直至进入一场充满闪回童年经历梦境的睡眠是否有益于身心健康，但头痛告诉我不必打开搜索引擎就能知道：这种无聊的生活在谋杀我的脑细胞。

喂,在吗?液晶屏幕上ROY说。

在。我从烟灰缸上找到半截雪茄,弹掉烟灰,划火柴点燃,斜靠在沙发上单手打字。

你知道吗?他们开了一个讨论组专门讨论如何用肉眼分辨蓝鳍金枪鱼与马苏金枪鱼生鱼片。ROY说。

你参加了吗?我吐出一口瑞士机制雪茄充满草腥味儿的烟雾。

没有,我觉得它比前一个讨论组更无聊,你知道的,"硬币自然坠落正反面概率长期观察"小组。ROY打出表示无奈的符号。

可是你参加了那个小组来着。

是的,我连续十五天每天抛硬币二十次,然后将测试结果反馈给讨论组。

后来呢?

越来越趋近常数0.5呗。ROY给了我一个苦笑。

你们根本就知道这是必然结果啊。我说。

当然,可网络如此无聊,总得找点事儿干呢。ROY说,要不要一起参加"肉眼分辨蓝鳍金枪鱼与马苏金枪鱼生鱼片"小组?

免了,我宁肯去看看小说。雪茄快烧完了,我拿起威士忌酒杯,"呸呸"吐出嘴里苦涩的唾液。

小说、杂志、电影、电视都让我发疯。总有一天,我会被无趣的世界杀死。ROY打了个大大的句号,下线了。

我关掉对话框,登录几个文学和社交网站想找感兴趣的文章看,但正如从未谋面的网友ROY所说,一切正朝着越来越无趣的方向发展。在我年轻时，网络上充满观点、思想与情绪，热血的年轻人在虚拟世界展开苏格拉底式的激烈辩论，才华横溢的厌世者通过文学表达对新生活的渴望，我可以在电脑屏幕前整晚静坐，超链接带领我的灵魂经历一次又一次热闹的旅行。如今，我浏览那么多网站头条与要闻，却没有找到一个值得点击的标题。

这种感觉令人厌恶，又似曾相识。

我点开常去的社区网站，头条新闻乃是"民众在市政府前游行示威抗议钓鱼者对蚯蚓的不人道行为"：视频窗口弹出，一群穿着花花绿绿衣衫的年轻人左手拎着啤酒、右手举着歪歪扭扭的牌子站在市政广场，标语牌上写着"坚决反对切断蚯蚓""你的鱼饵是我的邻居""蚯蚓和你家的狗一样会感觉到痛"……

他们没有其他事情可干了？就算要游行示威，难道不能找个更有意义的话题？头痛袭来，于是我关掉显示器，倒在棕色的旧沙发里，疲惫地闭上眼睛。

2

四十五岁的贫穷单身汉在城市这个庞大资源聚合体中显得无足轻重。我每周工作三天，每天工作四个小时，主要职责是"在满足条件的申请书中挑选出个人情感认同的"。在计算机抢走了大部分人类饭碗的今天，在政府部门以"个人情感"为依据审批特殊贫困津贴的申请书，几乎是份完美的工作，它不需要任何培训背景或知识储备。当局认为，在自动审核通过的众多特殊贫困津贴申请书中挑选幸运者,可以适度体现冰冷规章制度之外的人情味儿,所以聘请社会各阶层人士——包括我这样的失败者——参与此项工作。每周一、三、五的上午,我从租住的公寓出发,乘坐地铁来到社会保障局那间小小的、与三名同事共享的办公室,随后坐在电脑前,把电子印章盖在屏幕中比较顺眼的申请书上。名额时多时少,通常盖三十个印章后,我的工作就结束了,余下的时间可以找人聊聊天喝喝咖啡,吃两个百吉饼,直到下班铃响起。

与此前无数个周一相同,我完成了四个小时的工作,打卡后离开社会保障局的灰色花岗岩大楼,走向不远处的地铁站。地铁站门口通常有个单人乐队的表演者在单调的鼓声中吹着刺耳的小号,经过他身边的时候,那个阴郁的表演者总盯着我的眼睛——或许是因为几年来我从没给过他一分钱,这让我感到不快。猫抓玻璃一样的小号声果然响起,让我昨天尚未痊愈的头痛蠢蠢欲动,我决心朝反方向走一个街区,去上一个地铁站搭地铁。

上午下了一点儿小雨,地面湿润,扎辫子的滑板少年飞速掠过,两只鸽子站在咖啡馆的招牌上嘀嘀咕咕。橱窗映出我的影子:身穿过时黄色风衣的瘦削半秃中年人,长着一个与我父亲一模一样的酒糟鼻。我摸摸鼻子,不禁想起久未谋面的父亲,准确地说,自从二十二岁的宴会后就再未见面的父亲。母亲打给我的电话中有时会谈起他,我知道他还住在农场里,养着一些牛,留着几棵苹果树用来酿酒,但酒精毁了他的肝,医生说他没办法再喝酒了,直到有科学家发现了肝癌的治疗方法。说实话,我并没感觉到悲伤,尽管我的红鼻子和宽大的骨架完全继承了他的血统,但我整个后半生都在逃避父亲的影子,避免自己成为那样自私、狭隘与嗜酒的肥胖老头——如今我发现，唯有避免肥胖这一点我做到了。他人生最大的亮点是娶了我的母亲，而我连这唯一的亮点都没有。

"站住！"一声大喝打断我的自怨自艾。几个穿着黑色连帽衫的人越过车流向这边快速跑来，后面两名警察挥舞警棍趔趔趄趄地穿过刹停的汽车追赶着，其中一名警察吹响哨子，另一人在大声喊叫。

驾驶员的叫骂声与汽车鸣笛声响成一片。我将身体贴近咖啡馆的橱窗。别惹麻烦……父亲络腮胡子中因劣质雪茄而泛黄的牙齿在我眼前闪现。

穿黑色连帽衫的人撞倒路边的垃圾桶，从我身边跑过，一个、两个……一共四个人。我装作毫不在意，但发现他们都穿着帆布鞋。是年轻人。谁年轻时没有穿过脏兮兮的帆布鞋呢？我低头看看自己脚上黯淡无光的棕色系带皮鞋，鞋面因长时间穿着产生了一道道褶皱，像我照镜子时极力回避的额头上的皱纹。

突然，有人伸出手挡住了我望着脚面的视线，探进风衣兜里拉出我的右手，我感觉手心传来滑稽的瘙痒——那人用手指在我掌心画着什么图案。我惊诧地抬起头来，停在我面前的是第四个黑衣人——身材矮小，兜帽罩住眼睛，他迅速地在我手中画着什么，然后拍拍我的手掌说："你明白吗？"

"快点！"那三个连帽衫在呼唤，第四个人回头望了一眼越追越近的警察，丢下我向伙伴们飞奔而去。

警察气喘吁吁地追来，"站住！"其中一个声音嘶哑地喊道，另一个口中含着哨子，吹出断断续续的哨音。我确信他们越过我的时候扭头看了我一眼,但两名警官没有说什么,径直挥舞警棍跑远了。

逃的人和追的人转过花店所在的街角,不见了。

潮湿的街道上汽车开始移动,行人穿梭,仿佛什么都没有发生过,只有我的右手,残留着陌生人指尖的温度。

3

"照旧吗?"我公寓楼下那间餐馆的女侍应皮笑肉不笑地问我。"当然。"我不假思索地说,"……等等,再加一份烟熏三文鱼。"已经转身走开的女侍应从肩头比画了一个 OK 的手势。

"有什么事发生吗?鉴于你竟会更改你的食谱。"我唯一可以称得上朋友的熟人、同样在社会保障局工作的瘦子,带着不讨人喜欢的笑容问。瘦子有一种特质,能准确嗅出每个人身上分泌的荷尔蒙味道。落座后的短短五分钟里,他已经鉴定出一个老处女、一对男同性恋、一个饥渴到可以跟送比萨的小弟上床的中年怨妇、一个手淫过度的用哥哥的身份证买到啤酒的高中生以及一个性生活和谐的残疾人。

"说真的,一个坐轮椅的人怎么可能性生活和谐?"我端起杯子喝了口凉啤酒。

"瘫痪的部位越高,勃起的可能性越高。"瘦子用长而弯曲的手臂在自己的脊椎上比画着,"而你呢,一定遇到了一个令人心动的姑娘。她是金发,对吗?"他的灰眼珠带着窥探隐私的愉悦光芒。

"扯淡。我下午碰到示威游行，你知道，就是视频中那些呼吁给蚯蚓人道主义关怀的小痞子。"我摇摇头。

"谢谢。"我接过女侍应递来的盘子，肉丸三明治配腌黄瓜，万年不变的晚餐食谱。

"无聊。"瘦子摇摇头，"说起来，你知道吗……'马铃薯'这个词来源于牙买加的阿拉瓦语。"

我恍惚觉得他说后半句话时声音有点奇怪，仿佛嗓子里哽了块什么东西，或许是凉啤酒让我的耳鸣复发了。"不知道。我也没兴趣学习一种已灭亡的语言。"我把腌黄瓜送进嘴里。

瘦子有些惊异地睁大灰眼睛，"你没兴趣谈这个话题？"

他的声音正常了。是耳鸣。我得去看看医生，如果今年医疗保险没有超额的话。"完全没兴趣。"我嘴里含着食物嘟囔着。

"好吧。"他失望地低下头，把玩着啤酒杯。女侍应将他的晚餐放在桌上，又将我的烟熏三文鱼递给我。"说真的，你们两个有空的话得出去玩玩儿，比如脱衣舞俱乐部什么的。"她扫了一眼我们脸上的表情，撇撇嘴，走开了。

我和瘦子扭头看看街对面灯红酒绿的俱乐部，没作声。我伸手从他盘子里拿出两根薯条塞进嘴里，将烟熏三文鱼向他那边推了推。"你有没有觉得我们最近聊天缺乏有趣的话题？"我说。

"你也有这个感觉？"瘦子惊奇道，"除了我的性能力鉴定之外，几乎找不到任何可以谈论的东西了。我也是这一两年发现聊天变得无趣起来的。"

"也许是我们都老了？"我不情愿地缩回拿薯条的右手，手背上有一块显眼的色斑，刚出现没多久——就像二十二岁那年长裤上的污迹,令人难堪。

"我刚四十二岁!西蒙尼斯四十一岁才赢得威尔士公开赛!"瘦子叫道,右手的薯条在空中飞舞,"一定是单调的工作让我们变成这样,等退休以后一切都会不同,对吗,老兄?"

"但愿如此。"我心不在焉地回答。

4

这天晚上,我多喝了两瓶凉啤酒,打开公寓门之后感到一阵阵眩晕。我顾不上洗澡,就直接走进卧室倒在床上。床单有一股奇怪的泥土味儿,不知是不是因为太久没换的缘故,可从好的方面说,这种味道让我想起小时候的农场——不是充斥着父亲浓重体味的那个农场,而是他酗酒并开始虐待母亲以前,我、姐姐和母亲安宁生活的平静农场。

记得我和姐姐在新建的谷仓中玩耍,空荡荡的谷仓里充满新鲜木料和泥土的清香,阳光从阁楼的小窗户洒进来,带着妈妈烘焙饼干的味道。

跑累了,我们便倚着墙壁坐下来,姐姐把我的右手拉过去,"闭上眼睛。"她说。我听话地闭上眼睛,阳光在眼皮上烙出红晕。手心痒痒的,我咯咯地笑了起来,想抽回手掌。"猜猜我写的是什么字。"姐姐也笑着,手指在我掌心搔动。"我猜不出来……写慢一点啦。"我想了想,抱怨道。于是,姐姐慢慢地重新写了一遍。

"马?"我看着她,迟疑道。

"对了!"姐姐哈哈大笑,揉着我的头发,"再来再来。猜对五个字的话,我的那匹小骗马让给你骑两天。"

"真的?"我惊喜地闭上眼睛。

手心又痒了起来,我忍住没有笑出声,"这次是……'叫'?"

"是'道'啦,小笨蛋!"姐姐笑着弹我的鼻子,然后蹦起来跑了出去,"谁先回去,谁吃大块的奶油曲奇饼哦!"

"等等我……"

我伸出手臂,睁开眼睛,看到被霓虹灯照亮的天花板,天花板角落有一摊水迹。楼上那家人又忘记关浴缸水龙头了,这次得让公寓管理员狠狠地教训他们! 我想着,发现自己刚从童年的梦中醒来。穿了一整天的衬衣泛出酒精的酸味,脖子和后背因别扭的睡姿而生疼。我花了五分钟从床上坐起来,看看闹钟,现在刚刚凌晨一点。

起床冲澡、喝了两杯水后,感觉好些了,但再没了睡意。我穿上睡衣坐在起居室沙发上,打开电视。

深夜节目同往常一样,没有任何令我感兴趣的内容。换台的时候,我看到右手手背上那块丑陋的色斑,于是不由自主地用左手搓着,尽管谁都知道那玩意儿不可能用手指搓得掉。突然,来自手心的微微痒意令我打了个寒战。等等。这种感觉是什么? 刚刚梦境中出现过的、姐姐在我手中写出的稚嫩字符……

今天中午,穿黑色连帽衫的人在我手心画出的并不是什么符号。

他在我掌心写字。不,她在我掌心写字。她是一个女人,黑色连帽衫遮住了性别特征,但她纤细的手指不可能属于男人。

她写了些什么？

我忙乱地翻出纸和笔铺在咖啡桌上,尽力回忆手心的触感。中间的一个字是姐姐写过的……没错,这是一个"道"字。

我在纸正中写下"道"。

前面是一个词,她写得很快,非常快。在长期审核申请书的工作中,我发现人们遇到象征美好幸福的词组通常写得很快,并且连笔,比如微笑、永恒、梦想、满足。她写的是一个短词,词性是正面的,有两个原音……等等!是伊甸。没错,耶和华的乐园。

我在纸左边写下"伊甸"。

后面是一串数字,阿拉伯数字,这串数字她写了两遍,我皱起眉头,细细地回忆她手指的每一条运动轨迹。7、8、9、5？不,第一个数字划过我的小鱼际部位,象征末尾有一个折弯,那么是2。2、8、9、5,没错。两遍,确认。

我在纸右边写下"2895"。

纸上写着"伊甸道2895"。

显然这是一个地址。我扑到电脑前,打开地图网站,输入"伊甸道2895"。

页面显示伊甸道在我所在城市的另一端,远离闹市区与金融中心的贫民窟。然而伊甸道并没有2895号,准确地说,门牌号到500就结束了。

我揉着太阳穴。数字一个个化为皮肤的触觉,在我的掌心画出酥麻的痕迹,我盯着掌心。2、8、9,没有错误。5……哦,当然,也可能是一个S。我输入"伊甸道289S",地图锁定了一栋四层高的公寓楼,它位于伊甸道的中央,在整座城市的边缘,距离我四十五公里。"是了！"我兴奋地一拍键盘站起来，又因头部充血产生的眩晕跌坐回去。

那里有什么？我不知道。但我知道在四十五年循规蹈矩的生涯里，并没有任何穿黑色连帽衫的女士用极其隐秘的方式给我留下联系地址的离奇经历——或者说，我根本是一个没有女人缘的失败者。在无趣的人生里，终于出现了一点有趣的事情，无论是荷尔蒙的驱动（如同嗅觉敏锐的瘦子所说），还是好奇心勃发，我都决定穿上风衣，去伊甸道289S寻找一些不曾有过的经历。

别惹麻烦，小子。出门前，我在穿衣镜里看见父亲挺着大肚子、手中拎着琴酒的瓶子说。

去你的吧。我同二十三年前一样大步走开。

5

我有一辆摩托车，但久未使用。大学时，我像所有年轻人一样热衷于时髦的玩意儿：最新的手机、平板电脑、等离子电视、能够发电的运动鞋和大马力的摩托车，谁不爱哈雷戴维森和杜卡迪呢？但我负担不起昂贵的名牌摩托，直到二十六岁那年，我终于从一个签证到期即将回国的日本留学生手里买下了这辆已跑了八千公里的黑色川崎ZXR400R。黑川崎车况好极了，刹车盘如同全新的一样闪闪发亮，排气管的吼叫无比迷人。我迫不及待地骑上车子去向朋友们炫耀，但他们早已玩腻了，坐在酒吧里谈论女人时，外面停着他们崭新的梅赛德斯‑奔驰与凯迪拉克。

　　大概是从那个时候起,我就不再有什么朋友。我打起领带,骑着川崎摩托去工作,人人都用奇怪的眼光盯着我和我离经叛道的座驾。终于,我妥协了,将心爱的摩托锁进了储藏室。伴随着年龄增长与不断的职场失败,我转眼间变为四十五岁的单身酒鬼。偶尔在晴朗的天气里擦拭摩托车时,我会问心爱的川崎:老伙计,什么时候再出去兜兜风? 可它从不回答我。尽管我一再鼓起骑车出游的勇气,但只要想想半秃中年男人跨坐在流线型摩托车上的丑陋画面,就让我胃部不适——那就像醉醺醺的父亲自以为得体地与每个遇见的女人搭讪一样让我作呕。

　　我走下破旧公寓的楼梯,用钥匙打开公用储藏室布满灰尘的大门,在一大堆啤酒易拉罐下面找到了我的摩托车。掀掉防雨布,川崎 400R 乌黑的漆面上积满灰尘,但轮胎依然饱满,每个齿轮都泛着油润的光芒。我打开一小桶备用汽油,灌进油箱,拨动风门,试着打火。四汽缸四冲程发动机毫不犹豫地发出尖锐的咆哮,排气管吹出的热风扬起我的裤脚。老伙计没有让我失望。

　　"该死的,你不知道现在几点吗?!"推车走出储藏室时,一个啤酒瓶摔碎在我脚下,抬头一看,房东太太戴着睡帽在二楼的窗口怒吼着。我反常地没有道歉,而是跨上摩托车,轰了几下油门,轰鸣声在整条街道上回荡。"你疯了?"在房东太太的叫喊声里,我猛松离合,在川崎摩托轮胎发出的吱吱摩擦声与橡胶燃烧的焦臭味里,我兴奋地大叫,飞速将我的公寓和脱衣舞俱乐部抛在脑后。

　　风呼呼作响,我没有戴头盔,感觉空气把我松弛的脸部肌肉挤成滑稽的形状。为掩饰脱发而留得长长的头发随风飘扬,但我不在乎凌晨一点的街道上有多少人会目睹丑陋中年男人骑着摩托车飞奔，起码这一刻，我无聊太久的人生里有了一点点追求快乐的强烈渴望。

路程显得太短。没等我好好体味飞驰在寂静城市街道的乐趣，伊甸道的路牌就已出现在眼前。我放慢速度，换入二挡，扭头观察门牌号。从地图上看，离伊甸道最近的地铁和轨道电车站点都有两公里的距离——这是一个被遗忘的街区。街道不宽，路边停满脏兮兮的旧车，三四层的老旧楼房紧紧挨着，不留一丝空隙，其中多数显得比我住的公寓楼更破烂。大多数街灯都坏了，川崎400R 的车灯在黑黢黢的街道上打出一团橘黄光晕，垃圾箱里跳出一只野猫，向我看了一眼，转身跑掉了。

这时我开始冷静下来，思考在夜里横穿城市到不熟悉的街区寻找陌生人留下的奇怪信息这一举动的合理性。每一根电线杆后面都可能跳出手持尖刀的抢劫犯，甚至盗窃人体器官的黑市医生。我希望摆脱无聊的生活—— 但绝不希望是以尸体照片出现在明天早报头条的方式。

我尽量降低转速，但这里太安静了，川崎摩托的轰鸣声显得比超期服役的 B52 轰炸机还大。幸好这时一个铜质门牌出现在灯光里：伊甸道289A/B/C/D/S。我停在路边，熄灭发动机，关掉车灯，死一样的寂静立刻将我笼罩。伊甸道两端陷入了黑暗，唯有289 号公寓楼门前亮着一盏微弱的白炽灯，灯罩在风里微微晃动，发出不祥的金属摩擦声。

该死，应该带一只手电出来的。我后背渗出冷汗。手机，对！手机！我摸遍风衣，在内袋中找到自己的老式手机，摁亮闪光灯，橄榄球大小的白色光斑给了我些许安慰。

我走过去，轻轻推开伊甸道 289 号的大门——这是两扇对开门，没有锁，其中一扇上面的玻璃碎了，但地上并没有玻璃碎片。门内更加黑暗，在手机照明中隐隐约约看到一个废弃的柜台，木制柜台后面的墙上贴着纸页泛黄的房间登记簿，说明这里曾经是一家旅馆。右手边是楼梯，我走近些照亮墙壁，只见墙壁上歪歪扭扭地写着：A/B/C/D，后面画着个向上的箭头。没有 S。

我用手机向上照去。楼梯通往黑黢黢的第二层，什么也看不到。别惹麻烦！父亲用一贯漫不经心的语气强调说。我挥挥手，赶走碍事的回忆。手机闪光灯晃过楼梯背后，没有向下的阶梯。通常在楼梯下的三角区域会有一间储藏室，我看到了储藏室的门，门上涂着奇怪的绿色油漆，门把手出人意料地闪闪发亮，显得与陈旧的公寓楼不太协调。

我迈步走向那扇门，旧棕色系带皮鞋在磨损严重的水磨石地面上踏出带着回音的声响。黄铜门把手像它的外观一样光滑油润，我试着用力旋转，门没有锁，推开门，长而狭窄的水泥阶梯出现在眼前，在手机灯光有限的视野里，我看不到楼梯通往多深的地下。

没有声音。这里静得像座坟墓。要不要下去？我踌躇了一下，看看手机屏幕上显示的剩余电量，稳定心神，逐级而下。

两侧墙壁挤压过来，阶梯仅容一个人通过，我照亮脚下的路，数了大约四十级台阶，面前出现一堵墙壁，阶梯转往反方向继续延伸，我继续前进——或者说，走向地心深处。这算不上有趣的体验，我的心怦怦跳动，眼睛充血，脚步声经过墙壁反射忽前忽后地响起，让我不止一次回头张望。又是四十级台阶，灯光照亮通道尽头一扇虚掩的绿色木门，门上有个大大的黄铜字母：S。门缝中没有灯光射出来。

是这里了，伊甸道289S。我心绪复杂地考虑了几秒钟要不要敲门，如果把陌生女人传递的信息当作异性邀约，那无论敲不敲门，在深夜两点拜访都是失礼的举动；又倘若那个信息是参加某种秘密组织的暗号，那还有比现在这种诡异的情境更适合的入会方式吗？我需要一杯威士忌，就算啤酒也好。我舔舔干燥的嘴唇。

我推开虚掩的门走进去。一片黑暗。我左手高高举起手机，尽量使闪光灯照亮更多的地方。在那一刹那，我感觉头骨因头皮的剧烈收缩而发出不堪重负的嘎嘎声，我不由自主地扭动僵硬的脖子，左手则像探照灯一样旋转，照出室内的每一个角落。

这是一间相当大的地下室，墙壁没有任何装饰，管道和赤裸的混凝土遍布四周，空气潮湿而污浊。几十个身穿黑色连帽衫的人——或许有上百个——静静地盘腿坐在地上，手拉着手。没有人说话，就连呼吸声也轻得像蚊虫振翅。人们闭着眼睛。

灯光照亮一张又一张黑暗中的脸庞。兜帽下，有男人、女人、老人、青年，白种人、黄种人、黑种人，每张脸庞都浮现出一种令人毛骨悚然的愉悦。没有人对我这个不速之客做出任何反应，甚至眼皮下的眼珠都没有滚动。地下室的空气是凝固的，我僵直在门口，喉咙发出无意义的咯咯声。

我急需喝一杯。我的眼前出现父亲手里总是拎着的那只琴酒酒瓶，还有里面哗哗作响的透明酒液。先离开这里。出去，骑上摩托车回到公寓，给自己倒满满一杯波旁威士忌。咽下口水，感觉喉结干涩凝滞，我尽量放慢动作，一步一步退出屋子，伸手想将木门掩上。为了让自己的视线从诡异莫名的静坐人群身上移开，我盯着右手背上丑陋的色斑，下定决心明天就去医院做个该死的激光手术，顺便让医生诊断一下我的幻听问题。

突然，一只手搭在我的手背上。从门那端伸来的手，穿着黑色连帽衫的手臂，手指瘦弱而有力。我感觉全身汗毛一瞬间竖立起来，手机滑落在地，闪光灯熄灭了，我的眼前一片漆黑。短时间内我无法动弹，不能思考。一根食指轻轻伸进我的手心，在掌心移动。熟悉的酥麻触感出现了。是昨天中午那个神秘的女人，我几乎能从她的指尖分辨出她的指纹——或者是生物电？我的脑海中读出她正在写的几个字：别怕。来……分享……传递。

别怕？分享什么？传递什么？我是否漏掉了几个关键词？我不由自主地被那只手牵着，挪动僵硬的脚步，再次进入寂静的房间。黑暗的空气像黏稠的油墨，神秘的女人拉着我，蹚过黑暗慢慢走向房间深处，我害怕踩到某个静坐的黑衣人，但我们的路线曲折而安全，直到女人停下脚步，写道：坐下。

我摸索着，周围空无一物，我坐在冰冷的水泥地面上，尽量睁大眼睛，还是看不到任何东西。女人的呼吸声在右边若有若无地响着，她的左手还放在我掌心，那只手很凉，皮肤光滑。手指移动了，我闭上双眼，开始解读掌心的文字：对不起。以为。懂。不。害怕。朋友。

"对不起，我以为你原本懂的。不用害怕，我们是朋友，这里都是朋友。"用一点想象力，手心的触觉就化为带有感情色彩的句子。虽然我不明白她为何不用声音交流，但这种感觉也不算坏。

恐惧感像阳光下的冰雹一样融化，我渐渐习惯了失明般的漆黑，习惯了手心的触觉。

她凑近我，摸到我的左手，将我的手指握在她的右手心。我立刻明白了，在她掌心写道：我没事，这是很有趣的经历。

慢点。她写道。

我放慢速度，一个字一个字写出：我。很好。有趣。

学得很快。她画出一个新月形。我觉得那是一个笑脸符号。

你们。这儿。聚会。我写，然后画一个问号。

是的，这是每天的聚会。她回答。

这是什么样的聚会？你们是什么样的组织？为什么找到我？

用手指聊天的聚会，你会爱上它的。我在街上看到你，你冲着玻璃窗发呆，觉得你一定跟我一样，是个非常孤独的人。感觉世界无聊到爆的人。

我？……算是吧。说实话，我确实觉得人生乏闷，不过遇到你以前，从未想到要去改变什么。

那从现在开始。她又画了一个笑脸符号——这一瞬间，我觉得我爱上她了，尽管我从未看见她的容貌，也嗅不到女孩身上应有的香水味道。

那我现在应该做什么？我问。

参加手指聊天的人组成一个环，每个人都与其他两个人连接，用左手写字，右手当别人的写字板，想听什么，想说什么，随你。刚刚为了迎接你，我从环中退了出来。她回答。

我大概懂了。我想了想，但我没办法跟某一个特定的人聊天对吗？我只能对左边的人说话，听右边的人对我说话。

在手指聊天聚会中，没办法的。私下里……随你。

假如——仅仅是假如——我对右边的人感兴趣，那我的右手与他的左手轮流读和写，不就可以单独对话了吗？

那是不被允许的。手指聊天聚会的规则就是保持信息的单方向流通。但你可以创造一个话题传递出去，让感兴趣的人参与进来。

……我不大明白。

比如你想与右边的人聊聊总统，那么可以对左边的人发布话题："大家觉得总统先生对待外汇储备的策略是否正确"，左边的人会根据自己的兴趣加入自己的观点，或者将问题原封不动地传出去，而作为一个环，话题最终会到达你右边的人那里，他就可以对你表达意见了。手指聊天聚会不是为对话产生的，分享思想、传递观点才是它有趣的地方。有人告诉我，这种形式来自已经消亡的古老网络拓扑结构。

听起来很复杂的样子。我搞不明白他们为什么发明这样奇怪的机制来谈天，网上有大把的开放讨论组，到餐馆里喝杯啤酒聊聊天是更好的主意，但被奇特经历引领到这个神秘聚会的我，不会放过任何尝试的机会，我能够加入聚会吗？现在？

对于初学者来说，环中的信息量太大了，你传递效率低下会导致整个环传导的阻滞。为提高效率，我们在聊天时会使用大量的缩略语和简略写法，你需要时间习惯。她回答，接着用了五分钟给我演示那些专用缩略词。

你不像个初学者。她对我的学习速度深感惊异，画出了个大大的"P"，代表吐舌头的表情。

当然，这是我和我姐姐的小秘密。我想。放心，让我试试吧。

……好吧。我在你左边。现在，我们向前移动三步，那里是环的一个节点，你拍拍右边人的肩膀，他会暂时断开环，然后你用右手拉住他的左手。记住，要快。她迟疑一下，答应了。

我们交换位置，她用右手握住我的左手，带领我向前移动。我隐约感觉到前面人的体温，蹲下去，触到一个人的肩膀，轻轻拍了一下。那人立刻向右让开位置，我和她手拉手坐下，右边的人找到我的右手，与我相握。

那是一只坚硬、骨节粗大、肌肉发达的男人的手掌，但手指却出奇灵活。我的掌心立刻被快速的书写覆盖了，右边人写得太快，以至于我无法分辨出每个字母，我努力捕捉关键词和缩略词，通过猜测大致了解一句话的意思，脑子还没烙下痕迹，下一句话又汹涌而来——这是手指书写构成的信息洪流，我的皮肤敏感度显然还不够格。我忙乱解读文字的同时，断断续续写给左边的她：……反对党……丑闻……下台风波……秘密警察……逮捕……一段信息只翻译出部分关键词，是我挺感兴趣的一个话题——现在的网络讨论组里从来没人提起的话题。我想加入自己的观点传给她，但下一条信息已经到了。空天飞机坠毁……牙买加。丑闻。液体燃料泄漏。NASA 失去政治支持？俄罗斯攻击。前面是议题，后面是人们的观点。我想我逐渐习惯了接受信息，她说得对，我不算个新手，但左手的几根手指无论如何都不能迅速而清晰地传出资讯，多次尝试以后，我泄气地写了一个"对不起"。

她的掌心凉爽光滑,像我小学时教室里崭新的黑板。这时,她伸出食指,偷偷地在我左手心写了三个字:原谅你。

我能感觉自己的嘴角向上牵起。你刚刚告诉我这是违规的。我写道。

有进步。她明显违规地加上一个笑脸。

6

敲门声把我吵醒。我用枕头捂住耳朵,希望等一会儿敲门人会自己离去,但五分钟后,我不得不套上睡袍,趿着拖鞋走向起居室。敲门声不紧不慢、执着地响着,我从猫眼望出去,一顶警察的大檐帽挡住了全部视线。见鬼。我嘟囔着打开门锁,拉开门,"有什么可以效劳的吗?"

"你好。"倚在墙上的小个子警察摘下帽子,出示徽章,没精打采地说,"先生,能耽误你五分钟吗?你知道的,例行谈话那一套。"

"好吧,五分钟。"我转身走回起居室,倒在沙发上,给自己倒了半杯波旁威士忌。时钟显示现在是周二下午一点半,糟糕的睡眠质量让脑袋又隐隐作痛起来。我把琥珀色的酒液倒进嘴里,长长地吐出一口气。电脑屏幕亮起来,ROY 留言道:我参加那个讨论组了,比想象中有趣一点点。

看样子三十岁左右、留着老式髭须的小个子警察毫不见外地在单人沙发上坐下,左右打量着我的小公寓,"挺不错的地方。"

"二十年前更好些。"我回答。

警察把大檐帽放在我的咖啡桌上，从兜里掏出平板电脑和电子笔，想了想，又丢下，靠在单人沙发上略显无聊地叹口气，说："连我自己都知道，这种问话半点意义都没有。"

"工作，对吧？"我表示理解。

"好吧，工作。"他皱着眉头，不情愿地抓起平板电脑，"那么……你在社会保障局工作。周一、周三、周五。"他读道。

"没错。"我回答。

"四十五岁，单身。去年因医疗保险诈骗被判社区服务两个月。"他略显惊异地念道。

"是医院没搞清楚我的额度！他们后来道歉了！"我烦躁地解释道。

"昨天深夜一点十二分接到投诉，你打扰邻居睡觉了？"警察懒懒地用电子笔的末端梳理小胡须。

"呃……"想起昨夜的经历，我突然没来由地一阵紧张。警察登门会不会与"手指聊天聚会"有关？尽管我没觉得一群人坐在黑暗中抠对方的手心有什么违法的地方，但直觉告诉我，什么也别说。保守这个秘密。别惹麻烦。就像父亲常常对我说的那样。"……我喝了点啤酒，醒来以后骑摩托车出去兜风。就这样。对邻居的投诉我深表歉意。"

"哦。骑摩托兜风。"没什么干劲的警察在平板电脑上写道，"男人的浪漫，我懂的。那就这样。没问题了——你知道，对精神衰弱的老太太的投诉，我们向来不太当真，但总得例行公事走一趟，是吧？"他站起身来，把大檐帽夹在腋下，将电脑和笔塞回口袋。

"结束了？"我不敢相信地站起来。

"感谢您的配合。"警察干巴巴地说着标准用语,转身出门。我端着威士忌杯子送他出去,在关门时,小个子回头抬起黑眼珠看了我一眼说:"对了,你骑摩托没去什么不该去的地方吧?"

"……什么不该去的地方?当然没有。"我立刻回答。

"哦,你的摩托车在城东南方向脱离了摄像头的监控。一定是条风景独特的小巷,是吧?虽然目前犯罪率达到半个世纪以来的最低点,但做这行你就知道,世界上还是存在各式各样的坏人的。祝今天好心情,先生。"他似笑非笑地拍拍我的肩膀,扣上大檐帽,点头致意,然后走下嘎吱作响的木头楼梯。

我反锁屋门,靠在门上急速喘气。警察真的掌握到了什么信息?她和神秘的"手指聊天聚会"是什么非法组织?对了,我这个笨蛋!我拍拍脑袋,想起昨天中午遇到她的情形,她和她的伙伴们正在被两名警察追赶。

我需要再次见到她。话题千奇百怪、令人兴奋莫名的手指聊天聚会在凌晨三点结束,穿黑色连帽衫的人们依次默默地离开伊甸道289S简陋的地下室,我与她在人群中失散,但我遵守聚会的规则,没有大声喊她——后来发现,我还不知道她的名字。

我需要再次见到她。

7

上线后ROY已经离开,我叹口气,关掉电脑。手指聊天聚会从午夜十二点开始,我从未如此急切地等待天黑,不停地起立、坐下，切换电视频道，坐在马桶上发呆，反复看表。为消磨时间，我从保湿盒里取出珍藏许久的玻利瓦尔2号雪茄，将昂贵的铝管打开，用雪茄剪小心切开茄头，划火柴点燃，深深吸一口，慢慢吐出。古巴优质雪茄厚重浓烈的烟气让我感到舒适的眩晕，但很快负罪感涌上心头——三十美元一支的雪茄？这不是我应当享受的。这样美妙的东西应当永远保存在我简陋的保湿盒里，像漂亮的川崎摩托车一样被时时瞻仰。

说起来，我的摩托车在回家的路上开始工作不良，发动机发出虚弱的咳嗽声，我想是化油器老化导致雾化效果下降，老伙计的年纪毕竟不小了。今夜应该用更隐秘、更安全的方法到达伊甸道，我开动脑筋想着，无意识地拨动遥控器切换频道。电视如同网络一样无聊，昨夜聚会讨论的话题没有任何一个出现在电视节目里，更别说那些天马行空的批评和议论。我焦躁不安地吸完整支雪茄（直到烟头烫手），到卧室衣橱里翻出一件学生时代的深蓝色连帽衫，套在身上，扣上兜帽，走到穿衣镜前。

皱皱巴巴的蓝色连帽衫上印着史蒂夫·乔布斯——一个当代年轻人可能根本不知道的过时名字——的黑白画像。衣服显得很合身，我的体重自从大学时代后就没有增加过。兜帽里浮着一张苍白的、两腮瘦削眼袋浮肿的中年男人的脸。男人试图挤出一个微笑，配着大大的酒糟鼻，显得有些滑稽。

所以我才如此想念手指聊天聚会。在一片漆黑里，谁也不用看见谁不讨人喜欢的脸庞，有的只是手指的触感和书写思想。我想着，掀开兜帽，把头发仔细地向右边梳，却怎样也掩不住半秃的天灵盖。

天色终于暗下来,我把奶酪放在饼干上叠成高高一摞,压紧后送入烤箱,又开了一瓶啤酒,当作简易晚餐。奶酪在胃里燃烧,我怎么也压抑不住内心的悸动,穿着连帽衫在起居室里走来走去。这时,电视新闻播出一个穷极无聊的家伙举着硕大的标语牌在市政府门前抗议的消息,现场围观者很多,但似乎没人参与到他发起的示威中去。我想我在人群中看到了一两个穿着黑色连帽衫的身影。是他们吗?我丢下遥控器,扣上兜帽,决定出去看看。

地铁里人不太多,有些人佯装盯着屏幕上的广告,偷偷打量我和我连帽衫上的史蒂夫·乔布斯。

"那老头儿衣服上印的是谁?"

"我想是个宗教领袖,像吕克·茹雷那种。"

"……那又是谁?"

两个十五六岁、留着时兴的蘑菇发型的年轻人低声谈论着。

你们说对了一点,无知的小子。我把兜帽压低了一点。在我们那个时代,乔布斯就是宗教领袖,直到移动互联网变得恶俗无聊、人们丢掉复杂的智能手机回归基础通话功能的大变革到来。

半个小时后,我来到市政广场,明亮灯光下的草坪中站着那个举着标语牌的人,牌子大得吓人,用红红绿绿的颜料涂写了几行字迹,看不太清。我的视力也在衰退,这和幻听一样,是饮酒过度的后遗症?母亲在电话里曾说起,我的父亲现在瞎得像只鼹鼠。我想象不出那个大胡子、红脸膛、拥有强壮手臂和结实大肚腩的粗鲁汉子如今是什么模样,也没有兴趣知道。

一群人远远站着围观,几个警察靠在警车上嚼着口香糖,滑板少年在台阶上玩花样，电视采访车前，记者与扛着摄影机的家伙聊着天，示威者显得有些孤独。我走近些，半眯起眼睛看标语牌，上面的红字是：壁炉燃烧木材是造成温室效应的元凶！下面的蓝字写着：拆毁一个老式壁炉，延长地球一天寿命。

我皱起眉头。第一修正案就是为这些无聊的话题准备的吗？手指聊天聚会中那些犀利的观点都到哪里去了呢？我走近围观的人群，试图找出黑色连帽衫的踪迹，但这时，警察走上前来以草坪维护为由请示威者离开，人群也随之散去，我没能在其中找到熟悉的影子。几个警察用狐疑的目光上下打量我，其中一个举起手指指我衣服上的头像，另一个恍然大悟，并大笑了起来。我立刻转身离开。

我不由自主地乘坐地铁向城东出发，在环线最东端的地铁站下车，拦了一辆出租车告诉司机说："伊甸道 289 号。"

"伊甸道？"出租司机嘟哝着，"希望小费够多。"

车子拐入小路，街区越来越破旧，路灯也渐渐稀少起来，随着出租车停在黑暗的伊甸道中央，我的紧张和希冀水涨船高。"考虑搬家吗，老兄？我知道几家不错的旅馆。"司机接过车费，替我打开车门。

"不必了，我喜欢安静。"我下车，关上车门，挥挥手。出租车的尾灯亮起，接着迅速变小，消失在深深的夜里。

现在是晚上九点，伊甸道依然寂静得像一座坟墓，我走近碎掉一扇玻璃的 289 号大门，想了想，推门而入。

我知道我来得太早了，可些许等待会让今夜的聚会更加有趣。同昨天一样，我的心脏怦怦跳着，不同的是，兴奋代替了恐惧。

在摇晃的白炽灯的照明下,我找到楼梯背后的小门。拧开黄铜门把手,狭窄而深邃的四十级楼梯出现在眼前。我没有手机,当然也没有手电,我整理了一下兜帽,闭上眼睛,走入渐渐黑暗的地下室。

一、二、三、四、五……三十九、四十。面前出现一堵墙,楼梯在此转弯。我摸索着,伸出右脚试探,找到向下的台阶,一、二、三……三十九、四十。双脚落在平坦的地面,前面应该是挂着铜质 S 符号的绿色木门,我满怀希望,伸出双手。

手指摸到的,是冰冷的水泥。

记忆出现偏差了吗?我努力回忆昨夜的经历,楼梯的尽头有一扇门,仅有一扇门。不会错,我清楚记得黄铜 S 字母的光泽。我移动脚步,左右试探,两边都是混凝土墙壁,正前方原本应该是门的地方,也是一堵粗糙的墙壁。楼梯的尽头,竟然是一个死巷。

我感觉血一下涌上头部,耳朵开始发热,头痛再次袭来。冷静,要冷静,我对自己说,深呼吸,做个深呼吸。我摘掉兜帽,长长地吸一口气,地下阴冷潮湿的空气涌进我的肺,让我过热的大脑稍微冷却了一些。

平静了几分钟,我再次试图寻找那扇消失的门。没有任何痕迹表明这里曾经出现过一扇门,凹凸不平的墙壁刺痛我的指尖。我颓然坐下。

你的朋友们去哪儿了?父亲的脸出现在黑暗中,带着漫不经心的放肆嘲笑。住嘴!我叫道,把脑袋埋进臂弯,堵住自己的耳朵。我说过了,别惹麻烦。父亲抹去嘴角的酒渍,呼出臭烘烘的灼热气息,他揽着姐姐的肩膀,姐姐明亮的蓝眼睛中蓄着透明的眼泪。母亲在一旁哭泣。住嘴!我尖叫道。你已经十八岁了,现在滚出我的房子,找份工作,或者去上你那该死的大学,我没有责任再与你分享我的牛肉浓汤了!父亲咆哮着,将衣箱扔在我脚下。姐姐躲在厨房里流泪望着我,母亲无动于衷地端着锅子。住嘴!我歇斯底里地尖叫着。

不知过了多久。黑暗中,你没办法准确计算时间。我或许做了一个噩梦,也可能根本没睡着。我扶着墙壁,慢慢站起来,每一个关节都因长时间蜷曲而发出呻吟。现在我想做的是,回到我小小的公寓,喝一大杯不加冰的威士忌,倒在沙发上,打开电视,把我昨夜荒唐的梦境全部忘掉,把手心残留的触感全部忘掉,把手指聊天聚会这个荒诞不经的名字全部忘掉。

我迈出左脚,脚尖踢到了什么东西,那东西滚动两下,亮了起来。白色光斑一瞬间照亮了狭窄的空间——那是我昨夜丢在门前的手机,我那独一无二的、被当今时代唾弃的老式智能手机。

那不是梦。我立刻找回了全身的力量,拾起手机。电量马上就要耗尽,但足够让我仔细检查凭空出现的墙壁。没错,这堵墙是崭新的、由快干水泥临时砌成的,在墙壁下方接缝处我发现了被掩埋一多半的木质门槛。门还在,只是被试图隐藏秘密的人保护起来了。我敲敲墙壁,水泥的厚度在我的破坏能力范围之外。

穿黑色连帽衫的人不是我的幻觉,他们只是换了聚会的地点,忘了通知我而已。我有些欣慰地自我安慰道。

我在那里等到凌晨两点,没有人出现。我走上地面,步行到两公里外的地铁站,在那里找到一辆出租车回公寓。我一步一步走上嘎吱作响的台阶,心情乱糟糟的,但周三上午还要工作。打开公寓门之后,我想的是赶快喝杯酒冲个澡,然后好好睡一觉。

我愣在门口。

客厅的沙发上,坐着一个穿黑色连帽衫的人。

8

我拿起电子印章,给屏幕上那份养育着六个孩子的新移民家庭所提交的特殊贫困津贴申请书盖章。电子印章指示灯由绿色变为红色,代表今天的通过名额用光了。我靠在椅背上,活动了一下手腕。

距离下班还有一个半小时,与我共享小隔间的漂亮金发女孩站起来邀请大家参加她的生日聚会,"如果你有时间的话……也欢迎你。"她有些迟疑地对我发出邀请——我知道这样的邀请已经是礼貌的极限。

"对不起,我明天还有个重要约会。那么,生日快乐!"我回答道。

她显然松了一口气,拍拍胸脯,"谢谢,真遗憾。祝约会愉快哦!"

对她这样年龄的女孩来说,我是长辈,我很明白一个不合时宜的长辈能给聚会带来多大的灾难。但约会并不是借口,我的右掌心还能清楚感觉到那个神秘女人的留言:明早六点市政广场。

我不知道她用什么方法找到我,又是怎样进入我的公寓,也不知道她等了多久。在短暂的震惊过后,我走过去,拉起她的手。

脱衣舞俱乐部的霓虹灯在窗外闪烁,给她的黑色连帽衫镀上五彩的光芒,我仍然看不清兜帽下的脸庞。对不起,聚会地点更改了。没来得及通知你。她写道。

我给你们带来麻烦了吗? 我问。

不,情况很复杂。刚才的手指聊天聚会只有核心成员参加。我们内部发生了一些争执。她写完这句话,手指点了几个代表犹豫的省略号。

关于什么?

关于要不要做一件蠢事。她在"蠢事"两字下面画了条波浪线。

我不明白。我老老实实地写。

如果你愿意听的话,我可以把手指聊天聚会的由来、组织形式、派系斗争和最终目标讲给你听。她写了个很长的句子。

我不愿意听。我回答,我不愿意把有趣的聊天聚会变成政治。

你不懂。她画了一个代表叹气的大于号。我发现她就连最简单的情绪表达都通过书写来完成,你一定发觉,网络、电视、纸质出版物在这些年来失去了思想的光芒。

是的! 我有些兴奋,不知道为什么,可以引发争论的话题消失了,剩下的都是些无聊的东西,我不止一次在讨论组里发表敏感话题,但没有任何人参与讨论。瞧,他们似乎更关心生鱼片和蚯蚓。很多年前我就发现了,那时没有人相信,医生让我吃那些该死的小药片使这种幻觉消失,可我知道这不是幻觉!

不只这样,你与朋友聊天的内容,在街上看到的景象,也像媒体和网络一样变得越来越平淡。

你怎么知道？我几乎沉不住气要站起来了。

这是一个阴谋。她用力写，以致我的掌心都感觉到了疼痛。

阴谋？像人类登陆月球那样的阴谋？

像水门事件那样的阴谋。她潦草地写道，辨识起来有些费力。

我想我需要好好上一课。

那从政治开始。

先等一下……下一次聚会何时举行？我可以参加吗？

这就是争执产生的地方。行动派认为，我们下次聚会应该在公共场所举行，比如市政广场。我们不应该再躲躲藏藏，而要强硬地表达自己的态度。她告诉我。

我猜……警察不太喜欢你们。我又想起初见她的那一天，气喘吁吁不停追逐其后的两名警官。

整个组织他们掌握不了，只是部分成员有案底而已，特别是行动派。她坦然回答。

你有案底？我好奇地问。

说来话长。她不愿多谈。

……你叫什么名字？我鼓足勇气，终于问出这个问题。

她的手指停止移动。我努力端详她兜帽下的脸，但连帽衫完全遮蔽了她的面貌，甚至性别特征。我突然想到，关于"她是女人"的猜测完全基于纤细的手指，她也可能是个年轻的男孩子——尽管内心完全抗拒接受这一点。我希望她是姐姐那样的女人，亚麻色头发、声音轻柔、有点调皮、鼻子上长着几颗小小的雀斑，我漫长的单身生涯一直在寻找的那种女人。

你会知道的。她想了想，避开这个话题。

其实我更好奇的是……我正感受着左手食指与她右掌心的细腻触感，窗外突然有警笛声响起，尖利的啸叫由远及近。

她警惕地坐直身子，拉低兜帽，快速写道：我要走了。如果愿意的话，明早六点市政广场。记住：这是你自己的选择，你有机会改变世界，更有可能后悔终生，无论怎样，别因此责备别人——特别是我——因为这是你自己做出的选择。顺便说一句，我觉得光头的男人比较性感。

她用瘦弱而有力的手指捏捏我的右手，离开沙发，从起居室的窗户翻了出去，我追过去向下看，她已经从防火梯灵巧地攀缘而下，消失在街角。我抚摸着自己半秃的头顶，有点迷茫。

9

我三十七岁那年因为种种原因陷入深深的抑郁，房东太太说服我去见她的心理医生，并威胁我说，如果不接受一个疗程的心理咨询，就要把我和我的脏屁股踢出公寓楼。虽然明白她只是怕我在她的起居室里服毒自杀，但我后来还是深深感念她的好意。心理医生是个留着弗洛伊德式大胡子的瑞典人。"不，我不是心理医生。"见面聊了几句之后他说，"我是精神科医生。这也不是心理咨询，是心理治疗。你需要服药，先生。这些小药丸可以让你不至于总是梦到姐姐的坟墓。"

"我不害怕小药丸，医生。"我回答，"只要医疗保险足够支付费用。我也不怕梦见亲爱的姐姐，就算她一次又一次从坟墓中爬出来。我害怕的是身边正在发生的一切。你感觉到了吗，医生？滴答滴答，像秒针一样，这儿，那儿，永不停止。"

医生饶有兴致地俯身过来，说："讲讲你所说的变化。"

"有种东西在死去。"我左右望望，低声说，"你嗅不到腐烂的味道吗？电视节目里的评论员、报纸专栏作家、网络聊天组、自由的精神正在死去，像暴露在DDT中的蚊虫一样大规模死去。"

"我看到的，是社会与民主的进步。你有没有想过某种阴谋论的精神症状使你怀疑一切？"医生向后靠，手指交叉。

"你也曾年轻过，医生，那个敢于怀疑一切的年代。"我焦急地提高音量，"在那个我们不知道会成为什么人、但明白自己不愿成为什么人的年代，在那个充满斗争又充满英雄的年代。"

"当然，我怀念年轻的时候，先生。不过既然我们已经是成年人，就要承担家庭责任和社会责任，乃至人类文明和物种延续的天然职责。我的建议是，回去定时服用这些小药片，把不切实际的幻想都丢掉，找一份轻松的工作，周末时钓钓鱼，每年出去旅游一趟，在合适的时候找个女孩成立一个家庭——当然，我们还没有聊到你的性取向，请不要当作歧视——然后生个孩子。"医生戴上眼镜，翻开记事本，用暂停的手势打断我即将脱口而出的争辩，"现在，让我们谈谈你父亲和姐姐的问题吧，童年创伤对那些小药片的疗效很重要。好吗？"

治疗很有效。我渐渐习惯了平淡的电视节目与网络讨论组，习惯了社会的平静、单纯、美好与平庸，习惯了父亲的影子偶尔出现在面前，尽量不与往事纠缠。突然，一个穿黑色连帽衫的家伙闯进我一成不变的单身汉生活，丢给我一个选择，一个我完全无法理解其中意义的选择。我能够理解的，是手指聊天带给我许久未有的真实感，让我感觉八年前逐渐死掉的那些东西像春季的昆虫在地下悄悄破茧重生。"明早六点市政广场"代表什么，我想不明白，在面临选择时我通常会掷硬币，硬币在空中飞舞的时候答案会自己出现：你期望哪一面先落地。这次我没有掏出硬币，因为下班后走出社会保障局大楼时，潜意识驱使我走向地铁站的反方向，推开一扇旋转灯柱旁的玻璃门，对站在镜子前面的肥胖男人说："嗨。"

"嗨，好久不见。"胖男人挥挥手，"老样子？"

"不。"我微笑，"帮我剃个光头。性感的那种。"

10

凌晨三点四十分，我从梦中惊醒，再也睡不着。我泡了个热水澡，换上史蒂夫·乔布斯连帽衫和卡其布长裤，穿上慢跑鞋，戴上耳机，听金属乐队的老音乐。

五点整，我给 ROY 留言，喝了一杯咖啡，走出公寓。太阳还没有升起，清晨的风吹过新剃的头皮，让我滚烫的大脑凉爽起来。

我搭上第一班地铁，满不在乎稀疏的乘客投来诧异的目光。

五点四十分，我来到市政广场，站在草坪中央，路灯明亮，晨雾升起。

五点五十分，街灯熄灭，第一线天光照亮青蓝色的薄雾，人影在雾中逐渐聚集。一个穿黑色连帽衫的人握住我的右手，我牵起左侧陌生人的手臂,"早安"在掌心传递,越来越多的人出现在市政广场前,沉默地组成不断扩大的圆环。

六点十分,由超过一百人组成的环稳定了,手指聊天聚会的参与者开始高速传输信息。我闭上眼睛,一滴露水从兜帽檐滴下。右边是一位年老的绅士,松弛的皮肤与精练的造句告诉我这一点;左边是一位保养得当的女士,她手掌丰润,戴着大大的钻石戒指。话题出现:相比现在那些没种的娘娘腔乐队,哪些乐队的名字是我们应该永远记住的?

金属乐队、U2,当然还有滚石。我立刻加入自己的意见。

地下丝绒。

性手枪。

绿日。皇后。涅槃。

NOFX.

Rage Against The Machine.

Anti-Flag.

Joy Division.

The Clash.

卡百利,当然。

Massive Attack.

等等……跳舞音乐也算吗? 那要加上性感小野猫。

我会心微笑。第二、第三个话题出现。我喜欢这种自由自在讨论的感觉,即使以游戏式的数据交换方式。第四、第五个话题出现。指尖与掌心繁忙工作,在减少误码率的基础上尽量使用缩略词,我感觉自己的手指聊天技巧逐渐纯熟。第六、第七个话题出现，这几乎是手指聊天聚会带宽的极限。话题附加的评论会逐渐增多，直到所有感兴趣的人发言完毕，发起话题的人有权力和义务在合适的时刻停止该话题的传输，为新话题腾出空间。第一、第三个话题消失了，第二个话题、关于宪法第一修正案的讨论仍在持续进行。其他话题发起者不约而同选择中止传输。环网中只剩第二个话题，参与者们默契地停止发送话题本身，仅仅传递评论以节省带宽。但这时的聊天组是低效率运行的，因为环网中传输的只有一个数据包，有人意识到了这一点，在空闲时发起新话题。新话题让网络再次繁忙，数据很快在某一个节点拥堵起来。

遥远大学时代的记忆突然被唤醒。"介绍一种已经消亡的网络拓扑结构，由 IBM 在 20 世纪 70 年代发明的令牌环网。"网络课程导师在讲台上说。手指聊天聚会原来是一种以自觉为基础的、不太科学的令牌环网。我手忙脚乱地传送完第二话题的庞大数据包，趁着闲暇思考改进方案。

一个很短的信息出现了。这是不科学的，我想。然而信息让我张大了嘴巴：我的名字叫黛西——致性感的光头。

我能感觉 5-羟色胺在千亿脑神经元中产生，腺苷三磷酸让心脏剧烈跳动，身体内部的小人儿在欢呼雀跃。我截停了这条信息，发送一条新的出去：你好，黛西。

由于庞大的第二话题数据包，网络的运行速度变得迟缓，我等了十分钟才收到上游传回的数据，显然有人把第二话题的评论精简了，压缩数据包的最后，附加着我的话题"你好，黛西"以及众多评论。

我们爱你，黛西。

我们的雏菊。

小美人。

……

你好,光头叔叔。

光头叔叔是我。我想到出门前穿衣镜里的人像:瘦削的身体、下垂的两腮,红鼻子和滑稽的光头,过时的连帽衫,像个小丑。我微笑了。

正在撰写评论,网络突然传来微微动荡,我不由得睁开了眼睛。太阳早已升起,薄雾消失得无影无踪,市政广场草坪的每一片草叶都挂着晶莹的露珠。手拉手的手指聊天聚会成员围成不规则的圆环,像一堵沉默的墙,许多人在远远围观:晨跑的健身者、途经的上班族、记者与警察。他们显然有些迷茫,因为我们没有标语、口号,没有任何表示我们在抗议示威的知觉特征。

一辆警车停在广场边缘,排气筒冒着白烟,车门打开,走出几名警察。我认出打头的那一个,曾经登门造访的小个子警官,他依然带着懒洋洋的表情,迈着松垮的步伐。他摸摸整齐的小胡子,左右打量我们一群人,然后径直走到我面前。

"先生,早上好。"他摘下大檐帽按在胸前。

我盯着他,没有答话。

"对不起,你们被捕了。"他没精打采地说。四辆黑色的、庞大的厢式警车无声无息地出现在市政广场,全副武装的防暴警察一拥而出,举着警棍和盾牌逼近。

围观人群没有任何动静。没有人惊呼呐喊,没有人移动脚步,甚至没有人把目光投向步伐整齐的防暴警察。

我能从旁边人手心的汗液感觉到紧张的情绪。第二话题数据包消失了。一条极其简短的信息以交换方式能够支持的最快速度在网络中传送。

自由。许多手指在许多掌心快速、坚定地写下。

自由。所有人睁开眼睛，闭紧嘴巴。

自由。我们用无声的最大音量对黑色的政府机器呐喊。

黛西，我爱你。我传出最后一条信息，然后被防暴警察野蛮地扑倒在地。网络分崩离析，我不知道信息能否传到黛西那里。她处在网络的什么位置？我不知道。今后能不能再见到她？我不知道。实际上，我从未真正见过她，但我感觉，我比世上任何一个人都更了解她。

别惹麻烦。父亲高高在上地俯视我变形的脸。防暴警察试图将我的脸与草坪结为一体。

去你的。我吐出一口草腥味儿的口水。

11

我有十分钟的电话时间，我不想浪费，可除了瘦子和 ROY 之外，想不到还能打给谁。瘦子声音怪异地讲着牙买加的阿拉瓦语，ROY 没有接电话。我放下听筒，发着呆。

"嗨，老爹，你在浪费所剩无几的生命！"后面排队的人不耐烦地开口。

我下意识地拨了熟悉的号码。与往常一样，铃响三声之后，电话接通了,"你好!"

"你好吗,妈妈?"我说。

"我很好。你呢,还头痛吗?"听筒里传来拖动椅子的声音,对面的人坐下了。

"最近好多了……他呢?"我说。

"你从不主动问起他。"母亲的声音有些诧异。

"唔。我想……"

"上个月他去世了。"母亲平静地说。

"哦,是吗……"

"是的。"

"现在身边有人照顾你吗?"

"你姨妈在陪我,放心。"

"他的墓地……"

"在教区。距离你姐姐很远。"

"那我就放心了。那么……周末愉快,妈妈。"

"当然。也祝你愉快,儿子。"

"再见。"

听筒里传来忙音。我揉搓右手的丑陋色斑,试图把那些画面从眼前抹去。酒气熏天的父亲、哭泣的姐姐、变得无动于衷的母亲,大学时代回家看到的画面,如今因生命的流逝显得不再那么沉重。

"老爹,时间宝贵啊,滴答滴答。"排队的人指指手腕,模仿秒针跳动。我挂好听筒,转身离开。

午餐时,我与一个红头发的家伙坐在一起,他的脸上刺着男人的名字，胳膊上花花绿绿，像穿着件夏威夷衫。"这家伙是个同性恋！别靠近他。别让他摸你的手。"与我分享房间的墨西哥人曾经告诫我，我想他是好意。我端着餐盘，挪开一些。

红头发嬉皮笑脸凑了过来，说："要分享我的羊奶布丁吗？我不是什么乳糖爱好者。"

"谢谢，不必了。"我尽量礼貌。

红头发伸手过来，我触电似的缩回手臂，但还是被他捉住了。他把我的右手紧紧握在掌心，指尖轻轻搔挠，让我感觉毛骨悚然的不适。

"我想我不太适应这种关系，我说……"我尽量挣扎。旁边的人肆无忌惮地笑了起来，鼓劲似的敲打餐桌。熟悉的感觉传来。那是手指聊天的信息，一样的缩写方式，快速而准确。如果你懂的话，反馈我。

我冷静下来，深深地看了红头发一眼。他还是一副令人反感的同性恋表情。我手指反勾，告诉他：收到。

天哪！他表情不变，却写下代表强烈感情色彩的感叹词。终于又找到了一个。现在听我说，午餐后去阅读室，东边靠墙鸟不生蛋的哲学区域，第二个书架底层，在黑格尔与诺瓦利斯之间有一本2009版的《哲学史大观》，拿去看。如果不明白阅读方法，第149页到150页有简单说明。稍后我会再跟你联系，为了安全起见……我建议你做好变成同性恋的准备。现在，打我。

什么？我没反应过来。

红头发带着真正同性恋才有的恶心笑容伸手去摸我的屁股，我挥起拳头，砸在他的鼻梁上。

"噢!"围观者愉快地哄然大笑。狱警向这边看来,红头发从地上爬起来,捂着流血的鼻子,骂骂咧咧地端起餐盘离开了。

"我说什么来着?"同屋的墨西哥人端着盘子出现,竖起大拇指,"不过你是个有种的老家伙。"

我没理他,尽快把食物塞进口中。午饭后,我独自来到阅读室,在哲学书架底层、黑格尔与诺瓦利斯之间找到那本精装的2009版《哲学史大观》,交给图书管理员登记,带回房间。墨西哥人还没有回来,我躺在上铺,翻开厚重的封皮。没什么出奇,这是一本空洞的哲学书籍,从密密麻麻的条目和引文名单就看得出来。我翻到149页。这页纸被人调换了,令人头痛的哲学名词中间,出现了一张分明从其他书中撕下的泛黄纸页,正面是毫无意义的关节保健知识,背面是大段头部按摩方法和配图,末尾一段,用三百字篇幅简单介绍了一种盲文的读写方法,据称这是一种误码率很低、效率极高的新型盲文,但由于各种视觉与非视觉新技术手段给盲人带来的便利,盲文渐渐式微,新型盲文夭折在应用之前。

哦,当然,盲文。我合上精装书,闭上眼睛。封面、封底只有烫金大字。在封面内页,我找到以一定方式排列的密集小圆点,如果不用心感觉,就像封装质量不佳带来的页面坑洼不平。我对照说明,慢慢地解读盲文信息。由于压缩率比较高,我几乎花了两个小时才明白封面内页携带的文本信息。

手指聊天聚会欢迎你,朋友。不知名的撰写者在盲文中问候,你一定察觉到了那些变化,但你不明白,你迷茫、愤怒,甚至成为别人眼中的疯子。你也许屈服于现实,也许一直在寻找真相。你有权利得知真相。

我点点头。

这是一项庞大的计划。国会秘密通过第33条宪法修正案成立联邦信息安全委员会，对可能危害社会稳定和国家安全的信息进行过滤和替换，在漫长的尝试后，一套高效率的系统逐渐形成，这个系统叫作"以太"。最初，"以太"是工作在互联网上、对互联网设备和移动互联网设备进行监控的自动化体系，它对一切被认定存在潜在威胁的文字、视频、音频进行数据欺骗。简单举例，语义分析接口认定一个讨论组中的有害主题，"以太"对接入该讨论组所在服务器的所有相关会话发送欺骗信息，除发表者之外，其他人看到的都是经过调制的讨论话题，同时，信息发送者被数据库记录。假如你发表名为"参议员的午餐"的话题，被判定为有害信息，运行于巨型计算机上的、因法律体系而凌驾于所有网络防火墙之上的"以太"将在其他程序会话接入之前控制所有端口，将数据包中的相关字节替换，于是在别人眼里，你发表的话题就变成了无趣的"KFC超值午餐"。以这种方式，联邦政府秘密彻底地控制了网络，可悲的是，绝大多数人并不知情。他们只是悲观地认为，革命精神在互联网上逐渐消失——这也是联邦最乐意看到的情形。

我感觉后背发凉。这时墨西哥人走了进来，一把将脏毛巾丢在我的肚皮上，"老家伙，你应该偶尔参加一点集体活动。"

"闭嘴！"我用尽全身力气吼道。墨西哥人愣了。他的表情由惊诧、愤怒逐渐变为恐惧，随即挪开视线，不敢看我充血的眼睛。我的手指颤抖着在《哲学史大观》扉页移动。

随着"以太"的成功,联邦政府对广播、电视和纸质出版物的控制是顺理成章的结局,与"以太"同源的信息欺骗技术被用于隔离异见者,比如部分不肯认同信息安全法案的媒体人士。纳米微电子技术被用于信息欺骗,很快,掌权者意识到纳米机械在肉眼可见光范围内信息替换的潜力,第33条修正案颁布后的第七年,他们决定向空气中散播纳米微机械。这种微型设备悬浮在空气中,利用土壤和建筑材料中的硅进行自我复制,直至达到预定浓度,它们仅具有简单的机械结构,浓度达到规定程度后进入工作状态;它们会自动侦测具有潜在威胁的文字(可见光信号)和声音(音波信号),将其替换为无害信息,并将发布者记录在案。它们附着在印刷文本和标语牌表面,通过光偏振向除发布者之外的观察者发布欺骗光学信号;它们改变声波扩散形态,向除发布者之外的倾听者发布欺骗声学信号,当然,发布者本身因为骨骼的传导作用,听到的还是自己原本想说的话。飘浮在空气中的小恶魔使"以太"无所不能、无所不在,如同哲学家口中人类无法察觉却充满一切空间的神秘物质——"以太"本身。

"我看到的,是社会与民主的进步。"我想到心理医生的话,握紧拳头,牙齿咯咯作响。

这就是我们生活的时代,我的朋友。一切都是谎言。网络讨论组是谎言。电视节目是谎言。坐在你对面说话的人,说着谎言。高举的标语牌,刻着谎言。你的生活被谎言包围。这是享乐主义者的美好时代,没有争执,没有战争,没有丑闻,当阴谋论者被关入精神病院,最后的革命者在孤独的电脑屏幕前郁郁而终,等待我们的是脆弱而完美的明天,彬彬有礼的悬崖舞者,建在流沙上的华美城堡。

我是谁？我是无名小卒，参与编织"以太"黑幕的罪人，我并不重要，重要的是你察觉到这一切变化、有权利得知真相，现在真相就在你手中，由你选择接下来的道路。手指是我们最珍贵的礼物，因为在可预见的二十年之内，纳米机械没有欺骗人类精密触觉的可能。若你下定决心的话，随时可以通过你的介绍人加入手指聊天聚会，加入"以太"无所不在的监视下唯一的、最后的反抗组织，加入虚假世界内的仅有的真实。

手指聊天聚会欢迎你，朋友。

我合上厚重的封皮。一幕幕画面在脑海中串联起来。我看到了真相，却产生了更多的疑问。这一切疑问，只有写下这些文字的人能够给予解答。我用手掌抚摸已长出短短灰色发茬的头皮，知道自己早已做出选择。

晚餐时，我见到红头发的同性恋者，径直走过去拉起他的手。餐厅里一片哗然，我们成为被嘲笑的对象，但我视而不见，在他的手心写道：我加入。

他露出一个含意丰富的笑容，欢迎你。第一次聚会在两天后集体劳动时举行，木器厂东北侧。内部刊物在哲学第二书架的底层，《尼采文集》的扉页，每周更新。对了，女监区亚麻色头发、长着雀斑的小姐让我传达"对性感光头大叔"的问候。我想，我没找错人。

我张大嘴巴。

那一刻，我想了很多。我没想太多使用这样"幼稚"的交流方式是否会给世界带来变化，而是想着父亲留给我的一切。我以为父亲的棍棒与责骂让我不懂得怎样去爱,但我发现,爱是人类无法割除的灵魂片段,而不只是荷尔蒙的颤抖。我如此憎恨我的父亲,以至于年复一年抗拒着有关他的所有回忆,但我发现,责打孩子的父亲未必不能养成健全的人格,疼痛起码是真实的,相比之下,我更憎恨(即使是善意的)欺骗。

我需要做的是像二十三年前一样,大声对那个用尽一切办法控制我人生的家伙喊出:"去你的!"

她给了我勇气,有着亚麻色头发、蓝眼睛的她。我握紧红头发的手,仿佛透过他的皮肤,感觉到她的体温。我们的手心里,写着爱与自由。滚烫的爱与自由。烧破皮肤、镌刻在骨骼里的爱与自由。

我爱你,黛西——不是对你说,请别会错意。众目睽睽中,我在红头发的手心写下。

当然。红头发早有准备地以一个熟悉的、调皮的笑脸回答。

（第 24 届中国科幻银河奖杰作奖获奖作品）

起风之城

【09：52】

窗外掠过一间废弃的加油站。一辆停在加油机前积满灰尘的大众甲壳虫轿车，被以三百公里时速飞驰的高速列车甩在后面。

我突然觉得这个场景似曾相识。由于高速铁路线与荒废的3号公路平行，一路上死去小城镇的废墟并不罕见。我闭上眼睛，花了几分钟才找到刚才那熟悉感觉的源头。

在我很小的时候，住宅楼后面是一片杂乱无章、积满垃圾的灌木丛。某一天，不知是谁将一辆报废的甲壳虫汽车驶到灌木丛里，拆走了车里所有值钱的内饰之后便扬长而去。那个锈迹斑斑的空车壳从此成天用一对被解剖后的青蛙般的无神眼睛盯着我的卧室，让我整夜不敢拉开窗帘，不敢面对窗外漆黑的夜里汽车尸体那莹绿色的邪恶目光。

一开始，会有流浪汉在甲壳虫轿车内烤火过夜，后来，灌木丛开始在车内生长，穿过破碎的车窗、机器盖和天窗钻了出去，将废旧的雨刷器举上天空。远远望去，仿佛树丛将汽车吞噬了，蓝色的甲壳虫渐渐与幽暗的丛林融为一体，再看不到车灯阴冷的眼神。

再后来，一场突如其来的大火烧掉了整个灌木丛。火焰烧了三天两夜，留下一片焦土，草木灰被北风吹散，露出甲壳虫汽车干瘪的残骸。作为人类工业文明的结晶，它算是以自己的方式战胜了自然。

那是我最后一次见到它，大火之后没多久，我就离开了自己出生并长大的城市，之后再未回去。

【09：10】

两天之前，一封信出现在我的邮箱里。

在这个信息爆炸的时代，人们越来越开始怀念纸制品的芳香气味与墨水书写的柔和触感，收到一封手写的信我并不感到奇怪，但邮戳表明这封信来自一个特别的地方。从机器人秘书的托盘上拿起信封，我的手指出现了不自然的颤抖。

我不愿再与那座城市产生任何瓜葛。自从改名换姓、在知名大企业谋得一份体面工作之后，我以为自己已经完全摆脱了那座城市背后的阴影，可没想到，整整十年平静的日子只是自欺欺人而已，看到那个地名的时候，我的心脏猛烈地收缩起来。

"谢谢。"我竭尽全力保持仪态，说出得体的礼貌用语。机器人秘书同样礼貌地做出回答，收起托盘，驱动十六只万向轮，将自己的身躯挪出了办公室。

我明白即使故意视而不见，好奇心最终还是会驱使我割开信封，将那些令我忐忑的字句逐一阅读。所以在片刻思考之后，我坐定在转椅上，打开做工并不考究的木浆纸信封，取出薄薄的一页信纸。

"大熊。"

信的头两个字将我狠狠击中。我倒在座椅里,呆呆望着工业美术风格的白色天花板,花了五分钟才调匀呼吸,让宝贵的空气重新回到我的胸膛。在这座城市里,没有人会这样称呼我,我的身份是大企业的高级工业设计师,循规蹈矩的中产阶级白领,工业社会最稳定的构成,是这座干净整洁、充满艺术气息的城市必不可少的一部分。

我不需要改变,也不需要回忆。但这封信只用两个字就唤起了我的回忆——在我的字典里,回忆就意味着改变。

我无法停下,唯有继续阅读下去。

大熊:你知道我是谁。我要做一件事情,需要你的帮忙,如果你还记得从前的事情的话,一定要来帮我,如果不记得的话就算了。对了,时间紧迫,我应该提前告诉你的,对不起。从11月7日零点起,你要在七十二个小时内赶来,不然就不用来了。就这样。

这封信并未遵循信件的格式,没有抬头、署名和问候,以这个社会精英阶层的眼光来看,就算小学生也不该写出这样不合规矩的信件。我认识的所有人中,只有一位会写出这样肆无忌惮的信。

办公室在眼前远去,记忆将我扯回十二岁那年的夏天。在卧室的床上,我拥抱着那个穿着白色棉袜子、身上散发出水蜜桃味道的女孩。

我的手指因紧张而僵硬,透过T恤衫与牛仔裤的间隙偶尔触到她那滑腻的肌肤，指尖的每一个细胞都能感觉到她身体的温暖。一床如云朵般柔软的棉被搭在我们身上，我裸着双脚，而她穿着一双洁白的棉布袜子。我的鼻子埋在她的发中，不由自主地翕动鼻翼，将她发丝和白皙脖颈传出的体香吸进鼻腔。

没错，就是那甜甜的水蜜桃味道，夏日里成熟的、甘美醉人的水蜜桃味道。

【08：54】

钢蓝色的烟雾出现在遥远的地平线，那就是我出生的城市，坐落于生长着仙人掌、红柳、风滚草和约书亚树的戈壁中央。这座城市因煤矿与铁矿大发现而一夜兴盛，被蒸汽轮机和铁路线推动向前，就算在经济危机时代，也不眠不休地制造出崭新的汽车与机械设备，却在十年前突然衰败……这就是我的故乡。

就算冬季的信风吹起，也驱不散城市浓厚的烟尘。自工业革命时代开始熊熊燃烧的炼铁高炉将铁灰色微粒洒遍城市的每一条街巷，让城市变成匍匐在尘烟中的洪荒巨兽。没人说得清这种沉重的灰色浓雾为何不会随着第四次工业革命带来的科技进步而消失无踪，两百年的岁月早已将这雾气与城市的生命捆绑在一处，就算最先进的空气净化设备也对它束手无策。炼铁厂高炉的巨大烟囱已失去功能，成为矗立在城市角落中供后人观瞻的古老遗迹，可每当太阳从东方的沙漠地平线升起时，雾气总是如约而至，将这座毫无生气的城市悄悄拥入怀中。

步下火车的一瞬间，我无比厌恶地皱起眉头，脸部、脖颈和手背，所有裸露在外的皮肤都能感觉到雾气的潮湿，仿佛雾中无数奇怪的生物在伸出舌头四处舔舐——这种恐怖的幻觉从小就折磨着我的神经,离开故乡的十年没能让我忘记不快的幻象,我裹紧大衣,告诉自己回到故乡是一个错误的决定。

捏着票根走出出站大厅,两台圆滚滚的服务机器人迎了上来,电动机驱动万向轮碾过光滑的大理石地面,发出轻微的噪声。"您好,先生。请问有什么可以帮助您?"一台机器人展开顶端的三维投影屏幕,将城市地图展现在我面前,另一台机器人默默地站在旁边,等待为我提供其他服务的机会。

准确地说,它们应该被称为"机器公民",这一称呼是州议会立法规定的。每台机器人自中枢处理器激活的一刹那,就背负着与人类相近又相异的原罪,必须依靠社会劳动赚取生存所需的电力、配件和定期维护服务。这是一种单纯的按劳分配制度,机器人与企业或公权部门之间形成雇佣关系,双方权益受到法律保障。近几年,机器人的福利问题也被提交州议会讨论,有人坚称机器人群体也应该纳入社会保障制度,因为从形式上来说,机器人的维修保养与人类的体检医疗并无不同。

制造这些机器公民的,是名为罗斯巴特(ROSBOT:现实社会化自动机械集团)的企业联合体,在这个州的任何城市都能见到罗斯巴特的盾形标志,就算在这荒芜之地也不例外。

机器人用四个语种耐心地复述了问题,并在屏幕上演示着地图、电话黄页、交通指南、在线博物馆等功能。第二台机器人的顶盖关闭着,显得有点儿闷闷不乐。

我的目光扫过公共交通系统指南。没有变化。公共交通是一座城市的生命线,十年未变的生命线,说明这座城市确实已经死去了。

"谢谢，我不需要什么帮助。"我提起行李箱绕过两台机器。

投影屏幕如花瓣般失望地合拢。"祝您愉快，先生。"毫无感情色彩的女性合成音在背后留下违心的祝福。

"希望如此。"

在接到信件五十个小时后，我从办公桌后站起来，吩咐秘书延迟例会的时间，向副总经理递交了事假申请，给家里打了个电话，声称自己有紧急任务必须立即飞往东海岸出差，然后吩咐妻子取回干洗店里的衣服，锁好屋门，不要忘记喂狗。

然后，我提着行李箱独自来到中央车站，登上了开往这座城市的高速列车。我的行李箱里只装着一件干净衬衣、一部便携电脑、一瓶功能饮料和一个文件夹。我不知道为何会做出这个决定。

我觉得我疯了。

【08：12】

腕上的手表显示"08：12"，那是按照她给出的期限设置的倒数计时，"从 11 月 7 日零时起七十二个小时之内赶到"，距离期限还有八个小时。

我的心情像一瓶冰镇后的碳酸饮料，寒冷彻骨，黑暗无光，不知何时会彻底爆发开来。这座被遗弃的城市的一切都在压迫着我，肮脏的街道、缺乏修缮的楼宇、破碎的路灯、无精打采的行人……灰色的天幕和蓝色的雾气与我居住的城市形成鲜明对比，在属于我的城市，一切都是整洁的、有序的、高尚的，那是属于现代工业文明的天然骄傲。

　　我害怕如潮水般涌起的回忆,害怕唤出藏在我体内那个生于斯长于斯、如同整座城市一样肮脏卑微的孩童。我不由隔着衣袋抚摸着信纸,尽力以美好的回忆驱赶如影随形的灰蓝迷雾——十二岁那年的秋天。

　　十二岁那年的夏天,天空晴朗,甲壳虫汽车在灌木丛中露出枝枝丫丫的笑容,我们坐在床上,我从身后环抱着她,将头埋在她的发丛中,嗅着甜蜜的水蜜桃味道。她咯咯笑着说:"别闹了,大熊。再不开始练习,准没办法通过珍妮弗小姐的选拔。到时候我会狠狠踢你屁股的。"

　　我回答道:"好吧。我还是搞不懂这样做有什么好玩——你是说,在那个东方国家,这是一种表演形式还是什么来的?"

　　她扭过头,用黑色的眸子瞪着我,"我说过好多遍了,这叫作'二人羽织',是很有历史的东西,只要你能够稍微聪明一点,不要总是笨手笨脚打翻东西就好了!"

　　"好啦好啦。"我嘟囔道,"那再来试一次吧。"

　　她拉起又轻又软的棉被,一边嘟囔着这样的棉被不合用,一边将我们两人整个罩在其中。世界黑暗下来,我感觉温暖而舒适,双臂轻轻将她搂紧。

　　"好,现在端起碗……再右边一点,再右边一点……再往右,你这个笨蛋!"她大声指挥着。

　　我摸索着端起大碗,右手拿起一双名叫筷子的餐具,试着夹起碗中的面条送进她口中。

【07: 52 】

我步出车厢，提着行李箱走出地铁站布满涂鸦的阴暗通道，沿着停止工作的自动扶梯走上地面。风中飘着的碎纸是这街区唯一的亮色，一名机器人警察慢悠悠驶过，五个监控摄像头中的一个扭向我，一闪一闪的红灯仿佛代表它疑惑的眼神。"需要帮助吗，先生？"外形如同老人助步车一样可笑的机器人警察开口问道，将眼柄上的五个球形摄像头举起，上下扫视着与街道格格不入的陌生人。

"我很好，谢谢。"我摇摇头。

"那么祝你拥有美好的一天，先生。"警察摇摇晃晃地驶离，履带底盘后部的红蓝双色警灯无声闪耀，将布满灰尘的金属外壳映得忽明忽暗。

我抬起头。巨大的冷却塔像史前动物的遗骸一样匍匐在眼前，龙门吊车横亘头顶，粗硕的管道遮蔽天空。她给我的信中没有明确指示，我不知去哪里寻找这个深埋于记忆中的童年伙伴。陈旧的记忆驱使着我不自觉地来到这里，城市东部的重工业区，我出生、长大，然后用了十年来逃避的地方。

阳光暗淡，废弃的机械散发着钢铁的腥甜味道，锈迹斑斑的管道尽头，一只蝙蝠从厂房破碎的玻璃窗里振翅飞起，消失于钢蓝色的迷雾之中。这死去城市的尸体以绝望的、腐朽的、失去灵魂的形态静止在时间的凝胶里，钢索将阳光割裂，地面上铺满墓碑般的片片光斑。

我长久地望着那锈蚀的齿轮、干涸的油槽、长满衰草的滑轨与绞索般摇摇晃晃的吊钩，情不自禁地打了一个寒战。我犹然记得在灾难发生之前的日子里，机械师在罢工游行的间隙，还会为心爱机械的传动链条添加润滑油，期待漫长冬季过后，它还能再次发出热气腾腾的震耳轰鸣。我的父亲，那位终身为汽车制造厂服务、却因高效而廉价的机器人劳动力丢掉工作的蓝领工人，曾经无比乐观地对我说，总有一天炼钢厂高炉的火焰会再次燃起，城市会再次充满机械运转的和谐之声。"一切都会变回老样子的，我保证。"他用仅余的一点钱购置了丰富的食物，满心期待着好事的到来。

等我回过神，他已经化为了瓶中的白色粉末——那么健壮的一个男人居然能够装进小小的瓷瓶之中，这让葬礼的场景显得有点儿讽刺。

裹紧西装外套，我迟疑地向前迈着步子，小心地踏过光与暗的斑纹。要去哪里呢？比起这个富有哲学性的问题，我用了更多精力遏止猛然漾起的回忆，危险的东西正在脑神经突触之间蠢蠢欲动……不要乱想！我严厉地呵斥自己，奋力驱走脑中的幻影。

从这里向前，丁字路口对面是冲压机床厂，而汽车制造厂就在右转之后的道路尽头。在那个遥远的时代，我爷爷的爷爷随着人潮拥入这座戈壁滩中央的城市，成为一名产业工人，从此代代传承。我父亲本人就完全无法想象外面的世界是什么样子，对他来说，接受职业教育，接替父亲的职位站上生产线几乎是命中注定的事情，拧紧面前的每一颗螺丝，这是男人最踏实的工作，也是最美妙的游戏。

她如今又在做什么呢？这座城市已经死了。炼钢厂死了。发电厂死了。轮机厂死了。汽车制造厂死了。留在这座城市中的只有绝望的酗酒者、等死的老人、麻木的罪犯和丑陋的妓女。

徘徊在死去城市中的她,是否仅仅是残存着水蜜桃香味的白色幽灵?

【07:37】

我不得不放松警惕,让有关她吉光片羽的记忆溃堤而来。

她的名字。她的名字叫作"琉璃",那是一种源自东方的美丽彩色玻璃。我很喜欢这个名字,她本人却不太满意,说那是极其昂贵且易碎的玩物,在她祖辈所在的国度,只有古代的君王才有幸可以赏玩。

我父亲与他父亲不在同一车间,不过不约而同选择居住在公寓楼,主动放弃了市郊的独栋住宅。我的父亲要承担母亲的昂贵赡养费——事实上,我对母亲的印象很淡薄,她对我来说只是每个月要分走一大笔生活费的陌生女人罢了。而她的父亲则由于股票投资失败,欠了一大笔外债,不得不节衣缩食寄身于免费的公寓楼中。

我们很小就认识了。在废弃的甲壳虫汽车出现的时候,我们总是一起骑着自行车去上小学。当甲壳虫汽车里长出茂密灌木的那一年,我们早已是无话不谈的玩伴。那个年纪的男孩女孩会将感情当作羞耻的事情看待,情窦初开的我不敢坦白自己少年维特的烦恼,而她似乎迟迟不肯长大,只对耳机中的摇滚乐着迷。

之所以对十二岁那年夏天发生的事情记忆深刻,不仅因为那是我初尝感情的甜蜜与苦涩滋味的日子,也由于一件大事在这座城市发生。第十四届"世界机器人大会"在这里召开,全球最新的各式机器人云集于此,这是所有喜爱机械与新潮电子产品的孩子的饕餮盛宴。我从小迷恋着机器人,而她也对这些钢铁造物很有兴趣,我们被学校的机器人协会推举出来,要在世界机器人大会开幕式上代表整座城市表演节目。我一下子慌了神,不知该准备些什么,而她一下子就想到了"二人羽织"。

"你不觉得那很像机器人吗?我是头脑与面孔,而你在后面负责双手的动作,扮演着我自己的手臂,那不正像人形机器人刚学会走路时的奇怪样子吗?一定可以让所有人都大吃一惊的!"她盯着我,粉嫩的脸颊映着下午学校的阳光,纤细的汗毛若隐若现。

"听你的。"我情绪复杂地回答道。

【07:12】

汽车制造厂的大门紧紧锁闭,不远处的墙上有一个崩坏的缺口,我从那里轻松翻越进去,站在长满齐膝野草的大院中。

我的正前方是办公楼,左手边是碰撞车间,右手边是试车车间,底盘、承装、制件、喷涂、焊接、总装和检测车间以棋盘形左右排列。在制造业鼎盛的时期,这片二十公顷的土地挤满了一万五千名来自全国各地的蓝领工人,生产汽车的工时被压缩到惊人的十二个小时,每六秒钟就有一辆崭新的汽车驶下流水线。

我闭上眼睛,想象满载汽车的载重货车呼啸而过。短短十年时间,缺乏保养的水泥路就已经被野草侵蚀得支离破碎,四周散发着青草和油泥混合的奇怪味道。"当啷"一响,脚尖踢起一只空荡荡的威士忌酒瓶。靠近大门的厂房窗户七零八落,厂里能拿去换钱的东西早被游民洗劫一空,墙壁画满充满性暗示的暗红色涂鸦。"赶走木偶!保卫生产线!"高居于涂鸦之上的是十年前罢工运动的口号,字迹已经模糊不清。

愈行向厂区深处,流浪汉活动的迹象就愈少,巨大的墓园中只有我在默默行走。名为"恐惧"的无形怪兽将右手搭在我肩上,让我不断回头惊惧地环视四周,幸好透过雾气射来的阳光给予皮肤些许温暖。我松开领带,让喉结可以轻松咽下加剧分泌的唾液。

到达目的地时,我才发现自己的目的地所在,潜意识将我引领至这熟悉的角落——当然,除了这儿,还能是哪儿呢?

六层高的公寓楼恰好遮住阳光,公寓外墙残留着灼烧过的痕迹,四层最右边的那扇窗户、玻璃破碎、以不祥的寂寥眼神凝视我的那扇窗户,正是我卧室的窗子,年少的我曾经多少次从窗口向下俯瞰,而如今我抬头看去,肮脏的窗帘随风轻摆,看不清那后面是否有一张静止不动的孩童面庞。

"喳!"一只惊鸟穿林而出,凄厉鸣叫着射入高空。已经完全看不出那场大火的痕迹,被烧得精光的灌木丛如梦魇般重生了,开着黄色花朵的沙冬青与叶子油绿的野扁桃被多刺荆棘缠成扭曲的形状,这片林子几乎与童年记忆中一般无二。我手指颤抖地拨开一束梭梭草,甲壳虫汽车的残骸出现在眼前,那被火焰炙烤成炭黑色的钢铁骷髅如今再次被植物占据,灌木以疯狂的姿态从每一寸缝隙中挣扎而出。

我突然想起童年的一种玩具。那是世界机器人大会为感谢我们表演节目而赠送的礼物:具有行走能力的机械人偶。人偶的面部是一个棉质的圆球,只要按照自己喜爱偶像的照片在圆球上相应位置植入草籽,每天细心浇灌,七天之内,小草就会长成这位名人的五官轮廓,同时这种基因工程制造的草种会将光合作用制造的糖分输送给人偶内部的化学能燃料电池,驱动小机器人向着光线更强的方向行走。我不知是谁设计出这种奇怪玩具的,表现最基本的机器人生存原理是可以理解的,但绿色头发的迈克尔·杰克逊迈着僵硬的步伐在写字台上追逐阳光,这不是儿童玩具应当具有的模样。令我更加恐惧的是,一个月过后,那些基因变异的青草开始不受限制地疯长起来,迈克尔·杰克逊的眼睛、嘴巴、鼻子、耳朵全都喷出长长的草叶,机器人行走的速度也因能量充足而加快了。那个七窍流草、在屋里四处狂奔的怪物是我一生的噩梦。

——迈克尔·杰克逊是我最爱的歌手,我还喜欢罗比·威廉姆斯、布鲁诺·玛尔斯和芮阿娜。她的音乐播放器里装满更加过时的摇滚乐——皇后、枪花、滚石、金属乐队、邦·乔维和涅槃。我从来不能理解她的想法,而她从未试图了解我的想法。

在机器人大会之后,她与我的关系渐渐疏远。不知从什么时候起,我们每天的对话变为简单的"你好"和"再见",我再没有触碰过她柔软的肌肤,也没再闻到过她身上迷人的水蜜桃味道。

甲壳虫汽车的残骸就像那具机器人一样散发着邪恶的气息,令我胃部收缩,有一种想要呕吐的感觉。做了几个深呼吸压下不适感,我放下行李箱,弯下腰拨开汽车内部的灌木。

回到汽车制造厂,来到这个隐秘的地点,一切都是自然而然发生的,我根本没有考虑这样做的合理性。但回过头来想想,如果她只有一封没头没尾的信件召唤我前来,没有留下任何联系方式,那么还有什么地方比这里更适合隐藏留言呢? 毕竟在曾经亲近的孩提时光里,我们总是一起坐在卧室的床前,望着这辆被遗弃的车子,编造着一个又一个光怪陆离的恐怖故事,以吓坏彼此为快乐之源。

在一簇结出鲜艳红色果实的沙棘之下,甲壳虫汽车的地板上,我发现了一枚白色的信封。我转身逃离汽车残骸,撕开信封,一张照片轻飘飘地掉了出来,照片上是一个男孩和一个女孩——十二岁的我和十二岁的她。

照片是用家用打印机打印的,显得陈旧易碎,我和她的笑容却透过模糊不清的像素点溢出纸面。她坐在床沿,我坐在她身后,那正是我记忆中最美好的夏日时光,为机器人大会排练"二人羽织"的那个午后。

仿佛一记看不见的重拳击中鼻梁,我感到眩晕、疼痛和眼睛酸涩,趁着视线没有因此模糊,我翻过照片,看到后面用碳素笔写着:"很好,起码你来了。接下来想起些什么吧,你会找到那个地方的,就是那里。"

【06:35】

我在寂静的城市里独自行走,感觉昂贵的西裤和衬衣被汗液黏在皮肤上,真丝领带令我窒息。我毫无目的地走着,直到街巷行到尽头,空旷广场与巨大的机器人塑像出现在眼前。那是十四届世界机器人大会纪念广场,还有双足机器人"大卫"。

"大卫"有五十五米高,钢骨架,镀铬铝合金蒙皮,以金属黏合剂定型,外表大致符合人体比例,看起来不大像米开朗琪罗的名作,倒更接近古老动画片《阿童木》里面的主角。在我十二岁那年,银光闪闪的机器人在吊车的帮助下立起在世界机器人大会园区中心,市长带头热烈鼓掌,我和她自然起劲地拍红了掌心。"这是具有划时代意义的一天。"市长清清嗓子,"罗斯巴特集团捐赠的'大卫'将作为城市的象征永存于世,感谢他们带来日新月异的机器人技术,将我们带向人类与机器人和谐共处、创造更文明高效社会的美好明天!"

市长的话没有说错,直到今天,这个机器人还倔强地站立着,即使十年前的一场大火将它每一寸表皮都烧成炭黑色,身上布满铁锤砸出的凹痕。事实上,至今没人知道那一天究竟发生了什么。很多人死了,而直至今日,死亡者的确切数目还是没人知晓。

"大卫"是罗斯巴特集团最后一件人形机器人制品,随后,复杂的双足机器人淡出了历史舞台。科技的车轮开始加速转动,具有划时代意义的模拟神经元处理器给机器人带来相当程度的思考能力,随着各式各样的机器人走向社会,伦理学问题被摆上台面。几年前,州议会在州宪法中加入了"新机器公民"的条款,正式承认机器人的独立人格存在,同时规定了机器公民的权力、义务及社会角色,使他们可以"在一定的约束条件下以同等身份获得法律权利、社会权利、政治权利和参与权利"。

当时没人意识到,人类在漫长的文明史上会第一次与自己的创造物展开生存权利的残酷竞争。罗斯巴特集团由机器人制造厂摇身一变,成了全州数百万名机器人的经纪人,每名机器人都要通过公平竞争谋得工作,赚取一般等价物,换取维持生存所需的电能、油液、零件和保养,罗斯巴特公司则抽取50%的佣金用来偿还机器人的制造贷款,通常这份价格高昂的分期贷款需要用三十年乃至更长时间来偿还，但机器人的服役寿命高达八十年，它们终将可以赎清自己获得自由。

企业非常欢迎这种做法。不同外形的专业机器人有各自适合的岗位，很容易在生产线上找到理想位置。它们薪酬低廉，工作时间极长（州立法规定每天不得超过二十二个小时），附加支出极少，不需要解决住房问题，没有生育和休假困扰，不会通过工会提出不合理需求……即使抱怨，也只是在机器人权益保障者那里吐吐苦水，只要稍微提高厂房里令机器人感到舒适的白噪音就可以解决问题。

唯一的受害者，就是被夺去工作岗位的产业工人。在需要情感、主官感受、逻辑判断力和决策的岗位上人类还牢牢坚守战场，但我父亲那样的蓝领工人则被机器人成批驱逐。他们亲手制造了潘多拉的魔盒，禁不住诱惑掀开盒盖，却发现盒中的瘟疫已经长出翅膀，再不受造物主的管辖。

这就是那场史无前例的大罢工的缘由，导致这座以重工业为基础的城市死亡的缘由。全机器人生产线（不同于传统意义上的"机器人"生产线，电脑控制的机械手臂与具有主观能动性的机器公民不可相提并论）能够将生产效率提高四倍到五倍，厂房必须重新设计以适应高效化与极度精确的工作流程，厂区不再需要臃肿的生活配套区，只要留有足够的停放空间（州立法规定机器人的最小休息空间为该款机器人体积的 1.5 倍）即可。改造旧厂区意味着天文数字的投入，重型企业已经因解约赔偿而元气大伤，它们不约而同选择在更靠近罗斯巴特集团总部的城市新建厂区，放弃了这座戈壁滩中央的孤城。许多未能顺应时代潮流雇佣机器人工作的企业很快倒闭,失业率扶摇直上,社会动荡,城市衰落……不过用州政府的话说,这只是走向新时代必须经历的阵痛而已。

我远走他乡,进入大公司工作,直到两年后才知道所供职的企业是罗斯巴特集团的下属企业。在那座崭新的城市,汽车厂、钢铁厂、精密设备厂、机床厂、数码仪器厂已经以崭新的姿态重生。那些新生的工厂都有着低矮洁净的白色厂房,厂区充满电流的嗡嗡噪声和万向轮碾过地面的吱吱声。

我喜欢机器秘书和机器巡警,喜欢代表先进生产力的机器人技术。一想起现在脚下这座笼罩着迷雾的钢铁城市,我就尝到肺中驱之不尽油烟的苦涩味道,感觉指甲缝里塞满黑黑的油泥,想起父亲临死前强颜欢笑的卑微样子,听见汽车制造厂最后一次下班汽笛声的清鸣。

是的,我离开了这个鬼地方,同其他上百万人一样。这样做有什么不对?

我紧紧捏着手中的照片,穿过窄街大踏步走向双足机器人的方向。如果答案存在的话,一定就在那个地方。

【06:12】

"二人羽织"这种表演的意义到底是什么?是笨拙的喜剧、和谐的正剧,还是滑稽的悲剧?这种源自东方的奇异文化我最终都没能理解。第十四届"世界机器人大会"在凉爽夏夜开幕,中央展馆大舞台的幕布缓缓拉开,六盏聚光灯穿透厚厚的棉被射来粉红色的辉光,喧哗声渐渐平息,奇异的静谧统治了会场,即使躲在她的背后，我也能感觉到五千名观众视线的灼热。

"别怕，"名叫琉璃的女孩对我说，"有我在。"

我什么都看不见。在这个棉被制造的小小空间里，我拥着让我神魂颠倒的女孩的柔软躯体，却紧张地弓起后背，保持着尴尬而礼貌的距离。我垂在琉璃身前的双手能感觉到空气的温度，幸好一万只窥探的眼睛被棉被关在外面的世界。我的鼻尖埋在她的发中，嗅着让人迷醉的甜蜜桃子味道，整张脸都因紧张和幸福而充血、发热。我能感觉她的身体也在微微颤抖，那是十二岁少女面对五千名旁观者的天然恐惧，也是从小听着古老摇滚乐长大的灵魂面对五千名观众的天然亢奋。忽然间，颤抖停止了，她自言自语道："突然肚子饿了……那么就吃一碗面吧。"

这是表演开始的信号。我轻轻活动一下僵硬的手指，开始摸索装满面条的大碗。奇怪的是，那时我却完全没有想着表演本身，脑中莫名其妙地蹦出一个念头：如果她身上能够散发成熟桃子的味道，那是不是说明所有女孩都是水果口味的？隔壁班的凯茜·布雷迪是不是草莓味道的？班主任提摩西夫人应该闻起来像坚果吧？我自己又是什么味道的？如果我与琉璃结婚，会不会生下一大堆桃子味道的可爱女孩？

许多年以后，我拥有了一个闻起来像香奈儿5号香水的妻子，养了一条酸奶油味道的大狗。我决心不再回忆这座雾气笼罩的钢铁之城，却在偶尔闻到桃子味道的时候心中一荡，胸腔中的某个部位传来针刺般的疼痛感——比如现在。

如果心电图和冠脉造影解释不了心脏的疼痛，那么只能相信那是灵魂借宿的地方吧。

我踏上纪念广场的黑白两色地砖。整座纪念广场由第十四届机器人大会的几栋主体建筑改建而成,棋盘状地砖应该是对"深蓝"电脑的致敬,而环绕整座广场的单轨轨道,不用说是地球环日轨道的拙劣模仿。在我十二岁那年,这条轨道上有着骑单车的人形机器人不停穿梭往返,向世人展示其高妙的平衡感;如今铁轨早已锈迹斑斑,在那个脏兮兮的移动物体高速驶来时,松动的螺栓发出不祥的嗒嗒震动,铁锈簌簌掉落,整条轨道都在上下起伏,看起来像泡在咖啡里的早餐麦圈一样随时可能粉碎坠落。但悬浮在永磁场之上的轨道不可能原地坠落,就算那些七零八落的碳纳米系带全部断裂,它也只会被高高弹起来,扭成麻花形散落到鬼知道什么地方去。

我停下脚步,放下行李箱,干脆把领带扯掉揉成一团塞进衣兜,松开了衬衣上的三颗纽扣。一个嗡嗡作响的家伙沿着轨道驰来,吱一声停在我面前。这个轨道机器人形状像个饭盒,一停下来就开始叮叮咚咚地播放《献给爱丽丝》,将盒中售卖的物品展示给我看。左边一半是平凡无奇的旅游纪念品,右边一半是冷冻的速食品,包括饮料和水果。我望向哪种食品,机器人就殷勤地放出一丝含有食品味道的香氛喷雾。当视线掠过水蜜桃,化学合成的桃子味道令我悚然一惊。

"仅售三元,先生,保证新鲜的南方农场水蜜桃,从采摘到冷冻保存只用了五分钟,就连南方农场充满阳光味道的美味空气都被一起冻了起来呢,先生!"机器人用不知藏在哪里的摄像头捕捉到我的神态,随后用不知藏在哪里的扬声器发出欢快的合成音。

"好吧。"我犹豫了一瞬间,掏出皮夹数出三张零钞递过去。

"感谢光临！ TOO485LL 发自 CPU 地感谢您，先生！"刷的一声，钞票被不知藏在哪里的触手夺走了，一颗速冻的大桃子弹出机器，在空中漾出一团水蒸气的云雾，接着轻轻跌落在托盘上，零下十八度急冻的水果被定向微波快速解冻，休眠与唤醒都只用了短短一秒钟。"这是您买下的南方农场水蜜桃，先生，如果愿意的话我可以介绍一下这些可爱的纪念品，比如可以自动下楼梯的势能转换器、能够看护婴儿的恐龙玩偶、印有'大卫'图案的夜光纪念章……"托盘升起在我面前，桃子同屏幕上显示的样品一样饱满可爱，新鲜得像刚从树上摘下来。

"不必了。"我拿起那颗水蜜桃。

没有味道。看似美味多汁的桃子没有任何味道，水蜜桃底部有个小小的标签，上面的日期显示这颗桃子已经在机器人的冷库中沉睡了四年零十一个月，但距离保质期限还有很长一段时间。

按照食品安全法规定，桃子的营养成分流失最多只能在百分之五，它本质上还是一颗营养丰富、汁水充盈、健康纯粹的桃子——这就是文明的力量。

我随手将只咬了一口的水果丢进垃圾箱，走向纪念广场北侧的巨大人形机器人。饭盒模样的售货机器人乖乖闭嘴不语，但鬼鬼祟祟地沿着轨道跟在我身后，滑轮摩擦铁轨发出难听的刮擦声。无论它还是轨道本身都需要一次从头到脚的保养，否则在不远的某一天就会彻底沦为废铁。

"不要跟着我。"我没有回头，冲身后挥挥手。优先级更高的服从逻辑战胜了求生欲望，售货机器人的身形静止了，孤零零地凝在铁轨上，像冬季瑟缩在电线上忘记南飞的孤鸟。

整座广场没有其他游客。离得越近,伤痕累累的机器人雕像就显得越发丑陋,我皱起眉头,掏出照片细细观看。一件事突然浮现于脑海,却远远飘在意识的捕捉范围之外摸不到轮廓。照片上是十二岁的我和十二岁的她,在十二岁的夏日与十二岁那年的卧室房间,十二岁的年纪里,应该还有一个若有若无的阴影存在。

而那个影子,也是我远离这座都市的原因。但现在,我绞尽脑汁也看不清那个影子的面目。一旦意识到这个死角存在,大脑就开始用尽力气破解回忆的谜团,像水蜜桃一样被冻结的往事坚冰慢慢融解,一个接一个画面浮出水面。我和她。我和爸爸。我和提摩西夫人。我和巨大机器人雕像。在浓雾中迷失而被吓坏的孩子。放学后的秘密基地。草稿本上的机器人图纸。用晾衣架、电动车马达和易拉罐制造的机器人。被丢弃的甲壳虫汽车。每个画面里都有那个影子存在,如同无形的手在按下快门将回忆定格的时候,总是将一道徘徊于身边的幽影记录于其中。

越是努力捕捉,神秘的影子就越轻飘飘地溜走,我不禁开始怀疑自己的记忆,怀疑自己的大脑,怀疑内侧颞叶的每一个神经元和神经突触在联合起来欺骗这具身体的主人——童年的记忆如果这么不可靠,为何琉璃肌肤的温热触感和身上散发的甜蜜味道显得如此鲜明?

头痛开始袭来。"见鬼……"我从裤兜里摸出尼古丁咀嚼片丢进嘴巴,用咬嚼肌的运动缓解疼痛。胶质中的尼古丁渗透进血管,这种禁烟运动中奇迹般存活下来的安慰剂让我精神立刻振奋起来,但这无助于思考,我只能暂时将打结的记忆丢在一边。

巨大的机器人塑像遮住曚昽的阳光,庞大的双脚逐渐与我的视线齐平。经过修葺的大理石基座用四种语言刻着拍马屁的美术评论家的华丽辞藻，他们居然认为这一团焦黑扭曲的金属是现代文明史上妙手偶得的极佳创作。作为设计师的一员，我对此实在难以苟同，甚至不大敢直视那丑陋的金属骨架。

机器人塑像凝视着五百米外的机器人大会主场馆，我和琉璃曾在那栋蛋壳形的乳白色建筑中登台表演，收获了五千名观众的热烈掌声。当时我们其实演砸好几个地方，却意外地赢得了哄堂大笑，或许这正是这种表演形式的高明之处吧。灯光亮起，大会正式开幕，每一个小舞台都有吸引人的各式机器人登场，我们两个趁没人注意偷偷溜了出去，爬上机器人塑像的基座，望着远处流光溢彩的场馆和亮着灯带的长长轨道，等待烟花升起。

那时我们都说了些什么？十二岁的我们，或许正试图表现自己成熟的一面，谈论着音乐、电影、书籍，也许聊起学校中发生的事情，更可能谈着关于机器人的话题，想象着我们的未来将会是什么样子。

到如今，我已经知道我的未来是什么样子，而她的未来呢？

我在我们曾经并肩坐着、悬空摇晃双腿的地方找到了一枚白色的信封。当年我们花了很大力气才爬上高高的基座，如今看来，那不过是齐胸高的台阶罢了。我的心境非常复杂，但走到这一步，除了打开信封之外没有其他选择。

撕开信封，薄薄的信纸上只写着一个名字：乔。

【05：36】

乔是谁？

这个名字没能将沉睡的记忆唤醒，短短三个字母看起来有点儿陌生。"乔"应当是"约瑟夫"的缩写，现在几乎已没有人将男孩命名为约瑟夫了，因为那听起来又老气又陈旧，一点不时髦。我的交际圈当中没有人叫作乔或者约瑟夫，与琉璃共同认识的熟人更是屈指可数。我静下来梳理了一遍记忆，确实没有这么一个名字存在。

死去城市的铁灰色遗骸像一个魔咒，逃离的念头一次又一次升起，身体却一次又一次背叛意志。不管望向哪里，都能看到童年的我的影子。我一边想着姓名的谜题，一边漫无目的地慢慢行走，圆形轨道上的寂寞机器人进入我的视野，我脑中突然升起了一个念头。"喂。"我开口道，"可以帮个忙吗？"

"当然，先生！ T00485LL竭诚为您服务！"机器人立刻欢快地冲来，它似乎并不理解人类对字符串的差劲记忆力，总是重复自己那毫无意义的名字，可怜巴巴地想让我以姓名来称呼它。

我犹豫了一下，"……有没有名叫'乔'的歌手或歌名？"

这个广场、这个名字产生了某种关联，有隐约的曲调在脑中响起，此情此景突然令我觉得相当熟悉，似乎在某个不知是真是幻的记忆片段里，我就坐在这里，听着广场上的音乐声。

"以 Joe 为关键词查询得出 153328 个结果，您要找的是不是 Joe Cocker、Joe Jonas、Joe Nichols…" T00485LL欢快地唠叨着，我赶紧摆手加以制止，"不不，我想想……"

音乐声由弱而强，来自我深深的脑髓。

"Joe Brown, Joe Lattice…"

越来越响，越来越响。

我用力回想模糊的片段，直至一阵剧烈的头痛突如其来爆发，轰的一声在头盖骨里爆炸，浑身上下的每一个神经末梢都接收到了短暂而强烈的疼痛脉冲。

"先生？您怎么了，先生？您需要帮助吗，先生？需要我为您叫救护车或者联系家人吗，先生？" T00485LL 欢快地呼喊道，我知道那不是它的本意，毕竟一个语音合成器只有一种基调，最适合售货员的就是这种该死乐天派的语气。

"我没事……我没事。"我深深曲着身子，将头藏在双膝之间，直到难挨的疼痛过去。这种疼痛我一点都不陌生，自从离开这座城市之后，有许多次，我尖叫着从噩梦中醒来，因头痛而彻夜难眠。医生说我的检查结果完全正常—— 一如我的心脏——健康得可以活到世界末日的那一天。随着年纪增长，头痛的次数逐渐减少，自从结婚以后，这种电击般的苦刑已经极少干扰我的生活，我也乐于在妻子面前将秘密深深埋藏。

我知道两分钟过后疼痛就会暂时退去，像潮汐暂时远离沙滩，如果此时立刻服下安眠药入睡，就可以阻止下一拨疼痛袭来。但这次我所做的是猛地站了起来，双手抓住机器人的铁盒子摇晃着，"我想起来了！我不知道歌手的名字或者歌的名字，但我想起了一段旋律，你可以通过旋律找到相关歌曲吗？"

"您这样做让我很困扰，先生，通常来说，我们是不太喜欢身体接触的，您身上的汗液对我的皮肤——我是说烤漆——有害。不过我确实能提供哼唱旋律找歌的服务，只需 2.99 元即可，只要激活服务，一份已付费的 APP 拷贝就会出现在您的移动终端中……" T00485LL 轻快地答复道。

我立刻哼出那段曲子。在头痛的黑暗深海中微微发光的是一小段歌曲的旋律，非常简单的曲调，短短两句，没有歌词。在遗忘之前，我将这段旋律连续哼唱了三遍，然后紧张地盯着机器人的显示屏。

"有15个近似结果，先生，如果有歌词或者下一段旋律的话……"T00485LL犹豫道。

"对了对了，类似于二重唱，不不，我是说两个短句每个都重复两遍……"我立刻补充道。

"啊，这就好多了！"机器人快乐地叫道，"匹配结果是唯一的，这是一首创作于1911年的歌曲，歌名是《牧师与奴隶》，作者是乔·希尔，您非常幸运，先生，这首歌的原版录音没有留下，幸好有另一名歌手犹他·菲利普斯在整整一个世纪之前翻唱的版本，现在为您播放30秒试听。"

沙沙的背景噪声响起，接着音乐声传来，伴奏只有一把吉他，一个苍老的男声唱道：

> 长发的牧师每晚出来布道
>
> 告诉你善恶是非
>
> 但每当你伸手祈求食物
>
> 他们就会微笑着推诿：
>
> 你们终会吃到的，
>
> 在天国的荣耀所在
>
> 工作、祈祷，简朴维生
>
> 当你死后就可以吃到天上的派。

伴随着撕裂般的声响和天旋地转的失重感，记忆的冰山轰然崩塌。"乔"这个名字是一颗铁钉，音乐是将名字敲进冰山的铁锤，小小的裂缝不断扩大，悬浮在记忆之海中的坚硬核心终于分崩离析。在失去意识之前，我想起来了。

乔。琉璃。我的父亲。十年前的那一天。"大卫"身上熊熊燃烧的火焰。鲜血和汽油。这座城市的最后一日。

我想起来了。

【05：11】

我从昏迷中醒来，T00485LL 刚好数到第 580 秒，"先生！先生！你醒了！"它大声嚷道，"若是十分钟之后你还不醒来，我就必须联系医疗卫生部门，并作为第一旁观者接受警察部门的讯问了……你没事吧，先生？需不需要药品？我认识一个在附近卖药的家伙，它的药瓶上没有条形码，不过对治疗头痛非常有效……"

"我没事。我要走了。"我用力一撑地面站起来，忍受着眉心后面一阵阵的刺痛，用手拍打身上的灰尘。

"您确定不是因为我提供的食物或者音乐而感到不适？"机器人可怜巴巴地问，屏幕上播放着绿色和蓝色的波纹以表示情绪，"我已经有两次不良信用记录了，如果被那些官僚发现……"

"与你没有关系。谢谢你，再见。"我将西装外套搭在肩上，眺望四周景物确认一下方向，然后大踏步走去。

"谢谢！……你的箱子，先生！"T00485LL 叫道，伸出软管手臂拎起那只行李箱，沿着轨道追来。但我前进的方向与圆形轨道垂直相切,铁盒子机器人焦急地左右横移,用最大音量播放《献给爱丽丝》,希望能唤起我的注意。

我没有回头。

我想起了许多东西。模糊的阴影显露出面目,那是一张我无论如何也不应该遗忘的脸庞。我与琉璃坐在卧室的床上开心微笑,是他用相机将这一刻定格;我第一次骑上父亲的自行车,是他在旁边帮我保持平衡;我惹怒提摩西夫人,是他陪我留堂罚站;我在雾气浓稠的清晨迷路,是他用手电筒的光芒引导我走上正确的方向;我放学后的秘密基地是他一手建造的;我在草稿本上画下机器人图纸,是他用晾衣架、电动车马达和易拉罐将潦草的蓝图化为实物;我们共同玩耍、长大,看着被丢弃的甲壳虫汽车一天天被灌木丛吞噬,看着琉璃从邻家女孩成长为窈窕淑女。

属于我与她两人的瞬间是虚假的,每一个画面都有他的存在,是他为我们讲解"二人羽织"的表演要领,在上台前为我们鼓气加油,也是他带我们逃出热闹的中央展馆,坐在"大卫"的大理石基座上望着灯火辉煌的城市,等待烟花升起。我们三个人讨论着关于音乐的话题,我们都喜欢老歌,我爱迈克尔·杰克逊、芮阿娜和阿黛儿·摩根,琉璃喜欢皇后乐队、蝎子乐队、邦·乔维和夜愿,而他的播放器里装满鲍勃·迪伦、琼·贝兹和朱迪·考林斯。

那是我在这个小小的群体中第一次被疏远。或许,也是最后一次。

琉璃身上的甜蜜桃子香味还残留在鼻腔里,但她却不再向我看一眼,只用亮闪闪的眼神望着那个男孩,同他谈论着音乐中的力量与反抗精神。我试图插进对话,却发现他们在用一种我不理解的语言交谈。

"民谣与摇滚的精神核心是重合的，它们拥有同一个根源。"

"如果说根源的话，应该是'日升之屋'（The house of the rising sun）吧？"

"啊，你一定要听一听'动物'乐队（The Animals）的版本，在那个年代的英国乐队当中算是最棒的另类。我的播放器里应该有的……就在这里。"

他们分享同一副耳机，身体凑得那么近，以至于我听不清他们的窃窃私语。我无聊地望着天空，直到第一朵烟花在夜空绽放。"放烟火了！快看啊！"我大叫道，扭过头，发现他们之间的最后一丝距离已经借由双唇轻轻弥合。

乔。

他的名字叫作乔，我怎能忘记他？我最好的童年玩伴，我的朋友，我的兄弟，我最敬佩的人。他是个心灵手巧的人，在秘密基地简陋的环境中制造出那么精致的双足机器人，那早就超过了手工课的范畴，简直可以拿到现代艺术品画廊中去展览。他学习成绩极好，喜爱摄影，会弹吉他，拥有一头浓密的褐色头发和一双明亮的灰绿色眼睛。在十二岁那年，他就长到一米八高，拥有强壮的肌肉和敏捷的身形。他是个值得信赖的人，具有领袖的天然气质，身边从不缺乏追随者，我不知道他为什么喜欢和我厮混在一起，只知道与他一起玩耍的日子，我快乐得像国王身边受宠的小丑。

有一次我问乔，为什么那么喜爱上世纪的古老民歌？他对我说，在遥远的二十世纪初，有一位诗人、作曲家、工会组织者为工人运动写出无数振奋人心的民谣歌曲，最终被资本家以杀人罪处决。那个人的名字叫作乔·希尔。现在可能没人记得这位民歌复兴运动的精神领袖,但这个名字将永远铭刻于反叛者的墓碑上,永不褪色。

"我和他名字相同。"乔笑着说,"有时候我觉得,这是上帝的安排。"说这话的时候,他的脸上带着与年纪不相称的成熟。

自从十二岁那年世界机器人大会眼花缭乱的夏夜之后,乔与琉璃逐渐淡出我的生活。乔并不理解我的冷淡,下课后依旧来找我玩,但我心中已经筑起高高的墙壁,将国王的邀约一次次拒绝。终于,三个人之间疏远了,十二岁男孩的自尊让我不得不独自品尝被遗弃的苦果,躺在床上想起他们成双入对的影子,痛苦地曲着身体忍受深深的孤独。

我恨他。恨国王将他的小丑遗弃(尽管那是我自己的选择),恨他与琉璃在一起的每一秒时间。

日子过得很快,我们渐渐长大,琉璃在高中毕业之后进入汽车制造厂控股的维修公司实习,乔依照父亲的意愿进入职业技术学院学习机械电子工程,而我在社区大学攻读现代工业设计学位,准备在取得学位之后考入著名大学的研究生院,彻底离开这座嘈杂而阴沉的城市。

那一年,白色的高塔用了短短一个月就出现在城市的正中心,罗斯巴特集团的盾形徽标高高悬在塔楼顶端,像一只奇怪的眼睛在俯瞰整座城市。街道上开始出现各式各样的机器人,起先,机器人做着一些机械性的简单工作,随着州议会政策的逐渐宽松,这些怪模怪样的家伙开始走上正式工作岗位——说是机器人,其实没有一个是人形的,只是一些会移动、能举起物体和发出声音的机械而已，当然，据说还会思考。

也就是从那时起，萧条的气氛开始笼罩街道，工人们不安地议论着减薪和裁员。我的父亲说一切都会好起来的，历史就是这样，城市已经熬过了那么多次经济危机，不会被暂时的不景气击倒。

终于，裁员计划被提前泄露，工业区即将整体关闭的消息，如同重磅炸弹爆炸，令一切都乱了套。工会立刻组织罢工——事后想想，资本家早已做好了割掉古老工业体系、建立新秩序的心理准备，罢工和游行又能威胁到谁呢？

我就是在这样一场游行中听到了唤醒记忆的那首歌曲，乔·希尔在1911年为工人运动创作的《牧师与奴隶》。对了，那天我穿过街道从社区大学回家，被游行示威的人流席卷其中。"喔，老克劳福特的儿子！"有人认出了我，我的手中立刻就多出了标语牌、头巾和啤酒。"为什么没有人发给你啤酒？喝光啤酒，举起牌子，再走二十分钟我们就吃午饭！"

我不想参与，但没能说出拒绝的话。人群呐喊着口号走过国王大街、绿洲路和铜矿路，兜了个圈子到达纪念广场，在这里休息、午餐。吵吵闹闹的工人坐满了圆形轨道基座，就像下雨时电线上密密麻麻挤满的麻雀。有人往我手中塞热狗与凉啤酒，广场中心搭起临时高台，四个巨大的马绍尔牌音箱接通话筒，有人登上台向大家讲解下午的游行路线。接着，另一个人花了十分钟宣讲机器人末世论，说这些拥有了身份的铁块总有一天会反过来成为人类的主人。最后乔和琉璃双双出现在台上，乔抱着他的吉他，琉璃穿着白色棉质T恤衫和蓝色背带裤，短短的头发用红色头巾扎起。

"乔！乔！"工人们举起啤酒喊道。

"这首歌叫作《牧师与奴隶》。今天，资本家说用钞票买断我们未来的工作年限，将我们安置在新移民城市，让我们可以在机器人的服务下舒舒服服过完一辈子，每日做着虚幻的工作；而明天，我们，我们的儿子，我们的女儿，我们的孙子、孙女和所有后代，就会成为被世界遗弃的垃圾！"乔已经成长为一个英雄般的高大男人，他握着话筒，整个广场的光仿佛都集中在他身上，让他吐出的每一个字眼都带着来自天堂的雄浑力量。"这些资本家正在用无所不在的机器人抢走我们的工作、我们的土地、我们的生活和我们的城市！两百年前，我们的祖先在戈壁滩中央建立了这座城市，如今城市的灵魂就要死去，高炉不再流出铁水，水压机不再锻打金属，石油不再流动，蒸汽不再喷发，一切将在我们的手中终结……全部终结。"

全场鸦雀无声，音箱中传来空洞的啸音。我望着乔和他身边的女人，艰难地咽下口中的食物。

乔没有多说一个字。他引燃了三千名工人的炙热情绪，又任由它在等待中发酵、膨胀，演变为超过临界力量的风暴。所有人都在等待他继续说下去，他却退后一步，抱起怀中的吉他。琉璃轻轻握住话筒，闭上眼睛，轻启朱唇。

纤弱而有力的女声响起——

> 长发的牧师每晚出来布道
> 告诉你善恶是非。

吉他扫弦声响起,如遥远天边隐隐滚动的雷雨。

> 但每当你伸手祈求食物
> 他们就会微笑着推诿……

乔开口了,充满力量感的男声接替了女声:

> 你们终会吃到的,
> 在天国的荣耀所在。
> 工作、祈祷,简朴维生
> 当你死后就可以吃到天上的派……

随着简单旋律的不断重复,工人们开始加入叠复句的合唱:

> 工作、祈祷(工作、祈祷!),简朴维生(简朴维生!)
> 当你死后就可以吃到天上的派!
> 各国的工人弟兄团结起来(团结起来!)
> 当我们夺回我们创造的财富那天
> 我们可以告诉那些寄生虫(寄生虫!)
> 你得学会劳动才能吃饭!

纪念广场沸腾了。音乐的力量让这些卑微的、绝望的、疲倦的工人发出海啸般的怒吼,我相信即使远在那座白色高塔中,大人物们也听得到这种震耳欲聋的呼喊。

在这一刻,我却感觉到彻底的绝望。他与她站在高高的台上,唱着一百年前的歌,他是她的约翰·列侬,她是他的小野洋子,他是鲍勃·迪伦,她是琼·贝兹,他们是一体,彼此契合,无法分割。

我恨自己打开了记忆的封印,让这种痛苦再次置我的灵魂于嫉妒的炼狱。我沿着国王大街快步向前,走过肮脏的街道、破碎的路灯和飘满纸屑的路口。我已经知道琉璃尝试将我引向何方,最后一封信一定藏在那里,我曾经忘却、又终于想起来的开始与终结之地。

我们的秘密基地。

也是乔死去的地方。

【03:54】

我不知道儿时的记忆缘何被封闭,只知道随着回忆的恢复,某种东西悄悄改变了。这破败的城市、无精打采的阳光、钢蓝色的雾气开始变得熟悉而亲切,空气中有一种让人心惊的温暖味道。快步走了二十分钟,我才发现行李箱和外套被丢在了纪念广场,但那些已经无关紧要,我最需要的是一个答案,而答案就在前方。

邮电大楼出现在街角,这栋六层高的楼房表面绿色油漆已经剥落,大门紧紧锁着。我的心脏不由自主地加快跳动,左右看看,街上并没有行人,远方一台清洁工机器人懒洋洋地挪动八条吸盘腿在一栋建筑物的外立面上行走,街对面的消防栓损坏了,一摊污水汩汩冒着气泡。

我咽下唾液，慢慢绕到邮电大楼侧面。在这栋大楼与隔壁"罗姆尼螺丝世界"五层楼房的夹缝处，摆着一个立体花坛，这种砖木混合结构的花坛在城市兴盛的时代大量出现于街头巷尾，花坛分为七层到十二层，层架上装有培养土或水槽，里面种植着三色堇、毛蕊花、波斯菊和蝴蝶兰，每个季节都有不同的鲜花开放，让花坛看起来像一道依序移动的彩虹。当然，现在的花坛只是一堆腐朽的木头和生满杂草的泥土罢了。

我蹲下来，一眼就看出新近有人来过的痕迹。这座花坛是我们秘密基地的入口，钻进花架底下，抽出六块底座的红砖，就可以钻进两栋大楼之间的夹缝，那是专属于我与乔两个人的天地。在热衷于机器人的童年时代，我们每天放学后来到这个秘密基地，在机械图纸、组合玩具和稀奇古怪的电子零件上消磨时光。我居然会忘了这美妙的一切，这简直匪夷所思——就像我居然会忘记乔一样离奇。

我挽起袖子，手足并用爬进花架下方，四周阴暗下来，能勉强看清布满灰土和烟蒂的地面。那六块砖只是搁在原本的位置，轻轻一抽就掉了出来。但我没办法穿过砖墙的洞口，一次冒失的尝试差点让我卡死在秘密基地的入口处，红砖挤压着我的胸腔，肋骨在咯咯作响，昂贵的真丝衬衣被砖块磨破，我用尽全身力气才退了出来，在灰蒙蒙的花架下大口喘息。

花了十五分钟时间，我才用钥匙链上的袖珍军刀撬下四块红砖，将洞口扩大到适合成年人的宽度。这次我顺利地爬了进去，手脚接触到秘密基地的一刹那，我彻底放松了，一转身仰跌在地，呼哧呼哧喘气。这里几乎一片漆黑，两栋楼房相接的遮雨棚没有留下一丝天光,一米多宽的夹缝被两侧的花坛完全封闭起来,或许是设计的疏漏,或许是规划问题,原本应该毗邻建造的两栋大楼并未实际贴合起来,除了城市建筑管理委员会之外,没人知道这个隐秘空间的存在。

知道这里的只有我和乔两个人。在我们逐渐疏远的日子里,我不时会回到这里独自玩耍,也会看到他曾来过的痕迹,秘密基地成了维系我们关系的最后纽带。

直至十年前的那一天。

我的记忆从未如此鲜明,以至于一闭上眼睛,就能看到死去的乔那张英俊面孔上的诡异表情。他一只眼闭着、另一只半睁,眸子变成一种雾蒙蒙的灰色,鼻孔微微张开,嘴角上翘,露出几颗沾血的牙齿,齿缝里咬着一截黑色的物体,后来花了好久我才想到,那应该是他的舌头。因为被殴打的痛苦,乔咬断了自己的舌头。

那是一个雾气弥漫的清晨,大罢工的第十六天。由产业工人掀起的大规模罢工运动,已经由这座城市扩展到这个州所有的工业城市。人们扎着红色头巾,挥舞着标语牌、大号扳手和铁锤走在街上,唱着一个半世纪以前那个名叫乔的男人写下的歌谣。我不知道资本家和政客们是否感到害怕,电视上看不到真实的信息,即使人群包围了罗斯巴特集团的白色通天塔,也无法看清高居塔上大人物们的表情。

我也不再去社区大学上课,整日混在游行的队伍里。我的父亲非常反对我参加游行,严厉地训斥我,说那不是我该干的事。可我选择无视他的意见。参加罢工运动对我来说并非出于阶级、道德或政治原因,回头想想,或许我只是想喝到免费的啤酒,然后远远地看琉璃一眼罢了。

那时，乔和琉璃每天都会登台演唱，将乔·希尔的歌曲教给大家，当台下的声音掩盖了音箱的音量、每个人开始挥舞拳头大声歌唱时，琉璃脸上的那种光芒令我无法直视。我心碎地、痛苦地、嫉妒得快要发狂地望着那对高高在上的恋人，品尝着扭曲的蜜水与漆黑的毒药。

我恨他。

我爱她。

所以更恨他。

后来，他们的位置似乎被另一伙人取代了，为首的人整天喊着蛊惑人心的口号，罢工运动正在悄悄向极端的方向发展，乔和琉璃不再出现在台上，工人们也不再唱歌。

第十五日夜间，一场冲突发生了，没人知道混乱因何而生，只看见血与火笼罩了钢铁之城。整座城市都在熊熊燃烧。电力供应中断，手机失去信号，电视新闻没有报道，无数人在呐喊，汽车爆炸的火光在一条条街道上如烟花般闪烁，烟雾升起，星空黯淡，每个人都疯狂了。我对这一天的记忆非常模糊，只从很久以后的新闻片段中看到了这可怕的画面。

第十六天，由工人组成的城市防卫队——那时，刚刚问世服役的机器人警察已经全部被砸毁了——在巡察中发现了乔的尸体。他倒在邮电大楼旁边，身体因遭受殴打和践踏已经不成形状，左手藏在身下，右手伸向花坛的方向，指甲在地面留下长长血痕。在发现他之前，我所在的这支防卫队已经找到了六十名遇难者的尸体，其中包括我的父亲。在这一刻，我很奇怪地陷入了游离的精神状态,镇定自若地用酒精棉球擦去乔脸上的血污,将他装入黑色的裹尸袋。

我知道他最后想要到达的地方,不是那座花坛,而是花坛背后的秘密基地。但我没有任何反应,甚至没有去思考其中的意义。

剧烈的头痛突然袭来,阻止我继续回忆下去。我慢慢站起来,掏出手机照亮秘密基地狭长的空间。这里的一切都没有变,我们用硬纸板分隔的工作间、储藏室、书房、食品间和机械库依然如旧,只是以成年人的视角来看,这里的一切都像幼稚的过家家游戏的道具。

一枚洁白的信封摆在工作间的书桌上,那张桌子是我们费了好大力气偷偷运来的,桌上积满厚厚灰尘的机器人画册、图纸和照片曾是我们最珍贵的宝物。我拈起信封,撕开封皮取出信纸,纸上写着:

你终于做到了,大熊。你想起一切了吗? 我在工作地点等你,你知道我在哪里。

P·S: 这是最后一次反悔的机会。

【03:20】

我当然知道琉璃在哪里工作。事实上,我曾不止一次在那间隶属于汽车制造厂的机械维修公司外面驻足观望,希望在裸着上身的机修工人、冒着热气的液压举升机、坏掉的汽车和沾满机油的墙壁中间找到那个黑发女人的轮廓。我从没看到过她,她也未曾察觉我灼热的视线,这是件好事,我心中一直迷恋着这个遥不可及的女人,却不知怎样开口说出一句问候。距离十二岁已经太遥远，我们之间的距离将我对她的感情酿成有毒的苦酒，将她对我的回忆装进疏离的坟墓。

手表显示还有三小时二十分，那是她给我的最后期限。游戏已经结束了，只要沿着铜矿路走到尽头，就能在右手边找到"吉姆－吉姆尼"机械维修公司的大楼，找到那个有着水蜜桃味道、穿着白色棉袜子的东方女孩。

铜矿路是贯穿城市中心的主干道，我背后矗立着罗斯巴特集团分公司的白色高塔，前方是空阔无比、迷雾覆盖的道路。这时候阳光隐去，雾气仿佛变得更加浓密，一辆布满灰尘的汽车从雾中驶来，有气无力地响了一声喇叭，掠过我的身边，卷起刚刚落下的一捧黄叶。一台体型跟雪纳瑞犬差不多大的机器人不知从哪儿钻出来，利索地将落叶吸进集尘器，然后用盒装身体上顶着的摄像头眼巴巴地瞅着我。

我知道它在等我吐出口中的尼古丁咀嚼片，"不。"我做出拒绝的手势继续前进。机器人失望地垂下摄像头，钻进道边的排水沟。现在的我感觉疲惫、头痛、胸口疼（应当是爬进秘密基地时弄伤了肋骨）、心慌意乱，此时口腔中释放的每一毫克尼古丁对我来说都无比重要，用力咀嚼着口中的东西，我咽下带着薄荷味道的口水，佯装这能够带给我力量。

回忆仍然在不断苏醒，乱哄哄地挤进我的脑袋，我竭力什么都不想，机械地抬起脚、落下，抬起脚、落下，经过一间又一间贴着封条的店铺，在一台又一台清洁机器人的注视中前进，就这样走完了整条铜矿路。橙红色的建筑醒目地出现在右前方，"吉姆－吉姆尼"机械修理公司大楼看起来像一个超大号的圆柱形油桶，当时算是这座严肃城市中最新潮的建筑物之一,这里除了修理汽车、工程机械、机床设备之外,还开展了机器人的保养与维修服务,不过自从罗斯巴特公司的白色高塔出现,就没有过一名机器人顾客光顾。

几名吸毒者在路边谈着什么,一看到我就隐入雾中不见踪影。机械修理公司大楼没有如整座城市般褪色,依然是耀眼的橙红,不过楼顶似乎有些异样。我眯起眼睛望去,发现那是一大群黑压压的乌鸦,无数乌鸦安静地站在大楼顶端一动不动,如同一顶古怪的黑色花冠。

这可不是什么好兆头。我的脑袋又开始疼痛。

大楼的门紧紧锁着,贴着黄色封条,透过蒙尘的落地玻璃,我看到了自己的形象:穿着卷起袖子的肮脏衬衫,头发散乱,满脸污痕。短短几个小时,我就从系着真丝领带、端坐在办公室里啜饮咖啡的中产者变成了这副狼狈模样。够了。五秒钟以后,我就能让这一切结束。见到她,拒绝她,无论她提出什么要求。

我从地上捡起吸毒者丢下的空酒瓶,用力向玻璃门砸去,砰!瓶子立刻粉碎,警铃声响起,接着迅速微弱下去,一定是这一声最后的呐喊令其电池耗尽了能量。

"要跟人打架的话,酒瓶可以随时变成刀子,但一定要记得,用整瓶啤酒去砸才能造出锋利的刃口,空瓶子的话,会碎得只剩下一个瓶颈握在手中。"放学的路上,乔如此对我说道——他似乎什么都懂。见鬼。

我开始捶打那扇门,捶得如此用力,以至于整条街道都回荡着拳头与玻璃碰撞发出的闷响声。我不知道警察是否会赶来,铜矿路是这座荒芜城市中机器人最密集的地方，州财政拨款维护着这条主干道，为破产的城市留下最后的尊严。在这一刻，我心中甚至生出一个想法：如果警察现在能够将我拘捕，也未尝不是一件好事，在缴纳罚金之后，我就可以乘坐警车前往中央车站，头也不回地离开这里，再不回来。

"喂。"

琉璃的声音响起。

心脏传来熟悉的疼痛悸动，这一声呼唤犹如闪电击穿灵魂。

我的动作静止了，透过玻璃门看到自己目光游移的倒影。我这一生从未感到如此狂喜，也从未感到如此恐惧。直到这一刻，我才明白一路彷徨只是自欺欺人的伪装，深藏心底的炽热情感一旦打开缺口，冲动就化为滚滚流淌、散发着毒气的熔岩，为了见到她，我愿意与魔鬼签订契约抛弃一切！但她是真实的吗？在这么多年之后？是否我抬起头来，看到的只是镜花水月的幻影？

"喂，上来吧，别闹了。一楼的门是打不开的。"

我慢慢抬起头。动作如此缓慢，以至于全身上下每一块肌肉都僵硬而发出颤抖。

午后的阳光穿过雾气，洒下柔软的金黄辉光，二楼一扇窗子打开了，她在那里，带着笑，轻轻挥动手臂。

我听到自己胸口传来爆裂的声音。格林童话《青蛙王子》中王子的仆人亨利看到主人变成一只青蛙之后，悲痛欲绝，在自己的胸口套上了三个铁箍，免得他的心因为悲伤而破碎。当王子被公主唤醒，忠心耿耿的亨利扶着他的主人和王妃上了车厢，然后自己又站到了车后边去。他们上路后刚走了不远，突然听见噼里啪啦的响声，好像有什么东西断裂了。路上，噼里啪啦声响了一次又一次，每次王子和王妃听见响声，都以为是车上的什么东西坏了。其实，忠心耿耿的亨利见主人如此幸福而感到欣喜若狂，于是，那几个铁箍就从他的胸口上一个接一个地崩掉了。

此时此刻，我胸口的铁箍正因无限巨大的幸福而一个接一个爆裂，那些为了不再想起她而筑起的钢铁樊篱，都逐一碎去。我是爱上公主而背叛王子的亨利，三千六百五十个自我逃避的日子过去，这一刻，我获得了新生。

"消防楼梯在大楼后面，慢慢爬，有些地方生出了青苔，有点儿滑。"她说。

"知道了。"

懊恼、疼痛、疲惫、失望、愤怒如初雪融化，心情瞬间平静得如同冬季月光下的密歇根湖。这种改变让我觉得奇怪，但又不纠结为何奇怪，仿佛知道任何不合理的事情都一定可以得到合理的解释，也就不再在意解释本身。心脏仍在激烈地跳动，但手指已不再颤抖。

我绕到大楼背后，在遍地垃圾中找到消防梯，小心地踏着滑腻腻的苔藓攀上二层。跨过一道门槛（也可能是一扇窗梂），我见到了琉璃。

她穿着白色棉质 T 恤衫、蓝色背带裤，戴着白色耳机，头发短短的，明亮的眼中带着笑意。在这一刻，我突然发觉其实一直以来我都不记得琉璃的样子，就算刚看过她与我十二岁夏日的合影，一转眼，她的脸孔就会变得模糊；但我如此确定现在站在眼前的人就是她，她并非泛黄照片上的空洞笑脸，而是温热的、活生生的、散发着水蜜桃香味的氤氲光影,就算闭上眼睛,也能感到她的存在,那个十二岁女孩笑靥如花的灵魂。

一种名为"幸福"的甜蜜物质被心脏泵入四肢百骸,我感觉舒适的温暖与辛酸的疲惫,打量着对面的女人,不愿挪动视线一分。

"大熊,我以为你会变很多,没想到还是这副模样。"琉璃歪着脑袋打量我,露出尽力忍住笑的表情。她脸上擦着几道黑黑的机油痕迹,手上戴着脏兮兮的工装手套,看起来刚才还在工作。

"那个,全都弄脏了,还划破了几处……谁让你把信藏在那种地方的?"我有点儿尴尬地掸着衬衫上的泥土,鼓足勇气反过来质问道。

"我怕你的记忆不容易恢复,就想办法尽量帮帮你。看来你都想起来了,对吗?"琉璃的眼睛弯弯的,几道俏皮的鱼尾纹出现在眼角。

"想起了很多。"我回答道,"我居然会彻底忘掉乔的存在,真是太奇怪了……还有惨剧发生的那天晚上。乔是死于暴动的游行者手中吗?对不起,我不应该提起的。"

琉璃用黑色的眸子盯着我,"没关系。这么说,你还没完全想起来。或许只到这个程度就够了吧……大熊,你愿意为我做一件事情吗?"

"愿意。"我回答道。

"可我还没有说是什么事情。"琉璃惊讶道。

"那你说说看。"我说。

"是关于……"琉璃开口。

"愿意。"我再次回答道。

"让我说完!"琉璃怒道。

"好吧。"我说。

"我要你陪我去做一件事情,可能会死的——不,应该说一定会死的吧。"琉璃犹豫地说。

"愿意。"我说。

"为什么?"琉璃显得有些不解,"我知道你和乔的关系,如果你想起了最要好的兄弟的事情,应该会帮助我的,但你明明没有全想起来……"

"想起什么?你可以告诉我吗?"我问。

"不,别人告诉你的话,你会认为那是一个谎言。"琉璃指着自己的太阳穴,"只有相信这里。靠自己吧,大熊。在此之前,你还愿意帮我吗?"

"愿意。"我说。

"好吧。"她说。

她带着我穿过房间。房间乱糟糟堆满图纸,一台老旧的电脑显示着机械的复杂蓝图,墙角高高摞着罐头盒子和啤酒易拉罐,空气中有一种机油混合了烟草的熟悉味道。"啊,抽烟吗?"她掏出烟盒抛过来,"在大城市不太容易买到香烟吧。"

我很自然地吐出尼古丁凝胶,抽出一根烟衔在嘴里,"有火吗?"

"什么?"琉璃停下脚步转回头,"哦,抱歉。"她摘下耳机揉成一团塞进兜里,"正在听歌。喏,打火机。"

"谢谢。"我接过打火机,点燃香烟。在我所居住的城市,这一举动意味着高达五十元的烟草税、环境税与健康税,还要加上体检报告上的鲜红图章。不过此时，我感觉到的只有醇厚的舒适感。让咀嚼片见鬼去吧！这才是真正的尼古丁！

琉璃在前面带路，我跟在后面。她的头顶只到我下巴的高度，从这个角度可以看到她如男孩一样的短短发梢、长长的脖颈和裹在T恤衫里纤细的背影。我今年三十二岁，那么她今年也三十二岁了。不再交谈的二十年，未曾见面的十年，她都经历了什么？她是否嫁人生子？为什么她还逗留在这座毫无希望的城市？她为何要给我写信？她要我帮忙的事情又是什么？

这些问题我一个都不想问。就这样一起行走，望着她的背影，就够了。

我们走出房间，穿过一条短短的回廊，推开一扇门，来到一个平台。

"喏，就是这个。"琉璃指指前方，倚在护栏上望着我，"希望你喜欢。"

我没有说话。

"吉姆–吉姆尼"机械修理公司的圆柱形大楼是中空的，房间呈环状附着在楼壁，中央是一个巨大的柱形空间。我先看到许多大口径不锈钢管被电缆、液压机构和油管缠绕着向上延伸，抬起头，就发现那其实只是一截小腿而已，膝部轴承关节以上是直径更粗的钢管和液压机构，在胯部与联动机构相接，具有应力结构的多节脊椎托起不锈钢栅板覆盖的胸腔和凯芙拉多层垂帘防护的腹腔，胸腔中装有动力核心，而腹腔则安放着变速器和传动装置，肩部轴承通过锁骨结构连接胸腔与上臂，手臂的液压结构更加复杂，能直接将动力输送到每一根手指末梢，脊椎顶端带有减震系统,上面安放着半球形的头颅,头颅处敞开一扇气密门,露出乘员舱的点点灯光。

巨大机器人静静地站在大楼内,看起来像剥去皮肤与肌肉的金属巨人标本,又像放大千万倍的小学生劳动课手工模型。它的外形毫无美感可言,比例失调,管线外露,而结构设计更充满了幼稚可笑的缺陷,那是只有小学生才能想出的异想天开的设计语言。

但我对它是如此熟悉。

这是我和乔花费大量时间在秘密基地中设计出的巨大机器人,我们管它叫"阿丹",那是伊斯兰教经典里全世界第一个男人的名字。我们画下无数图纸,对每一个数据详细推敲,激烈讨论着动力系统的配备,为乘员舱的位置伤透脑筋……这是我们最棒的作品,而那些日子是我们最好的时光。

如今,阿丹从少年涂鸦的稿纸走入现实,它是如此巨大,以至于我一直仰头观看,几乎弄伤了脖子。

"喜欢吗?"琉璃微笑着问道。

【02: 58】

"就连数据……都与图纸上的一样吗?"我望着巨大的机器人,声音在空洞的楼内回响。

"高 24 米,重 190 吨,臂展 17.4 米,步幅 9 米。"琉璃靠在护栏上点燃一根香烟,介绍着这个庞然大物。

"动力系统呢?"我努力回想着当时的设计,空想的世界里不需要什么逻辑性,我们完全可以给阿丹安装一台十万马力的核裂变发动机，再在它的全身装满火神机关炮、导弹、激光发射器和电磁炮，但当时，我与乔只是非常谨慎地设计了一台峰值输出 35000 马力的氢能源燃料电池发动机，使用传统的轴传动加液压系统方式，而不是更加方便的发电机——电动机结构。

这时，头顶有振翅声传来，几只乌鸦围绕着机器人盘旋几圈，嘴里衔着亮晶晶的螺丝钉和铜线，穿过半透明太阳能天花板的破洞飞走。

"这些小偷很喜欢发光的东西，慢慢就越聚越多了。"琉璃吹了声口哨驱赶乌鸦，"抱歉啦，大熊，就算拼了老命我也找不到合适的动力核心，现在安装的是来自报废坦克车的两台罗尔斯·罗伊斯牌 V12 共轨增压柴油机，最大输出功率 4200 马力；变速器则来自海岸警卫队的德尔塔 IV 巡逻快艇残骸，是 ZF 公司出产的 9 挡液压变速箱，修复它花了我很大力气！胸口部分两台柴油机的输出功率经液力变矩器传递至腹部的变速箱，从变速器经万向传动装置输出至裆部的分动器，分动器再经万向传动装置送往各个驱动桥。轴输出提供轴向力，头颈、四肢一共有五个液压系统，液压系统提供径向力。"

"才四千多马力，这样的马力重量比只能让它勉强动起来而已吧。"我脱口道，同时心中默默计算着数据。

"喂喂，端正一下态度吧，老兄。"琉璃探出身子拍拍机器人的大腿，"在没有任何人帮助的情况下，我一个人做成了这么厉害的大家伙，你是要继续吹毛求疵下去，还是动脑子想想你面前的女人应该得到什么样的称赞？"

"这太棒了，琉璃。我不知道该怎么表达。"我说，"我小时候做过的无数梦里面最酷的一个,就是驾驶着巨大机器人与坏人展开殊死搏斗……但你做了一件毫无意义的事情,这样的机器人,一点价值都没有!"

对面的女人突然眉目弯弯地露出微笑,"好吧,反正还有一点时间,我们可以好好聊聊这个话题,你喝啤酒吗? 虽然不冰,不过幸好还在保质期之内——我们有多久没见面了,十几年?"一边说着话,她一边从背带裤兜中掏出控制板,在上面点触几下,嗡嗡的电动机工作声传来,我们脚下的平台开始沿着大楼内壁的螺旋形轨道旋转上升。

"……十年整。"我回答道。随着平台的移动,我可以自下而上将巨大机器人的细节一览无余。所有的非标准件应该都是身边的女人用车床手工制造的,精度很差,也没有经过打磨抛光,焊接点显得非常粗糙,电路和油路走线混乱,应当由凯夫拉防弹材料覆盖的腹部其实只是挂上了几层破烂帆布而已,让机器人更像一具缠着裹尸布的骷髅。长期从事的职业让我不得不以挑剔的眼光审视这个作品,从设计师的角度来说,这简直是一个灾难。

但同时,我的心脏在剧烈跳动,仿佛童年的自己想要跃出胸腔将这伟大的造物拥入怀中。我无法表达心中的激动,全身上下每一个细胞都在惊叹、战栗,就算故作镇静,说话还是会带上颤抖的尾音。乔当年制作的那个精美机器人模型正是按照"阿丹"的设计图完成的,如果他如今还在世,会不会同我一样,在这个巨大的机器人面前欣喜若狂?

平台升至轨道顶端,"咔嗒"一声静止,从这个角度可以清楚看到机器人头部乘员舱的内部构造,同设计图一样,里面的空间非常狭小，一张座椅悬浮在两百支柔性液压支撑杆中间，星罗棋布的仪表和按钮布满座椅前的操作台，几盏绿灯亮着，象征机器人处于电路自检完毕、可以启动的状态。这一切都与我们当时的设计一模一样，甚至连指示灯的位置都没有改变。

"你没有对图纸做一点改进吗？十二岁孩子画出的图纸？"我悄悄攥紧衬衣一角，以防自己发出激动的喊声，口中吐出的却是挑剔的言语。

"不用怀疑了，这就是你们的'阿丹'，大熊。"琉璃轻轻抚摩着机器人的钢铁皮肤，"无论合理还是不合理的地方，我都完全重现了。"

"可是……'阿丹'它并不科学，从理性的角度……"我艰难地挤出几个字。

"那又怎么样呢？"秘密基地里的充电应急灯照亮乔的脸庞，十二岁男孩扬起眉头，那种充满理想主义精神的天真表情并未死去，穿越漫长的时间，在二十年后的黑发女人脸上重生。

【02：30】

我的工作是为罗斯巴特公司设计机器人。在机器人三定律的基础上，罗斯巴特集团生产的模拟神经元中枢处理器给机器人带来独立思考的能力，这种生物计算机具有两亿五千万个神经细胞，其工作原理与人脑相当类似——尽管与具有一千亿神经元的人脑相比，它在归纳、判断、联想与抽象化思考等方面远远不足。

在州议会修改宪法之后，机器人的生存权利得到了承认，与此同时，"制造"机器人转变为机器人的"生殖"，之前罗斯巴特公司制造的两百万名具有人工智能中枢的机器人成为原始族群,它们开始竞争社会工作岗位、为自己的生存赚取金钱、自由结合为伴侣。有人担心这些由金属和集成电路组成的异类不具有繁衍后代的自然责任,但事实证明这种担心是多余的,即使不加以规定,机器公民也很愿意建立"家庭",并且共同抚育后代。两百万名原始机器人分为一千零二十五种型号,每种型号的外形与功能都完全不同,而同种型号间又由于批次、零配件和装配工艺等原因出现差异,这些差异成了某种遗传基因,在"生殖"过程中被保留且放大,最终形成了家族的决定性特征。

两名机器公民伴侣联合提出生殖申请,经州立管理委员会通过后转交罗斯巴特集团高级定制部门办理,定制部门将根据机器人伴侣的主观意愿(在允许范围内对某种特征的强调)及客观因素(显著特征、付出的金钱)计算出下一代机器人各项数据的模糊边界,将关于外观设计的部分外包给控股子公司完成,最终由集团工业机械部门完成制造。

我的工作就是根据高级定制部门给出的数据边界,设计出崭新的机器人,从某个方面来看,这与上帝的工作并无不同。多年以来,成千上万的新时代机器人从我工作室电脑屏幕上的草图变为实体,遗传显示出恐怖的力量:崭新的机器人形态开始出现,旧式的机器人被社会淘汰,用尽最后一丝电力,变为阴暗小巷里生锈的废铁;结构更合理、效率更高、更美观的机器人走上工作岗位,用勤恳高效的态度赢得雇主欢心。由人类控制生育率和生殖过程,这是州政府锁在机器人脖颈上的最后一根锁链,没有人能否认机器人正在让这个世界变得越来越好,但直至今日之前,我都没有认真考虑过机器人存在的意义。归根结底，作为人类的创造物，它们的自然使命到底是什么？

这个问题的答案曾经非常简单。

琉璃坐在我身边，喝着一瓶温热的啤酒，她身上的气味没有丝毫变化，擦着两道油泥的侧脸被阳光照亮，尘粒在她鼻尖短短的绒毛上轻盈飞舞。"呸！真难喝。"她有些恼怒地放下瓶子，"明明还有几个小时才到保质期，却已经酸成这个样子了！"

"我是说，人形机器人是最不科学的东西。"我说。我裸露在外的手肘不小心触到她的臂膀，感觉比二十年前更加强烈的电流透过皮肤、肌肉和骨骼，闪电般刺穿了我的心脏。

"为什么？说说看。"琉璃侧过头来，问。

我们肩并肩坐在一张双人床垫上，半透明天花板上站满了乌鸦，浑浊不清的阳光穿透雾气和太阳能玻璃照进室内，把这间起居室分割成光暗分明的两半。阳光已经倾斜了，或许用不了多久就会天黑。床垫、衣柜、冰箱、水槽、电脑、工作台和电唱机，屋里的一切显得陈旧而凌乱，没有任何带有女性特质的物品，甚至没有一面化妆镜。只有靠近琉璃身边，那种淡而甜蜜的水蜜桃香味才会提醒我主人的身份，房间也因此变得温暖起来。

"还需要说明吗？一直以来，人形机器人都只是科技企业向社会展示技术的手段而已，双足行走是人类在进化过程中为了解放双手而必须承受的原罪，机器人没有任何理由花费大量资源重现这种不科学的行进方式，双足机器人能够胜任的工作，更廉价且可靠的履带或多足机器人可以完成得更好。而巨大的人形机器人，那只是动漫作品中不切实际的幻想吧……"我想了想，如此回答道。

"那你和乔当初为什么对巨大的人形机器人那么痴迷？"

琉璃的这句话问得我哑口无言。

我们一起沉默下来。琉璃抬手用遥控器打开电唱机，扬声器传出齐柏林飞艇的《十年飞逝》，我们静静地听吉米·佩吉令人心碎的吉他声在昏黄的阳光里回荡。一曲终了，下一首歌曲的前奏响起，手表上的鲜红数字不断跳动，提醒我必须得主动开口说些什么。"距离那天正好十年，真是个巧合呢。"我说，"你的父亲……他还好吗？"

"和他的老工友一起住在四百公里外的新移民城市，依靠遣散金生活，每天进行八小时的虚拟工作，赚取一点儿网络信用点。他挺后悔当初的选择，不过人一旦选择了放弃，就再也没有机会了。"琉璃淡淡地回答道，"有一次他在电话中说起他很羡慕你爸爸，'死在最好时候的幸运老杂种'——这是他的原话。"

我苦笑着摇摇头，"毕竟我们还活着，不是吗……我突然想起我与乔对巨型双足机器人着迷的原因了。"

"因为那很酷。"琉璃放下啤酒瓶哈哈大笑起来，"对吗？"

"没错。"我不由得随之露出笑容。

我想了很多。"机器人"一词由"苦役、奴隶"的词根变化而来，其存在的原始意义是为人类提供服务，但没有人会否认，这种人造物其实也是孤独人类自我欲望的表达，巨大双足机器人是对人类存在形态的极端夸张，是充满雄性特质的钢铁图腾柱。崇拜巨大机器人，实际上就是崇拜人类之存在本身。

然而，机器人的定义究竟是什么？现代文明将它定义为某种自动控制装置，具有在不确定情况下进行感知、决策、行动能力的活动机械，人工智能是这个定义的最佳表达。按照这个标准，我与乔设计出的"阿丹"根本就不是机器人，仅仅是一架人类手动操纵的大型机械而已，其本质与挖掘机并无不同。然而，自从见到这惊人的巨物之后，我未曾有一刻怀疑"阿丹"的身份，它不仅是机器人，而且是我所见过最纯粹、最粗糙与最美丽的机器人。

是的，十二岁的我们认为所谓"机器人"，就是具有人类形态的机器，它明明由钢铁制成，却拥有人的体形与灵活的手指，可以大步奔跑，每个关节都能够灵活转动。长大之后，形态为功能服务的古怪机器人充斥社会，我早已忘记了孩提时的想法——这真是可笑，还有什么能比巨大的人形机器人更酷？

【01：59】

我们像昨天刚见过面的老友一样毫不陌生，聊的却是阔别十年的遥远话题。我们听着枪花、黑色安息日、滚石、涅槃和皇后的老歌，谈着笑着，喝光了半打临近保质期的啤酒。阳光逐渐西斜，室内昏暗下来，我突然想起一个问题，"你给我的最后期限是什么意思？我的手表显示还有一个多小时就到了，会有什么事情发生吗？"

"啊，对不起。"琉璃不好意思地说，"我这个人不大容易做决定，所以喜欢定下一些期限帮助自己下定决心，那个期限只是这些啤酒的保质期到期时间而已，好在我们把它们喝光了。"

"帮助你下定什么决心？"我举起空啤酒瓶，借着暗淡的阳光瞧了瞧，果然马上就要过期了。我丢下酒瓶，问。

"下定决心启动'阿丹'。"她回答道。

"它还从来没有启动过吗？就连引擎试机也没有？"我问道。

琉璃点点头。暮色中看不太清她的脸孔，只有一双明亮的眼睛在发光。"维修公司关闭以后，每个人都离开了，只有我偷偷留了下来，如果被警察发现的话，一定会判非法入侵罪吧……幸好后面的解体厂还有很多零件留下来，而机器警察对低于五十五分贝的噪音没什么反应，我才能慢慢地建造这台机器人，就算这样，也才刚刚完成呢。"

"你独自在这里生活了十年？就为了这台人形机器人吗？你的生活来源是什么？"我惊讶地问。

女人露出了笑容，"废弃的城市可是一座金矿呢，你不知道那些黑市商人肯为一个小小的机床轴承花上多少钱……这并不重要，重要的是，你现在出现在这里，愿意帮助我一起启动机器人。十年前我决定独自完成这一切，可几个月前，'阿丹'即将竣工时我才发现，一个人根本没办法操纵这样复杂的机械，机器人的原始图纸上没有电脑控制的总线结构，'阿丹'没办法自动保持姿态，要改为程序控制的话，相当于将'阿丹'重新建造一遍，而且……那样做的话，'阿丹'又与那些杀人犯有什么差别呢？"

"杀人犯？你说那些机器人？"

"没错。造成惨案的人。住在白色高塔里的怪物。杀死乔和你父亲的元凶。毁掉这座城市的家伙。"琉璃平静地吐出带着深深仇恨的字眼，"那些能够思考的机械。"

"所以，你要做的是……"我脑中产生不祥的预感。

"为乔复仇。为你的父亲和我的父亲复仇。为这座城市复仇。"

琉璃伸手指着窗外，透过积满尘埃的玻璃窗，在雾气沉沉的城市中央，罗斯巴特公司的白色高塔静静矗立在暮色中。

我不知该说些什么。自从见到"阿丹"的那一刻起，我就想到了这种可能性，但当可能性真的成为事实，这疯狂的想法还是令我震惊。"琉璃，在现在的法律框架里，机器公民与人类具有基本同等的权利，毁灭机器人的存储芯片等同于一级谋杀的重罪！就在前几天，一名专门向流浪机器人下手的零件贩子因三十五桩机器人谋杀案件而被判处六百零五年监禁，大陪审团全票宣判罪行成立！这些你知道吗？"我猛地站了起来，大声说道。

"那你还愿意帮我吗？"她露出了熟悉的表情，微微挑起眉毛，抿着嘴，用眼睛直直盯着我的双瞳，那种倔强而决绝的表情二十年来未曾改变。一旦认定一件事情，就算上帝也不能迫使她改变意愿。

"……我愿意。"在大脑反应过来之前，一个声音脱口而出，替我做出回答。

在这一刻，我不知道自己在想些什么，只看到面前女人嘴角的曲线慢慢舒展，绽放出一个破冰的灿烂笑容。"从小就是这样，我一直搞不懂你，但不知道为什么，有事的时候又总想找你帮忙。"她伸手拍拍我的肩膀，"我与乔在一起的时候很多次想去找你，不过乔说你是要考上大学、走出这座城市的人物，不想耽误你前进的脚步……其实你一点都没变呢，大熊。"

这个时候，千百个念头突然涌进我的大脑。我的地位，我在另一座城市高尚而安逸的生活，我崭新的公寓，我的汽车，我的职业，我的狗，我的妻子——哦，我可爱的大狗。脑中的天平开始倾斜,理性的天使开始在托盘上迅速增加砝码。那些砝码,是我如今拥有的一切;而突然间,感性的恶魔浮现于脑海,用一句话就改变了微妙的平衡:别蠢了,自从接到信的那一刻起,你的命运就已经注定了,你奔波千里回到这座城市的原因,不就在于此吗?在你曾经被封锁、如今破茧而出的记忆里,不是藏着对这个你一手塑造出来的现实世界的深深仇恨吗?你以为已经彻底改头换面,可光鲜的外表下又藏了些什么?你躲得掉那些阴暗的回忆吗?戴上眼镜就看不到机器公民身上的鲜血了吗?你的灵魂,不正在死去的城市那郁郁不散的雾气中夜夜挣扎,想要找到一个彻底的解脱吗?

西装革履的我在脑中捂脸哭泣,满面纯真的十二岁少年撕开考究的手工西服,从自己体内出生,接着幻化为二十二岁青年扭曲的脸。大火燃起,城市在呻吟,高大的机器人塑像"大卫"成为明亮的火炬。那一夜,我并非旁观者,我的喉咙很痛,因为整夜在嘶吼毫无意义的言语,我的手中握着沉重的不锈钢撬棍,撬棍上沾着鲜红的血,不知属于谁的鲜血。无论从城市的哪个角落抬头望去,都能看到那座白色的高塔,机器人警察消失无踪,撬棍落下,溅起腥臭的霓虹。

"要我做些什么?"我缓缓抬起头,"另外……那一夜到底发生了什么?"

"你马上就会知道。"两个问题,得到了一个答案。

【01:35】

她带着我走出房间,乘坐移动平台来到巨大机器人的头部,

"乘员舱是为一名驾驶员设计的，所以会很挤，这得怪你，毕竟图纸是你画的。"琉璃抱怨一句，伸手抓住扶手，身体灵巧地荡进驾驶舱，陷进柔软的座椅中。"过来，坐在我后面。"她招手道。

"现在看来，这应该是很幼稚的设计吧……"我苦笑着上前，踩着横七竖八的液压支撑杆走入驾驶舱，勉强在她的身后挤下，我们俩的身体立刻紧紧地贴在一处，连一丝空隙都没有，我得努力扭转脖颈，才能避免把鼻子埋在她的发丝中。

"因为这是乔的心愿。"琉璃说，"他曾经无意中提起你们的秘密基地，所以当见他最后一面的时候，我完全明白他最后的遗言。'进入秘密基地，拿到图纸，造出巨大的机器人，然后……复仇！'这是他的心愿，我没办法拒绝。"

她按下一个按钮，舱门缓缓下降，接着砰的一声完全闭合，换气扇嗡嗡启动，四周变得一片漆黑，唯有狭窄的瞭望窗有光线射入。

几秒钟后，星星点点的灯光从黑暗中亮起，无数萤火虫般的五彩指示灯将我们包围其中，仪表、按钮、旋钮、拨杆和手柄浮现四周，这一切都与我童年的梦想一模一样。而在那些羞于启齿的梦里，我并不是独自驾驶机器人奔驰于高楼之间，在我身边，就有着这样一个水蜜桃味道的女孩。

我甚至不用询问那些仪表和按钮的功能，这一切都太熟悉了。我拨动座椅右上方的开关，座椅传来微微的颤动。"这是开启液压减震的开关，对吗？"我确认道。

"没错，不过发动机还没有启动，现在油泵是没有动力输入的。"琉璃回答道，"头顶上有一个操纵杆，把它拉下来，那就是我要你负责的事情。"

我伸出双手,从天花板上拉下操纵杆,由于座位上挤了两个人,操纵杆很别扭地垂在琉璃胸前,我只能从她腋下伸出手去握住左右两个手柄。"抱歉。"我说。"没事。"她说。这个操纵杆是设计来控制武器系统的,不过,我没在"阿丹"身上看到任何武器。

"我用尽办法,都没能搞到重型武器,管制实在太严格了。"琉璃果然如此说道,"现在这个手柄是用来控制机器人的上半身动作的。人形机器人的平衡很难掌握,我只能尽量操纵双腿双足完成走路、小跑和跳跃的动作而已,没办法兼顾上肢,无数次模拟都失败了。当没有任何办法的时候……想起的就是你。"

我试着扭动一下左右手柄,手柄各分为三节,末端有五个小拨杆,不难理解它与手臂关节、手指的对应关系。"我懂了,当时我们设计由驾驶员的双脚负责脚步动作,双手通过这种手柄控制手部动作,但我们把双足机器人的下肢平衡看得太简单了,仅仅是慢走就要花费很大精力去控制,随时根据陀螺仪和角速度传感器的读数进行微小调整。真是幼稚的想法!"我感叹道。

"不仅如此,还要根据上半身的重量转移进行相应调整,注意脚下平面的坡度、高度差和障碍物高度,控制步幅和功率输出。"琉璃握着复杂的操纵杆摇摇头,短短的头发弄得我鼻子痒痒的,"真是让人手忙脚乱呀……"

"对了,油箱的续航力怎么样,以80%功率输出的话?"我在右侧找到油量表、功率表、转速表、水温表和油温表,由于没有启动,这些仪表都还没有读数。

琉璃想了想,"大约够运行一个小时吧,油箱再大的话,重心就不平衡了。"

我点点头，"那么我总结一下，你想用依照十二岁儿童画的图纸、由一名女工程师独立建造、没有任何武器装备、管线全部裸露在外面、装甲薄得像纸片一样、续航时间只有一小时、机械传动、手动操纵、从来没有经过试机、连能不能发动起来都成问题的人形机器人，来对抗罗斯巴特集团成千上万的机器人，包括巨大的工业机器人、全副武装的警察，甚至自动推土机？"

"没错！"听到这些话，琉璃的情绪反而高涨了起来，"就是这样！我的目标是推倒那座高塔，把这个罗斯巴特集团的阳具狠狠地折断！而且是用乔留下的宝贵财富——这架真真正正的机器人来做，让他们瞧一瞧什么叫蓝领工人的真正力量！"

过于露骨的话听得我哭笑不得，"我们做不到的，琉璃，在走到白色高塔之前，我们就会被击倒在地，从七层楼的高度跌得粉身碎骨！"

"这么说，你还是没想起来。"琉璃突然冒出一句话。

"没想起什么？"我莫名其妙地问。

"算了。"她说，"总之，计划就是这个样子，还有什么问题吗？"

我知道无法劝阻她，只能答道："没问题了，我们什么时候开始？如果现在开始熟悉操作，在你的模拟舱里试运行几次，我想三天后就可以正式启动了。当然也要做好最坏的打算，万一出现水温过高、漏油、总线及冗余总线失效等状况，要有应急预案。另外，我可以回一趟家把事情安排好，然后帮你改进几个地方，其实油管可以藏在骨架内的，钢管本身预留了走线的空间，不过设计图上为了表现出油路与电路，没有做隐藏处理……"

"现在就干。"

"好的……什么?"我愣住了。

"我们现在就出发,大熊。"琉璃没有回头,"如果说这世界上有个我最对不起的人,那么一定就是你了。我知道你故意与我们疏远,这令我也很痛心,我不想把乔从你身边夺走,甚至跟你成为陌生人……可是我不后悔自己的选择,乔是我遇见过的最出色的男人,直到现在,我都记得我们肩并着肩坐在纪念广场观看烟花的情景,那是我这辈子心跳得最厉害的时刻。"

我没有作声。

"我知道你总在某个角落瞧着我。就算在台上唱歌的时候,我也能看到人群中的你。我什么都明白,大熊,我令你伤心了。过去那么多年之后,我又把你叫过来,害你抛下所有的一切,帮助我去做一件彻头彻尾的蠢事……我是个自私的坏女人,大熊。除了你之外,我想不到任何人可以依赖,而你……"

"真啰唆。"我说,"现在就出发的话,我得先把手机关掉,以防一会儿有人打扰。"

琉璃的肩膀微微颤动着,透过紧紧依偎的身体,我能感觉到她细微的颤抖。甜蜜的桃子味道从她的领口传入我的鼻尖,穿过她腋下的双臂能感觉她肌肤的细腻与温暖,我忍受着苦涩的毒药随着血液传遍每一条血管,默默咬着牙关,装出一副满不在乎的样子。

过了好一会儿,她突然开口道:"大熊,你结婚了吗?"

"结婚了,妻子是个不错的女人。我还有一条总是嚼遥控器的大狗,名叫布鲁托。"我回答道,"你呢?"

"当然，我的丈夫是个不怎么喜欢回家的男人，不过非常帅气。你们俩没准儿会很投缘。"她笑着说。

"我猜也是。"我说。我佯装没看到她侧脸上滚落的液滴。

她笑道："不用给家里打个电话吗？"

我说："不用啦，都是大人了，狗也很乖。"

她说："那么我们数一、二、三，一起按下启动开关，好吗？"

我说："好啊，要踩离合器吗？"

她说："虽然是自动变速箱，启动时也是要踩离合器的。"

我说："那么是数到三的时候按，还是数完三以后才按呢？"

她说："干脆就数到二的时候按吧。"

这是我们小时候常有的对话。

"一，二。"

我们的手指在红色启动按钮处汇合。这一瞬间忽然感觉非常安静，我几乎以为启动电机不会工作了，几秒钟之后，迟来的机件运转声传入耳鼓，两台罗尔斯·罗伊斯牌V12高压共轨涡轮增压柴油机的第一和第十二气缸活塞同时压缩，燃油被高压点燃，紧接着，所有的气缸依序燃起，雄浑有力的机械噪声从驾驶舱下方传来，两台V12发动机奏出令人心旌动摇的低沉鼓点，毫不掩饰的响亮排气声从机器人背部的四个排气管爆裂而出。琉璃松开离合器，缓缓提升转速，来自装甲车的大功率柴油机如同群狮咆哮，排气管响起一连串急促如马蹄落地的爆鸣声。

在这一刻，我几乎能想象整座城市的机器人警察同时放下手中的工作，转动摄像头向这个方向望来，一万只乌鸦轰然飞起，数不清的传感器纷纷传递异常数据，白色高塔里开始出现不安悸动的场景。

两百支柔性液压支撑杆温柔地托起座椅,让我们悬浮在驾驶舱中央。我与琉璃分别握紧操纵杆,以非常别扭的姿势相视一笑。

她说:"第一步。"

【00:40】

我按下左手边的按钮,八块悬浮在座椅周围的液晶屏幕将八个方向的画面投射在座舱内部,简单的摄像头算是机器人身上最高科技的玩意儿了吧。随着琉璃拉起手柄,油门传感器将提速信号发送给柴油机的 ECU(电子控制单元),两台巨兽的鼓点噪声逐渐变得密集起来。

"转速 700、800、900……990rpm,水温 60℃,机油温度 80℃。"我报出头顶仪表的读数,"达到最大扭矩点了,释放固定机构吧。"

"你说那些挂钩、钢索和管线?"我怀中的女人回答道,"那不是可活动机构,直接破坏掉就好了。"

"我猜你也没有设计一扇大门!"我叹道。

"就像鸡蛋壳里的小鸡一样,我们就自己啄个口子出去吧!"琉璃的声音颤抖着,我不知那代表着恐惧、激动还是喜悦。

我身上的肌肉从未如此僵硬。全身的力气都集中在指尖,以最轻柔的动作拉起左手手柄。液力变矩器将扭矩输出给分动器,位于肩部、肘部、腕部和指部的万象传动装置获得了力量,轴承转动,油压升高,双足机器人的指尖微微收缩,完成了自己诞生以来的第一个微小动作。

紧接着,噼里啪啦的断裂声连珠炮般响起,扯断的电线在支撑架间四处乱甩，爆出金色的电火花，高压软管喷出雪白蒸汽，数不清的固定钢索一一崩断，在齿轮、传动轴和液压系统的共同作用下，由 25 吨钢铁构成的巨大手臂缓缓抬高，又缓缓放下。

透过观察窗，我着迷地望着机器人的手指一次次屈伸，如同初生婴儿第一次发现自己身体般充满好奇。

"太棒了！"语言已经不能表达我内心的情绪，"这太棒了，琉璃！"我语无伦次地说道，试着控制那条巨大的手臂伸向楼壁，只是指尖的轻轻一触，整扇钢化玻璃窗就碎成颗粒纷纷坠落，金黄色的夕照从窗口洒进大楼，给这惊人的庞大造物镀上圣洁的颜色。

"冲吧，大熊！"琉璃喊道。

"好，我们上！"

我挥舞双拳。我的拳头由钢铁铸造，却比钢铁更加坚硬，一拳，两拳，钢筋水泥的大楼如同黏土模型般不堪一击，墙壁崩塌，天顶坠落，旋转楼梯像抽去骨头的蛇一样跌落尘埃。我用双手分开钢制支撑架，将"吉姆－吉姆尼"机械维修公司的橙红色大楼剖成两半。在这一刻，我就是这世界上所有的神祇，我在如雨坠落的玻璃和沙尘中昂然站立，迎接普照天地的明亮夕阳。

城市出现在我们面前。透过瞭望窗望出去，这雾霭弥漫的城市变得低矮可笑，街道显得如此狭窄，车辆显得如此微小，高楼大厦不过是触手可及的障碍物，远方延绵的废弃厂房则变为匍匐于地的墓碑。

"好，第一步！"琉璃拉起手柄，机器人左腿的髋关节、膝关节与踝关节依次运动，"轰隆！"巨大的脚掌从楼宇的废墟中拔出，横跨八米距离,稳稳地落在水泥路面上,发出惊人的金属撞击声。沥青路面立刻塌陷了,碎石从机器人脚掌边缘如喷泉一样涌出,紧接着,"阿丹"的右腿也迈出断壁残垣,在十米外沉重地落地,机器人前进三步之后停了下来,留下四个深陷于地面五十厘米的巨大脚印。

我能感觉机器人行走时的姿态,不过,冲击和倾斜被柔性液压支撑杆抵消掉了,没想到琉璃如此完美地实现了空想中的减震结构,这可以说是巨大机器人最重要的组成部分,若没有这个结构,"阿丹"简单的行走动作都会使驾驶者受到强烈冲击,令我们的大脑在颅腔内震荡引起脑出血导致死亡。

"没问题吧?"我问。

"没问题,状态正好!"琉璃抹去额头的汗珠,大声回答。

我们站在铜矿路中央,这条宽阔道路的尽头就是罗斯巴特公司的白色高塔,雾气遮住高塔的基座,让这栋建筑看起来像是悬浮在空中的海市蜃楼。夕阳把一切染成金红色,一大群乌鸦盘旋在机器人头顶,发出刺耳的聒噪声。四五名机器人警察出现在机器人脚下,头顶闪烁着红蓝色警灯,履带底盘上的众多摄像头上下打量着"阿丹",显得有些犹豫不定。

"有一首琼·贝兹的歌,你介意听听吗?"琉璃突然说道。

"当然不介意。"我没有拒绝。

她掏出播放器,戴上一只耳塞,反手摸索着帮我戴上另一只。民谣女歌手平静的声音在耳边响起:"昨夜我梦到乔,他如同你我一般活着。"

"没有比这更合适的歌了吧? 有空,我也会唱给你听。"琉璃说。

柴油发动机发出怒吼，排气管冒出浓烟，机器人的左脚高高抬起，遮蔽了机器警察头顶的最后一丝阳光。刺耳的警笛声刚刚响起就化为蜂鸣器破碎的电流噪声，受惊的机器警察立刻四散逃走，全然不顾被踩扁变成电子垃圾的同伴。几乎立刻，城市的每一个角落都响起警报，城市的死寂被砰然打碎，每一个留在这里苟延残喘的人类与机器人都竖起耳朵，倾听十年未曾出现的混乱之声。

琉璃迈出第二步，接着是第三步、第四步。她很小心地维持着机器人的平衡，我也试着摆动手臂配合她的动作，刚开始，"阿丹"的动作还像一个笨拙的提线木偶，可才走完一个街区，它就成为灵巧的匹诺曹了。我们是如此默契，以至于有时忘掉了是谁在操控，感觉是"阿丹"自己在大踏步前进。

琼·贝兹质朴而高亢地唱道：

> 昨夜我梦到乔，他如同你我一般活着。
> 可是乔，你已经死去十年了，我说；
> 我从未死去，乔说，
> 我从未死去。

> 那些铜矿主杀死了你，乔，
> 他们开枪射中了你，我说；
> 仅仅用枪是杀不死一个男人的，
> 我从未死去，乔说，

我从未死去。

前方的雾气中冲出大量机器警察，它们形状不同、装备各异，看得出来基本都是缺乏保养的前几代机器公民，或许它们之中还有我一手设计的独特个体，但那又怎样呢？如今它们只是前进道路上不起眼的阻碍罢了。橡胶子弹噼里啪啦打在阿丹的胸部装甲板上，对付人类暴徒的震撼弹和凝胶弹一个接一个爆炸开来，在阿丹身上留下五颜六色的涂鸦。

我随手折断一根通信信号塔，像打高尔夫球一样将这些警察击飞出去，它们发出凄厉的警笛声旋转飞远，带着红蓝相间的尾迹坠落于雾气当中。

"右臂的油压不太稳定，不要超过液压系统负荷。"琉璃提醒道，"你的动作太剧烈了，柴油机的水温也会升高得太快的。"

我竖起大拇指做出回应。

> 他站在那里高大如昔，
> 眼带笑意。
> 乔说：他们杀不死的那些东西，
> 组织起来，
> 在此聚集！

踩过机器警察的残骸，前方暂时没有阻碍，距离罗斯巴特公司的高塔还有两个街区的距离，对"阿丹"来说，这只是几分钟的路程。

听着琼·贝兹歌声中那个熟悉的名字,突然,一阵剧痛击穿了我的大脑,冰山彻底融化,回忆的最后一丝迷雾被风吹走,十年前那个夜晚的记忆瞬间清晰。

我终于想起了一切。

"等等……是我……杀死了乔?"

我终于想起了一切。

【00:25】

长久以来主宰机器人行为的是阿西莫夫的机器人三定律,但就是在那场旷日持久的工人运动中,罗斯巴特集团意识到了三原则的不足:人类将机器人狠狠砸毁,而第一原则阻止机器人出手反抗。随着新公民阶层的形成,定律得到了多方面的扩展,比如第四定律"在不违背以上原则的前提下,机器人必须参加劳动以维持自己的存在",第五定律"在不违背以上原则的前提下,机器人拥有生殖的权利及义务",当然最关键的是第零定律"机器人须保护人类的整体利益不被伤害"。这条置于一切原则之上的模糊原则赋予了机器公民很大的自由度,最直观的体现,是机器人警察现在可以攻击破坏社会秩序、违背法律的人类公民。

十年前的那个夜晚,工人运动达到了最高潮,人们心底的怪物被唤醒了,情绪激动的工人将"大卫"塑像浇满汽油点燃,掀翻汽车,砸碎玻璃,冲进每一家店铺,用钢管和扳手将所有没有系红色头巾的人狠狠击倒……

这些人踏着机器人警察的碎片,高举火把拥向市中心,每一条街道都陷入混乱,流动的火焰从四面八方向城市中央集中,罗斯巴特集团的白色高塔成为暴动者的聚集点。几台大型机器警察立刻被人流冲毁，工人们开始冲击罗斯巴特大楼的正门，人群像旋涡一样暴躁不安地转动，石块如雨点般砸向玻璃幕墙，火焰燃烧声、玻璃碎裂声、咒骂声、吼叫声、爆炸声纠缠成末日的交响曲。

我本来只是这场运动的旁观者，但不知为何，当暴力成为主旋律，我也不由自主地抓起武器，融入暴乱的洪流。

这时，乔在人群中出现了。他费力地爬上一只空油桶，用扩音喇叭大声喊道："停下！这不是我们该做的事情！暴力是不能解决问题的！你们正在伤害无辜的人！"

人们暂时停下动作，广场安静下来，脸上沾着油污和血迹的工人表情木然地望着他，望着曾经被众人拥戴、却因观点不够激进而遭遇冷落的运动领袖。这场运动已经持续得太久，州政府、工业企业集团大财阀们与罗斯巴特集团的态度暧昧不清，尽管一个又一个补偿方案出台，遣散金不断提高，有人也对新移民城市养老安置的远景抱有希望，可大多数人的情绪却在失望中不断发酵，最终酿成绝望的风暴。

乔一把扯下红色头巾，用尽全身力气喊叫着，导致声音支离破碎："瞧瞧你们自己的手，兄弟们！你们的手上沾满了血！那是你们父亲的血！你们妻子的血！你们孩子的血！睁开眼睛看清楚！"

无数支火把熊熊燃烧，不安的气氛在人群中传递，我茫然环视四周，每个人脸上都带着和我一样的迷茫表情。我的手中握着撬棍，撬棍上沾着不知属于谁的血迹，我记不清刚才做了些什么，只知道有种罪恶的快感在心底升高、升高……透过层层叠叠的人影，我看到琉璃站在那里，尽量扶稳那只红色的空油桶，她的身边还有许多熟悉的面孔，我的父亲也在其中。

这时，另一个方向传来呼叫声："现在我们是不可能停下的，你这个懦弱的投降者！这场运动的最高潮正在到来，如果不随着我们前进，你会连同罗斯巴特集团一起被革命的大潮完全淹没！"

乔摇摇头，"这是一条完全错误的道路，停下吧，趁现在还来得及！只要放下手中的武器……"

他的话没有说完，我偷偷拾起一块石头，用力砸了过去！

石块划过他的额头，砸在油桶上发出惊人的巨响。

我从未如此憎恨过一个人，现在愤怒的毒药烧红了我的眼睛。永远高高在上的他，永远道貌岸然的他，永远讲着大道理的他，优秀的他，光明的他，拥有一切的他……被琉璃深情注视的他。琉璃的眸子映射着火炬的光芒，视线中载满刻骨的柔情，只要这一个眼神，就能让我的灵魂冰冻成铁，粉碎成沙。

乔伸手捂住额头，一缕鲜血从指缝中流下，他带着诧异的表情望向这边，我立刻低下头，将自己藏在人群之中。"放下武器，永远不会太迟……还要多少死亡，才能意识到已有太多人死去，我的兄弟们？"他没有理会流血的伤口，俯下身接过木吉他，拨出一个熟悉的 G 和弦，那是鲍勃·迪伦《答案在风中飘扬》的歌词与旋律。

"打倒他！"另一个声音叫道。

歌声响起，人群变得稍微平静，扩音喇叭传出并不清晰的扫弦声和歌声。

"打倒他!"我突然大喊一声,高高举起手中的撬棍。

"……打倒他!"安定了一瞬间的旋涡开始转动,不知是谁抛出一块大石头,准确地砸在乔的胸口。他痛楚地屈起身体,口中却仍吟唱着沙哑的民谣。在这一刻,这个站在油桶上面对一万名暴徒执着歌唱的男人显得如此幼稚,如此渺小。

第三块石头呼啸而去,我看到琉璃奋力伸出手想要挡住这次攻击,但石头还是砸中了乔的肩膀。他一个趔趄跌倒下来,接着立刻被人潮淹没,最后一个和弦还在夜空中回响,音符的主人已不见影踪。

就这样,我杀死了乔。

反对的声音消失了,人流席卷了整座城市。那个夜晚的细节,我记不清楚了,只知道夜越来越深,城市被大火笼罩,每个人都累了,丢下沾血的武器坐倒在路边。工人运动领袖从燃烧街道的彼端走来,身后带着一群穿白衣的男人,还有几台怪模怪样的履带式机械。

"你们是真正的英雄,历史必将因你们而改写。"一个白衣男人的脸上带着笑意,"这是你们争取来的东西——罗斯巴特集团与州政府提供的福利。只要接受一个简单的测试,服下蓝色药丸,你们这段不太美好的记忆将会与身上的指控一起烟消云散,明天,在接受联邦政府的测谎检查之后,你们将作为斗争胜利的工人代表接受州长、工业企业集团代表与罗斯巴特集团总裁的接见,带着优厚的遣散金,在其他城市得到良好的教育机会与梦寐以求的工作。当然,这颗药丸还附带一个美妙的能力,它能消除你最想要忘掉的事情,不要浪费,兄弟们,享受无罪的胜利果实吧!"

当时，我没理解他说的是什么意思，也没有思考他与支持机器人的大人物之间的关系，甚至对他身后那台会自己行动、抽血、传递药丸和水杯的机械毫无反应。我已经累得没有力气动一动手指，更别说思考这么复杂的问题。

"老兄，那是机器人吗？"身边有人问。

"谁知道，管他呢。"另一个人回答。

机器走过来，用细小针头抽走我的血液，片刻之后将蓝色药丸递了过来。

我勉强抬起右手接过托盘，"这里面是什么玩意儿？"

"五百个非常原始的纳米机器人，先生。它们解冻之后的生命周期只有一百秒钟，在烧灼您的大脑海马体、封锁24小时之内记忆之后，就会自动分解，完全无副作用。当然，它也可以同时探测记忆区域中最活跃的信号，将相关的记忆链冻结起来，帮助您忘记现在脑中想到的最强烈的一系列回忆。"机器回答道。

"……随便吧。"我吞下药丸。

这时，愤怒已经消退，恐惧、悲伤、悔恨的情绪开始蚕食我的灵魂，我仰面朝天躺在马路上，望着被火焰映得通红的夜空……

我都干了些什么？乔还活着吗？琉璃……她还好吗？至于我的父亲……

乔，我亲手杀死了他，我的兄弟。

不！我只是报复了那个抢走琉璃的人而已……

我有错吗？能是我的错吗？

乔……

第二天，一片狼藉的城市和遍地的尸骸让所有人震惊欲绝，作为城市象征的"大卫"塑像被烧成了黑色的骷髅骨架,罗斯巴特集团的白色高塔找不出一块完整的玻璃。穿过冒着青烟的汽车残骸,我们找到亲人的尸体,也找到了乔。

没有人知道昨夜究竟发生了什么。事件升级了,罢工运动变为集团暴力行为,州政府很快以武力接管了城市,全副武装的国民警卫队开进城市,将丧失斗志的工人们狠狠镇压。重压之下,运动领袖无法再保持立场,只得向州政府与工业企业集团财阀们做出让步,大部分人接受了新移民城市的提案,搬迁到400公里以外的居住区,过着衣食无忧的生活,享受无报酬工作的美好幻象。

埋葬父亲之后,我拿到一笔数额惊人的遣散金,头也不回地离开这座城市,从此再未回来。

原来,那被抹去的二十四小时的回忆与有关乔的记忆链,就是十年来无数个噩梦的起因。

我终于想起了一切。

【00:10】

"我杀死了乔。"我说。

"不,是他们。"琉璃目视前方,透过颜色愈发沉暗的雾霭,白色高塔在静静等待。

"对不起。"我说。

"应该说对不起的是他们。"琉璃平静地回答。

金属的脚掌降落在十年前浸透鲜血的地面,巨大的机器人昂然前进,用十米步幅丈量着宽阔长街。在前面一个街角,我看到邮电大楼的绿色轮廓,在那里有着我们的秘密基地,埋葬我纯真童年梦想和乔生命的地方。

雾中传来震耳欲聋的噪声，高大的工程机器人被第零定律驱使而来，挥舞着摇臂、铅锤和铁铲发动攻击，无数微小的清洁机器人从履带和车轮底下钻出，像潮水一样涌来，纷纷爬上"阿丹"的双腿，开始啃噬着电缆和油管。

砰！沉重的吊锤击中胸部装甲，巨大机器人的身形歪斜了，观察窗里出现深蓝色的天空。琉璃咒骂一声，用一连串操作让机器人恢复平衡。

"阿丹"抬起左腿，狠狠地踩扁一台吊车机器人，同时将小小的钢铁寄生虫们震掉。我用手中的信号发射塔击打着敌人，把载重卡车掀翻在路旁，用吊锤把一辆又一辆工程机械砸成铁饼。两台柴油发动机发出不安的抖动，燃烧不良的黑烟从背后排气管喷出。"阿丹"腿部开始泄漏油液，右腿液压系统油压正在下降，但我们还在前进，机器人的残骸在身后燃起火焰，抵达目的地只剩下一个街区的距离。

"当时在乔身边的人，反对暴行的人，活下来的……"手中的信号铁塔与最后一台工程机械同时粉碎，我长长地做了几个深呼吸，开口道。

"一个都没有。"琉璃回答道，"当时我的心跳停止了，但在送往停尸房的路上奇迹般醒了过来。我想，是乔给予了我力量吧。"

"我曾四处找你。"我说。

"我藏了起来，直到所有人都离开。"琉璃说。

"我杀死了乔。"我说，"是我掷出了第一块石头。"

"你是他最好的朋友。"琉璃说。

"对不起。"我说。

"也是我最好的朋友。"琉璃说。

远方的天幕出现几个小小的黑点,我知道那是受雇于国民警卫队的飞行机器人,这种类型的机器人是近期才出现的,我肯定自己参与过它们其中几位的设计过程。尽管没有常规武器,它们却多数携带着EMP电磁脉冲导弹,这东西对机器人和人类驾驶的机械来说都是致命的威胁。愈来愈多的机器人出现在前方的道路上,更多的阴影潜藏在雾气当中,没人知道这座死去的城市里究竟藏着多少机器人,就像尸骸中暗藏的蛆虫因骚动而现身。

无数盏灯光亮起,无数个声音响起,前方密密麻麻的机器人将宽阔的铜矿路牢牢堵死。清洁机器人沿着两侧高楼的外壁爬行而来,蠕虫形状的管道机器人在雾气中扭曲不定,服务机器人点亮照明灯,零售机器人喷出热水与液氮……每个机器公民都在用自己的方式表达对巨大机器人的愤怒以及对生存的渴望。我相信在其中看到了T00485LL的影子,脱离了轨道的单轨机器人笨拙地跳跃着,欢快地叫嚷着:"立刻停下来!否则你们会受到制裁!"

这时我突然想到,若换个角度来看,这些会思考的机器何尝不是人类原罪的受害者?它们并没有选择来到这个世界,若不是人类这万恶的父轻率地赋予钢铁以灵魂,它们何以要承受漫长的苦刑?

它们前赴后继地扑上来,试图在"阿丹"身上留下一点伤痕。一台清洁机器人灵巧地跃上驾驶舱,开始用旋转刀片切割瞭望窗,我奋力甩开许多敌人的纠缠,用左手拍打阿丹的头部。啪!

破碎的躯体无力坠落,龟裂的玻璃上留下深红色的油液,就像真实的鲜血。

轰!脚掌碾过机器人组成的地毯,元件横飞,火花四溅。每一个仪表上的指针都开始进入红色区域,两台老旧的柴油机已经不堪重负,胸部装甲板整个破裂了,露出冒着黑烟的机械,腹部的帆布被撕成褴褛的布条。"阿丹"浑身上下每一根破损的油管都在喷出液体,每一个关节都在发出润滑不良的摩擦噪声,巨大机器人的步伐变得越来越缓慢,但距离白色高塔只剩下一百米、九十米、八十米,我们能够清楚看到罗斯巴特集团的盾形标志,看到那些关闭着的、藏着怯懦无助的人类的玻璃窗。

或许我们能在飞行机器人到达前抵达目的,倾尽全力将高塔的支撑柱一根一根折断。或许我们在那之前就会被机器人所淹没,化作第零定律下的飞灰。或许琉璃能够原谅我。或许她真的没有恨过我。或许……乔此时正在天上看着我们。

"就算真的将高塔折断,又能怎样呢? 十年前,他们……不,我们冲进了那座高楼,将里面的一切都砸得稀巴烂,但最后什么都没有改变。"我说。

"不,我们一定能改变什么的。"她说,"此时会有无数人望着我们,听着我们的声音,责备着我们,讽刺着我们,可有一天,他们会找到事情的真相,就像你一样;然后做出一点改变,即使只是一点点,就像我们一样。这个世界会变得不同的。乔这样告诉我,我也想这样告诉全世界。"

"只能用这种方法吗?"我说。

"这是我唯一能做到的。"她说。

"我是个罪人。"我说。

"谁不是呢?"她说。

"我们会死的。"我说。

"谁不会呢?"她说。

【00:01】

我紧紧拥着此生最爱的女人,用每一寸肌肤感觉她的温度,贪婪地嗅着那蜜桃般甜蜜的滋味,带着最深刻的恐惧和最战栗的满足,就像二十年前那个温暖的夏日,我们在卧室的床上如此紧紧依偎,以"二人羽织"的方式面对整个世界。我藏在她的背后,被棉被保护着,隐藏着自己的懦弱和自卑,希望这一刻延长到时间的尽头;而她,勇敢地直视卧室窗外的甲壳虫汽车残骸,直视机器人大会中的数千名观众,直视铺天盖地冲来的机器人大潮。

"对不起,琉璃。"我说。

"谢谢你,大熊。"她说。

乔在天国抱着吉他微笑。

"阿丹"伸出残破的双手,穿过无数阻拦,去拥抱那座沉默无言的白色高塔。

夕阳中,飞行机器人的影子升起,火光闪烁,烟花灿烂。

机器人大会上的夜空升起灿烂花火,照亮三个孩子的身影,亲密的两个,孤独的一个,那是我此生看过最美的焰火。

【00:00】

不知从何处而来的风,吹散了这座城市浓厚的烟尘。

即使只是一瞬。

后 记：

每个男孩的梦里都有机器人、摇滚乐和带着甜蜜水蜜桃气味的女孩。仅以此篇幼稚童话向浦泽直树、木城雪户等大神致敬。另外，每章节标题的倒数时间其实是与 Bon Jovi 的《Dry County》对应的，不妨找来当背景音乐听，即使是流行摇滚乐队，也应该因这首歌而被永远敬仰。

（第 25 届中国科幻银河奖最佳中篇小说奖获奖作品）

永恒复生者

1

汤姆在翻越围栏的时候遇到了一些麻烦。铁栏杆勾住了他的裤脚，使他整个人在空中失去平衡，"唔！"湿润的草地重重地撞击鼻子，汤姆蜷缩着身体发出含混的呻吟声。杰瑞停下脚步，回头压低声音喊道："快爬起来，白痴！我们只剩几分钟时间了，管理员会通知警察的！"

汤姆艰难地撑起身体，噗噗擤擤鼻子里的血，"我当然知道……布鲁托呢？"

"他拿着探测仪到里面去了，快点！"戴着老鼠杰瑞面具的男孩拽了他一把，两人跌跌撞撞踩过一片积水的草地，向墓地深处跑去。

深夜的圣克里斯托弗墓园有种令人厌恶的潮湿味道，雨后的月光非常明亮。穿过六排墓碑，头戴大狗布鲁托面具的人影出现在前方，"你们太慢了，我已经找到最合适的地点，瞧，这里的读数只有4.5……不，只有4.2。"布鲁托举起手中的探测仪，那是连接在智能手机上的半透明球形插件，随着球体表面微光闪烁，屏幕上的读数一直在 4 ~ 4.5 之间波动，由于距离危险线太近，屏幕背光变成了不安定的橙红色。

"应该继续向里面走，一定能找着读数更低的地方，从地图上来看，墓园中心的纪念堂附近才是完美地点！"杰瑞喘着粗气嚷道，"我们的理想读数是3，白痴！"

布鲁托扭头瞧着他，黄色长脸像根大热狗一样杵在空中，"你是垃圾，你的计划是垃圾！从管理员那儿偷来的地图根本一点儿用都没有，摄像头的位置全都变了！你说公墓后门那里只有五台老式摄像头，结果呢？十二台红外全景监控，十二台！警察们早在电脑上看到咱们了，几分钟以后，'蜻蜓'就会从四面八方聚集过来把该死的天空都遮满！"

"你才是垃圾，布鲁托！"杰瑞愤怒道，"整个计划是我和汤姆想出来的，而你呢？……布鲁托甚至不是《猫和老鼠》里的角色！你从哪儿搞来那个热狗肠一样的面具的？"

两个人怒目而视，互相推搡，不过在旁观者看来，只是老鼠和大狗在月光下打闹罢了。汤姆忍不住叫了起来："你们到底干不干？没时间到纪念堂去了，就按布鲁托说的做！"他从蓝色套头衫底下抽出短管猎枪来，咔嚓一声打开保险。

"别拿枪口对着我。"杰瑞嘟囔一声，用力将布鲁托推开，反手从自己的背包里拿出锯短了枪管的霰弹枪。黄色的大狗嘿嘿笑了起来，左手举着探测仪，右手旋转着一支自动手枪，"垃圾，你是垃圾。不承认的话，我就一枪打碎你的小脑瓜，让你可怜的小脑子飞得比哈雷彗星还远，一直飞到太空深处去！"

杰瑞瞪了他一眼，"哈雷彗星是颗彗星，彗星不会飞到太空深处去的，你这白痴！"

汤姆把面具掀起一个角,用力吐出一口血沫,"行了行了,现在就干吧,等布鲁托一启动程序就立刻开枪。"

他们站在四百块墓碑中,踩着潮湿的青草,背对背站成一个圈。远方的冷杉林里有猫头鹰鸣叫,更远的地方隐隐约约响起警笛的声音。在墓碑顶端,在冷杉枝头,十三台摄像头沉默注视着他们,注视着聚焦大狗、猫和老鼠以及他们遮挡起来的两平方米土地。4.2的监控密度,这远远称不上是令人放心的读数,不过在城邦预算捉襟见肘的今天,圣克里斯托弗墓园已经尽力而为了。

布鲁托在屏幕上按了几下,启动主动探测程序。球形插件剧烈闪烁起来,小小的红外半导体激光器眨眼间扫描了整块墓地,每台摄像设备的微小镜头反光都被球体迅速捕捉,化为虚拟地图上的小小红点。

"十三个!第一个在东面,A4排,吉米·亨德里克斯的墓碑上面!"布鲁托发出指令,汤姆举起短管猎枪找到那座黑色大理石墓碑,单眼瞄准,嘟囔了一句:"弹吉他的吉米·亨德里克斯原来埋在这儿?倒是第一次听说。"

"砰!"枪声响起,12号钢珠弹如斧头般掠过墓碑,将摄像头同装饰天使一起轰得粉碎。

"呜呼!第二个在南边,D12位置,那个臭屁的白色拱顶……看见了吗?"黄色大狗欢呼一声,兴高采烈地指向下一个目标。

杰瑞几乎立刻扣动扳机,连续两次。"轰!轰!"锯短枪管的霰弹枪喷出硝烟和火焰,十米外的白色拱形墓碑霎时间布满弹孔,肉眼看不清摄像头是否被损毁,不过手机屏幕上的相应红点熄灭了。

"耶——哈！"布鲁托挥舞手枪叫着，"下一个！下一个！我们正在做一件了不得的事情，你们都知道吗，垃圾们？"

枪声不断响起，灼热的弹壳在草地上蹦跳，屏幕上的读数直线下降到0.3，背光化为极度危险的血红色。墓园上空传来凄厉的警报声，夜空中嗡嗡的振翅声越来越响。"最后一个，这个我自己来！"布鲁托喊了一声，将探测仪砰地砸碎在墓碑上，举起自动手枪仔细瞄准三十米开外的目标，"藏在树上的最难对付了，需要一点儿小窍门才能打中，那就是……把整个弹匣打光！"

自动手枪喷出一串火舌，二十五发大容量弹匣眨眼间就打个精光，那棵冷杉树摇晃起来，树枝噼啪坠地，摄像头也滚落地面，镜头摔得四分五裂。布鲁托松开手，发烫的手枪掉进草丛中，嗤地冒出一股白烟，"来了，来了！"他呵呵笑着嚷道，"快站好，快站好，就要来了！"

三个人的手臂靠着手臂，面朝外面，背后出现了一个三角形的空间。汤姆回头看了一眼，杰瑞立刻严厉地叫着："不要看，白痴！按照计划的那样，无论身后发生什么，都绝对不能回头看，听到没有？"

"我当然知道。"汤姆显得非常紧张，"就算弗莱迪·克鲁格（《猛鬼街》里的角色）从背后出现也不能回头，一回头就算彻底失败……可你有没有想过，万一真有什么东西出来……"

布鲁托大笑着说："那就棒惨了！等咱们从局子里出来，整个镇子的人都会知道咱们干的事儿，咱们会变成大人物、猛男、英雄！到时候米尔普那样的垃圾会跪着舔咱们的鞋，哭着喊着把买探测仪和枪的钱还给咱们，哈哈哈……"

　　无数靴子踏上了湿润的草地，警灯把冷杉林照得一明一暗，有人用大喇叭高喊着："放下武器！你们的行为已经触犯《城邦犯罪预防法》，米兰达警告（沉默权和辩护权）已经失效了，立刻睁大眼睛放下武器，否则我们会立刻开枪！"

　　"……睁大眼睛？"布鲁托呵呵一笑。

　　"他们还没绕过围墙，因此不可能看到我们。"杰瑞说，"'蜻蜓'也还没到，刚才的雷雨让它们都回到仓库充电去了。"

　　"警察会直接开枪的……他们肯定会。"汤姆说。

　　突然，一截凉冰冰甜丝丝的东西侵入了汤姆的后背，他觉得身体有些困倦，伸手一摸，一手热乎乎的血。他猛然回头，看到一个陌生的男人出现在三个人围成的小圈子里，男人握着一把细长的面包刀，刀一半在男人手里，一半在自己身体里。

　　没来得及发表什么感叹，汤姆就栽倒在地，血迹在灰色连帽衫上迅速洇开。布鲁托惊喜地尖叫着："是真的，那个传说是真的！呃……"刀子插入他的肺部，随着粉红色冒泡的血液喷出胸腔，布鲁托的声音变得愈发尖锐，"……是个狠角色啊，老兄，起码告诉我你是谁，要不然，你就是个垃圾，从地狱回来的垃圾……"

　　"轰！"杰瑞手中的霰弹枪开火了。一大串铅弹喷入陌生男人的身体，把他健壮的身体如同纸片一样高高吹了起来。"扑通！"沉重的落地声传来，杰瑞慢慢低下头，发现自己脖颈上插着那柄银亮的面包刀。刀子堵塞了气管，杰瑞双手撕扯着伤口，跪倒在地，艰难地呼吸了五次，然后垂下头不动弹了。他的老鼠面具歪斜下来，露出十七岁男孩年轻而濒死的脸。

　　五米之外，男人仰面朝天躺在草地上，说了两句话。第一句是："我可不记得今天的活儿是这个样子啊。"第二句是："妈的，一股烂草味儿。"

月光黯淡下来，"蜻蜓"们出现了，这些飞行器悬浮在空中，发出令人厌烦的嗡嗡响声，它们用复眼打量着圣克里斯托弗墓园，以及周围的一切。每只复眼拥有三万只相控阵感光元件，它们是最强大的观察者——可它们来晚了。

2

罗克塞特先生拉上百叶窗，将令他心烦意乱的景象挡在外面。第一议会大街挤满身穿白色T恤的市民，游行队伍长得看不到头，如一条得了白化病的大蛇将议会大厦团团围住。

"解散议会，重新启动地方选举！"

"范·罗克塞特二世滚下台去！"

"拒绝监视！强烈反对《预防犯罪法》！"

"把该死的隐私权还给我们！"

人们乱糟糟地喊着口号，用空可乐瓶拍打自己的胸口——准确地说，拍打着白T恤上印刷的蓝色眼睛图案。防暴警察围成人墙将议会大厦与城邦政府大厦护卫起来，装甲车上的高压水枪与震撼弹严阵以待，而持有杀伤性武器的安全警察则躲在大厦立柱的阴影里面，他们的任务是维护监控设施的绝对安全，值得欣慰的是，目前还没有任何摄像设备遭到破坏。

"这是一场暴乱。"罗克塞特先生面色阴沉地坐在办公桌后面，加重语气道，"这是一场暴乱！"

这间办公室原本的主人——城邦议会议长小心地附和道："是的，罗克塞特先生，《预防犯罪法》已经执行了十个月，没想到市民的情绪在这时候才反弹。我们已经同示威者代表进行了两次会谈，那群人根本没搞清楚自己的立场，公会、少数党、自由主义者和学生领袖，这是最糟糕的组合了。"

罗克塞特先生用指关节"嗒嗒"敲着桌面，"谁能告诉我这是怎么回事儿？到底哪个环节出了问题？"

肃立一旁的城邦警务总监想了一想，做出回答："安全警察对意外事件的控制相当完美，但前天晚上发生的事件闹得太大，还没来得及封锁现场，媒体的直升机就飞到头顶上了。三个高中辍学的小混混越过围墙，闯入城西的圣克里斯托弗墓园，找到一个读数很低的地点，开枪打碎了所有的摄像头。他们一共发射了五十发子弹，两公里外的住宅区都能清楚听到枪声，《独立观察》和《城邦在线》两家媒体第一时间派出采访队伍，他们的飞机几乎与安全警察同时到达。"

"这些小混混想创造出范式混沌？"罗克塞特先生的指节停在桌面上方两厘米处，"查过他们的背景了吗？是其他城邦的间谍，还是那些企业斗士？"

"不，先生。"警务总监否认道，"只是土生土长的城西人，都是蓝领工人的后代。他们并不知道范式混沌是什么东西，领头的小子从网上买到了枪支弹药和读数探测仪，还搞到了墓地的地图。安全警察搜查了他们的电脑，从浏览记录来看，这些家伙在一些非法网站上看到了滑稽的猜测，范式混沌现象被当作都市传说的一种，在年轻人之间流传。他们只是想验证这个传说，从而能在小混混中间显得很酷而已。巧合的是，那天刚好有一场雷暴发生，城西区域的大部分'蜻蜓'返回机库待命，而最近的安全警察在五公里开外，这给了他们充足的作案时间——我猜这一切是那个人所为，调查已经开始了。"

议长接着说下去，"墓地本身是混沌因数最高的地方，几秒钟的空白就足以完成范式反应，复生者出现在三个孩子身后——很不幸的是，那是个二十四小时前被处死的职业杀手，锚点被抛到数个月之前，该杀手手中正好有一把刀。他杀死了那三个孩子，同时被子弹击中，没等安全警察到来就死掉了。媒体没有捕捉到复生者杀人的瞬间，不过拍到了事后现场的清晰画面，杀手、孩子、枪和打碎的摄像头……啧啧，这些野狗一样的新闻记者怎么会放弃这么新鲜肥美的话题？报道文章铺天盖地，哭哭啼啼的孩子母亲在视频里哭求真相，安全警察只来得及阻止早报出版，网络上的消息已经无法封锁了。这就是抗议活动的起因，先生。"

罗克塞特先生做了个深呼吸，将怒火压抑下去，"我早说过，新闻自由是有害的东西，罗克塞特城邦早就该学习我们的邻居，用空气中的小机器人把一切有害的东西彻底消除干净！"他从怀中摸出雪茄盒，用力咬掉烟嘴，看了一眼桌上的禁烟标志，又狠狠地将雪茄丢掉，"一切都乱套了！告诉我现在该做什么？楼底下那些人又知道多少？"

"安全警察正在秘密行动，先生。"警务总监说，"了解范式混沌的人被黑名单锁定，我可以保证信息并没有扩散。"

"我们会继续同示威者谈判，他们的要求是修改《预防犯罪法》,大幅度削减监控设备数量,若交涉不成功,就向城邦政府施加压力,要求解散议会发起提前选举。"议长谨慎地说,"这两点都是没办法接受的……我们的想法是尽量拖延时间,直到'蜜蜂'项目正式部署之后再逐渐让步,对于最敏感的私人住宅、卫生间、私家车等地点,我们可以主动撤除摄像头,换以'蜜蜂'的隐秘监控。"

罗克塞特先生喘着粗气感叹:"根据估算,蜜蜂项目的总预算在八十亿元左右,这可不是一笔小钱!"

议长回复道:"财政部在制定明年的城邦政府预算案时,不能再以《预防犯罪法》的名义进行采购,那会刺激到抗议者。我想可以从军事预算中挤出一部分来,只要不跟安全警察的经费冲突,议会方面也比较容易接受。"

罗克塞特先生在桌上"嗒嗒"敲了两下,一只小小的蜜蜂从他西装的袖管里嗡嗡地飞了出来,在空中盘旋两圈,化为吊灯上毫不起眼的一个小黑点。"两只复眼,五千个感光单元,三只泛光谱的单眼。如果这些小家伙能早点部署,根本就不必费尽力气推动那部该死的法案通过!"大腹便便的中年人猛地拉开椅子站了起来,"就这样吧,我得跟那些不太合作的大人物谈谈,不能让局面越来越糟。做你们该做的事情去吧,把所有的'蜻蜓'派出去,让安全警察加强巡逻,这种意外,绝不能有下一次了!"

"是的,先生。"

议长与警务总监垂手站着,恭送罗克塞特城邦的第二代执政官向大门走去。

转动门把手的同时,罗克塞特先生回头说:"玛姬,到实验室去瞧瞧，看看那帮饭桶是不是在偷懒。上次他们主动汇报成果是多久以前的事情了，六个月之前？"

"遵命，先生，我马上回公司去。"满头金发的第一秘书报以礼节性微笑。

"⋯⋯还有，把那个人的事情处理好，他惹出太多麻烦了。哼⋯⋯罗克塞特公司救了整个城邦，可偏偏所有人都不知道感恩！真是乱七八糟的世界。"留下这句抱怨，罗克塞特先生离开了房间。

3

玛姬·亨德森刷卡打开玻璃门，快步走出 14 号研究所。这栋灰色方盒子形状的大楼是罗克塞特企业园区上百座同类建筑中的一座，作为城邦的技术基石，整个园区每年输出数百项技术成果，其领先世界的概率物理学应用研究能力奠定了罗克塞特城邦屹立于北美大陆的坚实地位。没人知道 14 号大楼的研究方向，也见不到佩戴 14 号楼胸卡的研究人员在园区中走动，有传言说，这栋平凡无奇的大楼其实是罗克塞特的瞳孔，那蓝眼睛标志着核心中的核心。

举起手机，玛姬对电话那头的人说："是的，先生，范式力场的移动平台已经完成原型设计了，使用 M2A5 布拉德利战车的履带式底盘，战车重量 29 吨，可以覆盖半径 1 公里的球形范围，基准混沌因数在 −2 至 −0.2 之间，如果使用多台战车构成阵列，重叠部分的混沌因数最高可以提升到 -7……不,先生,战车本身是全光谱遮蔽的,依靠地形反馈系统自动驾驶,在力场发生的时候,我方的各种观察设备及通信卫星会同时进入可见光遮蔽状态,将干扰降到最低。下个月原型车就可以在地下试验场进行试启动,您如果有兴趣亲临的话……当然,先生。这当然算是个好消息。"

通话结束了,三十五岁的金发女人拉开旧款福特探险者的车门,坐上驾驶座。车子后视镜上的两个摄像头注视着她系上安全带,启动发动机,挂挡开出停车场。14 号研究所岗亭上方一串全景摄像头不知疲倦地原地旋转,持枪卫兵向她立正敬礼道:"再见,亨德森小姐!"

"再见。"

车子花了二十分钟驶出企业园区,沿着 3 号公路开了十五分钟,拐下交流道,进入一条非铺装的城郊小路。转了许多个弯,福特越野车停在一栋半掩于杉树林中的房子门前,玛姬·亨德森走上台阶,掏出钥匙打开房门,转身关掉警报器,喊了一声:"爸,我回来了,晚上吃什么?"

没有回音。她的神色明显紧张起来,眼光在起居室的三个摄像头上依次掠过,尽管知道这些监控设备被屏蔽于安全警察的系统之外,她还是本能地感到不安。"爸爸,你在吗?"玛姬提高音量,迈步穿过起居室,屋子里有股炖菜的香味,厨房的烤箱亮着红灯,可她没看到人。"……爸爸?"她将手伸进外套悄悄握住枪柄,停在空荡荡的卧室门口,环视四周。

"哦,回来了,工作顺利吗?"有声音从后门处传来,玛姬转过身,看到个头高大的白发老人正提着工具箱走进屋来。玛姬松了一口气，责怪道："爸爸，我说过别到外面去，你忘了吗？"

老人把手上的泥巴抹在工装裤上，笑着说："抱歉抱歉，下水系统有点儿问题，我去看了看化粪池，顺便把篱笆修好了，这样浣熊就不会在半夜钻进来偷吃我种的小红莓啦。晚饭马上就好，是你最爱吃的奶油炖菜哦。"

玛姬瞧着父亲走进厨房洗干净手，开始熟练地切芹菜和红洋葱，不禁发问："除了后院和车库，你还去哪里了？"

"哦，还有储藏室，我想找点儿称手的工具。"老人拈起一块胡萝卜丢进嘴里嚼着，冲女儿眨眨眼睛，"储藏室里那些箱子是怎么回事儿？为什么要锁起来，藏着什么宝贝吗？"

"只是……前男友留下的东西而已。我去洗个澡，爸爸。"玛姬冲父亲摆摆手，离开厨房，快速走到储藏室，反锁了通往房间的门。五只黄色木箱堆在墙角，玛姬紧张地检查了每一只箱子上的挂锁，神色慢慢松弛下来。她打开锁，从箱子里取出一个相框，轻轻抚摸相片中的人，"爸爸，不知道这样的日子还能过多久，就一直这样下去，不是很好吗？"

照片里是躺在病床上微笑的老人，她的父亲，六十九岁的迈尔·亨德森。由于癌细胞转移，那时他的体重只剩下四十公斤，身体干瘪得像个被踩扁的薯片包装袋。相片拍摄几天之后，老人在剧烈的疼痛中死去，简单的葬礼在圣克里斯托弗纪念墓园举行，在亨德森家的墓穴里，玛姬的母亲已经独个儿等待了三十年。

几个月之后，玛姬逐渐从悲痛中平复，在一个平凡无奇的晚上，她开车回到郊外的家，打开门之后，发现父亲正坐在沙发上看白天橄榄球比赛的回放。"回来了，工作顺利吗？"如往常一样，迈

尔·亨德森举起啤酒杯打了个招呼,眼神并没有从电视上移开,
"包装工队 17 比 6 领先,现在是 3 攻 6 码,距离端区 36 码,踢球员
上场了……千万别告诉我最后的比分,玛姬!"

"……爸爸?"

眼前的父亲并非病床上那干瘪的包装袋,而是患胰腺癌之前
那个高大、健壮、正值壮年的父亲。玛姬慢慢走到沙发后面,用颤
抖的手指触摸父亲茂密的银发,她尽量让自己的声音听起来平静
些,"工作不错,这场比赛是上午的吗? 看来绿湾队要赢了。你还
记得上一次包装工队获胜是什么时候的事情吗?"

迈尔挠挠头,"1 月 14 号赢巨人队那场我记得最清楚了,后来
就没什么印象,刚才听解说才知道他们的胜率比上赛季提高了五
个百分点呢。"他拍拍沙发示意女儿坐下,笑着说,"我老了,有些
事情开始记不清楚,要是哪天忘记了你的名字,别忘了提醒老爹
一下。"

"当然,爸爸。"玛姬坐下来,舒舒服服依偎在父亲的臂弯里,
呼吸着对方衬衣上熟悉的烟草和须后水的气味。她在手机上按
了几个键,发出一条短信,然后关闭了手机电源。那条短信她许
多天前就编写好了,内容只有几个字:是真的。谢谢你。

"对了,那些摄像头是怎么回事? 防盗系统吗?"迈尔指一指
头顶。

"新的预防犯罪手段。"玛姬坐直身体望着父亲的眼睛,说,"最
近外面很混乱,请别离开屋子,好吗? 起码不要离开这片树林的
范围,好吗? 这很重要,爸爸。"

老人扬起眉毛,"为什么? 我不能去俱乐部喝酒了?"

金发女人用力点点头，"对不起，因为这关系到亨德森家的未来，爸爸。不能出去，不能打电话给老朋友，不能点外卖，不能跟邻居交谈……这听起来很滑稽，可一切都太疯狂了，我没办法解释清楚……"

"我知道了。"迈尔露齿一笑，"我是个不招人喜欢的老家伙，正想过几天没人打扰的日子，车库里那台老野马车就够我鼓捣一年了。我什么都不会问的，玛姬公主说的一切都是真理，对不对？"

"这不是个玩笑！"玛姬咬紧嘴唇，旋即轻轻叹了口气，"好吧，只要能一直这样下去……"

"玛姬公主！晚餐已经上桌了，为庆祝野马车的化油器修复成功，来喝一杯吧？"父亲的喊声打断回忆，玛姬将相框放进箱子，答应道："好的，我马上来！"她将木箱仔细锁好，从外面反锁了储藏室的门。

餐桌上摆好了热气腾腾的奶油杂炖、烤土豆和莴苣葡萄柚沙拉，迈尔·亨德森正旋开一瓶白葡萄酒的木塞，"霞多丽？"他微笑道。

"你总是知道我想要什么，爸爸。"玛姬报之以甜蜜的笑容。

4

晚上十点钟，玛姬接到了罗克塞特先生气急败坏的电话：示威者把两百公斤腐烂的沙丁鱼倒在城邦政府大厦门口，让整条议会大街成了臭水沟。

"我必须出去一下,睡前别忘记锁门。"她无奈地嘱咐父亲,然后披上大衣走出屋门。福特车的发动机声传来,越野轮胎噼里啪啦碾过小路上的树枝,灯光消失在林间的黑暗里。

确认女儿已经离开,迈尔·亨德森关掉了电视,走进书房,坐在电脑面前。这间屋子的网线被玛姬切断了,电脑上装着几个用以消磨时间的益智游戏,不过迈尔想要的可不是篮球俱乐部和国际象棋。在核电站工作的三十个年头使迈尔熟悉一切有关电气系统的知识,包括如何用一条停止工作的电话线创建虚拟拨号连接,从某位倒霉的邻居那里获得网络权限。

这些天来,他一直想搞清楚发生了什么事——女儿奇怪的言行,屋里无处不在的摄像头,自己失去的记忆和莫名其妙的《预防犯罪法》,迈尔觉得自己正身处一个巨大的阴谋当中。他是个谨慎的人,从未踏出庭院一步,他本能地感到某种危险,而这间屋子就是宝贵的庇护所。用遥控汽车和摄像机组装成一个小小的侦察设备,他探察了树林外面的情况,从画面上看,熟悉的溪流、公路、房屋都没什么变化,只是摄像头显著增多了,多得让人心头发麻。

根据网上的信息,《预防犯罪法》是十个月前通过并实施的,政府宣布对城邦的每一寸土地进行无死角监控覆盖,并宣称这些摄像头只是对可能出现的犯罪行为进行技术威慑,记录犯罪行为,所拍摄的所有画面会加密存储在城邦安全部门的数据库里,不对任何人(包括监控人员)公开,除非法庭颁布命令作为证据调阅。这法令当然在城邦内掀起轩然大波,反对声此起彼伏,不过,政客和政府官员的态度始终强硬,时间流逝,被民间称为"践踏隐私法"的法案仍在持续实施。人人都知道《预防犯罪法》是非常荒唐的东西,没人知道它为何会被创造出来,正儿八经地作为议案提请议会表决,并且顺利得到多数票通过。

这消息让迈尔更加迷糊。他的记忆里可没有这一段,准确地说,近一年来的记忆全部消失了,仿佛一眨眼就到了十个月之后的早晨。网络上没有更加深入的消息,迈尔用了几个小技巧找到反对派的内部论坛,又在论坛中找到几则不起眼但非常重要的信息。几个讨论主题提到一个名叫"死者之眼"的网站,说在该网站上找到了某种真理,可下面的回复以耻笑为主,说"死者之眼"是给刚识字的儿童看的恐怖故事大全,与其在上面浪费时间,还不如为惨死在墓地的三位人权斗士多捐一块钱呢。

迈尔可没有错过这个线索。他花了一番力气找到这个网站,点击 URL 的时候,他心中有些忐忑,回头反复检查自己的多重代理服务器,确保跳板的安全性。鼠标咔嗒一响,页面在眼前浮现,这看起来不大像是个陷阱:"死者之眼"的主页是一只古怪的橙色眼睛(显然是罗克塞特公司标志的负片效果),下面罗列着若干恐怖故事,包括生活在垃圾桶里的无头婴儿、通过手机短信传播的恶灵诅咒、午夜出现在窗外的巨大黑色蝙蝠等等。

迈尔耐着性子滚动鼠标,直到一则故事引起了他的注意:

> 背后的复生者——在没有人看得到的地方,会有亡灵从地狱归来,注意!不要轻易尝试,后果非常恐怖。
>
> 召唤方法:找一个死过人或者埋着死人的地方,闭上眼睛,等待复生者从背后出现。
>
> 供稿者:绿岭高中十二年级比尔·萨普顿。

P.S：任何目击者都会使召唤仪式失败，包括你讨厌的弟弟、苏珊大妈的猫和女朋友的 iPhone 手机。想找出烦人的目击者，请联系米尔普先生购买强大的 Super3000 激光探测仪，附赠精美 APP 软件，与 IOS 和安卓系统完美兼容，现在五折促销仅售 199 美元（含税），联系方式……

联系方式是一个社交网站账号。截至目前，这看起来都像是低级网站的拙劣营销伎俩，可迈尔皱起了眉头。媒体对死在墓地的三位少年大加鼓吹，可若他们只是想要验证都市传说的蠢孩子呢？迈尔·亨德森打开新闻网站，找出现场的高清图片浏览起来，不一会儿就有了发现，在某张俯拍的照片一角，探照灯未能照亮的草丛当中，有什么东西隐隐约约闪着光。他下载了这张图片，用图像工具修复放大，看出了闪光物的大概轮廓，那是某种碎掉的玻璃球体，玻璃内表面有着复杂的多面体结构。

"果然是这样。"

自言自语着，迈尔在"死者之眼"网站上找到一张小小的图片，"Super3000 激光探测仪"正是这样一个半透明的玻璃球。他深吸了一口气，打开社交网站输入那个联络人的账号，一个简单的个人主页出现在屏幕上，没有个人简介，没有留言，"米尔普"的名字亮着，显示账号的主人此时在线。

鼠标停留在这个名字上，迈尔犹豫了起来。事实上，他很享受与女儿共处的日子，也非常喜爱修理汽车的业余爱好，退休老人的生活不就该如此吗？按下鼠标，或许心中的疑惑能够得到解答，可若以眼前的生活作为代价，是否真正值得？

回头望了一眼书柜上的三个摄像头，迈尔·亨德森按下鼠标左键。一个对话框蹦了出来，他想了想，输入了一行字："在吗？我想问问探测仪的事情。"

本以为要等待很久，没想到几秒钟后米尔普就做出回复："我在。199美元，两种接口，快递到家，保证能用。注意，不退不换啊。"

"实际上，我有一些问题要问——即使收费也没问题。"迈尔写道。

"说说看。"

"'背后的复生者'到底是怎么回事？我不大信亡灵那一套。"

"只是传说而已，你亲自验证一下不就知道了？"

"不，我是说……理论上是怎么回事？复生者是人还是什么东西？同《预防犯罪法》有关系吗？摄像头是做什么用的？我隐约感觉到什么，可不能确定……"

"。"

打出一个句号后，米尔普足足沉默了三分钟。当迈尔的耐心达到极限的时候，回复出现了："我可以告诉你真相，不过不是在这里，也不是现在。你有得知真相的心理准备吗？"

"当然！不要卖关子了，说吧。"

"我说过不是现在。一个小时内赶到西棕榈大道23号，3A房间，我告诉你一切。"

"我没法过去。"

"哦，199美元，快递到家，不退不换啊。"

"……我不需要什么探测仪。我需要答案。"

"西棕榈大道23号……"

"我说了我没法过去！"

"当然，选择权在你，兄弟。"

说完这句话，米尔普的头像熄灭了。迈尔快速键入几行字，对话框提示"对方拒绝接收离线消息"。

"见鬼！"迈尔·亨德森懊丧地推开键盘。一口喝光瓶里的啤酒，他靠在椅背上思索了很久，直到一个小时的时限已过，窗外响起发动机的声音。

玛姬走进屋子，看到父亲斜躺在沙发上轻轻打着鼾。电视播放着深夜政论栏目，玛姬知道父亲最讨厌这种节目，"看来睡着很久了，真是的……"她微微一笑，从迈尔手中慢慢抽出遥控器，关闭电视，将毛毯盖在父亲身上。

5

清晨时分又淅淅沥沥下起小雨。七点三十分，玛姬开车离开屋子，七点五十分，身穿黑色雨衣的男人站在屋门前。迈尔·亨德森对着穿衣镜再三检查自己的装扮：呢子礼帽，连帽雨衣，折叠手杖，口罩，茶色镜片的黑框眼镜。他特意让后背佝偻一些，蹒跚步态更容易给人以无害的印象。"早安，先生。"用含糊不清的声音冲镜中的自己打了个招呼，迈尔点了点头，他看起来完全是个平凡的独居老人，警察不会对这样的路人多看一眼。

几分钟前他连上网络，再次登录米尔普的个人主页，发现对方的名字亮着。"对不起，昨晚没法赴约，我想我做好准备了，今天。"他在对话框里输入，"任何时间和地点，随你说。"

与昨天一样，米尔普很快做出回复："等一下，我查一下日记……喔，你希望倒霉的事情经常发生吗，兄弟？算你运气好，攀登者大厦十五层最西侧的房间，你有足足一个半小时的时间。"

迈尔用纸和笔将地址记了下来，通过在线地图找出行车路线，"这地方很远，几乎到达中心城的边界了，我不确定一个半小时内是否能够到达。多给我一点时间。"

"你没搞明白，兄弟，约会的时间可不是我定的。别开车，坐地铁能躲过早高峰，回头见。"留下这句话之后，米尔普的头像暗了下去。

"别走！到那里之后我怎么认出你？给我一个联系方式，哪怕是一张照片……"迈尔的这句追问没有得到回答。

走下台阶，雨点打在礼帽上簌簌作响，迈尔·亨德森回头看了一眼车库里的福特野马。这辆 1967 年款的野马跑车是从废料厂找到的，并非普通的六缸车型，而是搭载了雷鸟 6.4 升 V8 发动机的谢尔比，第一代的野马·谢尔比。迈尔用两百块买下了她，将她拖回车库，车子的状况糟透了，发动机彻底报废，轴承锈得不成样子，座位早拆没了，仪表盘只剩下一个露着电线的黑窟窿。不过对喜爱汽车的退休工程师来说，没有比复活一辆经典车型更好的消遣了，迈尔打算用三年的时间纯手工修复这辆车，除了汽缸和连杆之外，其他所有零件都是他亲自用机床手动加工制造的。

从车库的进度表来看，他一共在野马身上花了十二个月时间，发动机已经基本修复了，他很期待 V8 发动机点火时刻的到来。他记不清修理车子的具体过程，只有进度表上一行行字迹记录着每天的进展,有几段日期的进度是空白的,间隔看似没什么规律,迈尔至今想不起是什么耽误了自己的工作。

"等着我回来,宝贝儿。"走过去拍了拍福特野马的引擎盖,迈尔·亨德森缩缩脖子,走入了雨中。

沿着小路走了二十分钟,他离开了那片林子,一路上发现了数十个隐蔽的摄像头。迈尔知道自己的样子不能被拍摄到,这是女儿反复强调过的,如果屋里的监控代表着安全,那么外面的监控则必然很危险。他将雨衣的领口扎紧,把兜帽盖在礼帽上面,慢慢走向一公里外的地铁站。3 号公路上挤满了进城的车子,米尔普说得没错,若开车出发一定会被堵在路上——再说他也没车可开。

乘扶梯进入地铁站,他在自动售票机上买了票,混在人流当中通过闸机。没有人注意他,人们匆匆走过,站在全景摄像头下面的警察手按警棍,面无表情。老旧的车厢缓缓启动,窗子一明一暗。"请坐,先生。"有人为他让座,迈尔含糊地回答道:"不了,谢谢你,我很快就下车。"

他一直站在那里,直到乘客渐渐稀少。地铁斜穿城市驶向郊外,停靠在空无一人的攀登者大厦站台,这栋大楼原本是世界竞技攀岩联合会的总部,随着城邦独立带来的退国际化现象,这里不复以前的繁华景象。迈尔独自走入地下大厅,乘坐电梯到达十五楼,门口保安连眼皮都没有抬一下。

腕表显示他到达这里用了一小时二十二分钟,时间刚好。十五层是写字楼,一半房间空着,一半租给苟延残喘的小型公司。无视天花板的一排摄像头,他径直来到走廊尽头,找到拐角处一个僻静的小隔间。犹豫了一下，他用指节叩响木门。"米尔普先生？"他压低声音，"是我，约好与你见面的人。"

门开了一条缝。迈尔迟疑地迈步，推开屋门，看到一间古怪至极的房间。屋子中央摆着一台叫不出名的机器，亮着一盏绿灯，天花板、墙壁和地板都由亮闪闪的多面体棱镜组成，镜面将微弱的灯光映出千万个倒影。门在身后轻轻关闭，屋里没有其他的光源，迈尔觉得一阵头晕目眩，看到每一块镜面里都有无数个自己被绿光照亮。

"米尔普？"他有点儿慌乱起来，"你在吗？"

突然间，机器上一块屏幕亮了起来，有人在里面招手："嗨，你来了。我还有几分钟时间，来聊聊吧。"说话的是个光头的家伙，有着淡粉色眼睛、灰白眉毛和雪白皮肤的男人。

迈尔没想到米尔普——这名字的主人应该有一头浓密的卷发——是个白化病患者。他摘下口罩和眼镜，凑近荧光屏说："你好，我的名字是迈尔·亨德森。事实上我完全糊涂了，如果你能告诉我一些事情的话，最好从头讲起。"

米尔普伸出血红的舌头舔了舔血红的嘴唇，"免了自我介绍吧，我知道你是谁，不过我不介意把故事再说一遍，反正只剩五分钟而已。"屏幕里的背景也布满了棱镜和散乱的光点，看起来是相同布置的房间，白化病人穿着T恤和牛仔裤坐在奇怪的机器前面。"你知不知道什么叫概率物理学？"他问，"就是罗克塞特公司最引以为豪的技术领域。"

"唔……不太清楚。我是个电气工程师，只对机械之类的东西感兴趣。"迈尔回答道。

米尔普摊开手，"套用神秘东方人的说法，概率物理研究的是事物之间的必然联系，也就是'因果'。掌握一条概率链，就能掌握一种现象的本质，这是与传统物理完全不同的研究角度。我曾是罗克塞特公司的首席技术官——别怀疑，我还留着进入14号研究所的胸卡呢。我为罗克塞特创造了数以万亿计的财富，那不重要，重要的是我发现了'范式反应'，以范·罗克塞特的名字命名的现象，一个能让梵蒂冈吓得半夜睡不着觉的厉害玩意儿。"

"我不明白。"迈尔说。

"我问你，死人能够复活吗？"白化病人举起一根手指发问。

"这是什么鬼问题？基督教建立在耶稣基督复活的基础上，你指望我这么回答吗？"工程师皱着眉头，"不，我不信。人的死亡是物质层面的，是组成人体的组织、器官及整个复杂系统的彻底崩溃，这显然是不可逆的。"

米尔普摇摇手指说："你说得没错。现在我们来想象一个场景，你家的客厅桌子上摆着一只漂亮的中国花瓶，一阵大风吹来，花瓶摔碎了。这很可惜，你心情低落地去厨房拿扫帚，回到客厅时突然发现地上的碎片消失了，花瓶完好无缺地摆在桌上……这在理论上有可能吗？"

迈尔愣了一下，"……有可能的，如果我的女儿在这段时间内扫掉了碎片，摆上了一只一模一样的新花瓶的话。"

米尔普说："很好，那么假使这个时间段内你的女儿正在上班不可能回家，你的家里没有别人，就连一只猫都没有，那么这事情还有可能发生吗？别忘了，我是说理论上。"

"……我想还是有可能的，若是极端巧合的话。一位邻居路过，看到摔碎的花瓶，用另一只花瓶替换了它……"迈尔用手揉揉眉心，"非常低的概率，低到几乎不会发生。"

"但可能性是存在的。当约束条件收缩的时候，概率呈现几何减小，直至无限趋近于零。"米尔普咧嘴一笑，露出血红的牙龈，"可绝不会减为零。范式反应就是这么简单，唯一的不同，在于把破碎的花瓶换成死去的人。出于偶然，我们发现了有关'存在'这个问题的概率链，人类既是存在本身，也是使'存在'具有意义的唯一观察者，人类的死亡，既是存在的湮灭，也是存在观察者的消除，这个特性使得其中的概率特征非常明显。在一个被称为'范式力场'的环境当中，一切都被因数化了，死亡时间、死亡地点、死者人数、观测者的数量（观测者是人类，以及能够被人类观察的摄像设备），综合形成一个读数，代表死者归来概率的读数。当这个读数足够低的时候，力场成为一个不稳定的环境，在没有人看得到的黑暗里……死者会从另一个世界归来。"

迈尔感觉背上在渗出冷汗，他的音量不自觉地增高了："胡说！你说的根本不是什么物理学，而是迷信。死者已经死去，怎么可能再活过来，他的身体由谁制造？大脑中的神经电信号如何产生？他的皮、肉、骨，数十公斤的物质难道凭空出现？这是违反科学基本规律的！"

苍白的男人说："概率物理是纯粹的科学，兄弟。无论是纳米打印、生化技术还是对时间与空间本质的超前研究，许多城邦早已掌握了令人体凭空出现的技术力量，缺乏的只是应用而已。我只是用范式力场将这微茫的可能性在特定条件下无限放大了，消耗电力制造力场，提高概率，令死者复生，你可以视为这是反应过程并不明确的质能转换而已,它是对质能方程式最简洁的展开。"

"就算有了身体,那灵魂,死者的灵魂……"迈尔叫了起来。

"啊哈,你不是说不相信亡灵这些说法吗?"米尔普指着他嚷道,"那只是大脑皮质的放电云而已,它会随着死者一起出现的,毫无疑问!通过范式反应复活的死者会失去某一段记忆,因为根据力场的强度和性质,他会以死去之前的某一个时间节点的状态复活,我们称其为时间锚点。复生者只有锚点之前的记忆,没有其后的,这是对灵魂说法的最好反驳了吧!"

迈尔·亨德森后退了一步,脸颊上的肌肉在无意识地抽搐,"我不能接受你说的话,没有任何证据证明……"

白化病人舔着嘴唇说:"证据?看看头顶上吧,罗克塞特城邦布满了摄像头,任何一个超过 0.08 平方米(人类的平均站立投影面积)的地方都起码被五个摄像头监控着,刑场、墓地、医院这些地方,摄像头的数量还要加倍。那当然不是为了预防犯罪,也不为偷看你们的无聊隐私,那只是为了阻止范式反应发生所做的补救措施。摄像头是比人类肉眼弱很多的观测者,只能靠数量弥补。在一次失败的试验中,失控的范式力场几乎将整个城邦卷了进来,不得不说我对试验失败该负主要责任……总之,通过部署地面摄像头和天空中的移动监控飞行器'蜻蜓',范式混沌被基本控制了,我们的城邦没被毁掉,你想想,如果五年、十年、五十年前的死者全部复活,城市会变成什么鬼样子?"

迈尔耳边嗡嗡作响,"你是说,《预防犯罪法》所布置的摄像头是为了保护市民?那么死在墓地的三个孩子……"

"啊,那三个笨蛋干掉了所有的摄像头,在身后看不到的空间制造出了一小片范式混沌，然后这三个人被复活的家伙干掉了。解释一下，范式混沌就是不受控制的范式力场，那是一片概率混乱的空间，任何死者都有可能在其中出现。我们曾经做过实验，在一间屋子里制造范式混沌，第一次得到了一屋子整整齐齐打坐念经的和尚；而第二次，门一打开血浆就涌了出来，根本看不到一个完整的活人。根本无从得知里面发生了什么，真是遗憾。"米尔普耸耸肩说。

"等一下。"迈尔突然抓住屏幕，"如果孩子们在墓地召唤出了复生者，那说明到现在为止，整个城邦还笼罩在范式力场里面？"

"正解。"米尔普很痛快地承认了，"除了你我所在的房间之外。这种房间一共有三十六个，每个都有独立的力场发生器，除了我本人之外，没人知道全部房间的位置所在。房间存在的意义嘛……你很快就会知道了。客人来了。"

迈尔喊道："等等，我还有一个问题，那些复生者知道自己的身份吗？如果没有锚点之后的记忆的话，他们就不知道自己曾经死亡的事实……"

"花瓶知道自己曾经碎掉吗？"米尔普笑了，"它们甚至不是同一只花瓶。这才是整个理论的重点。"

一秒钟后，剧烈的爆炸声传来，白化病人所在的房间被炸药炸开一个巨大缺口，"砰砰砰砰砰……"枪声响成一片，曳光弹将棱镜打成漫天银粉，米尔普的身体连同古怪仪器一同颤抖着、扭曲着、崩坏着，很快变成一堆无法辨识的碎片。在信号中断之前，迈尔看到一群荷枪实弹的安全警察冲进屋子，开始用火焰喷射器焚烧米尔普的尸体。

屏幕暗了，绿色光点转为红色，仪器开始嗡嗡运转起来。迈尔·亨德森头脑一片混乱，失魂落魄地摸索向门边，不知触动了什么按钮，门开了，他一步跨出门外，将光影混乱的棱镜房间丢在身后。门自动关闭，迈尔捂住眼睛，大口呼吸着外面的空气，"难道说……"他痛苦地呻吟着，"难道说……"

慢慢抬起头，他望着头顶的摄像头，"玛姬……"

玛姬·亨德森的手机响了。她正与警察总监一起远远望着对面那栋着火的房子，昨天晚上捣毁了西棕榈大道的据点，今天上午锁定并摧毁了另一个据点，安全警察已经杀死那个人足足十四次，这对罗克塞特先生来说大概是个好消息。范式力场试验失败的同时，首席科学家先生死在了实验室中，可在咽气的同一时间他就在隐藏的棱镜房间里重生。这位技术狂人早就预料到这一天的到来，预先准备了数十套力场发生器，设定了令自己复活的参数条件。一次又一次死亡对他来说只是记忆中断而已，他能将时间锚点控制在一年之内，确保复生的自己拥有全部的知识——当然，他不会记得死亡之前自己正在做什么事情，只能通过前一个自己留下的联网日记，得以了解大概的情况。

写日记给下一个复活的自己看，这件事儿玛姬一辈子都不想尝试。她只是执行罗克塞特先生的指令，尽量减少这家伙带来的麻烦而已。身为执政官第一秘书、公司技术负责人和安全警察部门主任，她要忙的事情很多，多到有点焦头烂额，这种打地鼠的游戏实在让她提不起劲来。

电话是监控中心打来的，"长官，这是例行汇报，在这个时间段的数据库遍历中锁定了二十二位复生者的位置，请签署命令。"

"我知道了。"玛姬在手机屏幕上写下电子签名。即使监控再严密，也会有复生者从大街小巷冒出来，有些家庭偷偷隐藏起复活的亲人，但有些复生者则堂而皇之在街上晃荡，这些隐患，必须消除。

蜂鸣声惊醒了失神的迈尔·亨德森，他看到外面的蓝天里有一个黑点正迅速扩大。一架"蜻蜓"悬停在攀登者大厦十五层西侧的窗外，多节的腹部弯曲向前，露出黑漆漆的发射口。

"砰！轰！"嵌在腹部的一次性电池爆燃，超高压脉冲将空气电离，一个散发白色辉光的等离子球穿过玻璃窗，悄无声息地没入迈尔的身体。

万分之一秒后，他化为一缕冰冷的灰。

6

"爸爸？"

玛姬站在起居室中央微笑着，举起手中的纸袋，"我打包了你爱吃的酪梨辣酱猪肉馅饼回来，对不起，我偷吃了一点，因为这味道实在太棒啦……爸爸？"

没有回音。金发女人抽出手枪走过每一个房间，在屋外转了一圈，走进车库看了看，她将纸袋丢掉，跌坐在地。迈尔·亨德森的气味还留在这里，汽缸盖上搁着他的扭矩扳手，烟灰缸里有两个烟头,可他不见了,与之前几次一样,悄无声息地消失在外面的世界。

玛姬背靠着野马跑车,双手捂脸,肩膀颤动。她非常清楚发生了什么事情,一旦走出以屋子为中心的五百平方米安全区,父亲的脸孔就很可能会被摄像头捕捉到,安全警察会在几分钟之内锁定他的位置,派出机动部队或"蜻蜓"进行回收作业。他们会用某些手段将黑暗中的复生者彻底消灭,安全警察的数据库中有罗克塞特城邦一百五十年以来的全部死亡名单,有过死亡记录的人,绝不被允许继续存在。

几分钟后,她掏出手机找到一个联系人,点击"米尔普"的名字打开对话框。"又发生了。这是第四次了,第四次。"她慢慢打出一行字,发送过去。

对方很快回复:"玛姬? 等我看一下日记本……第七号的我跟你达成了协议,对吗? 你拖延安全警察的行动,让我有时间建造更多的安全屋,而我用范式力场生成器替你复活迈尔·亨德森,时间锚点在他检查出晚期胰腺癌之前——听起来挺不错的合作方式……他又惹什么麻烦了?"

"他离开了屋子。我没法控制更多的摄像头,他被发现了。"玛姬写道,"他是我的父亲,我没法将他锁在屋里,只希望能够尽量共处得久一些。可每一次,他每一次都会尝试寻找真相,直到被安全警察发现……见鬼!"她做了个深呼吸,尽量让自己理智一些。

米尔普发来一个调皮的笑脸:"^_^,我刚看到,十三号与十四号的我都曾经同迈尔·亨德森对过话,他真是个很聪明的老爷子。

那么,你想要什么,下一个爸爸?"

"……是的。"

"抱歉,妹子,那不可能。合作终止了。"

"什么?"

米尔普用大大的黑体字发来消息:"合作终止了! 七号的我与你签下的协议失效了,从现在开始。安全警察是一帮蠢货,若不是前几个我主动泄露信息,安全屋根本就不会暴露,我可以靠自己活得很好,玛姬。归根结底,我是只见不得光的地鼠,只要乖乖躲起来就好了,什么'死者之眼'网站,白痴!"

玛姬猛地站了起来,"你再说一遍,米尔普。"

"再见,玛姬。拜拜。撒有那拉。还要我说几遍?"

"我会向罗克塞特先生申请大规模搜查行动。"玛姬一个字一个字输入,"全城的安全警察全部出动,所有在役的'蜻蜓'和刚刚制造出来的'蜜蜂'会布满天空,我不会放过任何一个鼠洞、垃圾堆、下水沟,我会找到你,用最痛苦的方式把你杀死,切开你的头颅,煮熟你的脑浆,把你的皮挂在旗杆上,一次又一次,米尔普……我说到做到。"

对方轻松地回应道:"啊,玛姬,我想你搞错了什么事情。即使最痛苦的死亡方式对我也无所谓,因为下一个我根本不会有这段记忆,你折磨的只是一个即将终结的副本而已,我的存在会毫无障碍地延续下去。实际上我更害怕的是被活捉,只要我不咽气,力场制造机就不会启动——但那也是不可能的,十个月前我就在牙齿里安装了氰化钾胶囊,每一个我都有着主动寻死的决心。怎么说呢,虽然可能面临多重选择,可我相信我自个儿的人格。"

玛姬抄起扭矩扳手狠狠砸碎了野马车的挡风玻璃。"哗啦……"碎玻璃倾泻下来，女人的胸膛剧烈起伏，她花了半分钟稳定情绪，咬着牙齿，发出消息："我可以帮你，无论你想要什么。你想逃离罗克塞特城邦吗？我能帮你联系境外偷渡管道，去其他城邦，甚至南美、亚洲、南极、任何地方，开个价吧，米尔普。"

"偷渡？你怎么会想到这个主意的？"米尔普打了个大大的问号，"这是我的罗克塞特公司，我的罗克塞特城邦，我创造了这个企业帝国，看着它变成现在这个样子，在一切结束之前我怎么能逃到别的地方去呢？"

"你恨范·罗克塞特吗？"玛姬突然发出这样一行字，"你一定很恨他。他将责任归咎于你，毫不留情地杀死你，你一定想要复仇。我帮助你暗杀他，明天，不，今天晚上我就可以找机会接近他，只要一颗小小的子弹……"

米尔普以一个叹气的表情做出回答："唉，亲爱的玛姬，你又忘记了，现在的我生活在与你们不同的时间里，一年之前，灾难还没发生，我没被逮捕，身体健康，头脑清醒，我为什么要恨范·罗克塞特，为了某一个我不认识的我的死讯吗？"

"复活一个人，那对你来说根本不算什么！"玛姬尖叫起来，"我想要的只有这么一点点，为什么整个世界都要与我作对！"

正在这时，一条新消息出现了，"咦，我突然想到了一个有趣的主意。"米尔普轻快地说，"如果你能帮我做一件事情，我就答应你的要求，复活迈尔·亨德森。"

玛姬攥紧手机，"……任何事，说吧。"

"到核电站去，电站大楼地下三层的实验室，3C 办公室靠墙的垃圾桶底下粘着一个信封,里面有一个 U 盘。"米尔普说道,"找到 U 盘,插进工作站的电脑,批处理程序会自动执行,就这样。有好玩的事情会发生呢,我猜。你一完成任务,我就按照约定把迈尔从黑暗中唤回来——希望你家的力场发生器还能正常工作。"

玛姬的动作凝固了。"核电站地下三层。"她重复道。

"没错,罗克塞特的秘密概率物理实验室,灾难发生的地方。"在城市某个不为人知的密闭房间里,一万个棱镜映出一万个诡异的笑容。

7

"……你知道我不能这样做,亨德森小姐。"

"这是调动命令。"玛姬将一张卡片丢在 14 号研究所负责人的办公桌上,然后将自己的手机砰地拍在上面,"有意见的话,打给罗克塞特先生,自己跟他说。"

首席科学家斜睨了一眼电视,里面正在播放城邦政府的新闻发布会,范·罗克塞特坐在一大堆麦克风后面,一边用指关节嗒嗒敲着桌面,一边耐着性子回答《独立观察》记者提出的问题。"这个……现在他不会接听电话的,亨德森小姐。"科学家擦了一把额头的汗水。

玛姬双手撑在桌上逼近他,"打开地下室的大门。我没时间跟你打情骂俏,拿起你的电话,签名发布命令,现在!"她身后两名头戴黑色钢盔的安全警察一左一右向办公桌走来,手搭在枪柄上，默默瞧着科学家，眼神冷漠得像看屠夫案子上的猪肉。

"……我不会承担责任的，这件事会通过罗克塞特公司的安全系统上报。我不知道你是中了什么邪，我们曾是很好的合作伙伴，亨德森小姐。"首席科学家摘下眼镜，镇定一下心神，在手机屏幕上签署了调动命令。

"所有责任由我来承担。当然……对不起。"玛姬冲他点了点头，转身大步走出办公室。

14号研究所的地下大门缓缓开启。"轰隆隆……"柴油机的轰鸣声响起，四个排气管喷出呛人的烟雾，搭载了移动范式力场发生器的布拉德利步兵战车慢慢从地下试验场驶出。十几位科学家迷惑地瞧着战车，不明白发生了什么事情，半个小时前，一群安全警察冲进14号研究所夺走了战车的控制权，而车载发生器的静态启动试验原定在一小时后举行，这打乱了所有的试验计划。有人想发表疑问，安全警察黑洞洞的枪口打消了他们开口的念头。

灯光一盏盏亮起，次第延伸向黑暗的远方，研究所的地下通道横穿整个罗克塞特园区，直达二十五公里外的警用车辆试验场。"谢谢你们的配合，先生们。"站在战车旁边，玛姬·亨德森对科学家们颔首致意，然后转向安全警察，"你们可以归队了，这次临时战地试验由我一个人负责。中尉，回到指挥中心去，有情报指出记者发布会可能出现意外情况，你们要加强警戒。"

"是的，长官！"警察中尉立正敬礼，接着担心道，"车辆需要两个人来操作，您确定可以……"

"解散！"玛姬发出口令，跳上战车，钻进了驾驶舱。她坐在高高的驾驶座上，推开前装甲板露出观察窗，踩住刹车将换挡手柄拉至"低速"挡。橡胶履带碾得地面嘎吱作响，战车隆隆驶向地下通道，有着红色半球形保护罩的力场发生器矗立在车顶，让车子看起来像个滑稽的儿童玩具。不过在场的人没人会这么想，目送战车消失在通道尽头，科学家与安全警察们不约而同地长吁了一口气，"我猜我们制造出了有史以来最可怕的武器。"首席科学家说。

"甭管造出多少回魂尸，我们都会毫不犹豫地杀掉。"中尉握着枪柄说，"……直到我们自己也变成回魂尸的那一天。"

步兵战车很快达到六十公里每小时的巡航速度，噪声和震动让车内环境糟糕到了极点，不过金发女人并不在意这些，她将隔音耳机套在头上，拨通了一个电话。"喂喂？"米尔普的声音响起，"你真的搞到手了？太棒了，那家伙看起来怎么样？履带式的还是轮式的？要提供足够的电力，发动机起码得有700马力以上才行，我猜那肯定是个大家伙！"

"这不重要。告诉我接下来该怎么做。"玛姬打断了对方的絮叨，"你很清楚核电站办公大楼的情况，没等冲进围墙我就会被'蜻蜓'们干掉，一丝儿灰都不会留下。我根本连大楼的门把手都摸不着。"

米尔普得意地说："不不，亲爱的玛姬，你的前提是正确的，但结论是错误的。你会被'蜻蜓'干掉，可用不了一秒钟时间，另一个你就会活蹦乱跳地出现了。'蜻蜓'自动锁定目标并发动攻击起码需要十秒钟，以你的百米速度足够跑出三十四米远了。进入大楼之后，'蜻蜓'的攻击角度会受到影响，你能活十五秒，运气好的话,活到二十秒也是有可能的吧?根据我的估计,你大概需要重生十二次——不,准确地说,大概需要十二个你就能到达目标房间,毕竟每个你之间都没什么联系嘛。"

女人沉默了一小会儿,看地下通道的 LED 照明灯一个接一个从头上掠过。"我不大明白。我是以之前某个时间锚点的状态复活的,失去了现在的记忆,就不可能按照你的设想继续向目的地前进。我会迷茫,思考,逃跑,然后被烧成灰。"

"那就是我要做的工作了。"米尔普清清嗓子,"我要远程设定移动力场发生器的参数,确保范式反应的指针指向你——玛姬·亨德森的身上。你一定明白人死去时的位置、时间和观测者强度都是范式反应的重要参数,我要尽力锁定位置参数,让重生的你出现在上一个你死去的地方(要是你能直接复活在地下室就好了,不过那当然是违反基本定律的啦),这样一来,力场的强度就不足以锁定时间参数,我最多将锚点的极限设置在六个月之前,也就是说,新制造出来的你是经历过那场灾难的玛姬,与从前的某一个我达成过交易的玛姬。接下来只要说服每一个你按我的指示去做就好了,那大概不是什么难事儿,就算失败了也不要紧,多造一个你出来就好啦。在安全警察赶到之前,我们有足够的时间玩这个游戏。"

"这不是游戏。"玛姬攥紧方向盘,"别忘了我们的交易……"

米尔普嚷道:"知道啦,我什么时候骗过你?你说得对,这不是游戏,更像一场比赛,一场所有的运动员都叫'玛姬'的接力比赛。自己交棒给自己,这听起来多好玩啊,可惜两个玛姬不能同时共存就是了……"

金发女人单手扶住方向盘，抽出腰间的格洛克手枪检查了一下，"你想过没有，如果失败了该怎么办？"

"没想过。你是个非常能干的女人。"电话那边的声音显得很轻松，"而我，是个天才。"

道路倾斜而上，随着刺眼阳光洒进观察窗，灼热的大地扑面而来。今天是个难得的晴天。步兵战车冲过空旷的戈壁地形试验场，拖出上百米长的灰白尾尘。"请马上减速！"蓦地，试验场哨岗的喇叭发出了警告，"停下车子接受检查，否则我们有权发动攻击！你已经被瞄准了！"

玛姬摘下通话器吼了起来："我是指挥部主任玛姬·亨德森，这辆车有完备的手续，要出城进行秘密试验！找14研究所的人核实信息，让哨岗的人都让开，我没办法停车！"

这个消息令警用车辆试验场的哨兵犹豫了。战车趁这个间隙穿过场地，轰地撞开岗哨的铁门，碾着岗亭的碎片一路颠簸爬上公路。玛姬挂上高速挡用力踩下油门，看着后视镜里面几个举枪瞄准的哨兵身影飞速缩小，"啊哈，我进入车子的系统了。"米尔普这时候开口说，"提醒一下，车子上可是装着一挺12.7毫米机枪的！"

"这机枪没有弹药，我也不是什么杀人狂。"玛姬说，"……算了，我收回后面半句。"

"你越凶悍，我越欣赏你，亲爱的玛姬。"

"滚。"

8

核电站就在前方。这座装机容量超千万千瓦时的电站为整个城邦提供电力,也向周围几个城邦进行电力销售,是罗克塞特城邦的动力中心。由于范式力场试验对电力的强烈渴求,前首席科学家要求在电站大楼地下建立秘密实验室,直接使用核电机组并网之前的充沛电力。另一方面,这也是出于安全考虑,政府花巨资从罗斯巴特城邦引入的自动机器人系统对核电站进行全方位保护,任何未被授权的入侵者都将遭到"蜻蜓"的无情歼灭。

那起灾难起源于前首席科学家的野心。他建造了一个相当巨大的范式力场发生器,仪器塞满了整间实验室,满负荷时需要消耗整个核电站十分之一的发电量。"只要给我足够的能源,我能把整个地球都笼罩在范式力场当中!"这位狂人如此叫嚣着。而范·罗克塞特先生出于对战争行为的某种狂热信念,对这位狂人出格的试验睁只眼闭只眼。

结果试验失控了。整栋大楼陷入范式混沌,网络停止,通信中断,谁也不知道里面发生了什么。半个小时后,仪器再次启动,把一万六千平方公里的罗克塞特城邦整个儿罩进低强度的范式力场。复生者从黑暗中浮现,表情迷茫的亡灵挤满了大街——幸好那是一个漆黑的雨夜。范·罗克塞特带领警察部队高效地清理了大部分复生者,并启动了城里的摄像设备,把所有能飞上天空的东西都绑上摄像头。雨水冲净血迹,第二天人们照常走出家门,并没发现什么异样。白天是属于活人的,因为观察者的目光纵横交错,警察只要守护不受注意的死角就行了。

接下来的事情大伙都知道了。《预防犯罪法》通过,安全警察部队成立,城邦布满了摄像头,许多嗡嗡叫的机器昆虫在头顶盘旋。这批"蜻蜓"是紧急采购的,同摄像头、数据库和面部分析系统组成一个完整系统,而即将部署的"蜜蜂"则是系统的升级版本。

这时候罗克塞特先生遇到了一个麻烦。四个核电机组中的三个可以正常维护,但电站大楼和临近的一个机组成了禁区,网络中断以后,守护大楼的机器人系统进入自主工作状态,把所有踏入警戒线的人类当成敌人。两个突击小队几分钟就被全部消灭,处于地下深处、连核弹都没法摧毁的实验室变成史上最坚固的堡垒,没人能进到那里去,关掉发疯的范式力场发生器。就连"蜻蜓"的制造方都对此束手无策。在综合评估风险与收益之后,他们如此建议:无论来自空中还是地面的强行进攻都是找死,"蜻蜓"系统有着非常强大的火力,足够与一个旅的摩托化步兵对抗,要进入地下实验室只有两条途径:第一,从地下挖坑进去,因为负责地下警戒的"鼹鼠"系统还没有投入实战;第二,等待十二个月时间,"蜻蜓"的芯片里有一个维修期限,执勤满十二个月后会自动停机进入例行保养状态。

鉴于整个核电站的地下都是坚硬的花岗岩层,罗克塞特先生选择了第二方案。事实上,他对关闭力场发生器一事并不积极,或许是因为监控系统已经足够有效,复生者现在已经算不上什么麻烦。他更关心的是范式力场的应用研究,制造不死的士兵,这是个伟大的构想,将时间锚点固定在几秒钟之前,就能让死亡的士兵瞬间复活于战场,不带一丝犹豫地继续投入战斗——甚至不知道自己曾经被敌人的子弹打出脑浆。永恒复生者,不灭的士兵,地球上最强大的军团。

这就是玛姬·亨德森所了解的一切。这个城邦表面维持着和平,社会和谐,物价低廉,言论自由,人人幸福,实则如涂了香料的尸体一样只是表面光鲜,内部早已腐烂。她日复一日签下自己的名字,令安全警察回收复生者,那些不该回来的人就该被烧成碳、剁成碎肉、丢进焚烧炉,她一直没把复生者当作真正的人来对待。

直到有一天她发现了某种可能性,令父亲回到世间的可能性。玛姬经历了太多的挣扎,最终选择了背叛,背叛罗克塞特的蓝色眼睛标志,打开家门,将黑暗中回归的人迎接到自己身边。她偷偷切断了家里摄像头与数据库的联系,从米尔普的一间密室里搬来力场发生器,借助米尔普的力量将迈尔·亨德森从黑暗中唤回……

她开始过着两张脸孔的日子,一面向迈尔·亨德森露出甜美的微笑,一面将父亲这样的人如臭虫一样成批杀死。第一位复生的迈尔·亨德森失踪的那一天,玛姬冒着风险调阅安全警察的数据库,看到了三台摄像头记录的最后画面:迈尔站在圣克里斯托弗纪念墓园的墓碑前摘下面具,墓碑上有着他自己的黑白照片,刻着一句话:R.I.P.——迈尔·亨德森,世上最好的父亲。

他的身后,一架"蜻蜓"正在弓起腹部……

玛姬面无表情地离开房间,在自己的车里吐得一塌糊涂。

一再重演，不断受伤，玛姬·亨德森还是无法将父亲舍弃。母亲在她年幼时便离去，父亲照顾了她三十年，那温暖的香烟和须后水的气味是她的吗啡和檀香。她知道自己会下地狱，可在那一刻到来之前，她不想离开迈尔·亨德森，哪怕一天。

"喂？"

玛姬从回忆中醒来，步兵战车停在核电站大楼的铁丝网前，几名安全警察在旁边叫嚷着什么，米尔普说："参数已经设定完毕，下面该看你的了，记住，地下三层，3C办公室，U盘，插上去，一切搞定。"

"我知道了。"金发女人摘下耳机爬出驾驶舱，站在步兵战车上，脱掉高跟鞋和外套，握紧手枪。

"这没什么用，十秒钟后你就死了。"米尔普不合时宜地提醒道，他的声音通过战车的扩音器放出来，显得震耳欲聋。

玛姬没理他，向旁边的安全警察做了个手势，"我认识你，少尉。无论发生什么都不要惊慌，别让别人靠近这台车子，好吗？"

负责守护核电站的警察嚷着："别靠近那里，长官！那里非常危……"他看到玛姬·亨德森向耳后撩起长发，似乎微笑了一下，然后纵身跃过铁丝网。他从没看长官这样笑过。

水泥地弄伤了她的脚趾。玛姬躬起身子用力蹬地向前冲去，风嗖嗖地掠过耳旁，第一架"蜻蜓"出现在空中，大大的复眼映出无数个奔跑的小人儿。"砰！砰砰！"女人举起手枪连开三枪，子弹打穿"蜻蜓"的半透明翅膜飞向天空，机器人的飞行姿态并未受到影响，尾部弯曲过来，一节腹部由白转红，脉冲电池被点燃了。等离子球以一种看似缓慢的飘浮状态穿过空气，隐入玛姬的身体,"呼……"白热的光蒸腾起来,一截握着手枪的断手坠落在地,"砰咻……"子弹走火贴地飞出,打在战车装甲上,爆出一团耀眼的火星。

与此同时,步兵战车前方的12.7毫米重机枪掉转枪口,一串子弹倾洒而出,如镰刀一样切断了几名安全警察的身体。"骗人,谁说没子弹的? 尽量减少观察者的数量吧,不过可别打中'蜻蜓',遭到反击就完蛋了……只用五秒钟就发动攻击,比我想象得机灵啊。"米尔普嘟嘟囔囔抱怨着,"接力赛开始啦!"

身穿运动装的玛姬踩到什么滑腻的东西摔了一跤。她摸到一手血,同时听到有声音叫嚷着:"亲爱的玛姬没时间细说了,为了你的父亲,现在使劲向前跑吧!"

"……米尔普?"她扬起眉头,同时迈步狂奔,"向大楼的方向跑,对吗? 我知道了,起码告诉我为什么……"

她的身影亮起来,又暗下去。几乎转瞬之间,身穿红色条纹棉布睡衣的玛姬踩着灰烬重生,她听到米尔普喊着:"冲向核电站大楼! 只要能到达那里,就能救活你的父亲!"没有犹豫,她踢掉棉拖鞋开始奔跑,白色棉袜马上沾满鲜红的血和灰黑的尘土,"告诉我这是一场噩梦!"她大口喘着气,"快点啊!"

"蜻蜓"替她结束了噩梦。下一位玛姬赤裸着身体,满头都是白色泡沫,她没等慢了一拍的米尔普做出提示,便环视四周,含着牙刷的嘴里发出含糊不清的呼喊:"告诉我要干什么,快点!"

"只……只要保持方向就行了! 往前跑!"米尔普这才叫出声来,"棒极啦,妹子!"

这一回她撑了十二秒。当身穿职业装的玛姬出现的时候,距离核电大楼只剩下十五米距离，她的眼神刚刚聚焦就发现了空中的"蜻蜓"，女人立刻向侧面做出躲避动作，同时伸手去腰间摸枪，米尔普急道："喂喂，走错了，往前跑！冲进门里面去！"

玛姬·亨德森一言不发地奔跑，"蜻蜓"在身后发射了等离子球，这种火球能被人体的电磁场吸引，既不可能防御，也不可能躲避，可玛姬发力狂奔，将被击中的时间延迟了起码五秒钟。嗤……灰烬坠落在大厅的石灰石地面上，热度还未消散，复生者就从阴影中浮现。

米尔普将扩音器调整为集中发射模式，音波以锥形射入大楼，足够在整座建筑中回荡许久。"不要问问题我是米尔普你现在要往前跑到信件收发室旁边然后向右转！"他不歇气地喊着，"说起来其实我比你要辛苦多了，毕竟你根本感觉不到疼啊，亲爱的玛姬！"

"右转再左转，那里有楼梯，我知道！"身穿警服的玛姬叫着，"小时候爸爸带我来过许多次！"

在某处的安全屋里，前首席科学家皱起了眉头。他旁边的电视画面上，正在接受采访的罗克塞特先生突然站了起来，面色严肃地大步离开发布席，"现在开始要抢时间了。"米尔普自言自语道，手指在键盘上跳动，不断调整移动范式力场发生器的工作参数，"发电机一直在超负荷运转，千万别出问题啊，宝贝儿……我的那些实习生还挺有能耐的，这家伙，真不错。"

步兵战车上的红色球形罩嗡嗡作响，排气管冒出黑烟，远处一台"蜻蜓"将战车纳入锁定范围，发动机、力场发生器与机枪枪口是非常可疑的红外热源。系统不能联网，机器人凭借芯片内建程序进行了短暂的评估,"危险性:高。"它似乎做出了什么决定,尾部弯曲过来。

"下一个!"米尔普按下按键,对着话筒喊着,"下楼梯,一直冲到地下三层,你知道地下三层吧?一、二、三的第三层!"

"我不知道!小时候爸爸带我来过许多次,可是那时候地下只有一层!"穿着园艺罩袍的玛姬叫道,"不过我识数!你是米尔普吧?这到底是什么情况?……啊,是'蜻蜓'……"

罗克塞特先生匆匆走出新闻发布厅,伸手把警务总监一把揪过来,"这是怎么回事?玛姬开着试验中的战车冲进了核电站?她想干什么?没有人阻止她吗?"

警务总监惊慌道:"对不起,先生,我们不能确定她的目的,电站的安全警察失去联系了,我已经调动附近的部队赶往核电站……"

"废物!"罗克塞特先生将对方用力推倒在地,抓起电话,"是我!立刻发动'蜜蜂'系统,把所有充满电的'蜜蜂'都激活,尤其是核电站附近的!……我不管什么安全问题,给你五秒钟搞定一切,我要'蜜蜂'在五秒钟之内升空!"然后他一转身,捏住议长的手臂,"你回到记者发布会现场去,告诉那些狗仔队有一个疯狂的女人妄图破坏核电设施,我们正准备击毙她,这个新闻应该能填饱他们的胃口!"

警务总监刚爬起来,罗克塞特先生的一张大脸就贴到了他的鼻尖,"我话还没说完!立刻将玛姬·亨德森列入黑名单,现在!调动部队,在楼下准备一辆车,我要亲自过去!"

"是……是的，先生！"

罗克塞特先生如发狂的大象一样冲向电梯，在等待电梯开门的几秒钟里，他回头嚷了一句："你们，所有人，最好祈祷力场发生器别出什么问题，否则……"电梯门开了，他的话留下半截，"……我在保护你们这些废物，可没人知道感恩……废物！"

战车上方"蜻蜓"的处理器终于得出了结论。"危险性：高。优先级：二级。"它收起尾部发射管，原地完成一百八十度转弯，振翅钻入大楼的窗户。玛姬咕咚咕咚滚下楼梯，在地下三层光滑的通道里奔跑，米尔普的声音在墙壁上来回碰撞："快到了，前面第三间，冲进门上写着 3C 的那个房间里面去！"

"知道了！"玛姬奋力一跃，空中火光亮起，另一个玛姬撞开屋门摔进了房间。"垃圾桶下面粘着一个 U 盘把它插进工作站里去！"米尔普兴奋地叫着，"最后一步，最后一步！"

玛姬·亨德森有点儿迷茫，她一秒钟前还依偎在父亲怀里看重播的橄榄球比赛，包装工队的踢球手把球高高踢起，球晃晃悠悠飞向球门，却撞在竖杆上弹出了界外。"啊，见鬼！"迈尔·亨德森把手中的空啤酒罐掷向电视，冲女儿说，"事情就是不能顺顺利利的对不对？人就是爱给自己找麻烦，这种麻烦，那种麻烦。"

"大概是吧。"女人微笑着回应，微微闭了一下眼睛，然后发现自己的膝盖撞在坚硬的地板上，眼前是一间陌生的实验室。有个声音催促着自己做什么，那是米尔普的声音，她向前爬了几步，找到了那只垃圾桶，将 U 盘扯下来。身后嗡嗡声大作，五六只"蜻蜓"正试图挤进狭窄的屋门，"把 U 盘插在工作站上，快啊！要是现在被打中就完蛋了,U 盘可不能再生啊!"米尔普惨叫着。

玛姬撑起身体,看到工作站密密麻麻的插口闪着绿灯和红灯。她举起 U 盘伸向插口,脑中却突然想起一个画面来。那是不久之前,她刚跟米尔普缔结契约时候的事情,在一间棱镜安全屋里面,她同前首席科学家聊了一个小时,然后亲手开枪打死了他,搬走了那台仪器。当时她问了一个问题:"米尔普,我能再提一个要求吗? 有一天我会死去,应该是死于意外。你能复活我吗? 复活我,然后告诉我该做什么,救我,我会照你说的做……我想活下来。"

"为什么?"盯着枪口,白化病人摊开双手,"我说过很多次,复生者并非你自己,而是另一个人,与你共享时间锚点之前记忆的陌生人。我是看着这个世界毁掉的人,所以不停地制造副本,作为观察者存续下去,可你呢?"

"留一点希望吧。"女人说,"只要想到有一个我有可能长久地生存下去,过着自己想要的生活,心里就觉得有点儿安慰。"

米尔普咧嘴笑了,露出粉红的牙龈,"我答应你,亲爱的玛姬。从某种意义上来说,你跟我挺像的。想结个婚什么的吗? 我是说,某一个你和某一个我。"

"滚。"

玛姬扣动了扳机。

这个口头约定未能成立,因为签订协议的这个米尔普没能来得及把它写进日记。

"蜻蜓"的腹部喷出火光,玛姬·亨德森将 U 盘插入了工作站,然后一头栽倒在地上。"爸爸……"她闭上眼睛,仿佛回到了温暖舒适的起居室,包装工队刚刚换上防守阵容,比赛正是好看的时候。

　　城市的无数个角落,微小而精妙的飞行机器人被释放出蜂巢,嗡嗡鸣叫着飞入天空。第一期部署的三万只"蜜蜂"向着核电站方向蜂拥而去。

　　罗克塞特先生在汽车后座打了个大大的喷嚏,他一紧张就打喷嚏,而他已经很久没紧张过了。"您还好吗,先生?"前座的秘书将一张纸巾递过来。范·罗克塞特烦躁地说:"好,不好,随便,快点儿给我赶到核电站去!"

　　"成了。"米尔普的手指停在键盘上,红红的眼睛眨也不眨。

　　一团灰烬洒落,U盘里的批量处理程序开始自动执行,一行行代码被写进地下实验室主机——那台控制着整栋大楼网络权限、"蜻蜓"系统和力场发生器的超级电脑。网络被接通了,"蜻蜓"系统得到了新的指令,在短短的几秒钟内,原始系统与城邦后来部署的第二系统合二为一,拥有更高权限的超级电脑得到了新系统的指挥权。在安全警察的数据库中,黑名单开始被篡改,一些人的名字正一个又一个出现在黑名单中。

　　"'蜻蜓'系统停止工作了,它们悬停在空中……'蜜蜂'也一样!"警务总监探头望着窗外惊叫道,"看来那个女人已经到达核心了!她是怎么做到的?"

　　罗克塞特先生疑惑地说:"力场没有关闭,我的手机上还有力场读数……她到底要做什么?"

　　砰!

有什么东西撞上窗户，留下蛛网状的裂纹，罗克塞特先生扭头一看，一只"蜜蜂"正被高速行驶的轿车抛远。"搞什么……"他刚嚷了半句，又一只"蜜蜂"撞到车窗，将裂痕扩大为一个呼呼灌风的破洞。第三只"蜜蜂"灵巧地钻了进来，用复眼观察着面前的大人物。

城邦执政官脸上的肥肉突然抽搐起来，他抓起手机向"蜜蜂"丢去，大喊着："停车！停车！让承包商检查系统，系统可能被人……"

"黑名单：确认。"

"蜜蜂"躲过来袭的物体，绕了两个圈落在罗克塞特先生的脖子上，将尾部的针轻轻刺入他的皮肤。它没有准备什么剧毒，而是将体内的器官一股脑扎入人类的身体，就像真正的蜜蜂一样，牺牲自己，攻击敌人。不同的是，它体内的小小发动机是燃烧砷化物作为动力的，这区区十克砷化物放热只能让它工作七十二小时，可对人类来说，已是致死剂量的两百倍。

"先生……先生？"

秘书递出的纸巾落在地毯上，范·罗克塞特呼出了一口带着大蒜味道的空气，然后停止了呼吸。警务总监大惊失色地扶住他，没注意到另一只"蜜蜂"正飞临他自己的颈间……

"我有一个推论。"

"蜻蜓"与"蜜蜂"在城市中飞舞，这时步兵战车"轰"一声爆炸燃烧起来，发电机终于崩溃了。米尔普推开键盘，冲着不存在的听众解说起来。"我有一个推论。我死在那次灾难中，我复活了，可是不记得之前的事情。我死了，可是其他人都活着，罗克塞特，那些政客，大人物，我的实习生，玛姬……这未免也太奇怪了吧，难道传说中的上帝特别眷顾其他人，即使他们大多数也要下地狱？"

他缓缓站起来，拖着瘦弱的身体向前走，"还好在试验开始之前我做了点儿手脚。服务器上的一个后门程序，记录了在试验中所有可能死掉的家伙的名字，这很简单。一个 U 盘，作为开启程序的钥匙，再加上一个自动添加黑名单的功能。当时想得很单纯，就是拉其他人给我垫背而已，没想到现在成了检验真理的唯一手段了呢。"

他慢慢走到墙壁前，望着棱镜里面支离破碎的脸。

"灾难中死掉的人会被'蜻蜓'系统清除，如果我的推论成立，城市会变成什么样子呢？真等不及想看看啊。"

米尔普用力一推，一扇窗打开了。阳光洒满房间，令他整个人都缩了起来，眼前一片红光，泪水哗哗留下。可他没有退避，他在侧耳倾听城市的声音。

"我的推论是：整个城邦的人都在灾难中死掉了。所有人都是黑暗中的复生者啊，一座亡灵的城市。"他笑了起来，张开双臂迎接城市。城市寂静无声，只有单调的嗡嗡声漫天作响。

9

迈尔·亨德森睁开眼睛，懊恼地发现自己又在沙发上睡着了。

电视还开着,播放着不知什么时候的球赛,阳光从落地窗洒进来,看来是个美好的早晨。

"玛姬?"男人打了个呵欠,伸个懒腰坐起来,瞥了一眼挂钟。今天是星期天,玛姬从不在星期天的早晨工作。"玛姬?"他站起来慢腾腾走向厨房,女儿不在那里。他看了女儿的卧室和自己的卧室,女儿也不在那里。

"玛姬?"

他在屋里转了两圈,没发现女儿的踪迹。

"……上班去了吗?"

他坐在桌前喝了一杯牛奶,突然间感觉有点儿孤单。叹了口气,他披上外套,决定去车库继续修理那台福特野马跑车,要让这老伙计跑起来,还需要很大力气呢。

迈尔·亨德森拿着扭矩扳手走进车库,突然发现有点儿异样,那台车子的机器盖支着,发动机已经完全装配好了,变速箱、皮带、发电机、连杆都完好无缺,只要给化油器里倒点汽油就能启动起来。

他不记得自己什么时候完成了这些工作,"难道是要给老爹一个意外吗?说起来,这丫头从小也喜欢机械一类的东西呢……"迈尔突然一拍脑门。

这时身后有沙沙声响起。"玛姬?"他惊喜地转过身。

后 记:

这篇文章是"灰色城邦"系列的一部分。设想在不太遥远的未来,因一场突如其来的技术爆炸,国家不复存在,代之以各种各样技术背景的独立城邦，一座城，一家企业，一种生态。当生活资料极其廉价，技术成为最重要的通用货币，城邦就成了合理的存在方式。《以太》和《起风之城》也可以算此系列的一部分，这两个故事发生在技术爆炸之前，《起风之城》中制造机器人的罗斯巴特公司就是《永恒复生者》中提到的罗斯巴特城邦的前身，而《永恒复生者》所描绘的罗克塞特城邦则是城邦时代的典型片段。

这个系列会断断续续写下去，因为很多有趣的故事可能在其中发生。

大饥之年

宝永三年（1706年）四月七日
日本萨摩藩屋久岛下屋久村

雨下个不停。浅灰色的云幕笼罩着屋久岛山脉，已经连续一个半月看不到屋久岛的最高峰宫之蒲岳，下屋久村的三十三间草房都生出了惨绿的青苔。

数十人聚集在村中央一栋大屋门前，在雨幕中拥挤着，发出低沉的嘟哝声。深红色泥浆淹没他们枯瘦的脚腕，那是用来刷涂墙壁的红色涂壁土的颜色，这个屋久岛山深处的村落正在融化于连绵大雨之中。

透过墙壁上的破洞，能看到两个男人坐在屋子当中。水珠滴滴答答落入火塘，腾起呛人的烟雾。坐在上首的白发老人喉结滚动，将唾液咽进枯涸的喉咙。饥饿感如一只巨手攫住他的胃，抓挠着肝肾，把肠子狠狠揉成一团。他肮脏的脚趾用力抠紧榻榻米，枯黄趾甲刺进草席。

他已经断食整整二十天了。二十天里，他吃下三十八升五合白米，相当于两名精壮武士的饭量，可他还是饿，饿得浑身浮肿，眼睛发黄。再多的米饭都填不饱肚子，唯有味噌和豆腐能带来一丁点儿充实感。他不住地进食，紧接着呕吐；继续进食，继续呕吐。

下屋久村名主（村长）饭田守很清楚自己需要什么。他需要肉、山猪、牛羊、鸡鸭，充满油脂的肥腻的肉是治疗饿病的唯一药品。然而早在二十多天前，村里就再也找不出任何肉类了，即使治饿病不那么有效的咸鱼干虾也已吃光。全村三十三户，每家每户的米缸都装满了白花花的大米，去年棚田（梯田）丰收，本该让村子安然度过青黄不接时节，可牛头天王在春雨时分降下饿病，使下屋久村陷入一片混沌。

"父亲大人，村寄合（村议会）早已做出决定，他们已经无法等待下去了。"下首正坐的年轻人说。他的身体浮肿胀大，面色焦黄，显然也正在经历难挨的饥饿。这个年轻人的名字叫稻盛孝广，下屋久村的百姓代，饭田守的女婿，今天是他断食第十九天。

雨鞭打着屋顶，火塘即将熄灭，屋外突然传来巨响，腐烂的篱笆墙被人们推倒在水中。呻吟声渐近，雨幕里，人影摇摇晃晃走来。

饭田守下定决心，从衣袖中慢慢摸出一柄短刀，说："这柄肋差是下屋久出身的本乡大人赐给我的宝物，本乡大人是我们七十七万石萨摩藩的总番头（骑兵大将），为人宽厚，一定会原谅我吧，原谅我吧……"

看着老人抽出短刀以白绢擦拭，稻盛孝广忍不住变了脸色，"父亲大人，你要做什么？难道想要自杀吗？我们是农户之身，怎么可以擅自切腹，那可是诛灭全族的罪名！"

"孝广啊……"饭田守翕动嘴唇,以黄疸严重的眼睛望向屋外昏暗的天空,"你还不明白吗?下屋久村已经完了。出去求援的人没有回来,说明所有的桥梁都被洪水冲垮了,通往港口的路也毁掉了,在这场雨停止之前,没人能进来,没人能出去。我活了五十八岁,从没听说世上有这样的饿病,牛头天王将疫种撒在这里,又用山洪封锁道路,就是要彻底毁掉下屋久啊……可是孝广啊,你想想,若能够将瘟疫同下屋久一起埋掉,对萨摩来说不是最好的事情吗?"

年轻人猛地站了起来,双腿因虚弱而摇摇晃晃,"村子不会毁灭,我们会活下去,撑到岛津大人的援军到来!"

饭田将短刀举起,借昏暗天光凝视刀身的云纹,"这话我在饿病刚发生的时候说过,在吃光肉的时候说过,在村寄合决定开始吃人的时候也说过。孝广,外面那些人已经不再是人了,而是食人的鬼,我们都是食人的鬼。每天吃掉一个人,这是恶鬼的行径,就算神佛也不会原谅的……夕子是柔弱的女人,甘愿为村子牺牲,成为大家的食粮;可是朝子才刚八岁,无论如何我也没办法……"

稻盛提高音量:"固然朝子是我的亲女儿,可作为百姓代,我必须听从村寄合的决定!父亲大人,你把朝子交出来吧,别让饭田家蒙羞!"

"嗤——"饭田浮肿的脸突然挤出一丝笑纹,老人回答道:"你没有吃夕子,我很感激你,可你终究会吃人的,不是朝子,就是其他人,变成外面那样的恶鬼……你找不到朝子的。你的眼神已经变了,只要我一倒下,你就会撕下我的皮肉,喝光我的血啊!稻盛。朝子已经走了,她会把灾祸带走,将一切终结……"

这时雷声从天际滚过，闪电照亮山峡间的孤村，下屋久村第十二代名主饭田守，猛力将冰凉的短刃刺入自己的左腹，慢慢向右横拉，刀刃切裂胃肠的感觉并未缓解蚀骨的饥饿。"本该拿锄头的手，看来还是不适合拿刀啊……"老人喃喃自语，"杀死夕子的时候也是这样不干脆，要死很久的样子吧。稻盛，你能当我的介错人吗？……这听起来真像武士说的话啊。"说完，他头一歪，断了气。

"父亲大人！"

鲜血的气味芬芳四溢，稻盛孝广终于屈服于腹中的恶鬼。他扑向自己的岳父，牙齿映出雪白的光。那么多日夜的忍耐，只是因为对父亲大人的尊敬，如今表达敬意的方法，就是将对方的身体当成治病的良药。

村民们拥进大屋，浮肿的、恶臭的、如鬼一般的村民，人群将尸身淹没。外面的人开始啃噬同伴的肢体，呻吟声与咀嚼声在雨声中显得含混不清。

屋外的水流急促起来，红色泥浆冲走浮土，使地下草草掩埋的数十具骨骸显露出来。河水开始泛滥，在山腰用以分流溪水的堤坝旁，一个小女孩正用木棍吃力地翘起闸门。她不明白妈妈究竟去了哪里，也不知道宁静的村子为何变了模样，她只知道自己小小的身体里还有一丝力气，足够完成外公给予她的最后指令。

"嘿呀……"朝子撬开闸门，蜷缩身体，把怀中的东西护卫起来。

堤坝崩溃，洪水到来。来自宫之蒲岳的洪流轰鸣而下，将山石、树木、泥土与小小的村庄一同吞噬。短短几分钟内,泥石流就彻底改变了山谷的模样。

印有萨摩藩大名岛津家十字丸纹章的船帆在风中飘摆,一位武士站在船头远眺,看到黑沉沉的雨帽覆盖下,屋久岛的绿色山脉正在流淌。

"山崩了……"武士摇摇头,叹息道,"返回鹿儿岛吧,下屋久已经完了。"说出这句话时,他的眼角挤出一颗泪珠,那是对故乡最后的惦念。

2014 年 12 月 20 日
美国内华达州提卡布山谷无名农场主宅起居室

"5,4,3,2,1——"顾铁瞅着腕表读出数字,"现在是 2014 年 12 月 21 日了,同志们。"

屋里的四个人一齐扭头望向屋角的座钟,时针指向午夜十二点,自鸣钟咚咚敲响。人们屏住呼吸,静静等待了一会儿,然而什么都没有发生。壁炉内的火焰噼啪跳动,老式电唱机上有黑胶唱片在嗞嗞空转。有人手中的酒杯倾斜了,琥珀色的酒液沿着杯壁流下,无声地坠入羊毛地毯。

"又一个世界末日!"长着一头浓密黑发的中国人倒在摇椅中,有气无力地摊开双手,"2012 年的世界末日是假的,又有专家说,根据玛雅历法认真推算,2014 年才是真正的世界末日,结果全是扯淡! 无聊,无聊!"

有人将悬空的唱针复位,Billie Holiday 的歌声再度响了起来。

"玛雅人的历法同样令人失望啊，铁。那么该下一个故事了，我们每年只聚会一次，除了例行的世界末日妄想之外，总该有点儿新鲜话题吧……浅田，该你了。"一个梳着两条大辫子的印第安女人转过身说。

"没什么好说的。"开口的是端坐在沙发上的中年日本人，这人皮肤黝黑，神情阴郁，看起来不大像是个喜欢讲故事的人。

顾铁嘟囔道："老兄，拿出点儿奉献精神来吧，难道一年之中就没遇到点儿什么稀奇古怪的事情吗？"

"没有。"名叫浅田的日本人生硬地答道，"我是个杀手，一年来只杀人而已。"

"当然，杀手……"屋里的几个人同时举起杯，喝了一口酒。这个穷极无聊的沙龙有且仅有四名成员，成立十六年来，只聚会过十六次。四个人的国籍、职业和教育背景完全不同，促使他们走到一起的，是20世纪90年代中期刚刚兴起的网络留言板上一场有关生存意义的大讨论，哲学问题是没有最优解的，思维碰撞的结果是漫长而丑陋的论战，而在这场论战当中，四个陌生人发觉了彼此身上某种共性的东西，决定成立一个小小的讨论组，那就是这个沙龙的前身。

这个沙龙是松散的，成员之间基本互不联系，只在每年例行的聚会当中分享故事，彻夜长谈。今年的召集人是顾铁，他是中国北京一家投资基金的管理人，对未知事物有着超常的好奇和敬畏之心，带来的话题总是有关反进化论、反人类沙文主义和末日审判的激进观点。而此刻该讲故事的，是日本人浅田，没人知道他的真名是什么，也没人知道他的职业，浅田总是用那种故作深沉的语气说自己是一个杀手,这成了沙龙的一个例行娱乐项目,每当"杀手"二字出现,大家就要笑饮一杯酒——谁都知道真正的杀手是不可能承认自己是杀手的,所以这只是个玩笑而已。

"离天亮还早着呢,总得聊点什么吧?"坐在唱机旁的人说。这个年纪四十岁的女人是美国华盛顿史密森学会的人类学家,名叫祖尔·科曼彻。

日本人闷闷地喝下杯中酒,"好吧,一个月前,我得到了一件东西,我不太明白它究竟是什么,或许你们能找到答案。"他从灰色外套的内兜中取出一个布袋,解开绳结,将里面的东西倒在咖啡桌上,"三十三天前,我在鹿儿岛县出差,负责接洽的客户是早稻田大学考古研究所的教授,他在鹿儿岛外海的屋久岛上进行考古发掘工作,那里新发现了绳文时期的建筑遗迹。这件东西从他手中得来,似乎对他很重要。我把它当作战利品——不,纪念品留了下来。"

祖尔说:"绳文时期是日本旧石器时代的后期,南九州的绳文遗址多有发现,基本上是距今九千五百年前的小村落遗迹。"说着话,她拿起桌上的物件端详着,"这可不是什么绳文时期的东西,它最多不超过三百年历史。和式的枣木木盒,做工粗糙,并非将军和大名所使用的器物。"

这个不起眼的盒子呈现朱红色,体积与一台游戏主机相仿,接缝处用淡黄色的蜡封闭。浅田点头道:"没错,这是日本幕府时期的东西,当时屋久岛属于萨摩藩管辖,岛上有人居住。在挖掘绳文遗址的时候,考古队发现了一个掩埋于地下的近代村落,根据地方志记载,应该是十八世纪初毁于山体滑坡的下屋久村。由于没有得到挖掘许可，考古队并未进行深入发掘，不过在工程机械掘出的坑洞中找到了大量尸骨。这个盒子是早稻田教授私自取得的，没有列入日志当中，我猜想其中一定有着什么不寻常的理由。"

"可以打开吗？"顾铁拿出一柄薄刃的匕首。

"要考虑到毒气和病菌的可能性。"旁边金发碧眼的男人提醒道，随即耸耸肩，"仅仅是提醒而已。"这个英俊的北欧人是沙龙的第四位成员，芬兰医药集团公司 IDD 的研究中心主任安德鲁·拉尔森，目前在美国 CDC 疾病预防控制中心从事高等级病毒实验室的组建工作。

"那我打开了，看看里面有什么宝贝。"顾铁催促道，"浅田你接着说。"

刀刃沿着盒子的缝隙刺入一翘，蜡封被破坏，中国人轻轻抽出盒盖，向里面看了一眼，"咦，还有一个盒子。"

日式木盒里装着另一个黑漆漆的木盒，除此之外空无一物。祖尔脸上掠过惊疑之色，将黑色小盒捧在手心，"奇怪，这是中式的红酸枝机关盒，用料相当考究，没猜错的话，应该是中国明朝所造。这种机关盒由能工巧匠订制，每只盒子由数十个木块榫卯拼接而成，必须按照特定顺序才能组装起来；而开启的时候，也必须按照特定顺序抽出相应的木块才行，否则榫卯会越咬越紧。瞧，盒子表面还用黑色的火漆刷过，所以变成这种颜色，火漆中的虫胶经过数百年时间胶结干燥，已经把机关盒彻底黏成一个整体了。"

这时，屋中的人都聚集在咖啡桌前，好奇地端详着黑色机关盒。顾铁一副心痒难耐的表情，"能打开吗？ 日本盒子套中国盒子,里面没准儿还有个埃及盒子呢?"

"以现代技术对盒子进行扫描,把结构中的每一块木片还原为三维模型,就可以找到开启的顺序。"祖尔有点儿犹豫,"可是这只盒子已经无法正常开启了,恐怕只能切割开来。"

浅田给自己杯中倒满酒,继续说下去:"我的客户——早稻田大学的教授先生留下了一份工作日志,其中有对那几十具骸骨的描述:绝大多数骨骼有噬咬的痕迹,留下齿痕的并非兽类,而是人类,下屋久村遗址毫无疑问是一出食人惨剧的现场。这一发现能够颠覆日本人长久以来自我标榜的国民品格,除了斯特拉·马力斯大学橄榄球队事件以外,还未曾有过如此确凿的证据证明文明社会中的群体性食人事件存在。"

"吃人?"安德鲁·拉尔森倾斜身子,显出很感兴趣的样子,"洞穴奇案是最著名的法学、哲学问题之一,看来今年浅田带来了一个好故事。这盒子在其中又扮演了什么角色呢?"

日本人摇了摇头,说:"我不知道。教授先生应该已做出某种程度的推断,不过他并没发表研究成果,他只提到这个盒子是在一具矮小的女性尸骨身旁发现的,那具骨骼表面并没有被啃噬的痕迹。在萨摩藩的地方志中,下屋久村是被罕见的大雨隔绝交通近两个月之后,才被泥石流摧毁,两个月之中究竟发生了什么,这谁都不知道。"

顾铁挑起眉毛,"那还等什么?"他抓起盒子站了起来,"X光照相,确保里面的东西不被伤害,然后用锯子锯开它,我们的地下基地有这些设备。"

"这种机关盒一般用于保存非常重要的资料、信物和贵重物品，如此完好的明代红木机关盒是极其罕见的，未开封的更是收藏家眼中的至宝。"祖尔说，"这件东西如果完整地送到苏富比，有超过三十万美元以上的价值。"

"比起人类的好奇心来说，三十万美元一点儿都不贵。对吧？"中国人如此作答。

四个人起身离开温暖舒适的客厅，沿隐秘的螺旋楼梯降至地下一层，这间大屋装满稀奇古怪的收藏品（一半是与外星人有关的玩意儿，另一半是泡在福尔马林里面的诡异器官），周围四间实验室有着完备的解剖和理化分析设备。

沙龙的成员们走入第四实验室。红木盒子在 X 射线成像仪上转了几圈，一个立体模型呈现在投影屏幕上，盒子里的东西显出形态——毫不令人意外，那是另一只盒子。

"看起来是金属的。"顾铁挠挠鼻尖，"体积不大，正好将机关盒的内部空间填满，一丝缝隙都没有。"

"不，应该说机关盒就是为了封锁里面的金属盒而制造的，中国古代工匠有能力把硬木工艺品的误差控制在一毫米之内。"祖尔用手指在模型上画出几道切线，"这台 X 光机的功率太低了，看不清更里面的东西。应该从正面和两个侧面下锯，将上半部的红木剥离下来，锯路一定要窄，以防伤到金属盒子——这是在破坏艺术品，你们知道的。"

安德鲁·拉尔森微微一笑，"让我来吧，这不会比外科手术更难。"他将盒子捧至旁边的一台仪器上，熟练地键入数据设定参数，将机关盒用夹子固定，按下数控木工机床的启动按钮。嗞嗞……0.3 毫米的超薄链锯开始切割木盒，人造金刚石锯齿柔滑地破开坚硬的红木,空气中出现一股微酸的香气。

这时顾铁发言:"历史上有关吃人的纪录是很多的,比如中国史书中就多有记载,大饥之年,易子而食,割肉道殍,灾民为了活命是不顾伦常的……关于人性的讨论先搁一边,我倒是想起一件不太平常的吃人事件,就发生在制造机关盒的明代。明朝天启二年,贵州一带爆发'奢安之乱',彝族头领安邦彦率领大军围困贵阳城三百天,贵州巡抚李橒率军死守城池,城中缺粮,开始吃死人的肉,后来吃活人的肉,再后来连亲人朋友都抓来吃,军队公开贩卖人肉,每斤生肉卖一两银子,等到叛军退走的时候,原本十万户人口的贵阳城只剩下千余人幸存,好几万人被活活吃掉了……这事是《明史》中记载的,听起来更像恐怖小说里的情节,若不是白纸黑字写着,绝对想象不到人类的疯狂能够达到这种程度。"

这耸人听闻的故事使屋子陷入寂静。过了一会儿,祖尔开口说:"这不是我研究的方向,不过在战争中出现的食人事件并不罕见。根据史料记载,伯罗奔尼撒战争中,波提狄亚人被围困时就以尸体为食,十字军东征时也曾烤食战俘,而《拿破仑传》中多次提到俄国士兵烹食小孩的场景。《圣经·列王纪》说:你在仇敌围困窘迫之中,必吃你本身所生的,就是耶和华你神所赐给你的儿女之肉。这说明吃人这件事情在特定条件下是被社会所接受的。"

"阿兹特克文明的献祭仪式中有吃人的环节,当然那主要是宗教意义上的行为。"北欧人说。

"数万人疯狂地大规模彼此相食,这不能仅仅归结于战争的原因吧。"中国人若有所思道,"若说起类似的事件,中国还发生过一回……我突然有点儿不太好的预感。"

这时机床嘀嘀一响，切割完成了。拉尔森松开滑动卡扣，黑色木片左右倒下，露出下面的金属表面。看到显露出来的东西，几个人同时屏住呼吸，浅田突然向后退了一步，低声道："这是一个错误，不应该继续下去了。"

"要有科学求真的精神，浅田。"金发的芬兰人说，"绝不应该就此停下。"

出现在众人眼前的是一只金灿灿的长方形金属盒，看起来像镀金制品，可短短半分钟内，其表面就浮现了一层青绿色的锈迹，显然以前是红木机关盒阻止了氧化反应发生，而当金属盒暴露在空气中时，这一反应过程便加速了千万倍。盒子表面雕有人物图案，线条是诡异的暗红色，五个人物分别位于盒子的五个面，五人面目不清，分别手执勺与罐、皮袋与剑、扇、锤、火壶，唯一没有人物的表面则刻着复杂纹饰。肉眼看不到盒子的接缝，看起来完全是一个金属浇铸的整体。

祖尔显得神色凝重，她默默观察金属盒，思考了一小会儿，说道："这五个人物形象，应该是中国神话传说中的'五瘟'，也就是五位瘟疫之神。而纹饰图案代表'四神'，镇守四方的四大神兽。在中国文化里，这种形式叫作四神镇五瘟，表示降服瘟疫的意思。我在去年召开的墓葬文化研讨会上见到过类似的壁画，那是在瘟疫死亡者的合葬墓中出现的。"

"越来越有意思了。"顾铁拍了拍手，"根据惯例，不感兴趣的人可以提前退出了，到上面继续喝酒吧，酒柜里还有上好的单麦芽威士忌——我记得是美妙的麦卡伦30年。"

浅田一语不发地转身就走。剩下三个人围在工作台旁边互相注视,直到离开者的脚步声消失在楼梯口,芬兰人说:"继续吧,看来你已经找到什么线索了。"

顾铁将眼神投向那神秘的小盒,"算是吧。这金属盒子是件青铜器,未经氧化的青铜器呈现金黄色,这证明盒子刚一制造出来就被封锁在了外层的机关盒中。只是有一个问题对不上号,看来需要做一个碳–14鉴定才行。祖尔,如果没猜错的话,四神五瘟的图案应该流行于唐代,而那个朝代正是中国青铜器时代的尾声——这盒子来自唐朝。"

"这不可能!"其他两人异口同声叫道。

2014 年 12 月 21 日
美国内华达州提卡布山谷无名农场地下实验室

"铜盒铸成之后立刻被红木机关盒收纳,因此两只盒子的年代应该是一致的。明代是最合理的推测吧。"芬兰人说。

祖尔犹豫道:"这只盒子从造型和纹饰来说,确实符合唐代器物的特征。中国自五代十国以后普遍使用黄铜和紫铜,一般只有钟鼎等大型器物才会使用青铜浇铸……不过不排除仿古的可能性,宋代曾铸造了相当数量的仿古礼器。"

"碳–14,很简单就能解答我们心中的疑惑,半衰期不会骗人。"顾铁戴上手套,小心地捧起盒子来到第三实验室,把铜盒摆在一个不锈钢操作台上。地面上的仪器只是冰山一角,庞大的加速器线圈藏在深深的地下,这台加速器质谱仪是足可以媲美顶尖大学实验室的新型设备,而懒散的主人们看来很少使用它,仪表上落着薄薄的灰。

祖尔对这种仪器并不陌生，她使用一次性探针从红木机关盒上取了三个样本，又从青铜盒表面阴雕处取得三个样本。碳–14鉴定法无法测定无机物的年代，不过盒子阴雕线条中涂有赤红色颜料，"这应该是银朱（硫化汞）与桐油的混合物，能够代表铜盒制造、雕刻、涂装的年代。"人类学家介绍道，一边将探针插入收纳口，盖上保护盖，打开质谱仪的电源开关。

嗡嗡……不知藏在何处的大功率柴油发电机启动了，加速器要将同位素原子加速到数十兆电子伏特，所需要的电量是惊人的。屏幕显示整个程序需耗时十分钟，几个人就在仪器旁边坐下来，一边观察铜盒，一边继续讨论。

安德鲁·拉尔森将领带稍微松开，做了一个深呼吸，"稍微整理一下头绪。从营养学角度来讲，人肉同猪肉和牛肉没有太大分别，不过作为食物链顶端的生物，人肉是自然生物中污染富集程度最高的，常吃容易重金属中毒；而长期食用死者的肉则会导致某些疾病的交叉传染，例如新几内亚 Fore 部落因朊蛋白病毒而引起的震颤病。另一方面，顾铁刚才提到的大规模食人事件是有医学可能性的，甲状腺异常、胰岛功能亢进、皮质醇增多症等都可导致食欲亢进，若某种未知的传染病能够抑制饱食中枢的活动，使感染者出现异常旺盛的食欲，那么一千人吃掉几万人的场面就很可能出现。他们会吞下比食量多十倍的食物，不住呕吐，继续进食，直到成为别人的食物，化为一摊呕吐物……想象一下那是什么样的画面？"

祖尔露出恶心的神色，顾铁打了个响指，说："就是这个思路！

刚才我想到另一起群体性食人事件，灾难发生在唐朝至德二年，安史之乱时期。当时，安禄山的儿子安庆绪派兵进攻睢阳，唐将张巡守城十个月，粮尽后开始大规模吃人，到城破时，睢阳城四万户被吃了个干净，只剩四百人活了下来。盛唐年间发生这种惨剧，恐怕是大多数人所不知道的吧？"

"你是说唐代、明代的两起事件，都是盒子里的东西引发的？"拉尔森质疑道，"这说法没什么依据，虽然骇人听闻，可毕竟是战争中发生的事情，战争的本质就是剥夺生命。"

中国人摆摆手指，"不不，它们不符合战争的基本规律，守城战本身是消耗战，一旦资源枯竭，战争就走到了尽头。军民相食开始的时候，就是城防崩溃的时候，根本不可能再坚持那么长的时间。两起事件的守城时间都是十个月，即三百天，其中显然有着明显的规律性。无论史书中怎么记载，我认为，真实的攻城战其实早早就结束了，是敌军在城外隔岸观火，不肯进入这两座陷入疯狂的城。当数万人、数十万人大口大口撕扯对方血肉的时候，谁会做出大举进攻的决定？十个月，或许是幸存者人数递减到一个足够小的规模，或许是传染病的传播期已经过去，一切才算结束。"

祖尔脸色变得煞白，"就是说，这铜盒子里装着的是病毒？能导致人吃人的恶性病毒？"

芬兰人立刻纠正："病毒在活体之外不呈现生命特征，离开宿主细胞后，没有代谢机制的病毒最多只能存活几天。"

"传染病在唐代的爆发导致了睢阳食人事件，当时的人铸造了四神镇五瘟纹青铜盒将最初传染源封存起来；八百六十五年之后，盒子被打开了，贵阳食人事件发生，于是人们按照唐代铜盒的原样铸造了第二只铜盒，重新封锁传染源，并且用红木机关盒加以额外保护。八十年后，这盒子辗转流落到日本，在九州的一个小岛上引发了食人事件。我刚在红木盒底部发现了一个直径不到两毫米的小孔，像是手钻留下的痕迹，日本人一定想窥探里面的东西，不小心把青铜盒与红木盒那微小缝隙中的瘟疫释放了出来。"顾铁向大家展示红木机关盒的碎片，"这就是我的推断。"

祖尔说："也就是说，我们正处于危险当中吗？"

拉尔森略加思索，"我不这么认为，排除病毒的可能性之外，细菌类的群体生命是无限的，而在封闭环境中的单体受到细胞寿命限制，其生命周期其实很短，比如大肠杆菌只有二十五分钟左右，酵母菌不超过一个小时。目前最耐不良环境的细菌芽孢也存活不过二十年。无论里面曾关着什么怪物，都应该早已死去了。"

祖尔嚷道："可是几起事件间隔几百年，就说明病原体一直活在盒子里头——这分明就是现实中的潘多拉盒子！"

"战争。疯狂食人。被毁灭的城市。"顾铁眉心打了一个结，"如果反过来想想的话，蒙古人进攻克里米亚半岛时就曾经将死尸抛进城市，用黑死病作为生物武器。这种食人怪病难道也是作为一种武器存在的？只是其表现形式太过凶残，威力不易控制，而安全期又太漫长，才会被重重封印起来，极少被使用在战争当中……"

拉尔森说："那么日本村庄事件只是个意外，真正的瘟疫，还藏在明朝铸造的铜盒里未被释放出来。"

屋里突然安静了，三个人不约而同地沉默下来。青铜盒子闪耀着异样的绿光,五瘟使者在铜锈下若隐若现,仿佛在盒子表面蠕动起来。

"到此为止。将铜盒密封起来,埋藏在内华达的戈壁滩深处,我们得去做个全面的身体检查,然后忘掉这件事情。"

"我同意。"

"同意。"

"同意。"

不知谁先开口,一个决议立刻达成。

祖尔说:"我突然想起一件事,你们是否知道印度的摩亨左达罗遗址?它被称为'死丘',是印度河中一座岛屿上的大型城市遗迹,科学家们推测这座城市是在相当短的时间内毁灭的,有四万到五万人集体死去,大量骨骼堆积在城市当中。如果是类似的食人事件的话……"

正在这时,质谱仪嘟嘟的提示音打断了她的话,检测结果出现了:"样本一:1620 年(±8 年);样本二:1620 年(±8 年)……样本六:1620 年(±8 年);复检将在十秒钟内开始。"

顾铁点点头,"没错了,正是贵阳城事件发生的年代。若分析青铜盒的成分,一定能发现那符合唐代青铜器的合金比例,因为新盒是融化旧盒重新浇铸的,古人一定认为这种特殊的金属和纹饰能够压制瘟疫。"

轰! 这时不知从何处传来砰然巨响,四周立刻陷入漆黑,焦煳味沿着通风系统传来。屋里混乱起来,惊叫声和碰撞声响起,有人嚷道:"短路了!供电系统的负荷太大了,备用发电机启动需要三十秒钟……好了好了!"

头顶灯泡啪啪闪烁，接着慢慢亮了起来，实验室重新被柔和的白光照亮，三个人站在质谱仪旁，胸口起伏不定。"等等……"顾铁慢慢低下头，望着工作平台上完整的青铜盒，长长地出了口气，"还好没事，要是有人碰到盒子就糟糕了，这种青铜器很坚硬，因为铸造时添加锡的比例相当高，不过同时韧性会变得很差，一摔就会碎成渣子吧？"

祖尔说："快把它封起来，我再也不想看见这玩意儿了，即使这是个能获得诺贝尔奖的研究课题。"

安德鲁·拉尔森小心地捧起青铜盒，放进玻璃箱，带到第二实验室进行喷洒消毒，用玻璃和铅盒做了双重密封，最后用HDPE热塑树脂将铅盒裹在里面。芬兰人亲手将这团琥珀一样的东西丢进地下室的渗漏竖井，然后向井中灌入大量的速凝水泥，确保它被埋在无人能触及的地方。

完成这一切时已是凌晨六点。拉尔森摘下手套，抹去脸上的泥浆，"我们再去做一次消毒，接下来我会抽取咱们几人的血液样本做病理检验，确保没有染上什么怪病。观察期三天，没有异状的话才能离开这里，没异议吧？"

"当然，安全第一。"祖尔说。

"可惜没能看到那东西的真相，有点遗憾啊……"顾铁打了个呵欠，"这次聚会要延期了，希望大伙儿都有其他的好故事可讲。"

三个人说着话离开地下室，灯光熄灭，屋子重归黑暗。

咔嗒——在八十米深的地下，被重重包裹起来的铜盒突然裂开。它早就被人砸裂，只是拼合在一起勉强维持形态而已。若有光源照亮盒子，能看到断茬处的青铜呈现耀眼的金黄色，五瘟使者的脸支离破碎。盒子的内部空间小得可怜，只能勉强塞下一只ZIPPO打火机——而无论里面曾经装有什么，此刻都已不在了。

2014 年 12 月 24 日 18：22
美国纽约皇后区肯尼迪国际机场 6 号航站楼

来自拉斯维加斯的航班刚刚降落，人流拥向机场捷运换乘站，航站楼中央竖着一棵巨大的圣诞树，喇叭播报起降信息的间隙一直在反复播放《铃儿响叮当》，"哦呵呵呵呵——"圣诞老人驾着电动雪橇滑过大厅，笑着向孩子们分发礼物，大屏幕上每隔一分钟就飘过一阵雪花。圣诞节到了。

一个穿着黑色风衣、戴着黑色滑雪帽和墨镜的人低头向停车场走去，看起来似乎不太享受这温馨的圣诞氛围。这时滑动门开了，一群身穿厚棒球外套的男孩冲了进来。"汤姆，传球！""二垒！传给二垒手！"他们大声叫嚷着，将棒球掷过人们的头顶，瞧着吓了一跳的人们哈哈大笑。

嘭——黑衣人与其中一个男孩撞个满怀。这群高中生立刻将他围了起来，用金属球棍推搡着他的肩膀嚷道："喂喂，你差点撞坏我们的第三棒打者哩！斯特里国王学校棒球队正要去佐治亚教训红脖子乡村队，万一大明星汤姆·史迪威被你害得怯场起来，难道要由你站上该死的打者席吗？"

"听着，我不想惹麻烦。"看不清面目的人举起双手，"快点去赶飞机吧，大明星们。我只想走出这道门而已。"

棒球队员们笑了起来。"有意思。教练怎么说来着？"被撞到的健壮男孩将棒球抛来抛去，突然握住球用力砸向对方的心窝，"……砰！痛快地用触杀来解决战斗！"

黑衣人捂住胸口痛苦地弯下腰，男孩们发出一阵哄笑。"你们在干什么？"机场保安在远处大喊一声快步跑来，领头的男孩带着队员迎上去把保安围在当中，"没什么，先生，这位路人跌倒了，我们扶他起来而已。"

这时候黑衣人低声说："你有没有想过……有一天改变整个世界？"

"你说什么？"手持棒球的男孩愣了一下，接着笑了起来，"这是灵异电视剧的桥段吗？你要告诉我，我是被什么组织选中的？有任何一位灵魂导师是你这副男不男女不女的模样吗？哈哈……"

"在飞机上我做了一个决定。"黑衣人自顾自说下去，"我一直在试图了解人类，想搞清楚人心中最深的善和恶，可接触的人越多，就越觉得迷茫。刚才看到三万米的蓝天，我感到人类只是这地球上寄生的渣滓而已，没有半点儿价值；可当纽约出现在舷窗里，我又改了主意，因为无论是多么丑陋的物种，能建造起这么复杂高效而美丽的城市，都是件相当了不起的事情。"

健壮男孩皱起眉头，用力推了他一把，"你精神有问题吗？"

黑衣人缓缓抬起头，"我必须做出选择，因为身上肩负着使命，从你的小脑瓜里不存在的遥远时代的遥远帝国继承而来的使命。我做了个决定：从下飞机的一刻起，第一个跟我对话的人若是善意的，我就停止这件事；若相反，我感受到了人类的恶意，那么一切就从此刻开始。德国演化生物学家吉斯·詹森通过对黑猩猩的研究得出结论：即使最接近人类的黑猩猩，也没有人类这种纯粹的卑劣品格，它们不会主动拉动机关剥夺其他黑猩猩的食物——'恶意'这种东西是人类所独有的，是与社会性共同产生的毒瘤，是天性，是人的原罪。你们没有让我失望，大明星，恭喜你，2014 年 12 月 24 日 19 时 23 分，你改变了世界。"

黑衣人的右手伸进衣兜捏碎了什么东西。随着手指抽出，一缕灰白的粉末从指缝间飘散。没人看见这小小的动作。

"疯子！"男孩使劲一搡将他推倒在地上，转身挤进人群。棒球队员们还嘻嘻哈哈围着保安说话，球队教练正走进机场大厅，圣诞老人抛出系着红色蝴蝶结的礼物盒，孩子们的眼神追逐着雪橇上的铃铛，一片雪花从自动门的缝隙中飞进来，马上被空调的热风融化。

空气循环系统让某种未知的物质在半个小时内散布到整个机场。

一个小时后，有人通过网络访问了纽约城市供水委员会的网站，浏览了纽约市几大自来水系统的概况。

四个小时后，黑衣人站在朗道特河北岸白雪覆盖的针叶林中，打开银色密封箱，捧出一团淡黄色的物体。北风吹来，笼罩着这团有机质的灰白色烟雾如纱轻舞。黑衣人松开手指，浅绿色河面泛起小小的水花。

"嗨，老兄，别乱丢东西啊。"不远处一位裹着厚毯子的垂钓者抱怨道。

"对不起……祝你好运。"黑衣人向他点头致歉，提着箱子转身离开河岸。

薄冰碰撞发出细碎的声音，清澈的河水向南流淌。这些来自卡茨基尔山脉的清流将流入朗道特水库，在那里进入供水系统，为纽约市提供百分之五十以上的日常用水；而流出朗道特水库之后，水体会一直向东汇入哈德逊河，贯穿整个纽约，注入纽约湾。

四十个小时后，黑衣人播下的种子已遍布整个纽约。

2015 年 2 月 19 日 16：02
俄罗斯摩尔曼斯克市北海水文水资源研究所

"别连科先生。你在这里，太好了。"办公室门开了一条缝，副所长把头从里面探出来说，"我需要七天内的所有水文资料样本，深度由两百米至表层每十米抽样，精确到每小时。这事儿要保密，客人不希望惊动所长，所以别通过系统报备了，直接去样品室拿吧，我打过招呼了。"

名为别连科的实验室助手刚刚在门外偷听，此刻显然吓了一跳，"是、是的，博士，样本数量这么多，可能要花点儿时间。"

"别耽搁太久，装箱的时候要千万小心，别连科先生。"大胡子的中年副所长摆摆手，关上屋门。他走到沙发前，给客人的骨瓷茶杯续满红茶，"再喝一杯吧？反正时间还早。"

裹着黑色羽绒服的人扭头看看窗外，虽然只是下午四点，摩尔曼斯克港的夜幕已然降临。港口的探照灯照出雄伟巨舰的剪影，那是进港检修的俄罗斯北方舰队旗舰"库兹涅佐夫"号航空母舰。受到北大西洋暖流的影响，摩尔曼斯克是北极地区的优良不冻港，俄罗斯最大的渔港和北方地区最大的商港，也是北方舰队的驻扎地。

"谢谢。这茶很棒。"客人端起茶杯，抿了一口深红色的茶水，慢慢咽下滚烫香甜的液体。不适感自胃部传来，客人不动声色地侧过脸，以免主人看到自己的表情。

副所长愉快地摆弄着茶壶，"一到冬天几乎晒不着太阳，只有喝茶才能让身体暖和一点。这种中国茶加上柠檬、蜂蜜和红糖是最美味的，能让你的脚暖和一整天……对了，你为什么对北海的海水有兴趣？摩尔曼斯克的水没什么特殊的，在其他几个不冻港能找到几乎相同成分的海水样本呢。"

客人答道："只是在这里短暂停留而已，我从布雷顿角、纽芬兰、冰岛和挪威来，前面也到过几个港口，通过一些手段收集了海水样本。因为我们是旧识，所以特地在摩尔曼斯克多停一天，好跟你坐下来喝杯茶。"

副所长说："那么你已经去过特隆赫姆①和纳尔维克②了？"

客人说："没错，接下来还要去阿尔汉格尔斯克③和伊加尔卡④看看。"

"你在追逐北大西洋暖流啊。"主人笑了起来，"我们早过了做这种傻事的年纪了，在找什么东西吗？这可不是你擅长的领域。"

黑衣人说："并非特别寻找什么，只是有个特别长的假期需要浪费而已。这么说吧，圣诞前夜那天，我在纽约附近丢下了一些东西，这小玩意儿被墨西哥湾暖流带到北冰洋来了，按照洋流的平均速度，它们应该已经到达这里了吧。"

①②均为挪威港口。
③④均为俄罗斯港口。

副所长笑道："我们的圣诞前夜可是 1 月 6 日，别忘了这儿是俄罗斯。对了，你记不记得漂流小黄鸭的故事？ 1992 年，一艘从中国出发去往美国的货船在太平洋遭遇风暴，两万九千只塑料小黄鸭坠入大海，其中一批鸭子花了三年时间完成了一万一千公里的北太平洋副热带环流漂流，访问了印尼、澳大利亚、南美洲和夏威夷；而另一批鸭子向北漂去，通过白令海峡前往北冰洋，花了五年时间才穿越北极到达格陵兰，向南进入大西洋，乘着墨西哥湾暖流抵达英国西海岸。这支迷路的鸭子舰队总共花了十六年时间才完成从太平洋到大西洋的环游之旅，总里程三万五千公里，几乎绕了地球一圈。到现在还有上万只鸭子在海上漂流，上个月我们的研究员就在港口捡到了一只鸭子，看来有些鸭子乘着墨西哥湾暖流来做客了呢。"

"啊，很有趣。"黑衣人说，勉强挤出礼貌的笑容，"根据我的观测，洋流推动漂浮物的速度比预想得要快呢，尤其是微小的漂浮物。"

副所长问："什么漂浮物？"话刚出口，他又笑着摆手，"不不，你不用回答，我知道你是个很有原则的人。那么，聊点不碍事的话题吧，我的三女儿娜斯塔西娅去年获得了摩尔曼斯克州大提琴演奏比赛的银奖，要不要看她的比赛视频？ 我一直存在手机里面呢。"

"啊，当然。"黑衣人说，"不过我时间有点儿紧，老朋友，这回没空去你家里做客了，如果样本准备好的话，我会搭一个小时以后的飞机离开。"

"……别连科先生，五分钟之内准备好样本给我。"拉开门冲外面吼了一声,副所长回到桌前,掏出手机调出比赛视频,然后殷勤地给客人斟满红茶。"起码喝够了茶再走吧,尝尝卡莲娜亲手烤的饼干,偷偷告诉你,右边的锡瓶里装的是最好的斯米尔诺夫伏特加。"他调皮地眨了眨眼睛。

手机屏幕上红脸蛋的女孩开始演奏舒曼的《梦幻曲》,走廊里响起实验室助手的脚步声。两个男人举杯相碰。

呕……离开研究所五分钟之后,黑衣人跪倒在路边不停呕吐,令他感到恶心的并非红茶、伏特加和饼干,而是一切来自农作物的纤维类副产品。

几乎将整个胃清空之后,这个男人虚弱地靠在路灯杆上,摸出一块食物塞进口中,当囫囵嚼碎的肉干滚落喉咙的时候,他发出了满足的呻吟。

"这只是开始。"望着北极星照耀下的港口,他自言自语道,"我会好好培育你们……人类种下的是什么,收获的也是什么。顺着情欲撒种的,必从情欲收败坏;顺着圣灵撒种的,必从圣灵收永生……"

悠远的汽笛声传来,庞大的北海舰队即将起航。

同一天 16:24
美国纽约曼哈顿上东区理查德·纳茨内科诊所

"最近这样的例子多起来了,太太。您是在过分担心而已。"纳茨医生合上病历表,"就像我一直在说的那样,挑食对这么大的小伙子来说不算什么大问题。我开给你的复合维生素片可以弥补膳食中缺乏的营养成分，而且对于棒球队的运动员来说，牛肉和牛奶是最好的蛋白质来源……只爱吃牛排、小羊肉、炸鸡和培根？这听起来像三亿美国人的通病呀，哈哈哈……"

桌子对面的女人犹豫着说："可汤姆以前不是这个样子，他很爱吃蔬菜，也爱吃肉汁土豆泥和起司通心粉。现在除了肉类以外，他什么都不碰。"

医生再次打开病历表，指着上面的字母和数字说："现代医学是非常精准的科学，史迪威太太，您儿子的身体非常健康，所有读数都在正常范围之内，他的体能比同年龄段的大多数孩子要好得多。唯一的问题是右肩三角肌拉伤，挥棒动作导致的职业病——相比那些浑身零件都已经破破烂烂的职业选手来说，这根本不值一提。"

"好吧，谢谢。"史迪威太太站起来同医生握手，走出了办公室。外面的高中棒球明星早就等得不耐烦了，他挥舞着拳头嚷着："我就要错过晚间练习了！快点，晚高峰就要来了，我可不想堵在路上！"

"走吧。医生说你一切正常。"女人拎起儿子的棒球包。

"我早说过。"汤姆·史迪威烦躁地走在前面，"对了，路过135街的时候停一下，我去买一桶鸡块。"

"你以前总说那是贫穷的黑人才吃的食物啊。"

"……随便啦。"

同一天 23：50

沙龙的几位成员同时收到了顾铁发来的一封电子邮件：

To 同志们：

　　我最近一直在考虑人吃人的法律问题。吃人这件事本身犯了侮辱尸体罪，可如果为了生存不得不吃人，则可应用《刑法》第二十一条的紧急避险原则：'为了使国家、公共利益、本人或者他人的人身、财产和其他权利免受正在发生的危险，不得已采取的紧急避险行为，造成损害的，不负刑事责任。'也就是说，如果我们不亲手杀死别人（中国也没有对见死不救量刑的法律条款），被迫吃人就是无罪的。我不是法律专家，只想问问其他国家的情况是不是类似？这大概是个挺有意思的话题。

　　附上一本很有价值的专著《中国古代食人考》，里面或许有青铜盒子的线索。

顾铁

　　P.S. 今天是中国的农历新年，最近大鱼大肉吃多了肚子真难受，身体是革命的本钱！祝大家都好胃口。

2015 年 4 月 1 日 20：44
日本横滨京滨工业区 A6 道 "山吉" 进出口株式会社

浅田刚刚结束为期一个月的工作，回到横滨。他按照惯例在离公司两公里外的地方下车，确认没有受到跟踪，绕了几个弯回到那栋陈旧的三层小楼，掏出钥匙开锁，将卷闸门拉开一条缝，钻了进去。

门前街灯将一束光投向屋内，照亮一双高高跷在办公桌上的脚。浅田放下行李箱，转回身关闭卷闸门，让自己和不速之客同时陷入黑暗当中。"我不喜欢这样。"他的声音沉闷地响起，"出去。"

"我也不喜欢，但谁让你手机不开机呢。"坐在桌后的人说，"停电两天了，你冰箱里的菜都开始发臭啦，瞧瞧你的电费账单，从去年六月份起就没交过一分钱，攒钱留着干吗用啊？老兄。"

"出去。"日本人的声音换了一个方位。

椅子挪动声传来，桌后的男人站了起来，"我只想跟你聊聊而已，虽然这样不太符合沙龙的规章制度，可谁让我没什么朋友呢。"他说着话，发现一个红点出现在自己胸口部位，隔着衣服灼得心脏怦怦直跳。

"出去。"浅田第三遍重复道，语气听起来，他不想再重复第四遍了。

啪嗒。突然一朵小火苗亮起，一次性打火机的火焰照亮了顾铁扬着眉的脸，"原来你真是个杀手啊。我会自己滚出去的，可走之前，我必须问你一个问题……你饿不饿？"

这问题显然出乎日本人的意料。沉默了一会儿，阴影中走出浅田高瘦的身影，他手腕一转，手枪无声地消失在袖管里。"吃完东西，然后出去。"丢下一句话，他拎起行李箱转身登上楼梯。

三支蜡烛的光填满屋子，这栋楼的二层空荡荡的，没有任何家具，两人盘腿坐在地板上，每人面前摆着一份单兵作战口粮。

在等待口粮自加热的时间里，顾铁说："我知道咱们两人没有多深的交情,不过能坦率地把老巢的地址告诉我,就当是你相信我的证明吧。浅田,我的身体出问题了,从几个月前开始的。问题就是——米饭和面条再也填不饱我的肚子,只有肉才能解馋。宣武医院消化科主任医师给我做过检查,结论是缺乏必要消化酶导致的异食症。他开了几瓶药给我,让我每顿饭前服用一片,过段时间再去检查。"顾铁从兜里掏出一个小药瓶放在地板上,"复方消化酶:含胃蛋白酶、木瓜酶、淀粉酶、熊去氧胆酸,用于食欲缺乏、消化不良等症。药效起初非常好,我又能吃大碗的炸酱面,大口大口嚼黄瓜了,每天三次,每次一片,药效持续了一个礼拜。"

作战口粮开始冒出白烟,浅田沉默地拆开咖啡包,倒入一次性茶杯。

顾铁叹息道:"那天晚上我在公司加班,吃了盘外卖的炒饼。几分钟后,我开始喷射状呕吐,像个洒水机一样把整张办公桌浇了个遍。之后情况就更严重了,与肉类无关的物质不能与胃相容,加大用药量的话能暂时控制这种情况,可只能维持很短一段时间——这是个不断下降的螺旋。"他平伸双手,药片噼里啪啦掉了一地,"现在再多的消化酶也不起作用了,我只能吃肉,大量吃肉,远超过身体需要量的红肉。"

日本人抬起眼皮看了他一眼。顾铁露出苦笑,"我没有再去医院,因为这不是什么异食症。我被感染了,浅田,被那盒子里的东西感染了!而你就算没有亲身参与开启盒子的过程,也与盒子处于同一个房间之内,面对同样的感染源……如果没猜错的话,你也早就不能进食谷物和蔬菜了,对吧,老兄?"

口粮加热好了,红酒牛肉烩饭散发出诱人的香气,日本人用叉子铲起米饭送进口中咀嚼着,一边说:"不,我很好。我说过不要打开盒子。我根本就不该把那盒子带到沙龙,更不该当众拿出来。"

顾铁三口两口把牛肉吃完,然后用自己包里的牛肉干补充能量,"你是个嘴硬的家伙……不承认也没关系。我想问的是:你认为是谁开启了最内层的青铜盒子?红木盒子是安全的,青铜盒子才是感染源,我认为是在农场断电的半分钟内,有人用重物敲裂了青铜盒,把里面的东西取了出来,造成我们几人的连带感染。"

"不是我。"浅田冷淡地回答,继续吃着米饭,"或许是你,或许是芬兰人,又或者是祖尔。我不关心。吃完你就赶紧出去,我不想被你传染。"

中国人咧嘴笑了,"你这么谨慎的人,怎么可能听说我身患传染病的消息而无动于衷?唯一的解释,就是你也得了一样的病……别闹别扭了,事情比你想象得严重得多,这可不是什么玩笑!"

浅田吃光盒里的饭,喝完咖啡,把垃圾装进纸袋,站起来说:"好了,话说完了,走吧。"他没再给顾铁说话的机会,用瘦长的双臂推搡着顾铁下楼,直到把客人送出门外。"路口右转,便利店门口有一辆丰田花冠,车钥匙在右后轮胎上面放着,开着去机场,然后飞回中国去。"他说,"再见。"

卷闸门轰隆隆关闭。顾铁站在街灯下,望着一片漆黑的小楼,没有离开。五分钟后,他绕到楼房后面,攀着排水管爬到二层,敲敲玻璃窗,"喂,接下来讨论点有建设性意义的话题吧,老兄。"

黑暗的房间中央,孤独男人的身体如虾米般蜷缩。

同一天 21：25
南非开普敦维多利亚港桌湾酒店 Vista 酒吧

"先生。"侍应生悄无声息地出现在黑衣人身后,用手捂住无绳电话的话筒,低声道,"来自美国的电话,先生,您要接听吗? 对方没有表明身份,说有重要的事情必须找到您。"

男人愣了一下,"我知道了,谢谢。"他递出一张纸币换来电话机,目送侍应生鞠躬离去,"是美国 CDC 的人吗? 我已经辞职了,请不要来打扰我,病毒实验室与我没有任何关系。我会马上离开南非,消失在你们的情报圈外,就这样,再见。"

"不,我是祖尔·科曼彻。"听筒里传来中年女性的声音,"我必须同你谈谈。回房间用 Skype 联系,电话不安全。"

"祖尔?"黑衣人显得很意外,他摘下墨镜,湛蓝的眼睛望着阿尔弗莱德码头的点点白帆,"你怎么找到我的? 我是用假护照出境的,处处谨慎,没有留下任何电子指纹。除了该死的医药间谍之外,没人能跟在我身后。"

女人严厉地说:"开普敦大学是社会人类学的学术中心,南非是我的大本营,拉尔森!"

芬兰人叹息道:"大学教授的情报网吗? 我给你五分钟时间,就在这里说吧,用不着什么网络电话。"

"是你放出了匣子里的东西! 就是你!"祖尔叫了起来,"我出现了严重的症状,那不是幻觉,我被感染了! ……顾铁和浅田并不了解你,只有我知道你在打什么主意! 从我们认识的那一天起，你就总在念叨那些疯狂的念头，安德鲁·拉尔森，你根本不爱别人，也不爱你自己，你只爱显微镜里的那些小东西！你取出匣子里的东西，将它们——无论那是病毒还是别的什么玩意儿——散播到每一个地方。你想让整个人类灭绝，疯子！"

男人端起杯子抿了一口"龙舌兰日出"鸡尾酒。糖浆、酒精、水，除了肉类之外，这是消化系统所能接纳的极限了。"让人类灭绝？你从何处得来这么荒谬的结论？"他舔舔嘴唇，"我最近是在周游世界，追寻洋流和大气环流的路线，印证之前的一些设想而已。上帝按照自己的形象制造人类，让他们管理海里的鱼、空中的鸟、地上的牲畜和所有的爬虫，我尊重人类的存在，正如我信仰上帝本身。"

"闭嘴，你的话令我恶心。"祖尔说，"听着，我已经提取了自己的体液样本交给我的助手，只要拨出一个号码，他会立刻联络CDC、国土安全部和FBI，几个小时后他们就会找出病原体，把你的名字加入全球通缉的黑名单！用不了半天时间，从航空母舰上起飞的 X48 无人机就会把你轰成一团碎肉！"

"可你没有那么做。"

"尚未那么做。但现在我的手指就放在电话的呼叫键上，拉尔森。"

"我猜是多年的友谊拯救了我，对吗？"

"我把自己关在房间里，整整四个月。征兆一出现，我就断绝与外界的联系，以染病为由闭门不出。我每天测量自己的生命体征，记录身体的微小变化，怀着恐惧和侥幸默默等待。我变成了食肉动物，过着'五月花'号到达北美大陆之前美洲部落祖先们的生活。有一天我突然发现生肉比熟肉更加美味，我怀着愉快的心情吃下了两磅淌血的牛肉，然后睡了个午觉。醒来之后我在浴室看到自己嘴角的血液，整个人突然崩溃了，要知道在此之前，我当了整整二十年的素食主义者，就连人造肉汉堡包都未曾碰过一下……没错，这就是盒子里的瘟疫，令人类变成食人狂的传染病！疾病在古代缺乏肉食补充的情况下爆发，一定会令人类陷入彼此相食的疯狂状态，饥饿感会夺取人的理智……我只尝试过三天不进食，就在无意识中咬掉了自己的左手小拇指。"

芬兰人平静地说："可你现在还活得好好的，不是吗？"

祖尔说："不，我不好。充足的肉类供给能延缓疾病进程，但一切正在变得更糟，我用显微镜在呕吐物中找到了病原体——那比想象中简单得多，根本用不着电子显微镜，致病的是一种微米级的生物体，用普通光学显微镜就能看到。我不是专家，分不清这是阿米巴原虫、细菌还是别的什么东西，可这些该死的虫子在游动，一刻不停地游动……"

"祖尔，"男人突然打断了她的话，"你是人类学家。人类学是什么？"

"是从生物和文化的角度来研究人类的学科。我没有玩问答游戏的心情！"

"那么，人类是什么？"

"……智慧生物。文明的创造者。社会组成者。"

"分类学意义上呢？"

"……动物界脊索动物门脊椎动物亚门哺乳纲……"

安德鲁·拉尔森在南非的灿烂阳光下眯起眼睛，"没错，目前已知的物种数量共约两百万，未知物种数量可能是这个值的十倍，仅从动物界来说，人类只是灵长目下面一个微不足道的科属，一百五十万种之一。遍布整个星球的人类在分类学意义上不过是末梢的一个节点，渺小得不值一提。"

"你想表达什么？"祖尔的声音明显在颤抖，不知是在压抑愤怒，还是在掩饰恐惧，"人类是生态圈最重要的组成部分，你、我、他，七十亿人构成了现在的世界！"

"那是因为其他物种没有获得同等的机会。自然选择还是上帝造人，这话题俗不可耐，我只相信物种存在的机会性。设想，如果人类彻底消失，地球会变成什么样子？"拉尔森提出问题，然后自己做出回答，"仍然是我们熟知的地球，或许会稍微冷一点、绿一点而已。不仅如此，借用 BBC 大卫·阿腾保爵士的话：'如果一夜之间所有的脊椎动物从地球上消失，世界仍会安然无恙。'构成陆地生态系统的不是高度进化的脊椎动物，而是低等的无脊椎动物、植物和微生物。"

"……你到底在说什么？"

"一个假设。令人类极度衰弱、给予其他生物平等机会的假设。我已经思索多年，感谢浅田带来的魔盒，那里面藏着的并非瘟疫，那并非顾铁设想的生化武器。那里面装的，是远古的遗产，留给世界的希望。"

拉尔森的手机响了起来，那是一条来自莫桑比克国家科学中心的水文分析报告。男人滑动屏幕，在赞比西河入海口处采集水样的分析结果中找到一个不起眼的参数，他的眼中泛起了满意的光彩。他在尼罗河、刚果河、尼日尔河与赞比西河四大流域的种子投放都已顺利完成,加上季风与洋流的复合作用,整个非洲大陆已被充分覆盖,包括最干旱的撒哈拉地区。

"我要拨通电话了。"印第安女人说,"就现在。"

"不,再给我一点儿时间吧,我还有最后一个地方要去,飞机就快起飞了。"安德鲁·拉尔森站了起来,"祖尔,这也是你最后的人类学研究课题。当你注定很快死去,而任何一个决定都可能影响整个世界未来的时候,人类趋于做出怎样的判断? 先天的恶意与后天养成的社会责任感哪个比较强大? 把原罪和自我救赎放上天平,又是哪一边比较沉重? 思考一下吧,我们还有足够的时间来完成这前所未有的课题。"

"你说服不了我。"在华盛顿的宅邸中,坐在来自世界各地的民俗工艺品当中,浑身浮肿的女性人类学家用力咀嚼着生马肉,咬牙切齿地说。

"我们总是说谎。"北欧人挂断了电话。

同一天 21:45
美国纽约斯特里国王学校体育场

棒球赛进入第八局,斯特里国王高中目前落后两分,汤姆·史迪威坐在休息席上,用帽檐遮住自己的脸。连续七场无安打,这对高中球队王牌打者来说是难以置信的糟糕成绩,汤姆的电子邮箱塞满了恐吓信,女孩们对他视而不见,除了父母之外,没人再为他加油叫好。

两人出局,三垒满员,被寄予厚望的强打者拎着球棒走向打击位,体育场响起热烈的欢呼声。投手掷出一个速度很快的直球,打者挥棒,清脆的打击声传来,棒球高高飞向电子记分板。"全垒打!全垒打!"观众席沸腾了,"国王万岁!"

汤姆竖起耳朵。在嘈杂声中有人叫嚷着:"让软蛋汤姆·史迪威去死!没了他我们一样能赢得冠军!"

汤姆摘下棒球帽。他的眼睛布满血丝,体型明显消瘦下去,腹部却鼓鼓囊囊撑起棒球服。饥饿感如炼狱的火炙烤着他的灵魂,他被身体和精神的双重痛苦折磨了太久,终于到了爆发的时刻。

他踩着长凳爬上观众席,在惊呼声中扑进人群,抓住那个咒骂自己的男孩,张开嘴巴,一口狠狠咬在对方脖颈上!

热乎乎的血液充满口腔,汤姆咕咚咕咚咽下甘美的血浆,用力撕扯肌肉。人类没有撕裂肉类用的犬齿,他花了很大力气才切下一整块肉,匆匆咀嚼后吞进腹中。滑腻而柔韧的触感沿着食道一路向下,胃部传来欣喜的悸动,汤姆开始后悔为什么没有早这么做。这感觉太棒了!还不满足,还要更多!更多!

摄影机将行凶画面准确捕捉,两千五百名观众从体育场的大屏幕上看到了汤姆咬死男孩的一幕。史迪威太太坐在那儿,不能动弹,不能说话,史迪威先生站了起来,逆着惊惶四散的人潮向自己的儿子走去,手伸进外衣,死死握住了柯尔特手枪的枪柄。

嘎嘣!半颗门牙被坚硬的颈椎硌断,汤姆抬起头来,吐出沾血的牙齿。这一刻,他觉得需要向父亲和母亲解释点儿什么,主导自己身体的并不是名为汤姆·史迪威的十二年级学生,而是几个月前机场那位怪人所施加的诅咒。但他什么也没说出来,原始的掠食冲动强迫他俯下身子,张开血淋淋的嘴巴。

2015 年 4 月 3 日 09：06
印度加尔各答市索纳加其贫民窟

安德鲁·拉尔森停下脚步,立刻被几十个光脚的孩子围在中间。"先生,行行好吧。"这是孩子们唯一会说的英语,他们用脏兮兮的手拽着芬兰人的衣角,翻着他的衣兜,解开他的鞋带以防他逃跑。警察刚刚离开,他们曾再三告诫这位游客不要拿出任何一个铜板,找一根木棍当自卫武器,快速通过最混乱的棚户区。拉尔森却向最混乱的街巷走去,直到被乞讨者包围,再也挪不动步子。

他丢出兜里所有的零钱,在人群中引起短暂的混乱,可乞讨者们并未满意,越来越多的人围拢过来,裸着身体的孩子、枯瘦的吸毒者、年老的妓女。索纳加其棚户区有数十万人口,其中包括一万两千名未成年的性工作者,这些女孩用不足两美元的日薪养活着她们的男友、母亲和孩子。低矮砖房间用木板互相连接,破败的遮雨棚覆盖天空,人们像昆虫一样在建筑物的缝隙中生活,无数恶臭而黑暗的小巷织成庞大的蛛网。"来玩玩儿吧,先生。"女孩们用厚厚的粉底掩盖年龄,她们躲避着遮阳棚缝隙里的阳光,如影子一样在门背后发出邀请,"只要一美元。"

拉尔森扫视四周。一位肤色漆黑的老人倒毙在路旁,他手指的方向是一栋象牙白的二层建筑。"仁爱传教会——垂死者之家",白色拱门上如此写道,可大门紧闭着,挂着冷冷的锁。

芬兰人喃喃自语:"八十年前,一个阿尔巴尼亚人来到加尔各答,以自由修女的身份帮助有需要的穷困者,她工作了整整六十年,救助了无数被霍乱、麻风病和战乱所迫害的垂死者,在一百多个国家留下了四千名修会修女,还有超过十万名义工。她是个伟大的人,可她改变了什么?"

一个孩子用小刀割断带子抢走了他的背包,但没等冲出人群,他就被打倒在地,失去了刚刚到手的战利品。"什么都没有改变。人类不会改变,永不改变。"拉尔森取出一个银色盒子,弹开盒盖,将一团淡黄色的原生质抛向空中。灰雾被风吹散,就算这闭塞而黑暗的贫民窟深处,也总有外面世界的风吹来。

春季季风将会吹遍整个加尔各答,乃至恒河三角洲。这是布置在南亚次大陆的最后一粒种子。

同一天 09:31
美国佐治亚州亚特兰大 CDC 总部 NCID 国家传染病中心

"已经确认了,这不是玩笑。"CDC 中心主任曼根海姆博士对着摄像头说,"恐怕我有个非常糟的消息要公布。你们必须马上控制体液样品的提供者,我们从粪便样品中提取出了致命的传染源。"

"正在做。"对方简短地回应道,"有多糟?"

"正式报告还没有出来,但已经糟到必须把总统先生从床上叫起来。糟透了!"曼根海姆博士犹豫了一下,点击鼠标发出一份文件,"实际上,刚才我发现全美报告的类似事件已经有二百二十起,提取的样本数很多,可我们传染病实验室的系统没有把同类样本归档,反而将报告的重要性降到最低,拖延我们发现病原体的时间……拉尔森——这个人是我们新传染病实验室的负责人,实验室建设已经完成,他应该在 CDC 进行一年半的调整观察,可几个月前他突然辞职了。是他对系统做了手脚,这一定是有关联的。"

对方沉默了几秒钟,看来是在阅读档案,"安德鲁·拉尔森,我们正在调查这个人。博士,你还没有回答我的问题,事情糟到什么地步了? 总统已经被电话吵醒,半个小时后他会在白宫听取简报。"

CDC 主任摘下眼镜丢在桌上,"直径三微米,单细胞结构,有八根游动鞭毛。我们发现的是一种孢子,准确地说,一种真菌孢子。需要解释吗? 孢子是真菌的繁殖器官,由菌丝分裂而成。真菌有寄生和腐生两种形态,我们发现的真菌会寄生于人体消化器官内部,一旦这些孢子进入消化道,就没有什么能阻止它们在胃和肠道中分裂繁殖。"

"真菌?"对面的人顿了顿,"危害呢?"

"还不清楚。样本中没有明确病变征兆,我相信你的样本提供者一定还活着。我不清楚真菌到底想做什么,或许它们能像消化菌一样与人类达成共生?"

"可你说'糟透了'。"

"是的,基于三点判断。第一,这是全新的物种,从未在人类视野中出现过的消化系统寄生真菌;第二,这种孢子(以及在粪便中提取到的少量菌体)几乎不可能被现有手段杀死,它们对紫外线和 X 射线免疫,对甲醛、石碳酸、过氧乙酸等化学消毒剂高度抵抗, 常用的伊曲康唑等三唑类抗真菌剂、特比萘芬等丙烯胺类药物的药效都不明显。我们怀疑新真菌及孢子的细胞膜磷脂双分子层具有特殊的物理结构, 能够抵抗药剂及消毒剂的通透。目前唯一有效的杀灭途径是一百二十度以上的高温长时间作用, 不过这只对孢子起作用, 长在消化道内壁的真菌显然不能这样消灭。"

"继续说, 博士。"

"第三点, 也是让人绝望的一点。"说到这里, 曼根海姆博士吸了一口气, 组织一下语言, "刚才我让新传染病实验室的几名研究员做了自身抽检, 所有人都检验出真菌感染。你知道这意味着什么吗? 实验室是 P4 级别的, 全球生物安全最高级别的实验室, 我们的负压、过滤、隔离和消毒系统是最顶尖的, 我敢肯定管理方面没有任何疏漏, 样本不可能泄漏, 外面的东西也不可能进来……没错, 这证明我们所有人早已被真菌感染, 只是它们没有表现出明显症状, 所以没人注意到而已。"

"你是说, 整个 CDC 的人都被传染了?"

"不, 是整个亚特兰大, 整个佐治亚州, 整个美国, 整个世界。"博士说, "叫总统起床, 让所有人做个粪便检测吧, 到时候你就会明白什么叫'糟透了'。"

同一天 09: 45
美国纽约长老会医院心脏外科手术室

医生关掉体外循环机, 正式宣告汤姆·史迪威的死亡。

棒球场惨剧发生时, 汤姆被其父亲的大口径手枪射出的子弹击中心脏,倒在另一个孩子的尸体上。他被送入医院时并没有咽气,子弹擦伤心脏,打穿横膈膜后坠入腹腔,尽管伤势很重,经验丰富的长老会医院心脏外科医生们还是有信心保住他的性命,起码支撑到人工心脏准备完成。心脏瓣膜修复手术进行得很顺利,当医生们准备切开汤姆的腹腔取出子弹时,某些不寻常的现象使他们停了下来。

"……告诉我并不是我眼花了,埃德。"

"你没有眼花,医生。这鬼玩意儿……是他的食道、胃和小肠。"

呈现在众人眼前的,是怪异的明黄色人体组织,就像医疗教学中用到的解剖模型一样,汤姆·史迪威的消化系统被鲜艳的黄色标示出来。"从没见过这样的病例。"主刀医生说,用手捧起一截小肠,不同于健康器官,手中的肠子有一种怪异的橡皮质感,仿佛有人把洗车用的黄色橡胶软管胡乱塞进了男孩的腹腔。

"这里有一处伤口,子弹看来钻进去了,医生。"第一助手指着胃壁提醒道。

"这可能不是个好主意。"医生犹豫了几秒钟,"用衬垫把胃垫起来,我要从伤口切开,准备引流,别让里面的东西流进腹腔。"

手术刀在小小的伤口上做出十字切割,几乎同一时刻,一股黏糊糊的黄色流质猛地将子弹头推了出来,就算戴着口罩也能闻到四溢的恶臭,"上帝!"医生后退一步,摘下手术放大镜,"你们看到切面了吗?他已经完全没有正常的胃壁组织了,有种东西侵蚀了整个消化系统!这孩子是怎么活到现在的?手术暂停,准备缝合!埃德,去叫消化内科的朴教授来,现在!"

消化科主任匆匆赶来。在他的要求下，医生切下一小块胃壁样本，然后进行胸腹缝合。朴教授通过仪器做了简单观察，然后宣布这可能是一种罕见的真菌病，因为布满消化系统的东西是真菌的菌体，无数菌丝刺入消化器官内壁，向器官内部伸展，现在病人的整个消化道成了真菌的营养体，他吞下的每一克食物都要先被寄生者享用。

意识到事态的严重性之后，医院立刻通知CDC，并将汤姆·史迪威移入传染病观察室。这时汤姆的生命体征正在急剧恶化，仿佛触动了某种防卫机制，真菌的活动加剧了，棒球手的心跳、血压、激素水平和血含氧量出现大幅度波动，短短几个小时后，他的心脏、肝与肾脏都陷入衰竭，不得不以循环机维持生命。

当CDC将整个楼层完全封锁时，汤姆·史迪威的脑波消失了。

他是第一个牺牲者。

2015年4月3日 09：06
美国内华达州提卡布山谷

"贝尔"407直升机从内华达戈壁上空飞过，炙热太阳下飞机的投影在仙人掌和月见草之间快速穿行。"科曼彻博士！"坐在副驾驶席的银发男人回头喊，"状况怎么样？能坚持住吗？"

"还没死。"祖尔·科曼彻回答道，衰弱的声音没能穿透防化服面罩，她随即意识到无线电没有开，于是举起右手大拇指作为回应。这简单的动作耗去了她大半力气。

"还有五分钟就到了，让伙计们准备好。"银发男人敲敲无线电麦克风。

"进入目视距离,中校。"直升机驾驶员指向前方,"与卫星图片一致,主建筑物只有一栋。"

"按计划来,当心防空火力。"

稀疏的铁丝网圈起一百五十英亩的土地,除了满地的风滚草以外,这个荒凉的农场看不到什么像样的植物。红色屋顶的主宅与车库、谷仓连成一体,坐落在杂乱无章的车轴辐射线中央,随着直升机高度下降,地面的杂草倒伏下来,瓦片噼啪作响。

四架CH-47"奇努克"直升机悬停在十五米高度,身穿橙色防化服的突击队员沿滑降绳进行快速机降,将屋子四周包围起来。"贝尔"直升机缓缓降落在正门前,银发男人摘掉耳机,扣上防化服面罩,跃出机舱。后舱门开启,祖尔乘坐电动轮椅驶出,臃肿的A级防化服让她牢牢卡在轮椅里面,能动弹的只有两只手臂。

"你确定要这么做?"男人说。

"这屋子的地下室是一个迷宫,除了我们四个,没人能摸清所有机关。"祖尔的轮椅咯咯碾过沙砾,"我相信他正躲在地下室深处研究那种致命病毒。让我带路是最好的选择。"

男人做了个手势,突击队员扩大了包围圈,CDC特勤小组点燃气囊弹,嘭!水桶大小的弹丸被抛上天空,向四周洒出三百枚钢针弹,随着钢针啪啪钉入地面,一顶覆盖整座建筑物的高密度聚酯薄膜帐篷建立起来了。特勤小组在气囊正面制造出一个拉链拱门,两名士兵抬着破拆器材钻进帐篷,将冲击槌的两脚架钉入地面。砰!第一次冲击就将那扇厚重的红橡木大门撞得四分五裂,士兵向屋内抛入几枚震爆弹,然后把UAV涵道风扇微型无人机送进门内。

"其实我有钥匙。"祖尔小声说。

嗡嗡作响的无人机在起居室上空盘旋，震爆弹的声光平息之后，屋内的光电/红外感应画面出现在指挥系统上，一个三维战场模型正在被建立。投影式头盔内壁出现代表安全的绿色信号，"走。"银发男人手持冲锋枪钻进屋门，祖尔操纵轮椅跟在后面，四组战术小队鱼贯而入，胶底军靴悄无声息地踩过地板。

绕过沙发、餐桌和吧台向楼梯前进途中，祖尔说："让我走前面，中校。你不认识路。"

男人向身后打个手势，放慢了脚步。人类学家将轮椅驶到楼梯前，拉着扶手撑起身子，笨拙地迈步下楼。楼道里的壁灯亮着，"千万别启动那什么炸弹。"她一边艰难地挪动木柱子一样的腿，一边嘱咐，"那会毁掉所有的资料。你们需要那些资料。"

中校在无线电里说："……看来无线电静默是没用了，博士。突击前破坏建筑物的供电系统，这是标准程序，对于这种拥有独立供电设备的房屋，我们不得不准备定向EMP冲击炸弹。在明确情况之前，我不会发动EMP攻击的，毕竟那对我们的电子设备也是致命打击。"

"那么，谢谢？"

祖尔喘着粗气踏下最后一级台阶。在身后的士兵转过螺旋形楼梯之前，她有十秒钟不受监视的时间，可这并不够，"……小心！"她隔着厚厚的手套抓起旁边的一个金属罐子向楼梯丢去，来自中国的茶叶罐叮叮当当反弹着乱滚。她几乎能想象到中校和突击队员们动作突然静止的滑稽样子。

压缩空气阀门嗤嗤响着，祖尔向第三实验室走去。

同一天 09：10
芬兰赫尔辛基

不足四十平方米的房间里堆满了实验设备，除了烧杯和烧瓶之外，浅田叫不出任何一样东西的名字。他熟悉的是手中的瓦尔特 P22 手枪，点二二口径，短螺纹枪管，Silencerco 牌的消声器。这支手枪射出的子弹只能在眉心开一个洞，打不穿后脑的头盖骨，浅田最中意的就是这一点：翻滚的子弹能把脑子搅成一锅杂碎粥，而伤口最多淌几滴血而已，又干净又高效。

不过他从来没有冲着朋友的脑门开过枪——如果他可以把眼前的人称作朋友的话。浅田是个不善交际、沉默寡言的家伙，长久以来唯一的消遣就是做完杀人买卖之后，回到横滨港的一家芬兰浴去洗个澡，趁着身体暖和，去临街的小馆吃老板娘煮的萝卜、炸豆腐和鱼板，喝三杯烧酒，然后回家躺在冷冰冰的木地板上睡觉。顾铁成立的沙龙对他来说是个非常奇特的存在，他害怕每年一次的面对面谈话，又对那种疏远而亲密的关系有所憧憬，甚至将自己的真实身份告诉了大家——尽管没人相信。

"下一枪打准一点。"安德鲁·拉尔森抱怨道。他捂着肩膀坐在地上，指缝里汩汩冒出鲜血，"原来你真是杀手，真让人意外。是谁派你来的？"

浅田沉默地望着对方，手枪的照门准星重合在北欧人的眉间。他再次犹豫了，这对杀手来说显然是个极大的错误。想了想，他说："是顾铁。他说必须杀掉你。那种病毒……已经被你散布到全世界了吧。我和他的身体都不行了。"

拉尔森望着他，"那不是病毒，是真菌。病毒只能算一串基因而已，真菌才是完整的生物，浅田。没错，是我打破了青铜盒子，把里面的东西拿了出来，那时候我们四人都被最初的孢子感染了……想看看它的模样吗？"他把身体挪动了几厘米，肩膀一撞桌子，一个透明树脂球掉了下来。

浅田戒备地望着那东西。封存在树脂里面的是一块黄色的生物组织，厚度约两厘米，像一牙比萨饼的形状，凑近观察，能看到组织表面生满极纤细的绒毛。"这就是中国明代被封存进盒子的东西，一块被寄生后长满菌丝的胃，人的胃。"拉尔森靠在桌子上，胸部起伏，"当时我在黑暗中没来得及细看，顺手把它塞进衣兜，第二天回到亚特兰大的 CDC 实验室之后才拿出来研究。我有了惊人的发现。1622 年的真菌孢子至今仍保持着活性，它们以一种完全脱水的无生命状态度过五百年岁月，然后在适合的温度湿度条件下复苏。它们寄生在人的消化道，几乎不可能被杀死。它们会改造人类的肠胃，生出无数菌丝结成菌毯，吸收人类吞下的水和蛋白质作为养分，分裂释放出孢子……"

浅田打断了他的话，"我不想听。我杀死别人是为了报酬，一份报酬，一条生命，这是必须遵守的游戏规则。你呢？"

"我快说到了。"芬兰人说，"真菌需要大量的蛋白质，所以它们寄生的第一步就是改造人体肠胃的消化酶。人的消化液中有许多种消化酶，每种酶都是专一的，只催化一种化学反应，比如淀粉酶促进淀粉和糖原水解，脂肪酶分解脂肪，蛋白酶分解蛋白质。

真菌改变黏膜细胞使其分泌的蛋白水解酶变质,极大地加强了蛋白酶的活性。你知道,酶本身就是一种蛋白质,变质的蛋白酶会将其他种类的消化酶全部分解,导致消化系统内只剩下一种酶存在。这种变化体现在人身上,表现为对肉类的强烈渴求,因为淀粉、脂肪类食物无法被分解,只有肉能够被肠胃(应该说肠胃中的寄生真菌)分解吸收。这就是我们饥饿感的来源,人类从杂食动物变成了食肉动物……这本应是上帝的工作吧。"

这时,电话震动的嗡嗡声响起。两个人对视一眼,日本人垂下枪口,默默地摸出手机按下通话键。

"喂,拉尔森还活着吧,我想跟他说几句话。"顾铁说,"给我视频对话模式吧。"

浅田把手机转个方向,屏幕上出现了一个黑发男人的形象。"顾铁,"芬兰人虚弱地抬起右手打招呼,"你好吗?"

"好个屁!"中国人毫不客气地说,"半死不活的,饿得想吃人。我昨天一顿吃下了两斤半猪五花肉,生的,吃得越多越饿。黄豆、豆腐、面筋……植物蛋白一点儿用都没有,看来肚子里寄生的玩意儿对动物蛋白情有独钟啊。"

拉尔森回答道:"没错,真菌需要的是动物蛋白质,我猜可能与免疫球蛋白和赖氨酸含量有关,不过没有做相关实验。你我所经历的只是一个阶段而已,当真菌菌丝体彻底成熟,人类就不会再有饥饿感了。"

顾铁啐道:"呸,废话,死了还知道饿啊!距离最后阶段还有多少时间?"

"因人而异,如果营养补充充分的话,成熟期会推迟一些。最多还有三四个月吧。"拉尔森说，"当整个消化道被成熟菌体侵占，人会死去，孢子则通过体腔飞散出来，完成真菌的生殖过程。你看过成熟的菌丝体？非常美丽的金黄色，与这种半成品完全不同。"他手指一松，凝固着人体组织的树脂球在地上骨碌碌滚动。

顾铁问："我身边的所有人都检测出了孢子感染。做什么都太晚了，对吗？"

"很抱歉，是的。"

"跟我说说有关真菌的事情吧。我搞不太懂它的生态。"

"……它其实很单纯。第一，它通过孢子传播，孢子具有很强的环境耐受力，可以在空气、水和泥土中生存，极难被杀死，一旦进入消化道，它们会在食道、胃和肠中扎根。第二，它制造饥饿感，促使寄主大量进食肉类，分解蛋白质作为养分。孢子的正常生存期是六个月，而菌丝的正常成熟期也在四到六个月之间。接下来发生的事情很有趣：在一个小圈子里（比如古代中国一座被围困的城，或者日本一个被封闭的村），被感染的人类将会被饥饿感驱使化为食人魔，他们杀死别人，撕开其他人体腔的时候，未完全成熟的真菌会提前完成生殖过程，这时释放出来的孢子感染力很弱，只要短短几天就会失去活性。而倘若处在食物充足的环境中，寄主因消化道崩溃而自然死亡，这时菌丝会成长为真正的菌体，释放出第二种孢子：腐生孢子。可以这么说，寄生孢子是手段，腐生孢子才是目的，这种奇异的真菌有两种生命形态，藏在人体内部的寄生形态和生存在腐殖体之上的腐生形态，前者微需氧，后者需氧。"

顾铁皱着眉头说："那盒子里的孢子是怎么回事？上百年

了啊。"

北欧人眼睛明亮,"这是最有趣的地方,寄生孢子若处于极端环境中,会产生一种我们尚不能理解的变异,或者说进化——孢子会自我脱水,进入无生命状态,再次接触到水源和氧气的时候又恢复活性。这种状态可能持续数百年甚至上千年,而复活只需要短短几秒钟。我最初在纽约散布的是盒子里藏着的原生孢子,而后来通过这种脱水假死制造了大量的新生孢子,两种孢子从形态到能力上都毫无不同。"

"你制造了大量孢子?用人类做原料?"

"当然。"

"你估计全球人类被寄生孢子感染的比例有多少?"

"接近百分之百。"

"其中有多少人会死去?"

"接近百分之百。"

"也就是说,人类还剩下几个月时间。这应该够了,如果全世界的科学研究齿轮启动,总会找到治疗感染的办法……"

"不。"

拉尔森咳嗽着,"我留给人类的时间,只有十天。你说的几个月是在肉类供应充足的前提下,可我已经在全球一百二十四处关键地点埋下了种子,它们会陆续爆炸释放孢子,全新的孢子……这些宝贝是我在实验室里制造出来的,不同于只以人类作为寄主的原生真菌,新孢子会感染一切具有完整消化腔的动物——所有脊椎动物。"

顾铁沉默了几秒钟,"你是说,从天上的鸟到海里的鱼到大象、猴子、青蛙，还有猪圈里的猪，牧场里的牛羊，养鸡场里的鸡……"

"一旦被感染，杂食与草食的牲畜会开始自相残杀，人类的肉食供应链在几天之内就会中断。植物蛋白无法满足需要，人工肉的技术尚不成熟。顾铁，现在全球的肉食储备最多支撑十天，十天后，整个地球将变成……天启二年的贵阳城。"安德鲁·拉尔森平静地述说着，仿佛谈着一件毫不起眼的小事。

这时，日本人突然扣动扳机。

同一天 09：13
美国内华达州提卡布山谷

当突击队员进入地下室的时候，祖尔·科曼彻正倚着第三实验室的门喘气，"他不在这里。最里面的那扇门，第一实验室是生化实验室，他一定在那里。"她伸手指向地下室深处，"中校，我已经解除了警卫系统。这里安全了。"

中校挥挥手，士兵们如幽灵一样潜入地下室诸多收藏物的阴影里，在外星人标本、大头婴儿和风暴武士之间穿行。"你可以出去了，科曼彻博士。"中校说，"接下来的事情交给我们。"

"我走不动了。再说，我也想亲眼看到最后。"人类学家慢慢坐了下来。

突击队员们很快到达第一实验室门前，在铝合金气密门铰链处装上黏性炸药，插入引爆线路。这时，UVA垂直起降无人机嗡嗡地降下楼梯，开始在地下室中盘旋，头戴式显示仪仍然显示代表安全的绿色信号,这证明无人机的声光电探测设备并未找到任何潜在危险,例如枪口焰、瞄准镜反光和激光发射器等。

中校做出手势,士兵们隐蔽起来,咚!沉闷的爆炸声响起,冲击波推倒一排展示架,装满福尔马林的瓶子在地上摔得粉碎。大门轰然倒下,无人机加速冲向爆炸烟雾,机身下部激光致盲武器的保护盖咔嗒弹开。军靴碾过扭曲变形的金属门,两个小队的士兵跟着无人机进入房间。

"把手放在看得见的地方!"中校通过防护服肩部的扬声器高喊,"安德鲁·拉尔森,放弃抵抗!"

这一刻,他突然觉得这次行动有点儿太过顺利了。走下楼梯的时候,他发誓听到了什么声音,可不能确定。如今想来,那应该是机械或电流嗞嗞的噪音,从很遥远的地方传来。这个念头令他心神不宁,可爆炸烟雾正在散去,士兵已经控制了实验室,他必须前进。跃出隐蔽处,他快速冲进门内。

无人机悬停在房间中央,用传感器扫视四周,它的激光脉冲并未发射,因为这房间里并没有任何需要攻击的对象。"安全!"突击队员回报,"这里没有人,长官!"

中校愣住了。在头盔射灯纵横交错的光柱里,展现在眼前的是一个塞满了线圈和管道的狭窄房间,这根本不是什么实验室。他转身望向被炸开的大门,厚达十五厘米的门只有薄薄一层铝合金外壳,里面灌满了铅。几秒钟后,他猛然转身叫道:"撤退!控制科曼彻博士!别让她再碰任何东西!"

然而已经太晚了。那种蜜蜂般的嗡嗡声越来越响,士兵们扭头寻找声音来源,发觉噪声从四面八方传来。

"你说得对,安德鲁。"祖尔自言自语道,"在知道死期将近的时候,人的行为模式会变得难以预料。文化背景、性别、年龄、教育程度,什么也好……研究了一辈子有关人的问题,却连自己都看不明白,这感觉真是无力啊……"

一千五百米长的巨蛇首尾相接,在深深的地下将整栋房屋环抱,质谱仪的串列加速器线圈正在全速运转,铯枪射出的离子被三百万伏特的电压差加速,在环形线圈中狂奔。负责供电的大型柴油机转速已进入红线区,带电粒子达到极限速度,正在这时,用以检修线圈的工作间防辐射门被炸开了。震动使环形真空管出现一丝裂缝,而比爆炸更早到来的,是强大的辐射。

橙色防化服在辐射面前如纸片般无力。人们的晶状体化为一团熟透的蛋白,内脏被热量煮沸,五官开始融化。

二十秒后,一场爆炸将农场从内华达的荒原上彻底抹去。

同一天 09：18
芬兰赫尔辛基

一个弹孔嵌在安德鲁·拉尔森的眉心,点二二子弹射入头颅,男人却一时尚未死去。血沿着鼻梁流向嘴角,他目视窗子,眼神安静,声音低微地念起了诗：

> ……假如我变成了一朵金色花,为了好玩,
> 长在树的高枝上,笑嘻嘻地在空中摇摆,
> 又在新叶上跳舞,妈妈,你会认识我么……

顾铁说:"没来得及问他到底为什么。我虽然总想着世界末日的事情,却从未有过亲手毁灭世界的念头,就算再破再烂,毕竟也是自己的家啊,被无良房地产商强拆就算了,难道住着住着突然抡起大锤乱砸?真是莫名其妙。"

"任务完成了。"浅田松开手指,手枪坠落在地,"我可以休息了吗?"

"当然。"

日本人捂着腹部,慢慢走向房门。他的脚尖踢到一件东西,透明树脂球滚向门外,在地板留下一行鲜艳的血迹。推开门,浅田沐浴在芬兰赫尔辛基的明亮晨光中,越过封冻的山麓,能看到宁静的城市被波罗的海环抱。几只燕鸥划过树梢,浅田转回头,望着树林中的红顶小屋,这是安德鲁·拉尔森家的老宅,那个男人出生和死去的地方。

两天前在横滨的家里,顾铁对他说:"你这个白痴杀手。明知自己死期将近,还是按部就班过着从前的日子,简直无聊透顶!我给你一个任务,你要找到那个混账芬兰人,问出有关真菌的情报,然后杀死他。"

一天前,祖尔·科曼彻发来一封没头没尾的邮件:"我受到监控,这可能是最后一次同你们接触了。拉尔森在芬兰,在完成一切之后,他一定会回到那个地方去。五岁那年,他第一次在那儿完成了真菌培养试验;二十九岁那年,我们在那儿第一次做爱,也是唯一的一次,是个错误,但很美好。我不会让美国人找到他,用刑逼问他解药的制作方法,因为开启魔盒的是我们几人,审判与被审判的，也应该是我们自身。再见，朋友们。"

一个小时前，浅田敲了敲门，门开了。拉尔森说："你终于来了，我等了很久，开枪吧，除非你还有什么事情想要知道。"

日本人做了个深呼吸，林间清冷而芬芳的空气令他内脏的灼痛逐渐平息。

在屋子后面，本来生长着大片铃兰花的地方，隆起数十座浅浅的坟茔。一层柔软的金黄色厚毯覆盖了大地，闪耀着湿润光泽的真菌迎着太阳展开菌伞，菌丝垂挂下来，如柔软丝绒在晨风中轻摆。成熟的孢子被风吹起，越过林巅，投向大海，它们不再是危险的寄生者，而是渴求腐烂原生质的甘美养分、能够在空气中苗壮成长的崭新生命。

同一天 09：30

中国山东省枣庄市一家国营养猪场发生意外，一头母猪吞吃了刚刚产下的六头猪崽。母猪产后食崽通常是营养不良造成的，负责调配饲料的几名职工因此被扣了当月奖金。"操嫩娘！嫩娘！扣老子工资……"养猪人老徐在下班后回到猪舍，用铁锹杆子抽打老母猪泄愤，突然被猪一口咬住脚腕。

"放开！狗日的畜生……"老徐挥锹用力戳向母猪的眼睛，可猪嘴却并未放松。人类血液和肉的味道对它来说是陌生的，可那毫无疑问，是食物的味道，代表生存的味道。

四百五十斤重的母猪奋力扬起前蹄将老徐扑倒在地，张嘴咬住了他的喉管。与此同时，幸存下来的两头小猪开始啃噬人类的手指,用乳牙磨破皮肤,吮吸着甜美的血浆。

同一天 09:44

中国北京中关村华富大厦三十三层的办公室,顾铁在键盘上敲下最后的休止符。"准备好了。"一个穿白大褂的人从隔壁房间进来,推了推老式玳瑁框眼镜,开口提醒道:"黑市医生的技术很不错,不过他可没做过这种手术。你想好了,可别后悔。"

"知道啦,马上过去。"顾铁嚼着肉干摆摆手,站了起来。他的办公室贴满了电影海报,天花板的高清投影仪在屏幕上投出一百五十寸画面,十四只 DTS 环绕音箱隐藏在四周的墙壁中。他非常喜欢看电影,不过近一段时间以来,他的投影屏幕没有出现过任何电影片段,复杂的编程软件已经运行了两个月时间,到今天终于完成了最后调试。

这就是他为世界所做出的努力。他以旗下基金公司的名义收购了一家业内领先的基因工程公司,亲自编制了崭新的基因图谱,当项目启动后,五百个正在培育的人工胚胎将被注入新基因片段——除了顾铁本人,没人会知道这件事。

这家公司是世界医学伦理委员会放松基因调制管制后成立的高级定制企业,面对顶级客户服务,为富豪进行人工胚胎的基因优化工作。

"你算错了几件事情啊,老兄。"望着墙上的一张海报,顾铁自言自语着,"就算所有脊椎动物都被真菌感染,以浮游生物 – 肉食性动物为主链的海洋生态系统还能工作很长一段时间,鱼类蛋白质足够全世界有钱人活到生命机能的极限；而即使我们想不出治疗真菌寄生的法子，也还是能苟延残喘下去啊，拉尔森，这就是人类。"

投影屏幕上的基因序列表明，五百名富豪之子将成为先天性的无肠人，他们没有食道、胃和肠，没有适合真菌寄生的消化道缺氧酸性环境。位于腹部的黏膜是他们获得营养的途径，尽管效率低下，又有感染风险，可这些新生儿将对寄生孢子完全免疫。

顾铁脱去衬衣西裤，换上手术用的蓝色开衫，走进隔壁的房间。在巨大无影灯的照耀下，几名面目模糊的医生围在手术台旁边，戴玳瑁框眼镜的人说："去消毒，我们马上开始。切下来的东西要怎么处理？"

"留着，种在土里，做个盆景什么的。"顾铁撇撇嘴。

这将是世界第一例消化道完全摘除手术。他决定将自己的消化系统切除，赶在身体机能崩溃之前，如壁虎断尾一样将寄生者抛弃。他可能死在手术台上，也可能撑过这离奇的手术，在有生之年他不能再吞咽任何东西，只能靠点滴维持身体机能，肠外营养无法长久维持人体运转。几年后，他将死于败血症与尿毒症，可在此之前，他能够见证那些新生婴儿的第一声啼哭，看护着他们以完全不同的方式慢慢长大。

手术台硌得后背生疼，凉丝丝的麻醉剂进入血管，"跟着我数数，一，二……"麻醉师的脸在眼前慢慢模糊。顾铁喃喃道："大饥之年。彼此相食，伦理崩坏，谁能想到我们的末世是这副模样……人类建立了文明，又以最不文明的姿态灭亡……几年之后，这世界会是什么样子？有多少人还活着？七十亿尸体，将开出多少朵金黄色的花？……应该说多少朵金黄色的蘑菇吧,噗,想想还真是好笑……"

"六,七……麻醉完成。"麻醉师说。

同一天 09:59

"你为什么这么做？"

"五岁那年,我妹妹失踪了。二十天以后,我们在山谷里找到了她,她被埋在厚厚的树叶里,身上长出五颜六色的蘑菇。非常美丽的蘑菇。生命的形态是平等的,祖尔,盒子里的东西选定了我,这是命运。"

同一天 10:00

"Life finds a way."

手术台上的男人突然睁开眼睛,说出了他最喜爱的电影里的台词。

（第 26 届中国科幻银河奖最佳中篇小说奖获奖作品）

野猫山 —— 东京
1939

引　子

我知道这样一封信完全在你们的意料之外。当你们在一位终身碌碌无为的历史教师的遗物中发现如此一个泛黄的信封时，一定会以为那是我与某位友人之间咬文嚼字的通信，或是写给你们过世太早的母亲、没来得及寄出的情书，再不然，便是我留给你们淡而无味的只言片语，就像过去二十几年里我每日所说的那些安身立命的迂腐道理。然而都不是。这封信写了一段往事，一段我原本希望永远封存在记忆中的往事，可当接到确诊通知书的那一天，我突然感到非常恐惧，害怕生命太早消逝，这段往事将随着我一起化为飞灰。我下定决心，写下这封信，将它夹在《中国抗日战争全史》第一册的扉页，如果你们中有人同我一样对历史略感兴趣——哪怕只是因为整理我的遗物也好——打开我的书橱，这本书就在书橱第一层最显眼的位置等待你们翻阅。看完这封信之后，你们会获知一段无人知晓的历史，一段中日战争史中埋藏极深、意义重大的秘史。到那时，希望你们以自己的学识、智慧和人格做出判断，决定是否将这段历史公之于众，这个选择已经困扰我接近四十年，如今我终于可以卸下重担了，这是死亡能够给予我的最好安慰。

匆匆奉白，信长且乱，见谅。

1

到如今我还能清楚记得那一天的日期：1965年12月4日。因为几天前，《人民日报》转载了姚文元在《文汇报》上发表的名为《评新编历史剧〈海瑞罢官〉》的文章，这篇文章不仅在中文系引起激烈讨论，在我们历史系内部也引起了针锋相对的两种观点，辩论无时无刻不在发生，就连教研室走廊上都站满了大声争辩的教师，这种环境让人很难专心致志地批改作业。

那天上完下午第二节课，我回到教研室收拾东西准备回宿舍，刚走出主楼楼门，还没打开自行车锁，一名学生就小跑着出来叫住我，说系主任在到处找我，看样子还挺着急。我对当时任历史系主任的老严还是比较头疼的，我们之间许多观点并不合拍，偏偏他还对我青眼有加，总喜欢叫我去他的办公室沏上热茶摆龙门阵。既然被学生叫住，我只能揣起钥匙，夹着公文包转回系里，敲开了二楼最东头主任办公室的门。这一次会面，本以为是又一次话不投机的清谈，谁知道最终竟颠覆了我的整个人生观，以至于在其后的几十年里我都无法走出这一天留下的阴影。

老严开了门，笑呵呵地让我进屋，我一看就觉得气氛不对，屋里有客人。办公室的肖大姐正提着暖壶给客人倒茶，白瓷杯里漾起碧绿的茶香，那是主任轻易不肯拿出来的上好龙井。两个陌生的同志一坐一站，站着的是个小年轻，穿着没有军衔的崭新军装，样子显得有点拘束，手碰一碰茶杯的柄又赶紧挪开，看上去不好意思端起来喝；坐着的是个三四十岁的干部，皮肤黝黑，穿着风纪扣扣得严严实实的灰色干部服，头发梳得一丝不苟，不知道是来自哪个机关。

"这位是赵……同志，身后站着的是小李。这位呢，是我们历史系中国近代史专业的讲师张老师，他对中日战争这段历史相当有研究，应该能配合你们的工作。"老严热情地介绍道。

我莫名其妙地走过去，伸出右手跟站起来的干部相握。

"张老师你好，我姓赵。"这人脸黑沉沉的一丝笑容都没有，介绍中也没有单位和身份头衔。

我们分别在沙发上坐下，肖大姐给我沏上龙井茶，端着暖壶出去了，我奇怪地望向老严，看到他正把一封盖着红图章的介绍信对折之后塞进信封，小心翼翼地压在办公桌的玻璃板底下。

"张老师，这次到师大来请求你们协助，不能说是政治任务，但确实与一宗关系到社会主义革命与社会主义建设的重大事件有关。我们急需一位熟知近代日军侵华战争史的人参与到工作当中，严主任介绍了你，是肯定你的能力与政治水平，有为祖国和人民付出的立场和觉悟。"姓赵的干部嘴里说着场面话，眼睛直勾勾地盯着我，看得我心里有点儿发毛。

"我只是个小讲师而已，说不上有什么能力，不过能帮得上忙的话还是很乐意的。"我顺着他的话答道，眼神又飘向老严，示意他赶紧把前因后果说清楚了。

老严从抽屉里拿出一听马口铁罐装的红双喜卷烟，取出烟来发给大家，"抽烟抽烟。这位赵同志是从昌平过来的，路上跑了整整一下午。小张啊，我已经给你开好假条了，你吃过晚饭就随着赵同志去昌平办事，两天、三天回来都不打紧，你的课我让别人先代着，工资照发，每天一元五角钱的伙食补助，你看呢？"

我满头雾水接过香烟，从兜里掏出火柴点着，"我一人吃饱全家不饿，出差倒是没事儿，可究竟去做什么呢？难道是抗日遗迹的恢复性重建？要说出现场也轮不到我啊……"

站在旁边的小李同志脸红红地接过一根卷烟，就着老严手里的火柴点了，吸了一口，捂着嘴咳嗽两声。姓赵的干部轻轻把老严的手一推，自己从上衣兜里掏出一个铝箔纸包的烟盒，倒出一根带过滤嘴的香烟叼在嘴上。"这件事的保密等级比较高，我们不能多说，你同意的话，请签署这份保密协议，到了那里之后就明白了。"他没急着点燃香烟，先从身旁的人造革挎包里掏出一摞纸来摊在茶几上，又摸出一支钢笔，摘下笔帽递给我。

我草草扫了一眼纸上密密麻麻的小字，没看太明白，就看见最上面的框框里写着"等级：绝密"，末尾公章盖的是"公安部预审局"。这个单位我从没听说过，不由得抬起头重新打量一下对面的干部，姓赵的似乎习惯别人盯着他的眼光，眼神木木的，一点反应都没有。

"这是好事，小张。"老严靠在办公桌上吐着烟圈，"好事。"

当时那种环境之下，不由得我不捉起笔，在保密协议最后签下自己的名字，那时想得也简单，不管是苦差还是美差，出趟门散散心总比待在系里听别人吵嘴强，再说不就是去昌平嘛，一天就打个来回了。

"谢谢你，张老师。"姓赵的干部收起协议和钢笔，再次站起来跟我握手，我也赶忙站起来拉住他的手，心里还想这个赵干部看起来冷冰冰的，做人还挺热情。谁知他转脸对严主任说："那么我们现在就动身了，晚饭在那边解决吧，趁着天没黑，还有一截山路要爬。"

"吃完饭再走吧，食堂现成的热乎乎的饭。"老严都从抽屉里掏出饭票了，闻言可怜巴巴地瞅着对方。

赵干部一点不领情地回绝道："下次吧，下次。张老师，也不用收拾什么行李，顺利的话明天就能送你回来，咱们这就出发，没问题吧？"

"没、没问题。"我那时候脑中就一个念头：要去的地方可千万别让换拖鞋，我的两只袜子后跟都破了大洞，千不怕万不怕，就怕脱鞋。

2

他们的车停在校门口，是一辆成色特别好的黑色伏尔加汽车，这种车子我们俗称"金鹿"，是当时最气派的汽车之一。自从苏联专家全部撤回国之后，保养良好的伏尔加汽车越来越少见，街上跑的都是上海凤凰牌小轿车和仿造伏尔加的东方红牌小轿车，看起来拼拼凑凑不像样子。小李别看是个娃娃兵，开车开得相当不错，轿车从和平门外新华街出发，平平稳稳驶着，没用一会儿就出了北京城。

赵干部坐在前排，一路上都不说一句话。小李不时从镜子里瞅我一眼，仿佛有心说话又不敢说。我自己闷在后排，心里有点隐隐约约的不安，也有点后悔临行前不去趟厕所，不过面上还是显得淡定，假装望着外面枝叶全无的枯树一棵棵地掠过。

车子开得稳当，暖气又开得足，没用多久，我就抱着公文包睡着了，等再醒来的时候外面已经一片漆黑。我是被颠醒的。路况明显变差了，伏尔加轿车射出两道昏黄的光，照亮前方坑洼不平、弯弯曲曲的柏油路，我感觉车子似乎是在上坡，发动机嗡嗡地吼着，速度却快不起来。这天月光星光都不明朗，窗外树影婆娑，看不清走到了什么地方，车里除了发动机运转声和暖气的呼呼风声之外，一点动静都没有，小李的侧脸映着仪表板的灯光，绿油油的有点吓人。

"快到了。"姓赵的干部突然开口说了句话，吓得我汗毛全竖了起来。"是吗，快到了就好。"我敷衍应道，心里不断盘算着这是走到了什么荒山野岭。

没想到赵干部说得真准，几分钟后，伏尔加轿车转过一个弯，面前豁然开朗，隐隐约约能看出这是一个口袋般的地形，除了车子驶进来的一条柏油路之外，其他三个方向都被崇山峻岭包裹着，三座山峰像把老虎钳将一片黑压压的建筑夹在中央。随着车子驶近，建筑物高耸的外墙和铁丝网变得清晰起来，四只探照灯来回扫射，围墙四角都有高高的岗楼——这分明是一座监狱！

当时的我并不知道这就是后来闻名天下的秦城监狱，只感觉有点毛骨悚然。监狱这种东西就算白天看也显得鬼气森森，小的时候我住家在北京德胜门外，距离功德林监狱不远，那座由寺庙改建的老监狱给我童年留下了不少恐怖的阴影。"赵同志……我们到监狱做什么?"我声音发抖地问道,脑中快速反思着近期自己的作品、言论和行为,如果这是一次秘密逮捕的话,那么老严确实串通警察演了一场好戏。

"放心,张老师,这次需要你帮助的地方,就是在提审一位犯人的时候利用你的历史知识找出其供词中的疑点,但要注意,不要问任何问题。同时,犯人是受过高等教育、潜伏非常深的阶级敌人,千万不要被他的语言蛊惑。"赵干部并不回头,坐在前面沉声说道。

这话缓解了我内心的紧张,但同时也增加了我内心的疑惑,"审问犯人为什么需要一位历史教师在场?……哦,赵同志,是不是审问对象是一位战犯?"话说了半截,我突然一拍脑袋,德胜门外功德林监狱以前关押的就是国民党蒋介石集团的战争犯,我自然而然产生这样的联想。

"并不是。不过……有相近之处。"赵干部沉吟了一下,回答道。

这时车子驶到监狱大门前,小李晃了两下大灯,两扇漆黑的大铁门慢慢开启。伏尔加汽车一直开进监狱深处,在一排平房前停了下来。"到了,我们下去吧。"赵干部推开车门,喊了我一声。

我们都下了车。我四处张望一下,这里似乎是整个监狱的中心地带,放眼望去,能看到四栋三层高的楼房分布在四个角落,青砖坡顶的小楼房形状各不相同,建筑考究,看起来并不像监狱,倒像首长住的高级楼房。

这里没什么照明设施,赵干部拧亮一把手电,带着我深一脚浅一脚向其中一栋楼房走去，这栋楼外墙漆涂的编号是"204—丁"。楼门前两名荷枪实弹的卫兵"啪"地对赵干部立正行礼，小李立刻立正还礼，姓赵的却只摆摆手，示意他们打开楼门。

"这里关的都是什么人啊？"走进楼门，发现长长的过道铺着深色木头地板，每隔一段就有一盏电灯照亮，墙壁涂成蓝色，显得又干净又气派。我心头的疑惑更甚，不禁问道。

"嘘，不该问的别问。"小李好心地冲我做了个别说话的手势。

赵干部带我们登上楼梯，楼梯和扶手同样是光滑的木头制成的，我不认识木头的种类，但看起来绝非便宜货色，应该是柚木、胡桃木之类的名贵木种。每层的楼梯口都有卫兵守卫，他们无一例外地向赵干部立正行礼，姓赵的依然只是摆摆手，显得有点傲慢。第三层只有五个房间，我们沿着走廊走到尽头，打开一扇红色木门，走进一个有点空旷的屋子。这间屋子四壁同样漆成蓝色，窗户上盖着厚厚的深蓝色窗帘，一盏60瓦灯泡将屋里照得雪亮，屋子正中间孤零零摆着一把扶手椅，靠门放着两张写字台、几把折叠椅，写字台上有台灯、墨水瓶、笔记本、烟灰缸和茶杯。

不用多说，这是一间审讯室。

"坐。"赵干部拉开一把折叠椅，示意我坐在写字台后面，"隔壁房间有专人负责记录，你不必记下他说的每一句话，但别忘记你的任务，你要负责挑出他陈述中的漏洞，戳穿他道貌岸然的假面目！这里有纸和笔，还有什么需要的话尽管对我说。"

"我仍然不太明白，赵同志，不过我尽量配合，尽量配合。"我把公文包摆在大腿上，看看桌上的钢笔和信纸，信纸印着"公安部预审局"字样，红红的宋体字让我心里有点发慌。

赵干部点点头，"不用紧张，只是配合而已，审讯是由我们来完成的。"

没说几句话，房门打开了，小李和另外一名卫兵押着一名犯人走了进来，犯人身穿深灰色劳动布囚服，头上罩着个棉布口袋，似乎是为免他认清监狱地形而做的预防措施。两人将犯人拉到屋子当中，摁倒在扶手椅上，"咔嚓咔嚓"用手铐将犯人与椅子铐在一起，接着掀去了遮脸的布袋。

"小李，你们出去吧。"赵干部揪下钢笔帽，眯起眼睛望着对面坐着的中年女人。

3

我没想到犯人居然是一个女人，但很快意识到这是某种性别歧视——女性既然能顶半边天，为什么不能成为阶级敌人？我也学着赵干部的样子摘下钢笔帽，在信纸上试了试水，墨水还挺足。

灯光照着女犯人的脸，监狱里暖气很热，她的囚服里只穿着件厚毛衣，没有穿外套，脸上却也见了汗。她大约四十岁左右年纪，头发理得短短的，身形消瘦，面色苍白，两颊有点凹陷，显得一双黑眼睛出奇的大。她给人的第一印象并不像一名囚犯，当然更不像十恶不赦的战犯，她身上有一股浓浓的书卷气，如果穿上得体的衣服，更接近大学校园里的女教师形象。

"124 号。"赵干部清了清嗓子，拿钢笔尖戳着信纸，朗声说道："124 号犯人，这次提审是你的一个机会，我们请来了专家，以帮助你认清当前的形势，彻底交代一切罪行。现在悔过尚且不晚，难道你还要执迷不悟下去吗？"

女犯人慢慢抬起头，直视赵干部的眼睛，说："夜间十点钟，我已经上床就寝了，你们就这样将我从床上拖下来进行审问，这难道不是某种罪行吗？"

赵干部脸上露出一个阴沉沉的笑，这是我第一次见他脸上流露出某种表情。"对于你这种反革命分子，宽容才是罪行。不要再花言巧语了，现在从头开始交代吧。"

"从头开始？"女犯人无奈地摆摆头，"这已经是多少次了？为何要一遍一遍听你们自己都不相信的话？"

"从头开始！"赵干部一拍桌子大声喝道，把我吓了一跳。

124 号犯人舔舔嘴唇，开始小声说着什么。"大声点！"赵干部又一巴掌拍在桌子上，震得烟灰缸弹起老高。他马上扭头对我说："对不起，对于某些人来说，不这样他们就不知道配合。"

"是的，看来是这样。"我只能顺着他回答道。

女犯人顺从地提高了音量，开始叙述一段往事，由于赵干部不断在任何他认为存在疑点的地方打断陈述，导致这段自述变得支离破碎，很不容易理出头绪，我尽量将她的话完整地转述出来。

"那年冬天，日本人的飞机来到了长沙城，四处投下炸弹，爸爸妈妈带着哥哥和我离开长沙，前往昆明避难。我爸爸……"

犯人刚说两句话，赵干部就将其打断："闭嘴！不准说出你父母的名字！这件事发生的具体时间是什么时候？"

"……我记不清了。"女犯人皱起眉头。

"1937 年 11 月底，日机第一次侵袭长沙小吴门和火车站等处，造成 300 余人死伤，其后断断续续进行轰炸。长沙作为战略要冲，一直是日军的重要攻击目标之一。要说冬天的话，应该是 37 年底、38 年初的样子吧。"我想了想，说道。

赵干部瞪了犯人一眼，"继续！"

"我们乘坐长途汽车一路向西前进，为了躲避日本人的轰炸，汽车在白天休息，于夜间开动，断断续续走了几天，终于进入贵州省境内。那是一个贵州湖南交界处的小县城，车子抛锚了，爸爸妈妈带着我们下车步行进城找地方投宿。沿街的所有旅馆都挤满了逃难的人，没有一个空的床铺，天气下着雨，我们又冻又累，爸爸的背病发作了，几乎无法行走，而妈妈长久以来的肺病也让她更加虚弱。在几乎绝望的时候，我们突然听到有小提琴的乐声响起，在那样冷雨凄风的夜里，在那样潦倒破败的街巷，居然听到优雅活泼的小提琴世界名曲，这感觉非常美好，美好到不太真实。我现在犹然记得，那是威尔海姆改编自舒伯特的小提琴名曲《圣母颂》。"随着她的叙述，女犯人脸上渐渐露出怀念的神往表情，像是温暖悠扬的小提琴曲再次响起在耳边。

"梁犯！"赵干部突然大喝一声，他立刻发觉不小心叫出了犯人的姓氏，警觉地瞅了我一眼，改口道："124 号！减少描述，陈述事实！"

"是的。"女犯人低下头，"我们循声找到一家旅馆，叫开了门，原来拉小提琴的竟是一群空军航校的年轻学员。他们是杭州笕桥中央航空学校的学员，因日军攻陷杭州，航校被迫搬迁至昆明，学员们自行搭车赶往云南，半路在此投宿，竟因提琴声与我们巧遇。他们好心地腾出一间房间，让我们得以避开风雨，吃到热乎乎的食物,好好休息一夜。在这患难的时期,我的父母与这些年轻活泼的青年成了好朋友。第二天,他们就率先开拔,我母亲却发起高烧来,足足休息了几天之后才得以继续赶路。"

赵干部从鼻孔哼出一口气:"嗤,中央航校……国民党的航校! 什么中央航校……"

我用心听着这段故事,一时间无法做出判断,也就没有出声。

4

"我们最终到达了昆明。父母亲在研究机关与联合大学谋到了职位,我们的生活逐渐安定下来。很快,我们同八位航校学员再次见面。这些人都来自浙江、江苏、福建地区,家乡大多已经沦陷,山高水远,独居异乡,训练枯燥无味,生活寂寞。'德国教官会拿鞭子抽人的。'他们说。他们每周休息时都会到我们家做客,三五成群地过来聚会,那是他们最欢愉的时光。那时我父母在昆明市郊龙头村借来一块地皮,请人修筑了三间土坯小屋,这座屋成了他们的'避难所',谈笑间能暂时忘却思乡之苦与亡国之痛吧。

"我犹记得那座屋左近是邻村'瓦窑村',这村以烧陶器闻名,一条水渠蜿蜒绵长,长堤上种着郁郁葱葱的桉树。周末的黄昏,我会在长堤上等待结束作训的大哥哥们结伴走来,他们穿着笔挺制服的样子令人着迷,不光在我眼里,在联合大学女学生的眼里,他们也是最时髦的一群青年。"

女犯人的故事似乎有点不着重点,但赵干部很耐心地听着,打断的次数也逐渐变少。这里没有需要我验证的地方,1938 年的昆明基本上是安全的,直到 10 月份日军攻陷武汉,开始利用武汉机场起飞的军用飞机轰炸昆明市区。

"那时昆明航校的设备非常落后,只有几架东拼西凑的破烂道格拉斯教练机,学员因飞机失事而死亡的概率很高,几乎每周都有事故发生。到 1938 年底,八名青年终于以第七期学员的身份从航校毕业,他们的父母、家人都在沦陷区,于是邀请我爸爸和妈妈作为名誉家长出席毕业典礼,爸爸在典礼上自豪地致辞,我们一齐观看了教练机的飞行表演。那时,每个人都很快乐,他们兴奋于终于成为合格的空军军官,可以为抗日事业出力了;我们的快乐在于多了一群活泼健康的亲人,在那时的中国,还有什么比亲人团聚更快乐的事情呢? ……但很快,日本人对昆明的空袭开始了,他们被编入飞行大队,开始驾着老旧的道格拉斯飞机和霍克飞机对抗日本人的新型战斗机。"女犯人说到这里,神情显得有点黯然。

"空袭的话……"赵干部听到这里做了个暂停的手势,转向我寻求解释。

"是的,1938 年末昆明开始遭到日军空袭,中方……不,国民党反动派的战斗机又少又老旧,根本无法与日本鬼子对抗。"我立刻说出早准备好的回答。

女犯人点点头,继续说道:"没过多久,一封阵广通知书就寄到了我的家中,那是一位姓陈的大哥,他是一个爱讲故事、爱开玩笑的广东人,总是喜欢讲与日本人在空中缠斗的离奇经历,没想到他真的在与日本战机的对战中坠地身亡。原来八位青年都将自己的通信地址留为我家的地址，把我的爸爸和妈妈当成了亲生爹娘。没等我们从悲痛中走出来，第二封阵亡通知书就到达了，那是一位姓叶的大哥，个子瘦长，不善言谈，他曾两次在教练机的坠机事故中生还，摔掉了南洋华侨与各界同胞集资购买的飞机，他的心情非常沉痛，发誓绝不再跳伞逃生；后来在一次警戒飞行中他的飞机发生严重故障，机长命令他跳伞，但他没有服从，还想挽救那架珍贵的战斗机，硬是同飞机一起坠地，机毁人亡。

"后来，1940 年冬天，我们举家从昆明迁往四川宜宾李庄，但青年军官们的阵亡通知书还是一封接一封寄来。当年在旅馆中拉着动听小提琴的黄姓大哥同样牺牲在日本人的枪口下，他击落了一架敌机，在追击另一架敌机时被敌人击中，遗体与飞机一起摔得粉碎，以至于无法妥善收敛。终于，最后一封阵亡通知书出现在邮递员手中，爸爸与妈妈的悲痛无以复加，他们一遍遍翻看这些青年人的照片、日记和信件，为消逝在天空中的英魂暗自垂泪。

"八封阵亡通知书，八份遗物，八条青年抗日志士的生命……"女犯人垂下眼帘，声音变得微弱下去。

"别说这些！说重点！"赵干部吼道，"继续说！"

124 号犯人语声幽幽，"1941 年，刚刚从航校第十期毕业的三舅，我妈妈的三弟，与八名青年一样牺牲在碧空。我妈妈悲痛欲绝，写下这首诗悼念三舅，也同时悼念那些亲爱的青年军官，诗句是这样的：

> 弟弟，我没有适合时代的语言，
> 来哀悼你的死，

它是时代向你的要求，

简单的，你给了，

这冷酷简单的壮烈是时代的诗，

这沉默的光荣是你。

……

你相信，你也做了，最后一切你交出

我既完全明白，为何我还为着你哭

只因你是个孩子却没有留什么给自己，

小时我盼着你的幸福，战时你的安全，

今天你没有儿女牵挂需要抚恤同安慰

而万千国人像已忘掉，你死是为了谁！

我听着朴实而动人的诗句，一时间觉得有点恍惚。抗日战争史是一段迷雾笼罩的历史，但无论如何，这些为抗日而牺牲的青年，面目似乎渐渐清晰……

这时赵干部突然"呼"地站了起来，带着一阵风大踏步走到犯人身前，"啪！"响亮的耳光声将我惊呆了。女犯人脑袋歪在一边，头发散乱地贴在额头，脸上慢慢浮现一个血红的掌印，"让你说重点！听不懂我说的话是吗？"

"是，能听懂……"女犯人嘴角溢出血沫，带着屈辱低声回答道。

赵干部大踏步走回写字台后坐了下来，犹自呼哧呼哧喘着气，黑脸上漾起愤怒的红晕，他突然扭头冲我说："别被她的话所迷惑！她的身份不像你想象的那样简单——实际上，她与日本人有着密切的关系！"

"什么？"我禁不住上下打量那个被铐在椅子上的女人。

5

赵干部拉开写字台抽屉，从里面拿出一个牛皮纸档案袋，绕开封口线，抽出一张裱糊过的泛黄纸张，向犯人示意，"你看看这是什么？"

124 号犯人睁大眼睛看了一会儿，"是阵亡通知书。"

"谁的？"赵干部厉声道。

"我……我看不清……"女犯人低声说。

"这就是你口中所说的陈大哥，第一个死掉的国民党飞行员的阵亡通知书！"赵干部吼了一声，将那张纸丢到我面前。我借着 60 瓦灯泡的亮度仔细看着，纸上打着油墨格子，格子里用工整的小楷写着：

姓名：陳桂民

所屬部隊：第七飛行大隊第二十中隊

職務：空軍中尉

家族名號：廣東陽江陳家（二丁堡）

死亡事由：編號甲零十五號飛機對日阻擊作戰不利墜落

時間：一九三九年六月五日正午

埋葬地點：圓通寺外臨時安葬点二

　　相貌及特征：方脸，颈部有胎记，左侧犬齿

　　住址：略

　　"是……陈大哥的阵亡通知书……"女犯人顺从地说道。

　　"这样的通知书我还有很多。"赵干部拍拍那个牛皮纸档案袋，显得有些许得意，"那么这段事实基本上清楚了，张老师，你也挺清楚了吧，这一个段落应该没有什么疑问。"

　　我犹豫道："是的，这段历史是真实的，但我不明白……"

　　"那就行，下面讲讲 1964 年 8 月份发生的事情吧。"赵干部没有给我发问的机会，摆摆手示意犯人继续。时间跨度一下子从 41 年跳到 64 年，我的脑子完全没转过弯来，心中的疑惑已经升高到了顶点。但现在可不是问问题的好时机，我从衣兜里摸出半根卷烟——系主任老严发给我的烟只抽了半根就被我掐灭收了起来，此刻正好派上用场——从烟灰缸里拿起火柴盒，征询地看了赵干部一眼。黑脸男人不置可否地掏出铝箔纸烟盒，拿过火柴盒给自己点了一根过滤嘴香烟。我一看，也坦然点上了香烟。我们两人吞云吐雾，不一会儿就弄得审讯室里雾气昭昭，连灯光都显得昏暗了。

　　女犯人皱了皱眉头，像是对烟气有点不满，但她还是开口了："1964 年 8 月，我正在……"

　　"不许说出工作场所和工作内容！"赵干部及时喝止了她的陈述。

　　"知道了。"女犯人考虑了一会儿，似乎在斟酌措辞，"1964 年 8 月 10 号或者 11 号，我记得那天应该是个星期天，我正在家中一边听广播，一边缝补丈夫的长裤，突然接到……上级的通知，要我去一趟……工作单位。"

"8月9日，星期日。"赵干部纠正道。

124号犯人道："是的，8月9日星期日。我乘坐公共汽车到达了工作单位，在会客室中见到了那个日本人。他的名字可以说吗？"

"说吧。"赵干部吸了一口烟，把烟头掐灭在烟灰缸里，重新拿起钢笔。

"我见到了来自日本大通株式会社的社长五十州关男先生，和我国有关部门的陪同人员。他是跟随到北京参加友谊赛的日本乒乓球代表队一起来到中国的，他的公司是日本乒乓球队的主要赞助商，因此得到了特批。实际上在1962年廖承志同志与日本方面签署民间贸易备忘录的时候，五十州先生就曾申请赴华开展商业活动，不过当时没有得到通过，直至64年才来到中国。"犯人说道。

赵干部突然冲我一笑，这意义不明的笑容让我觉得有点毛骨悚然，"听好，张老师，她要说到关键的部分了。"

"五十州关男先生说对我们企业生产的某种产品很感兴趣，希望能详细了解一下情况。由于我对该产品比较了解——当然，并非直接负责——并且五十州先生指定由一位女性为他讲解，所以在参观工作单位之后第二天，我带着样品到达他位于北京饭店的套房进行商务洽谈。没想到，在那里他并没有谈商品进出口事宜，而是说起了抗日战争时期的往事。他说他认识我，对我非常熟悉，此生能够再见到我一面，简直是奇迹之中的奇迹。"女犯人平静地叙述道。

赵干部突然从档案袋里抽出一张黑白相片，高高举起来，"是不是他？"

"是他。"犯人立刻承认道。

相片是一个头发斑白的亚洲人的半身照，大约五十岁左右年纪，动作拘谨，脸上带着日本人特有的谦逊笑容。"你瞧吧，张老师。"赵干部将相片丢在我面前，正好与二十五年前陈桂民的阵亡通知书摆在一处。我左右一瞧，立刻就发现了他的用意，通知书中对阵亡者的描述是"方脸，颈部有胎记，左侧犬齿"，而相片中的日本人虽然略有发福，但国字脸、犬牙和脖颈上的青色胎记清晰可辨。

"你是说……这个日本人，是已经阵亡二十五年的国民党飞行员？"我震惊道。

"啧，你瞧瞧。"赵干部摊开手，显得有点儿得意扬扬。

6

"……你是说，这名叫作陈桂民的空军飞行员并没有死于坠机事故，而是秘密潜逃至日本，当了一所大企业的经理，然后再回国来找这位……"我的话说了半截，发现不知该用哪个词来代指眼前的女人，叫"同志"显然不妥，叫"小姐"是万万不能，直呼"犯人"又显得不尊敬，不由一时语塞。

幸亏赵干部拾起了话茬："对！这也是我们的猜测，陈桂民死于 1939 年 6 月，当时是 24 岁，他活到今天的话应当是 50 岁，与照片上的日本人吻合。我找当时负责接待外宾的几位同志谈过话了，他说五十州关男无意中曾说过几句中国话——准确地说，是广东话。这个日本人很警觉地立即否认自己会说粤语，但再狡猾的狐狸也斗不过好猎人，他的一举一动都被记录了下来，研究广东话的同志分析录音带后指出，此人说的是粤语的一个分支：阳江话。"

我低头再次观察照片，事实上很难分辨这样一位老人的年纪，说五十岁可以，说六七十岁也没问题。"为何能断定是阳江话呢？仅凭只言片语，没准只是巧合呢？比如一位朋友告诉我，用上海话说'葡萄'这个词的时候，发音和日语中的'葡萄'（ぶどう）一模一样。"我想了想，开口问道。

赵干部严肃地扭头望着我，"问得很好，我们不能草率地得出结论，那不是马克思主义、毛泽东思想指导下的唯物辩证主义工作方法。事实上，语言专家举了几个例子，比如有一天北京下起大雨，五十州关男无意中说出了'落水'这个词。普通话说'下雨'，广州话说'落雨'，唯有阳江话会说成'落水'，这是确凿无疑的证据。"

我们对话的过程中，女犯人一直低着头没有说话，也没有针对日本人的身份做出辩解。这时赵干部突然一拍桌子，"事实还不够清楚吗？早在抗日战争时期你就与国民党反动派过从密切，这些人无耻地出卖了国家和民族，伪装飞机失事制造死亡的假象，投敌卖国取得了日本人的身份，如今利用你们不可告人的关系重新取得联系，想利用你的职务之便向外传递机密情报！我们已经完全掌握到你勾结外国的犯罪事实,不要再负隅顽抗了,交代全部犯罪内容,不要在错误的路线上越走越远,梁犯!"

赵干部一不留神又叫出了犯人的名字,但我旁听到现在都没搞明白她究竟是做什么工作的。姓赵的家伙是个大嗓门,声音嗡嗡地在空荡荡的审讯室里回荡,小李推开门看了一眼,确认我们都安然无恙后又将门带上。

"我没有犯罪。"女犯人终于开口了,声音相当平静,"我无数次重申过这一点,但你们只用无理取闹的方式一次次逼供,诱导我写下子虚乌有的证言。我没有卖国,我没有背叛祖国和人民,我没有泄露任何机密情报,我无愧于我的岗位,也无愧于党和国家的信任!如果你们只是想将一个无辜的女人长久地关在监牢中,那恭喜,你们的目的已经达到了;但若有万分之一的机会让你们严重匮乏的良心偶然发现,肯听我说出事实的真相,那么我已经做好再次陈述事实的准备——就像之前我多次做过的那样。"

赵干部"砰"地一拍桌子,但这次他将愤怒压抑住了,紧紧闭着嘴巴,额头的一条青筋忽隐忽现。"张老师,"他突然扭头盯着我,阴沉沉的眼光看得我很不舒服,"接下来就需要你来协助我了。"

"当然,当然。"我咽了口唾液,无意识地在纸上画了几条波浪线。

"每次审讯进行到这里,124 号犯人都会用一套准备好的说辞来混淆事实,她嘴里的话非常离奇,就连最下作的小说家也编不出来,居然以为我们会相信!"赵干部用脚从桌子底下勾出痰盂,"咳——噗!"狠狠一口浓痰吐了进去,"我们使用了公安部最新研制的高精尖设备——微电子测谎仪对她进行了探测,也找来医院的精神科专家对她进行过评估，得出的结论是精神完全正常，也并没有说谎。等一下你就会觉得好笑了，张老师……她竟然真的相信那一套乱七八糟的玩意儿！"

我谨慎地点点头，说："那么，要我做的是找出她话里的漏洞，证明她即将说出的事情全部是谎言，对吗？"

"那不是最终目的，不过你可以这样理解。"赵干部扭动身体摆出一个舒适的坐姿，双手不安定地敲着桌子，冷冷开口道："开始吧。"

女犯人抬头望着灯泡里明亮的钨丝，表情宁静地开始陈述。我拿着钢笔在信纸上写下一个"1964 年"。事实上，我也不知道为什么要这么做，或许只是想装作在记录什么，以缓解屋里紧张而神秘的气氛吧。

7

124 号犯人说道："1964 年 8 月 9 日，我在北京饭店的一间客房中与五十州关男先生会面。由于谈话的内容可能涉及国家机密，几位陪同人员在外屋等候，我们关上屋门，在套间的内室对坐交谈。我将产品资料摆放在咖啡桌上，但五十州先生用他的礼帽盖住了那几张铜版纸，弯下身子凑近我说：'你认不出我了吗，小得螺？'

"'得螺'是昆明方言中'陀螺'的意思，在昆明居住的那段日子，八位空军学校学员看我喜欢穿着花裙子转圈，就为我起了这个外号。二十多年来我早已忘记这个字眼,没想到竟由一位日本客商的口中说出来,当时我吓了一跳,失手碰洒了杯中的咖啡。'你果然忘记我了,小得螺。'五十州先生并没有惋惜他那被咖啡弄污的礼帽,而是很惆怅地望着我,眼神中有一种奇怪的失望之色,'也难怪,都过去这么多年了,我老了,你也早不是小女孩了。'

"他说的是带着南方口音的普通话。这种口音、阔别已久的外号和他颈上那飞鸟形状的青色胎记一下子唤醒了我的记忆,但我无论如何没办法相信眼前的日本商人竟是二十多年前牺牲的中国飞行员,我那早夭的异姓兄长。'五十州先生,您……您认识陈大哥吗?'当时我这样问道。

"'我就是陈大哥啊,小得螺!'他脸上浮现狂喜之色,我从没在一个人的脸上看到过那么喜悦的神采,在这一刻坐在咖啡桌对面的不再是个白发苍苍的日本客商,而是一个激动的、雀跃的、喜极而泣的中国青年。'我等这一刻等了好多年了,小得螺!这下得好好跟你聊聊!'他揉揉发红的眼睛,捉住我的手,笑着流着泪同我说话。

"我的心情非常复杂,但随着时间流逝,我心中的惊讶和怀疑逐渐消解,最终放下了警戒。我花了整整十分钟与他谈论昆明郊外的往事,对我记忆中已经模糊的微小细节他都能娓娓道来。有些事,是只有陈大哥本人才可能知道的。我终于确认,这位五十州关男先生,就是二十多年前死于空难的空军学校第七期学员陈桂民大哥,'陈大哥,你是怎么从飞机失事中幸存的?又为何换了日本名字?你一直生活在日本吗?为何不回国呢?'一旦消除怀疑,被埋藏多年的情感就迸发而出,我惊喜地反握住他的手,连珠问道。

"'飞机并没有失事。'陈大哥叹了口气，眼神望着照在地毯上的阳光，'那只是一个障眼法，小得螺。你们全家、我所有的同僚与朋友，甚至德国飞行教官都被蒙在鼓里，我与七名同僚加入了一次绝密的任务，这次任务是由委员长直接指派给我们的，就连飞行大队的指挥官都无权干涉我们的行动。'

"'你是说，其他七位大哥也都没有死？'我惊喜地叫道。

"陈大哥慢慢摇了摇头，端起冷掉的咖啡喝了一口，苦笑道：'事情说来话长，不能简单用生与死来概括，容我慢慢讲给你听。不过在讲故事之前，有一个人你一定要见一见，可不要过分激动，小得螺。'

"他说着话，站起来打开了卫生间的门。一个黑头发的男人走了出来，他大约三四十岁年纪，身材笔挺，眼神发亮，笑容和煦，既英俊又文雅。这次我却直接认出了他，'黄大哥！'我不敢相信地捂住嘴巴。

"黄大哥就是在那个凄风冷雨的夜里拉起小提琴奏出《圣母颂》的提琴手，他的死亡通知书在我们举家迁至四川李庄之后才送来，是八位学员中第三个传来噩耗的——他竟也活着！我惊喜不已地跳起来，却立刻又感到突如其来的恐惧：黄大哥与陈大哥年纪相当，如果活到今天，也应该是五十岁的人了，但为何他看起来会如此年轻？我的眼光在两个男人身上来回移动，不由自主攥紧了衣角。

"'别怕，小得螺。'陈大哥安抚我道，'我活着，他也活着，只是差了几岁年纪，其中缘故，我现在就说给你听。1939 年 5 月份，日本鬼子的飞机在昆明城上空飞来飞去,我们没有足够的飞机和燃油与他们对抗,只能像老鼠一样缩在洞里等空袭警报过去。突然,传令兵过来点我们八人前往司令部报道,当时肯定不知道是什么事哩,但委员长的传召可是千载难逢的事情,除了在画片上,我们还没亲眼见过这位大人物哩。'"

正在这时,赵干部突然喝止了犯人的陈述,"停一下! 张老师,这个委员长是说反动派头子蒋介石吗?"

我想了想,答道:"我想不是的,应该指的是中华民国航空委员会主任周至柔。当时还没有空军总司令这个职位,掌握空军作战指挥权的前敌总指挥毛邦初与负责全国空军事务的周至柔是空军的实际指挥者,两人分属不同派系,互相多有倾轧。周当时在昆明统帅空军大队,兼任中央航校校长,不过这些学员的叫法是错误的,航空委员会的委员长由蒋介石本人兼任,周至柔应该被称为'校长'或'主任',我不知这算是个纰漏,还是当时一种通行的称呼方法。"

"啊哈!"赵干部亢奋地双手一拍桌面,像只盯住猎物的大蛤蟆似的趴在写字台上望着犯人,"瞧瞧,专家同志一下子就发现问题了! 你还想继续说下去吗? 那只会让你的马脚越露越多!"

124 号犯人有点奇怪地望着我们,"我不知道正确与否,当时陈大哥就是这么说的。他接下来说:'传令兵不让我们和中队长汇报,直接领着我们到了空军司令部。委员长正在里面等着,他是个很严厉的人,但说出的话很和蔼。他发了几张油印纸给我们,上面写着一些坐标、高度,下面印着一张地图。那是距离昆明三十公里的一处山区,我们都看懂了地图,只是不明白要干什么。

委员长接着开始一场激动人心的演讲,宣布我们八人将执行绝密任务,从今天起脱离第七飞行大队二十中队的编制,直接由特别委员会管理。我们八人将配备最新型的飞机,依次执行任务,任务时间不确定,但最近的一次,将在六月份。我们抽签决定了顺序,执行首次任务的将是我。我们都很紧张激动,委员长拉着我们的手,感谢我们为了中华的未来不惜牺牲生命沥血奋战,我们也都喊出响亮的口号,表明决心。'

"我非常奇怪,不由问:'究竟是什么任务? 到山区里做什么?'

"他们两人对视一眼,陈大哥点点头,由黄大哥代为回答道:'小得螺,如今告诉你也没关系了,这次我们回国与你见面,不仅是想与故人重逢,也想让这件事流传出去,让世人知晓,毕竟我们已经独个儿承担太久了。那山里⋯⋯藏着一个天大的秘密,为了这个秘密,委员长不惜冒着危险从重庆飞来。'"

听到这里,我突然"啊"的一声叫出口,笔尖噗地把信纸戳出一个洞来。我刚才的分析完全错误了,犯人转述的对话中提到的"从重庆飞来"的委员长应该就是国民党军事委员会委员长蒋介石本人! 1937年底国民政府迁都重庆,1939年5月1日,蒋介石刚刚在重庆发表了著名的南昌督战令,限令五天之内攻克南昌城。从时间上来看,他在五月份偷偷飞往昆明是有可能的,但究竟什么机密任务能令国民党"委座"冒着战火亲临空军基地,亲自接见八名年轻的空军军官? 昆明郊区的山区中到底藏着什么样的秘密?

"怎么了?"赵干部瞧了我一眼。

"没、没事。有点热……"我把额头的冷汗当作热汗,顺势脱掉了身上的夹袄。

<h1 style="text-align:center">8</h1>

敲门声响起,小李提着暖壶走进来,给我们一人沏了杯浓浓的酽茶。抿了一口茶水,才发觉自己早已口干舌燥,身体有些疲惫。赵干部的手表显示时间已经过去了一个半小时。

"给她也倒一杯水。"赵干部指一指犯人,小李找个搪瓷缸子倒了一缸滚烫的开水端过去,一把塞进女犯人手里。"……谢谢。"124 号犯人很有礼貌地说道。小李从鼻孔里冷冷地哼了一声。

门关上了,"继续。"赵干部又点了根烟,说。

"是的。黄大哥说:'委员长没有细说,很快便离开了,校长走进来继续说明情况……'"

听到"校长"两个字,赵干部向我投来疑惑的眼光,我装作没有察觉,用茶缸掩着脸默不作声。

"'校长说我们即将执行的任务,是世界军事史上前所未有的壮举,我们将用血肉之躯,创下中华民族雄壮不屈的光辉未来——我们将驾着飞机飞往日本,对东京的战略目标展开突袭。'"女犯人抿了一口开水,说道。

我脑中浮现出一段资料,立时伸手叫停,"轰炸日本吗?这个我倒知道。国民党早在 1936 年就制订计划准备轰炸日本佐世保、横须贺基地及东京、大阪等城市,但随后在对日作战中折损了所有的大型轰炸机，计划被迫叫停。到 1938 年，外国援助的马丁139 型轰炸机来到中国，1938 年 5 月份，两架轰炸机从汉口起飞，轰炸了长崎、福冈等日本城市，但由于航程过长，炸弹舱都被改造成了油箱，中国轰炸机最终没能投下炸弹，只是撒下了几百万份传单。尽管如此，这也是整个抗日战争中中国唯一一次轰炸日本本土的壮举。那些传单上写着'尔国侵略中国，罪恶深重。尔再不逊，则百万传单将变为千吨炸弹，尔再戒之。'确实是令中国军民扬眉吐气的一幕！"

赵干部没有插话。女犯人点了点头，又摇了摇头，说："他们说的轰炸东京也是这种战略的一部分，但并非由东海飞去，而是从昆明的山区直接飞到东京上空。他们说，科学人员发现了一个神奇的裂口，从那个裂口进入，就可以在东京出现。而他们的目标也并非军事基地，而是日本天皇皇宫。"

这惊世骇俗的言语让我呆住了，久久不能出声。赵干部带着一副"早知如此"的神情瞟我一眼，"瞧瞧，我第一次听到这些屁话的时候也是这副模样。现在是什么时代了？是二十世纪中叶了，是科学的时代了！你说的这些根本就不符合科学理论！一派胡言！"

"我没有说谎。"犯人执着地强调说，"当时的军队内部确实掌握了这一信息，如果你查阅当时的机密档案的话，一定可以……"

"我查了，查了！"赵干部突然拉开抽屉，取出另一个档案袋"啪"地拍在桌上。他打开牛皮纸袋，抽出一个泛黄的旧式信封，信封里是几页边缘残缺的信纸，看格式像是国民党时期机关往来的公函。"这就是你所说的证据！我从档案馆中调出的有关资料，同样是一派胡言！这是国民党反动派在穷途末路的时候发疯写下的！张老师,你来评判一下。"他将信纸推了过来,同时视线不自觉地回避那几张薄纸,像是上面写着什么挑战他人生观价值观的东西。

我镇定一下心情,展平信纸慢慢读起来。改用简化字已经有些年头,虽然历史系教师免不了要在故纸堆中流连,可看惯了简体字,再看繁体字多少有点不习惯。这封公函的发信机关是国民政府军事委员会调查统计局第二处,也就是后世俗称的军统局的前身,是当时中华民国的主要情报机关。收信方是中华民国航空委员会(昆明航校)周至柔(少将)。我的手指拂过显眼的"绝密"二字,心跳不由得加快起来。信中写道:

軍座鈞鑒:

前奉電密召(此處殘缺)證此事,果爲藍色甲十五型防空氣球,編號零零零一三四,實物力持保留,未能辦到,唯留小照,同函發至。局座謂此事詭謫異常,謹將管見所及,一一陳之,煩諸事謹慎,具報備查爲要。局座不日將(此處殘缺)飭奉令協助,詳加觀察,以觀後效。

此致

軍事委員會調查統計局第二處　毛

中華民國二十六年九月四日

从落款来看,写信人是国民党谍报系统的重要人物毛人凤,他信中所称"局座"应当是军统局长戴笠。毛人凤写信的口气相当恭谨,虽然当时周至柔只是区区少将,但蒋介石设定空军军衔高出陆军两级,因此周至柔实际上拥有陆军二级上将军衔,用"军座"一词也不算过分。

信中提到了一个蓝色防空气球的事情,除此之外没什么特别。我小心翼翼折好信纸交还赵干部,"公函本身没什么问题,可是没头没尾的,相当不明白。"

这时女犯人开口道:"蓝色气球是一切的开始。他们对我说,有一天,日军在日本东京中心护城河附近捡到一个坠落的蓝色军用气球,不知是从何处飞来的,日本国内没有使用类似型号的记录。军统局的特务注意到这一情况,将信息传至国内,空军系统大吃一惊,因为那枚气球正是英国援助中国的十五枚防空气球之一。这种挂着金属丝的大型气球是一种防御俯冲轰炸机的对空武器,一天前刚刚在昆明基地进行试飞,试飞时刮起大风,一枚气球扯断金属线飘向山区,消失在崇山峻岭间,没想到竟在遥远的日本东京出现了。

"随后空军要求军统局传回气球的详细情报——就像你们看到的那样——东京气球的编号与昆明丢失的气球是一致的。一枚气球,在二十四小时内飞越接近四千公里的距离,无论从哪个角度来看都是不可能的事情。但证据确确实实摆在眼前,这让空军主官伤透了脑筋。最终他们决定在类似的天气条件下再次放飞气球,并派遣战斗机加以跟踪,这次同样刮起大风,随风飘荡的气球一直向东北方飞去,飘出四十多公里后,坠落在一座名为'野猫山'的山谷中。战斗机飞行员目睹气球在坠落的中途突然消失,就像空气中有一张无形的嘴巴将其吞噬进去,他不明白看到什么事情，在地图上标记了这个地点之后立刻返航。

"这次气球在距离东京城中心较远的荒川区出现，有几个当地人目击了蓝色气球突然出现在无云的晴空并坠落在地的景象，气球从国内消失、在日本出现的时间间隔只有短短七分钟。情报得到确认。毫无疑问，昆明东北郊外的野猫山上空有一个连接中国与日本的神秘隧道，只要穿过这里，遥远的时间与空间距离就不复存在，日本东京其实近在咫尺。"

女犯人说到这里，端起茶杯润了润嘴唇。屋里突然静了下来，我后背传来一阵又一阵阴冷，60瓦灯泡的光芒，也在这匪夷所思的往事中显得鬼气森森。

9

赵干部抿着嘴巴，端起茶缸喝了一口茶，茶水流经喉结的"咕咚"声在寂静的室内显得非常响亮。

我艰难地开口，语声艰涩得像粗糙粉笔划过黑板："你是说，气球掉进昆明野猫山上方的那个洞口，七分钟之后就在东京荒川区出现？"

女犯人点点头，说："是的，就像我之前多次重申的那样，这并非我的臆造，而是中国抗日战争中一段极少人知的秘史。实际上从科学的角度来说，这种现象是有可能的，如果你们接受过高等物理学的训练，那么一定知道相对论描述过这种连接两个时空的狭窄隧道，它被称作爱因斯坦—罗森桥。尽管未曾在任何实验中

271

证实其存在性，但野猫山—东京桥在 1939 年确实曾经存在，我毫不怀疑这一点。"

她所说的话我听不太懂，赵干部看来也缺乏相关知识，可不同于我的尴尬，他反而埋直气壮地伸手指着女囚犯骂道："124号！老实交代你的特务问题！不要避重就轻！你要认清现在的局势！"

"知道了。"女犯人抿了抿嘴，继续说道，"第三只防空气球被昆明飞行大队释放出去，这一次气球上附带了秘文消息，还有一枚计时准确、上足了发条的怀表。气球同样在野猫山上空消失，两个多小时后，在东京千代田区被日本军警发现。这一次军统的特务没能接近气球残骸，只传回了几张远距离拍摄的照片，照片上显示了正确的秘文信息和怀表的读数，怀表还在走动，只是慢了两个小时零十一分钟。试验成功了，尽管无法解释这两段丢失的时间（七分钟和两小时零十一分钟），但通过这个隐秘的通道向东京输送物品是切实可行的。气球第一次与第三次出现的地点都在千代田区，作为日本东京的政治核心，这里遍布着天皇皇居、日本国会、最高裁判所、中央省厅等目标，无疑是最好的打击对象。

"国民党高层对此事非常重视，就像张老师说的那样——是张老师对吗？好的，谢谢你——他们很早以前就在规划突袭日本东京，可限于轰炸机的匮乏与航程的局限，投入全部精力也只能发动不痛不痒的传单攻势。野猫山—东京桥的发现给了他们新的希望，1939 年，华夏大地在日军铁蹄下呻吟的存亡之刻，对东京的一次轰炸定能大幅度提升民族自信心，对战局造成不可估量的正面影响。

"这个计划并没有正式命名,野猫山—东京桥的存在是极度保密的,知情人只有寥寥几位国民党高层与昆明飞行大队的几位飞行员,当时的局势不容缜密部署。空军方面选定了第七飞行大队第二十中队的八名优秀年轻军官参与计划,他们,也就是我的八位大哥,凭着一腔热血,勇敢地揽下了这充满未知危险、九死一生的轰炸任务。他们的目标很简单:驾驶经过改装的霍克 3 型战斗机轰炸日本昭和天皇皇居。霍克 3 型飞机是昆明空军基地当时最先进的机型,虽然载弹量远比不上轰炸机,但拆除副油箱、挂满凝固汽油弹之后,这些仅保留了数十公里续航能力的飞机也能成为非常可怕的对地武器。突然出现在千代田区空域的战斗机不可能遭到敌机拦截,这些勇敢的飞行员根本不曾考虑脱离或返航,唯一要做的,就是对照地图找到皇居的方位,向这个战争罪犯的宅邸狠狠投下中国上亿军民的怒火。

"目标的选择是经过详细论证的,国民党高层认为中国作为被侵略的一方,必须以极端手段展示自己的力量。"

炸毁天皇皇居,刺杀日本首脑!谁能想到充满屈辱的抗日战争史中曾经出现过这样疯狂的计划,女犯人说出的话让我心潮澎湃,浑身上下不由自主泛起战栗。我端起茶杯大口喝水,以此掩饰自己的失态,赵干部吸着卷烟,似乎有点出神。

中国近代史,特别是抗日战争史,是我的研究方向。多少次我在宿舍清冷的烛光下掩卷而泣,为祖国备受侵略而悲伤;又有多少次我怒而长歌,恨不能投笔从戎,为国捐躯!女犯人讲述的往事对我来说无疑是颠覆性的,我不由屏住呼吸,等待她继续讲述,但同时我也很清楚,这个计划显然未能奏效,天皇皇居至今屹立不倒,就算在 1945 年的东京大轰炸中也安然无恙。

"他们八人都留下遗书,深知自己将一去不回,却毫无畏惧,坦然步上征途。陈大哥是第一个出发的。1964 年的北京饭店里,头发花白的陈大哥这样说道:'那天日落的时候,日本人的飞机丢光了炸弹,终于返航了。我喝下一碗壮行酒,摔碎酒碗,与同僚和长官挥手告别,登上了我的霍克 3 型飞机。这架飞机的性能很好,虽然陪伴我只有短短三个月,但我已经熟知她的脾气,她也用最好的状态奉承着我。航线早已经背熟,我从机场起飞后一直向东北方低飞,时刻注意日本飞机的动向。没一会儿,便到了野猫山上空。太阳西了,能见度很差,我比照航线图,发觉前面就是那个什么桥的入口了,可眼睛看不到什么异状,山间起了一些雾,我想稍微升高一些,穿过那团雾气之后再掉头回来寻找入口。可是……'

"说到这当口,陈大哥停顿了一下,黄大哥站在他身旁,拍了拍他的肩膀:'没事的,都过去了,桂民。'看起来两个人差了许多年纪,可依旧用着旧日的称呼,这种感觉非常奇怪。

"陈大哥脸上有点迷茫的神色,接着说:'我穿过雾气,飞机有一些震动,但仪表参数完全正常。我感觉飞了有一分钟的样子,一飞出那团雾,我立刻觉得四周明亮了不少,风的味道改变了。你知道,风是有味道的,小得螺,昆明的风与东京的风,完全就不是一个味道。我低头一看,下面是很多小屋子、沟渠和稻田,许多种田的人停下手里的活儿,抬起头望着我,还发出欢呼的声音。我立刻就知道,我到了日本了,中国人听到飞机声躲都来不及,哪里还敢站着看?我立刻观察参照物,拿出东京附近的地图来比对,却怎么也找不到自己的位置,花了好久才在另一张地图上发现,

我出来的地方根本不在东京,而在千叶县的山区,那里距离东京千代田有上百公里的距离哩!'

"'谁能想到会有这么大的偏差?我立刻加速向东京飞去,不知为什么,巡逻的日本飞机开始出现,为了躲避日本战机我飞得很低,但这样就格外耗费燃油。本来油量就不足,在距离东京二十公里的地方,燃油完全烧光了,我被迫在一处山坳里迫降下来。我的本意是与战机一同毁灭,以血殉国,可燃烧弹爆炸的气浪将我抛了出去,晕在地上,听到爆炸声赶来的村人把我当作日本人救了回去。醒了之后,他们喂我吃、给我穿,说着我听不懂的话,我只能假装脑部受伤失去语言能力,暂且在那个小村里住了下来。出发前,为了避免计划败露,我们的飞机除去了一切番号和钢印,我身上穿的也是普通的便装,没有携带什么身份证明。他们没有怀疑我的身份,日子一久,我学会了日语,就以战争移民的身份苟活在东京近郊的小山村。'说到这段日子,陈大哥显得非常惭愧,'我知道我胆小、该死,可那不光因为我惜命,而是另有缘由。'他咽了口口水,脸上出现恐惧的表情,'——我发现,我出现的那天,已经是 1942 年!'"

"什么?"我不禁惊呼出声。

赵干部立刻叫停道:"等一下。张老师,她说的话中有什么漏洞没有?"

我抹去鼻尖的汗水,稳定一下情绪,说道:"不不,我只是感到惊奇……偏离一百公里的空间,消失两年多的时间,这些我不懂。她提到东京上空有战斗机在巡逻,那可能是因为 1942 年 4 月 18 日美国杜立德将军驾驶 B25 轰炸机对日本进行长途奔袭轰炸、日军方面提高警惕性的关系，这次突如其来的轰炸让日军领悟到日本本土并不是绝对安全的，但大部分的日本平民还没有意识到战局正开始改变方向。她的描述基本上是合理的。"

赵干部抬起眉毛瞟了我一眼，咳嗽一声，说："继续交代吧。"

10

"陈大哥说：'我只是在雾气中飞了片刻，怎么时间就过了两年多？我吓坏了，不知道发生了什么。同时我也想到，其他人预定在我之后飞入野猫山入口，他们会在什么时候出来？我天天在等待他们的消息，可是日子一天一天过去，没有任何迹象出现。直到 1945 年的一天。那时我正在一间食堂做工，已经有了一个日本名字，做着不起眼的工作，不敢再想以前的事情。我每天在噩梦里惊醒，听到有人在骂我汉奸、卖国贼，可我必须活下去，因为发生在我身上的事情太不寻常了，我必须在这个异乡等待同僚们出现，问问他们到底是怎么回事。'

"'那天美国的飞机布满天空，东京变成了一片火海，我所在的郊区小镇并没有遭到破坏，但所有人都哭着逃走，因为火势已经越来越大，眼看就要烧过来了。我呆呆地站着，看天边的火变成了一个龙卷，呼呼地把东京烧成平地。'"

我点头肯定道："那是 1945 年 3 月 10 日，美军的 B29 轰炸机向东京投下两千吨燃烧弹，造成举世闻名的东京大火。但当时麦克阿瑟将军认为日本已经是强弩之末，为了避免天皇驾崩激起日本人的武士道精神,轰炸机专门避开了日本天皇皇居。"

女犯人轻呼一声:"啊,你说得对。陈大哥也是这样说的:'美国的飞机没有轰炸天皇皇居,因为广播里一直在播放天皇安然无恙的消息,我开始随着人流向外逃跑,可这时,我看到了一架老式双翼飞机孤零零地飞向起火的方向,那种机型既不属于日本,也不属于美国,而分明是当年我们的霍克3飞机!我立刻知道,那是从野猫山飞来的下一位飞行员,没想到在我之后三年方才出现。我大声喊叫,挥舞衣服,可天上的人哪能看到地上的人呢,飞机在风里摇摇晃晃,迎着漫天的火光径直飞向东京城中心的方向,最终被火的龙卷吞没,再也看不到了。'

"陈大哥说着,从怀中摸出一个小药盒,吞了一粒药下去。黄大哥接着说道:'驾驶那架飞机的,就是我们八人之中言语最少、性子最直的叶鹏飞,他在桂民出发的一个月之后驾机出击,却在1945年才到达日本。他没能完成任务,是因为火灾旋风而失速坠毁,牺牲在那场大火中。'

"听到这里,我实在按捺不住心中的好奇与恐惧:'啊,那不是他起飞之后已足足过去五年多? 黄大哥,你是第三个出发的对吗? 你是什么时候到日本的? '

"黄大哥苦笑道:'是的,我于1940年初第三个驾机起飞,穿过迷雾的短短一下子,却花了我十一年时间。我出现在东京的时候已经是1951年。驾驶着飞机在城市上空飞行,我觉得眼前的一切都与想象中不同,地图失去了作用,东京的样子完全改变了,空气清明,街巷安静,但整个城市笼罩着破败而低沉的气氛,我在一栋建筑上看到了'审判战争犯'的横幅。当时我突然明白,原来战争已经结束了!我在一个无人的农场迫降下来,凭借我当年自学的日语询问当地居民,才知道战争早已结束了六年之久,如今的日本只是个千疮百孔、百废待兴的战败国。我的存在突然变得毫无意义,一个驾机飞来宣泄仇恨的军人,在和平年代又该如何存身呢?'

"'多年以来,一看到什么表演老式飞机迫降的消息,我就赶紧过去看看,没想到真的见到了故人。'陈大哥插话道,'我一眼就认出了黄栋权,可栋权却认不出我,这也难怪,他还是二十岁风华正茂的青年,而我却成了近四十岁的中年人,因为生活艰辛,连头发也开始变白了。花了老大的工夫,才与故友相认,我说服他随着我在日本暂且存身,我们成了年纪悬殊的同龄兄弟。'

"黄大哥道:'我们处理掉了战斗机,在东京安顿下来。我多少次想要寻死,而桂民教导我说,我们是被国家、被世界、被时间遗忘的人,中国也已经是新的中国,在这个星球上没有人还会记得我们的存在,但只要有一位飞行员还没有来到日本,我们就有活下去的理由,必须忍辱负重、继续等待!'

"这时两位大哥齐齐叹了一口气。'到 1959 年,果然又有一架霍克 3 型飞机出现,但这次通道的出口在山区,飞机刚驶出就迎面撞上山峰,摔得粉碎。等军警到达时,飞机已经被燃烧弹彻底烧成灰烬。就这样,我们失去了一位阔别已久的兄弟——而对他来说,是出师未捷的刹那而已吧。'

"他们的眼圈红了,我的眼圈也红了,'陈大哥,黄大哥,谁能知道你们经历了这样的事情呢?你们这次回国,为的就是把这件事告诉我吗?'我拉住他们的手问道。

"'是,也不是,小得螺。'他们说道,'我们现在以日本人的身份活着,但骨子里,我们还是流着炎黄之血的中国人啊!日本毕竟不是家乡,现在红色旗帜飘扬在北京,我们朝思暮想着回到这块土地。但我们不能。不知何时,我们八人中的下一位就会驾着双翼战机出现在东京的蓝天里,如果他如我般懦弱,或者如黄栋权般敏感,会放弃袭击日本天皇皇居的使命,那么自然最好,但下一位执行任务的是我们之中最刚烈的飞行员李从权,他必定会按照命令,向天皇皇居投下来自二十年前的、却崭新无比的燃烧弹!尽管我们对日本怀着深刻的仇恨,但在和平年代,这样做不啻重新发动一场战争,那样,我们将成为历史的罪人!我们必须找到办法,随时准备告知下一位飞行员现在的国际局势,阻止他做出错事。但同时,如果中国与日本的战争再次开始的话,即使是一架二十年前的老式飞机,也能成为插向日本心脏的一柄利剑!'

"他们的眼中像多年前一样发着光。'小得螺,'他们又说,'我们将这件事告诉你,是怕如果我们遇到什么意外,这件事就会永远被历史忘记。所以答应我们,当有一天,一封来自日本的讣告寄到你面前的时候,你要抛下一切立刻飞往那个国家,继续我们未完成的使命!'

"'为什么是我,陈大哥,黄大哥?'我震惊地问道。

"'因为你是我们唯一信任的人,唯一能够托付的人——唯一爱过的人。'他们回答。"

女犯人垂下眼帘,缓缓平复略有急促的呼吸,我看不清她的眼中是否有泪光闪动,可我的茶水确实在泛起涟漪。她说的话在我心中引起了巨大的共鸣,不知为什么,我毫无保留地相信了她说的话，即使那听起来荒诞无比。"赵同志。"我沉吟一下，低下头开口道，"……我没发现什么漏洞，对不起。"

11

赵干部的额头有些汗水，他从衣兜里掏出一方手帕擦拭了一下，将手帕叠好收起，掐灭烟头，说："这就是你要交代的吗？124号。"

"是的，说完这些话之后，我们抱头痛哭一场，陈大哥与黄大哥就离开了中国，此后我再没见过他们——当然，在监狱里见到外人的机会也不多。"女犯人抬起头，带点讽刺地说。

"你仍然否定你的一切卖国行为吗？你知道负隅顽抗、拒不交代问题的下场吗？还是宁肯用这种神话般的故事来掩盖里通外国、出卖我国关键技术情报的事实吗？"赵干部冷冷地说。

"我是一名共产党员。"犯人说完这一句，就不再说话。

赵干部嘿嘿冷笑，"那你更应该明白人民民主专政的定义，一切反抗社会主义革命和敌视、破坏社会主义建设的社会势力和社会集团，都是人民的敌人，敌我之间的矛盾，是对抗性的矛盾，什么是对抗性的矛盾？那是只有采取外部冲突形式才能解决的矛盾。你既然不愿回到人民的行列里来，那么我们对专政对象也绝不留情！"

"其实你也相信我说的故事了，只是不愿去接受你相信这个事实。"女犯人突然开口道，"不然你不会去档案馆调出那份国民党公函，也不会找一位大学历史系教师来验证我叙述的真实性。

现在终于打算使用暴力了吗？那只能代表你输了，只能用暴力来掩饰内心的虚弱了。你动摇了，你输了……赵有财。"

赵干部猛地站了起来，眼神闪烁不定，黑脸上布满汗珠。我不知这时该做些什么好，刚拉开折叠椅站起，赵干部就大吼一声："你出去！张老师，谢谢！小李会送你回去！别忘记你签署的保密协议！"

"是的，我这就走，赵有财同志。"不知为何，我也情不自禁地使用了刚刚得知的全名，这个名字像箭头一样锋利，将"干部"这一词筑起的威严墙壁轰然穿透。

"出去！"姓赵的男人解开了风纪扣，露出通红的粗壮脖颈，凶恶地咆哮着。

小李冲了进来，我夹起公文包走向门外。响亮的耳光声响起，女犯人倒在地上，脸上多出一只穿着军用胶鞋的脚。

楼道里灯光明亮，这座监狱温暖如春。我加快脚步，跨出装潢考究的 204—丁字号小楼，在冰冷的空气中做了一个长长的深呼吸，让灌入肺部的冷空气平复我的情绪，然后缓缓抬起头，仰望静谧无比的山区夜空。

故事开始得那样缠绵，又结束得那样突然。我所看到的满天星光里，会不会下一秒就有二十年前的英灵出现？

12

我等了很久，几乎冻僵。小李终于出现，开着那辆黑色伏尔加轿车将我送回大学，一路上他一句话都没有说，看起来跟初见面时那个腼腆的小伙儿一点都不一样。

第二天，严主任很惊奇地发现我出现在教研室内，但他知道有保密协议在，什么话都没有问。

那座监狱、姓赵的干部和有姓无名的女犯人，再也没有出现在我的生命中，她还有许多话没有说，这个故事也并不完整，我还想听到更多关于八位飞行员的事情，野猫山—东京隧道现在还存在吗？国民党空军飞行大队将一位又一位青年军官送入隧道，却迟迟不见他们在东京出现，不曾感到费解吗？陈桂民出现后是否受到了军统的注意？是1942年以后这些飞蛾扑火般的老式飞机已经失去了价值，还是国民党高层选择将这段疯狂的历史遗忘？陈桂民与黄栋权后来是否在日本怀揣使命坚强地生活下去？如果124号犯人不曾出狱，一旦这两位飞行员故去，又由谁来担起这份奇诡的重担？

此后我的人生与这段故事再无干涉，十年动荡的日子之后，我娶妻生子，慢慢变老。

一些问题得到了解答。1970年，在报纸的边角出现这样一则消息：日本东京一架用于表演的老式双翼飞机不幸坠毁，几间民房被毁，所幸无人伤亡。

翌年，广播里传来一位因卖国罪行而被判刑的梁姓高级工程师得到平反、开释出狱的消息。

1984年，在历史系大办公室的黑白电视上我看到一条新闻：日本大通株式会社的巨型充气飞艇由于事故迫降在一栋大楼楼顶，事故原因不明，社长五十州关男亲自向民众道歉。

到 2002 年,网上有一则流言引起了我的注意:日本东京航展召开盛大的飞行表演,十三架旧式双翼飞机编队通过城市上空,让全城市民得以大饱眼福——十三,这真是个好数字。要我猜,第十三架飞机应该要比其他飞机新一点才对吧。

13

后来我计算了一下,飞行员出现在日本的时间分别是 1942 年、1945 年、1951 年、1959 年、1970 年、1984 年、2002 年,如果以 1940 年为基准点的话,他们耗费在野猫山—东京桥上的时间分别是 2 年、5 年、11 年、19 年、30 年、44 年、62 年。我不是数学家,不过这个数列是有规律的,如果没算错的话,下一架飞机,也是最后一架飞机,由当年最闪耀的王牌飞行员林耀上校驾驶的第八架霍克 3 型战斗机将在 2025 年出现在日本东京。

当你们看到这封信的时候,我大概已经去世了,希望我在突然离世的时候,袜子上不要有破洞,那是我这辈子最害怕的事情之一。不知为什么,破洞总是自然而然地出现在脚后跟部位。这么长的一封信,不知你们是否有耐心从头看到尾,看完了之后,你们或许又会骂我,因为这是个没头没尾的半吊子故事。

可就像信的开头我说过的那样,这段历史不应该与我一起被装进骨灰盒,希望你们以自己的学识、智慧和人格做出判断,决定是否将这段历史公之于众。但无论如何,请别在 2025 年之前做出决定,这是属于八位年轻军官的战斗,对他们来说,战斗还未曾结束，他们还将全力履行数十年前的报国使命，犹如一把达摩克利斯之剑，悬在日本上空……

不要对他们妄加判断，无论结局怎样，从驾机驶入通道的那一刻起，他们就成了抗口战争史上最勇敢的英雄。即使是陈桂民、后来的日本商人五十州关男，他不也在以自己的方式继续奋斗着吗？难道你们没有发现，他名字就来源于李贺《南园十三首》那动人心魄的诗句吗？

写完这一封长信，我的心中终于得到解脱。八位飞行员的故事是我此生三个最大的包袱之一，放下沉重包袱的感觉非常美好，带着较轻的包袱走入坟墓，也变得没那么困难了。如果你们能在外人吊唁前换好我的袜子，那么我就仅余一个包袱——但那没什么，在那疯狂的时代湮灭于隐秘监狱中的人，绝不止124号一人吧，她只是生错了时代。对，她应当活在那个烽烟缭乱但人心赤诚的时代。

如此如此。

就此住笔。

没有你的小镇

雨下个不停，我撑起伞，走在没有你的小镇。

1

雨簌簌洒下，空气闷热而潮湿，地砖的缝隙里钻出暗绿杂草，我沿着河向南走，路灯突然亮了起来。这把蓝白格子的折叠伞是你送给我的，用了太久，伞柄都弯了，每次收放都吱吱作响，倾斜持着才能挡住雨丝。

我停在公交站牌下，一边等车，一边向南望，看着污浊的河水将小镇劈成两半。雨下得太久，河水早漫过堤坝上最高的那条水痕，河东岸每栋自建楼的外墙都贴着告示：

> 河水已超过警戒水位，请各位居民注意防洪防涝，尽量向高处转移。
>
> ——南岸社区居委会

"老板，回深圳吗？"街对面卖汤粉的阿婆喊道。

"是啊，回来吃夜宵。"我答道。

她冲我挥一挥手，转身用客家话和小店唯一的客人聊起了天。

每天下班，我都会来这里吃碗横沥汤粉，不要猪肝，多加两元的肉丸。我习惯坐在门口桌旁，长久望向街道与河的对面，那里矗立着一个庞大漆黑的小区，二十四座塔楼紧紧挤在夜色里，亮起的唯有寥寥几盏灯光。晚饭过后，小区广场开始播放迪斯科舞曲，几个老人在惨白的路灯光里默默起舞，每人都有四五条影子相伴。

等到周末，巴士将一车车年轻人卸下，深圳客们带着疲惫的神情拥入小镇，点亮高楼三分之一的灯。这里会一下变得喧闹起来，夜市觥筹交错，小镇彻夜不眠。周日晚上，随着最后一辆夜班巴士驶离站台，河西岸会再次沉寂下去，几位老人走出黑暗的楼门，会集在路灯下，打开音响，踏着遍地垃圾又跳起舞来。

"老板！听说深圳要放水了，你家怕不怕淹水啊？"汤粉阿婆隔着街冲我喊。一辆垃圾车轰隆隆驶过，扭转着方向躲避路中间冒水的井盖。风雨中阿婆的话变得模糊不清，但我明白她在担心什么。"深圳放水"，每个雨季都会流传这个谣言，仿佛深圳某处有人按下神秘的开闸按钮，大洪水就会沿着河流倾泻而来——可深圳根本不在这条河的上游。与此相似的传言还有"深圳地铁会修到这里来了""明年这里就划入深圳管辖""下个月开始小孩可以上深圳户口了"……小镇居民总是惴惴不安地编织着传递着有关深圳的只言片语，因为这是他们赖以生存的城市，一座让他们敬畏、热爱、恐惧和憎恨的大城市。

"怕啊，要是放水就糟了！"我说。

要从雨中漆黑楼宇的剪影中分辨出某个房间的具体位置，这很难；可反过来，若是只想知道哪个房间有没有开灯的话，却出奇简单。今天周三，那栋楼只在十层以下零星地亮着三五盏灯，1804房间依然没有人。我早知道会是这样，可忍不住一再转头观望，看得久了，那楼就融进黑暗，潜入河西岸几百栋大同小异的高楼的布景当中。远处的夜色里飘浮着霓虹灯光，那是曾带给小镇第一波繁荣的酒店群。在某个遥远的画面里，挂香港和深圳牌照的黑色豪华车塞满小巷，衣冠楚楚的门童拉开玻璃门，热气与香水味儿在射灯光里蒸腾而上。

有温热的水打湿我的裤脚，一辆公交车缓缓停靠在站台，我收起伞，走上车子，向投币箱塞了四枚硬币，走到车厢中部靠窗的位置坐下。公交车内有种熟悉的酸臭味儿，除了司机，只有我一名乘客。我掏出手机，打开便签，写下几行字："星期三晚，雨，16路城际公交南线，无人，投硬币。"

车子开动，司机说："龙岗咩？听说那边雨下很大。雨再下，深圳就要放水了。"

"啊……哦……一放水就糟了。"我随口答应着，在便签上继续补充："与司机聊天。"然后保存退出。这个文档的编号是800，第八百个便签，这数字似乎有些纪念意义，可仔细想想，又只不过是个数字罢了。

"我家又淹了，今年雨好大。"面目模糊的司机抱怨着。我留意观察他：油腻的短发，皮肤黝黑，戴白手套，驾驶座旁放着个透明塑料茶杯。司机总是这副模样，职业成了他们最主要的特征，让人难以分辨。在雨季，他们总说今年的雨水格外充沛——可"今年特别热""今年特别冷""今年特别多雨水"，谁又不这么说呢？

"是啊，今年雨水特别多。"我说。

公交车嘀嘀鸣叫，超过一辆在积水中踽踽而行的小车，转弯驶上主路。从这里向前直行，经过四个红绿灯，就上了省道，距离深圳龙岗还有二十七公里。我打开手机的摄像功能，拍摄窗外掠过的景物，车辆、行人和店铺在路灯下化为流光。

"保持平静。"我对自己说，就算知道这没什么用。第八百次尝试，心脏早不会再怦怦乱跳。

咣当！车子碾过什么东西颠簸起来，"妈的，减速带都看不到了！"司机骂了一句，转动方向盘驶出积水。雨刷器擦去雨迹，前方车子的红色尾灯在玻璃上洇晕开来。

第四个红灯转绿，公交车向前行驶。我用早准备好的胶带将眼皮固定，使自己尽量不眨眼睛。

行道树，灰色与砖色的楼房，路口，店铺招牌……我回忆着所有视觉元素出现的顺序，与脑中的序列一一核对。大体正确吗？有些东西变了，但那是正常的吧。汤粉店变成糖水店，修摩托车转为补轮胎……大体正确吧？

这时，司机又骂了一句："小车学人家过水，死都不知道怎么死！"几秒钟后，右侧窗外一辆白色雅阁轿车闪过，车子停在一个巷口深深的积水里，水已漫过轮胎。我的眼睛在本田车上停留了一秒，透过深色玻璃窗，能勉强看见驾驶座上正拨打电话的男人身影。

　　紧接着,我感到某些东西改变了。窗外下着雨,车子行驶平稳,我坐在公交车中部靠窗的座位,空气中有种熟悉的酸臭味道,除了司机,车里只有我一个人。我撕下眼皮上的胶带,看了一眼手机屏幕,摄像头仍然忠实记录着夜景,小小的 GPS 图标显示卫星定位系统也在工作。

　　"小车学人家过水,死都不知道怎么死!"司机笑骂道。我转头望向左手边,几秒钟后,深陷水中的白色本田雅阁从窗外掠过,一个男人坐在驾驶座,正在拨打电话。行道树,灰色与砖色的楼房,路口,店铺招牌,路灯在雨中闪烁。咣当! 公交车碾到什么东西向上弹起,"妈的,减速带都看不到了!"司机叫着,用力转动方向盘。

　　我停止摄像,放松身体,打开 800 号便签写道:"……失败。"

　　车子摇摇晃晃地停在红绿灯前,然后慢悠悠地起步,经过四个红绿灯之后转弯驶入沿河路,在河东岸狭窄的街道穿行几分钟后,车子停在公交站牌前。我站起来,看了司机一眼,油腻的短发,白手套,茶杯。我分辨不出他是不是原先那位司机。"我家又淹了,今年雨好大。"他按下开门按钮,似是聊天,抑或是自言自语。

　　公交车隆隆驶远。我来到横沥汤粉店门前。阿婆叫道:"老板,从深圳回来了! 还是十二元的汤粉?"我冲她点头,走进店铺,坐在桌前,隔着玻璃窗望着对面漆黑的楼。没过多久,冒着热气的河粉端上桌子。"要不要加辣椒?"阿婆替我掰开方便筷子,问。

　　我抬起头,"老板娘,第一次来这儿吃饭时就说过我不吃辣椒的。为什么每回都要这样问我?"

"我记不住嘛。"阿婆一瘪嘴，"现在人人都爱吃辣椒，这辣椒酱是我自己做的，不要吃就不要吃嘛，老板。"

"哦，没事。"我夹起肉丸咬了一口，肉质弹牙，鲜美的汤汁在舌尖流淌。我咽下食物，哭了起来。

2

只花了几个月，我就成功忘掉了你的模样。然后，我逐渐忘掉了你的声音，你的味道，你走路的姿势，你皮肤的触感。我再记不清你的身高，你是左撇子还是右撇子，长发抑或短发，爱哭还是爱笑。我把你忘得干干净净，将记忆中你曾居住的房间刷成雪白。这本该是一切的终结，但终点始终没有到来，我才惊觉无论怎样擦拭，墙壁上始终印着你轮廓模糊的剪影。

我被困在没有你的小镇。

从意识到这一点的时候起，我开始尝试用各种方式逃离。

那一次，我开车闯过五个红绿灯，冲上省道，可在越过某条无法察觉的分界线后，突然发现自己不知何时掉转了车头，正朝小镇加速驶去。我的脚踩在油门上，车速没有丝毫变化，刚刚打开的左转向灯嗒嗒闪烁。我的嘴里还残留着几秒钟前吸入的香烟味道。改变的只有挡风玻璃中出现的景物，刚被甩在身后的小镇出现在前方。

我狠狠踩下刹车，停在道路中央，几辆车子紧急变道，从左右冲过，带着咒骂声逐渐驶远。我用力旋转方向盘，碾过绿化带掉头,将油门踩到底,车子咆哮着向镇外冲去。我睁大眼睛盯着远方,将视线聚焦在天际线模糊的楼宇上,那些高楼愈来愈近,逐渐显出高大而毫无生机的轮廓。那是小镇空洞的高楼,我试图逃离的地方。仿佛这条道路只是纺锤形世界的连接线而已,两个一模一样的小镇,总有一个在前方。

我一次次掉头,绝望地冲击着小镇的边界,直到失控撞上路边的行道树。

安全气囊如铁锤般击中脸部,眼镜片几乎割伤我的眼睛,我摸索着解开安全带,滚出车外。几个路人围了过来,远远站着,纷纷掏出手机。"从深圳回来开这么快,嫌命长。"有人说。另一个人替我叫了警察和救护车,然后从地上捡起散落的钞票塞进自己的衣兜。

"你们是真人吗?"我抹去脸上的血,问他们,"我是在什么虚拟现实里面,对不对?我走不出去,而且我一点儿都不疼。完全不会疼。杜医生,你能听到吗?我已经完成任务了,治疗该结束了!我已经忘掉她了,所以不需要再进行保守治疗了……杜医生!杜医生!"

这时,疼痛袭来,我拽着路人的衣角,晕了过去。

在医院休养了一个半月,同事来慰问时脸上总是一副小心翼翼的神色,因为医生对他们说,我的精神状态又开始不正常了。其实在几次尝试后,我就明白了游戏的规则,受困于这座小镇的只有我自己,没人会相信我的故事,正如我无法相信身边的每个人一样。

出院后我继续尝试。我独自沿着河向南走,穿过一片破旧的民居楼,在河水开始乌黑发臭的时候触到了边界。太阳不知何时换了方向。背后的风景出现在眼前,我发觉自己根本无法注意到如此突然的变换,当我的意识集中在某一件事物上的时候,其余的一切都会被瞬间偷换。

我乘坐长途大巴去往福建方向。自然而然,那辆车变成由福建驶回小镇的长途巴士。车上乘客在汽车站各自散去,仿佛几分钟前登上汽车的并非他们本人。我试着同司机攀谈,他很奇怪地瞧着我,说车子是由厦门开来的,上一站停靠在汕尾车站。这条线他跑了七八年,没听说有什么出站就返回的怪事。我递了根"芙蓉王"给他,于是他拿出营运登记表给我看,上面清楚地写着到达沿线每一个车站的时间,毫无作假的痕迹。也就是说,不久之前从小镇出发的同一辆大巴车根本不曾存在过,我所处的空间被改写了——也许只是我的记忆遭到了篡改。

小镇的边界到底在哪儿似乎并不确定,即使以同一种交通工具去往同一个地方,折返的位置也各不相同。最远的一次,我搭乘运西瓜的卡车到达高速路入口,那儿已超出了小镇的行政版图。我清楚地记得那是第三百五十六次尝试。有那么一瞬间,我以为已经摆脱了小镇魔咒,不禁激动地抓紧卡车司机的手臂,叫道:"师傅,加速,上高速! 我给你多加五十块钱! "

"上高速不是回深圳了吗? 好不容易才从国道跑过来。"司机诧异地望了我一眼,没有驶上高速匝道。绿色指示牌被抛在身后,前方隐隐约约露出小镇的轮廓,车子已在不知不觉间掉转了方向,这辆车毫无疑问是从深圳方向驶来的。而我,是一位从深圳搭车前往小镇的古怪乘客。

八百次尝试，两年多的时光，穿城的河水汩汩流淌。每到五月，雨季来临，城东的民宅在雨中苔藓般增生，城西的高楼依旧静默，任雨水在外墙留下道道污痕。深圳人来了又走，新开盘小区的锣鼓在潮湿的早晨敲响。我依然在这里，未曾离开一步。

3

你离去之后，我砸碎手机，拔掉网线，把自己关在屋里整整两个月。我不敢走近窗户，怕在窗外看到你。我不敢走出屋门，怕在街上遇到你。我无法看电视听广播，因为总有人的脸孔和声音像你。夜里，我听着敲门声由强而弱，同事们的脚步声逐渐消失，整栋楼陷入死寂。小镇睡去了，这时我才能大口呼吸，把漆黑的空气用力吸入胸腔——可悲的是，就算丢掉了所有家具，屋里还是残留着你的气味。

两个月后，他们撞开房门，拉我出去。外面的世界令我极度恐惧，踏出楼门的一刻，我崩溃了，尖叫着撞开同事，爬回楼道，把头塞进防火门的缝隙。他们发觉劝说和安抚没有用处，就用黑色塑料袋套住我的头，把我强行拖进出租车。

在镇人民医院精神科的诊疗室里我尿了裤子，钻进办公桌下蜷成一团，像只怕光的蚕蛹。医生给我打了一针奶白色的镇静剂，蹲着观察了一会儿，问了同事几个问题，得出结论："这是惊恐障碍，焦虑症发作的表现，我给他打了一针丙泊酚，马上就能安静下来了。你们最好先把他送回家去，不管是什么触发了他的惊恐障碍，家总是最安全的地方嘛……我给你们留个电话，回去观察一下，有情况再联系我。另外，这里有张心理咨询师的名片，我们医院精神科比较弱，对焦虑症没有特别好的治疗办法，可以去这里咨询一下……先把药费给结一下。"

后面的事情我记不清楚了。回到家后，同事们开始照顾我的衣食起居，将我从严重营养不良和精神衰弱中拯救回来。如医生所说，在家中，我的恐慌并不严重，但极怕踏出房门。我害怕空旷的小区广场，害怕外面的人群、声和光。他们试图帮助我慢慢走出去，甚至还画了一张进度表，让我每日向屋外多走一两米的路程。很感谢他们，在这座小镇我没有一个朋友，若非同事的帮助我不可能重新站起来，尽管知道他们之所以这么做，并不是因为喜欢我，而是需要我来领导小小的分公司而已。

我在慢慢恢复。有一天成功地走到了小区中央的喷泉，我独自坐在大理石栏杆旁，长久地看干涸喷泉里一只死掉的乌龟。可我忘了那天是周五，看到大批深圳人拥进小区的时候，我吓坏了，连滚带爬地逃回家里，把自己紧锁在浴室，蜷在浴缸里尖叫不止。从那天后，我拒绝再踏出房门一步。

在这种情况下，杜医生夹着公文包敲响了屋门，他是小镇唯一一个有执照的心理医生。他五十岁，体胖，长着一副客家人面貌，白衬衣里面穿一件红背心，提着黑色人造革的廉价公文包，并不像位医生。不过一开口，他就显出不凡的见识，"老板，是这样，你得了广场恐惧症。这个病，就是怕人多的地方，不敢到公共场所去，对不对？这个病说好治也好治，说难治也难治，你要讲清楚是受到了什么刺激，我就能给你想个解决办法。"

我不想开口。把自己的故事讲给别人听,等于撕下包裹木乃伊的纱布,把风干的尸体暴露出来。可我不得不讲,因为我管理的小小企业已经停顿许久,若失去这份工作,我会失去剩下的一切。

我在大学毕业后来到深圳工作,以为只要努力奋斗就可以在那座城市扎根,可房价飞涨,年纪愈大,离梦想中的家越远。这时,公司宣布要在小镇成立办事处,公开招聘经理人选,我考察了当地房价之后,毫不犹豫地报了名。

小镇距离深圳一个多小时车程,"民风淳朴,生活便利,房价便宜,升值潜力巨大",这样的广告词让人重获希望。我花掉所有积蓄,买下一套两室一厅的公寓,还背上了十五年贷款。我在这座小镇里从零开始创办分公司,业绩不断攀升,我的收入也逐渐稳定,原以为过几年就能顺理成章地结婚生子,谁知遭受了如此沉重的打击……

我不记得对杜医生说了什么,因为我已经忘了关于你的所有事情。那并不重要。听完我的叙述,杜医生在几天后拿出了治疗方案,奇怪的是,他带来的并不是药瓶、针剂和电击器,而是一张薄薄的协议书。

"老板,是这样。"他开门见山地说,"你受的感情创伤很重,要想在短期内痊愈,不能使用常规疗法。我先提个建议啊,你要能离开这里,到别的城市去工作,这个病就好治了。回深圳去不就很好吗?"

"为什么?"

"老板,其实你心里也清楚。你是怕出门遇到那个女人,才得的这个病，她是本地人，在街上碰到她的机会很大，所以你脑子里就抗拒出门这件事情。但是在其他城市几乎不可能遇到她，你自然而然就放松了。"

"那不可能。"我立刻否决，"我的房子在这里，这儿的新房有一半都销不出去，二手房没人会买，我没法卖房子离开。更何况我的事业也在这里。"

杜医生沉默了一会儿说："唔，我猜也是这样，那么就说说我的方案吧。老板，是这样，你先看看合同。"

纸上只有几个简单的条款，大意是杜医生的美丽心灵心理咨询公司负责对患者进行实验性心理治疗，患者承担部分风险，杜医生承诺治好患者的心理疾病，患者完全治愈整个疗程才算结束。治疗费用比我想象的多一些，不过尚在接受范围内。"实验性"三个字让人有点儿疑虑。"别担心，老板。"杜医生适时地解释道，"没有什么危险的，我们公司跟好几家深圳的诊疗设备公司、高科技公司有合作关系，这种协议已经签了七八份了，没有碰到坏结果的。"

"大概需要多久？"

"要看具体情况，大部分患者康复得非常快。"

"要是治不好呢？"

"继续治下去，保证到治好为止嘛。"

"最坏的结果是什么？"

"治疗久一点儿而已。"

我把协议看了两遍，接过笔签了字。杜医生跟我握手，收起协议，从公文包里掏出一个小药瓶，说："这是今天晚上吃的药，治疗从明天开始。放心吧,老板,一切包在我身上!钱的话你公司同事已经准备好了,回头你再补回账上吧。"说完,他站起来要走。

我连忙拽住他的胳膊,说:"等等,杜大夫,这个药一天吃几片啊?明天我是到你们公司去治疗,还是在家里等着?你说明白了再走啊。"

杜医生用有点儿奇怪的目光瞧了我一眼,答道:"瓶子里只有一片药,入睡前用热水冲服就行啦。至于怎么治疗,明天就知道了,不用着急的。我可以给你保证,你肯定不会再见到那个女人了,放心地出门去吧。等什么时候你彻底把她忘掉,这个病就治好了,到时候来我公司把治疗结束的手续走一下就行了。金色年代小区 3 栋 1804,你知道公司地址的。"

这番话我完全听不明白。他执意要走,我也就没有强留,想着反正明天还会再见面。夜深后,我躺在空旷房间中央的床垫上发呆。你离开之后,我把屋里的东西丢了个干净,因为无论如何整理,总有什么小物件会唤起痛苦的回忆。

"真有那么容易吗?"我望着惨白的天花板,将小药片平放在舌头上,药有点儿甜丝丝的,我攒了点口水将它吞下,趁糖衣融化之前。

接着,我睡着了。

4

从那以后,我再也没有见到杜医生。第二天他没有来。第三天他也没有来。第四天有同事拿文件来找我签字，我问他杜医生的事情，他一脸茫然，看似并不知情。"是你们找的那家心理咨询啊，怎么会忘了呢？杜医生，胖胖的，客家人！"我躲在门缝后面叫嚷，同事只是摇头，说得回去问问其他人。

又过了一天，他传回话来：没有一位同事记得杜医生的事情，那家所谓的心理咨询公司也并不存在。

这让我非常恐惧。

几天后，我借了部手机，鼓起勇气拨打杜医生的电话，可记忆中的那个号码是空号。我想跟病历本上的电话号码核对，但翻遍家里，都找不到有关杜医生的任何资料。病例、药瓶、协议书，所有证据都消失了，有关杜医生的记忆成了一段臆想。

我猛然想到杜医生说过的话，"到时候来我公司把治疗结束的手续走一下就行了"，可从始至终我都没去过他的公司，只跟他一个人接触过而已。莫非这是什么暗示？难道治疗已经开始了？他用某种方法消除了他自己，那么当然也可以用某种方法消除……你。

我立刻向同事询问有关你的事情，他一无所知。他本应知道的，公司的每一个人都应认识你。我打电话给你原先工作的单位，那边回复说查无此人。我登录网络，在QQ、微博和SNS中寻找，一无所获。你消失了，从真实的世界和数字的世界消失，连一丝痕迹也未曾留下。

胸腔传来剧烈疼痛，那是新生的血和肉在撕裂风干的伤口。我深深地吸一口气，发觉你的味道也从空气中消失了，我闻到的是潮湿的、甜蜜的、温热的味道，属于雨季小镇的独特气息。

一天之后，我撑起伞，离开大楼，压抑着心中的恐慌走向小区门口。一些人在匆匆行走，车辆溅起泥水，河边站着浑身湿透的售楼小姐，河对岸密密麻麻的自建房在暗自增生。熟悉的场景已太久未曾领略，我的心脏怦怦直跳，双手将伞柄攥得吱吱作响。

我沿着河流向南走，你不在。我经过小镇最大的一间商场，你不在。我踏过一道桥梁，来到公司所在的东岸，你不在。我站在那里，数到一百个人从我身边经过，然后仰头望向云层背后的天光，流出眼泪。你不在，我就获得了自由，我可以随意行走在没有你的小镇，穿过人群，倾听每一个声音，扫视每一张面孔。

接下来要做的，就是花时间把你忘掉而已，那又有什么难的呢？

我登上阶梯，推开办公室的玻璃门，屋里静了一会儿，然后响起热烈的掌声。

只花几个月时间，我就成功忘掉你的模样。后来，我把和你有关的一切都忘了个干净。突然有一天，我发现已经不再想起你，于是开车到约定的地点去寻找杜医生。

金色年代小区同我居住的小区相距不远，同样高大，同样萧瑟。我将车子停在小区门外，乘电梯到达 3 栋 1804 房间。朱红色的屋门紧锁着，也没有悬挂心理咨询公司的牌匾。我敲了敲门，没有人应答，我便趴下来，从门缝往里看，米色地砖上覆盖着薄薄的灰尘。

我伸手抚摸房门，那里有长方形的胶带痕迹，想必是当初粘贴公司名牌的地方。"也就是说，我还没有彻底忘掉她吗？"我靠着门胡思乱想，"疗程尚未结束，杜医生就不会出现。看来只有晚些时候再来了。"

天黑了下来，我走出大楼，回头望向1804房间的玻璃窗，一片漆黑。从此我养成了一个习惯，每天下班后到河对面的汤粉店吃一碗横沥汤粉，不要猪肝，多加两元的肉丸，然后坐在桌前望这个窗口，企盼有一天心理咨询公司的灯能够亮起来。疗程没有结束，这似乎对生活不构成什么影响，我只想见到杜医生，让他告诉我这心理治疗的真相而已。

直到那一天，我要回深圳总公司述职，于是带着一名同事开车上路。我们愉快地聊着天，听着汪峰和许巍的音乐，很快穿过旧城区，转上省道。

不久之后，我发觉自己将车开回了小镇，于是有点儿迷糊地问："小刘，我们不是要去深圳述职的吗？怎么回来了？"

"述职早就结束了，我们要赶回去参加聚餐啊。"同事理所当然地回答道，抬手看了看手表，"老板，再不快点饭局就要开始了。"

一时间，我搞不清楚是自己的记忆出了问题，还是同事们联合起来捉弄我。回到公司楼下，晚餐刚好开始，分公司的八名员工聚在包间里庆祝本年度业绩目标达成。我们喝了很多酒，深夜才回家，我吐了一地，感觉神志清醒了一点。开电脑查收邮件，总经理发来了一封信，赞扬我的述职报告做得好，鼓励我在新的销售年度里继续努力，带领分公司再创佳绩。于是，我不再怀疑这段或真或假的经历，将事情抛在脑后。

几周后再次出差时，我才发现事情的真相。

我无法离开这座小镇，我的身体和意识被封锁在这个空间内，杜医生的实验性治疗如一个诅咒将我束缚。时间照常流逝，世界如常运转,这座小镇不停吞吐着人与货物,像许多其他小镇一样,吸收着大城市溢出的养分,逐渐变得庞大和浮夸。

我曾坐在省道旁,用长焦镜头观察道路上的车辆,一切都很正常,它们没有触到隐形的边界,能自由来往于小镇内外。我经常跟货车、客车司机攀谈,他们整日来往于小镇与深圳间,丝毫没有察觉到什么异样。唯有我乘坐的交通工具会被悄然扭转,一起改变的,还有所有相关人的记忆。

我并非物理学家,也不喜欢看科幻小说,但那段日子里,我疯狂阅读各种资料,想要破译这座小镇的秘密。

这是个存在于三维空间的克莱因瓶吗?如果是的话,我确实不能离开没有边界的闭合表面,可也不应该回到原点,而是从瓶子里面到达外面,来到小镇的反面;若非严谨的数学模型,那这片空间又是如何将我约束在内呢?我每次逃离,就会有已发生的事实被抹去,难道我身处虚拟现实中而不自知,到达边界就会激活副本重置的触发器吗?世界上何曾有如此真实的虚拟现实技术,而我又是何时成为"缸中之脑"的?又或者是催眠术吗?小镇的边界是激活催眠的口令,让我自动修改大脑的记忆?那岂不意味着我的身体实际上离开了小镇,而灵魂却仍被囚禁在镇中?

我累了,习惯性地不断尝试,但知道自己找不到答案。3栋1804的灯光从未亮起,疗程尚未结束,杜医生没有回来,而我就住在这个病房里——这个无法离开的小镇。

5

我吃完那碗汤粉，付过钱，撑起伞走出店铺。河东岸的房屋一栋挨着一栋，晾衣竿、天线、脚手架和遮雨棚像触手般伸展开来，纠缠着建筑群。这些灰色、褐色和砖红色的自建房密密麻麻挤挨着，又被狭窄的巷道割裂。这片居民区随时都在拆盖，呆板的三层楼房被砸成碎片，经过一段到让人无法察觉的时间后，一栋同样呆板的五层楼房出现在原地，撤去安全网，刷上白油漆，等待着即将到来的下一次拆毁。

我停下脚步，突然意识到一件事情。

我只有忘记你，疗程才会结束。

当我意识到疗程结束的时候，会想起已经忘了你。

可"忘了你"这三个字里面，有你的存在。

当我意识到忘了你的时候，你便出现了。

——以某种神秘的方式出现，就算失去一切细节，只剩一抹灰影，一个代指第二人称的字眼。

所以我没有真正忘了你。我不可能真正忘了你。

这是一个悖论。

我忘了你的声音，你的味道，你走路的姿势，你皮肤的触感，你的名字，你的过去，你的一切。

可我想着你。

6

雨下个不停,我撑起伞,永远走在没有你的小镇。

晋阳三尺雪

1

赵大领着兵丁冲进宣仁坊的时候,朱大鲧正在屋里上网,他若有点儿与官府斗智斗勇的经验,一定会更早发现端倪,把这出戏演得更像一点。

这时是未时三刻,午饭已毕,晚饭还早,自然是宣仁坊里众青楼生意正好的时候,脂粉香气被阳光晒得漫空蒸腾,红红绿绿的帕子耀花了游人的眼睛。隔着两堵墙,西街对面的平康坊传来阵阵丝竹之声,教坊官妓们半遮半掩地向达官贵人卖弄技艺;而宣仁坊的姐妹们对隔壁的同行不屑一顾,认为那纯属脱裤子放屁,反正最终都是要把床搞得嘎吱嘎吱响,喝酒划拳助兴即可,吹拉弹唱何苦来哉? 总之,宣仁坊的白天从不缺少吵吵闹闹的讨价还价声、划拳行令声和嘎吱嘎吱摇床声,这种喧闹成了某种特色,以至于宣仁坊居民偶尔夜宿他处,会觉得整个晋阳城都毫无生气,实在是安静得莫名其妙。

赵大穿着薄底快靴的脚刚一踏进坊门,恭候在门边的坊正就感觉到今时不同往日,必有大事发生。赵大每个月要来宣仁坊三四次,带着两个面黄肌瘦的广阳娃娃兵,哪次不是咋呼着来、吆喝着走,嚷得嗓子出血才对得起每月那点儿巡检例钱。而这一回,他居然悄无声息地溜进门来,冲坊正打了几个唯有他自己看得懂的手势,便领着两个娃娃兵贴着墙根蹑手蹑脚向北摸去。"虞候呵,虞候!"坊正跟跟跄跄追在后面,一双手胡乱摇摆,"这是做什么?吓煞某家了!何不停下歇歇脚,用一碗羹汤?无论要钱要人,应允你就是了……"

"闭嘴!"赵大瞪起一双大眼,压低声音道,"靠墙站!好好说话!有县衙公文在此,说什么也没用!"

坊正吓得一跌,扶着墙站住,看赵大带着人鬼鬼祟祟走远。他哆嗦着拽过身旁一个小孩,"告诉六娘,快收,快收!"流着清鼻涕的小孩点点头,一溜烟跑没了影。半炷香时间不到,宣仁坊的十三家青楼噼里啪啦扣上了两百四十块窗板,讨价声、划拳声和摇床声消失得无影无踪。不知谁家孩子哇哇大哭起来,紧接着响起一记止啼的响亮耳光。众多衣冠凌乱的恩客从青楼后院跳墙逃走,如一群受惊的耗子灰溜溜地钻出坊墙的破洞,消失在晋阳城的大街小巷。一只乌鸦飞过,守卫坊门的兵丁拉开弓瞄准,右手一摸,发觉箭壶里一支羽箭也没有,只得悻悻地放松弓弦,生牛皮的弓弦反弹发出"嘣"的一声轻响,把兵丁吓了一跳,他这才发现四周已经万籁俱寂,这点微弱的响声居然比夜里的更鼓还要惊人。

下午时分最热闹的宣仁坊,变得比宵禁时候还要安静,作为该坊十年零四个月的老居民,朱大鲧对此居然毫无察觉,只能说是愚钝至极。赵大一脚踹开屋门的时候,他愕然回头,才惊觉该到了表演的时刻,于是他大叫一声,抄起盛着半杯热水的陶杯砸在赵大脑门上,接着一使劲儿把案几掀翻,字箕里的活字噼里啪啦掉了一地。"朱大鲦!"赵大捂着额头厉声喝道,"海捕公文在此!若不……"他的话还没说完,一把活字就撒了过来,这种胶泥烧制的活字又硬又脆,砸在身上生疼,落在地上碎成粉末。赵大躲了两下,屋里升起一阵黄烟。

"捉我,休想!"朱大鲦左右开弓,丢出活字阻住敌人,然后转身推开南窗想往外跑,这时,一个广阳兵举着铁链从黄雾里冲了出来,朱大鲦飞起一脚,踢得这童子兵凌空打了两个旋儿,"啪"地贴在墙上,铁链撒手落地,当下鼻血与眼泪齐飞。赵大几个人还在屋里瞎摸,朱大鲦已经纵身跳出窗外,眼前是一片无遮无挡的花花世界,这时候他突然一拍脑门,想起宣徽使的话来:"要被捕,又不能易被捕;要拒捕,又不能不被捕;欲语还休,欲就还迎,三分做戏,七分碰巧。这其中的分寸,你可一定要拿捏好了。"

"拿捏,拿你奶奶,捏你奶奶……"朱大鲦把心一横,向前跑了两步,左脚凌空一绊右脚,"啊呀"惨叫着扑倒在地,整个人结结实实拍在地面上,"啪!"震得院里水缸都晃了三晃。

赵大听到动静,从屋里冲了出来,一见这情景,捂着脑袋大笑道:"让你跑!给我锁上!带回县衙!罪证一并带走!"

流着鼻血的广阳兵走出屋子,号啕大哭道:"大郎!那一筐箩泥块儿都让他砸碎了,还有什么罪证?咱这下见了红,晚上得吃白面才行!咱妈说了,跟你当兵有馍馍吃,这都俩月了,连片馍馍皮儿都没看见!现在被困在城里,想回也回不去,不知道咱爹咱妈还活着没,这日子过得有啥述意思!"

"没脑子!活字虽然毁了,网线不是还在吗?拿剪刀把网线剪走带回去结案！"赵大骂道，"只要这案子能办下来，别说吃馍馍，每天食肉糜都行！……出息！"

2

小人物的命运往往由大人物一句话决定。

那天是六月初六，季夏初伏，北地的太阳明晃晃挂在天上，晒得满街杨柳蔫头耷脑，明明没有一丝风，却突然平地升起一个小旋风，从街头扫到街尾，让久未扫洒的路面尘土飞扬。马军都指挥使郭万超驾车出了莅武坊，沿着南门正街行了小半个时辰，他是个素爱自夸自耀的人，自然高高坐在车头，踩下踏板让车子发出最大响声。这辆车是东城别院最新出品的型号，宽五尺，高六尺四寸，长一丈零两尺，四面出檐，两门对掩，车厢以陈年紫枣木筑成，饰以金线石榴卷蔓纹，气势雄浑，制造考究，最基础的型号都售价铜钱二十千，这样的车除了郭万超此等人物，整个晋阳城还有几人驾得起？

四只烟囱突突冒着黑烟，车轮在黄土夯实的地面上不停弹跳，郭万超本意横眉冷目、睥睨过市，却因震动太厉害而被路人看成在不断点头致意，不时有人停下来稽首还礼，口称"都指挥使"，郭万超只能打个哈哈，摆手而过。车子后面那口煮着热水的大鼎——就算东城别院的人讲得天花乱坠，他还是对这台怪车满头雾水，据说煮沸热水的是猛火油，他知道猛火油是从东南吴地传来的玩意儿，见火而燃，遇水更烈，城防军用它把攻城者烫得哇哇叫,这玩意儿把水煮沸,车子不知怎的就走了起来,这又是什么道理? ——正发出轰隆轰隆的吼声。郭万超身上穿的两裆铠被背后的热气烤得火烫,头上戴的银兜鍪须用手扶住,否则走不出多远就会被震得滑落下来遮住眼睛。郭万超有苦自知,心中暗自懊恼,不该坐上驾驶席。好在目的地已经不远,于是他取出黑镜架在鼻梁上,满脸油汗地驰过街巷。

车子向左转弯,前面就是袭庆坊的大门。尽管现在是礼坏乐崩、上下乱法的时节,坊墙早已千疮百孔,根本没人老老实实从坊门进出,但郭万超觉得当大官的总该有点儿当大官的做派,若没有人前呼后拥,实在不像个样子。他停在坊门等了半天,不光坊正没有出现,连守门的卫士也不知道藏在哪里偷偷打盹儿,满街的秦槐汉柏遮出一片阴凉地,唯独坊门处光秃秃地露着日头,没一会儿就晒得郭万超心慌气短、汗如雨下。"卫军!"他喊了两声,不见回音,连狗叫都没有一声,于是他便怒气冲冲跳下车来,大踏步走进袭庆坊。坊门南边是宣徽使马峰的宅子,郭万超也不给门房递帖子,一把将门推开,风风火火冲进院子,绕过正房,到了后院,大喝一声:"抓反贼的来啦!"

屋里立刻一阵鸡飞狗跳,霎时间前窗后窗都被端飞,五六个衣冠文士夺路而出,连滚带爬跌成一团。"哎呀,都指挥使!"大腹便便的老马峰偷偷拉开门缝一瞧,立刻拍拍心口,喊了声皇天后土,"切不可再开这种玩笑了! 各位各位,都请回屋吧,是都指挥使来了,不怕不怕!"老头儿刚才吓得璞头都跌了,披着一头白发,看得郭万超又气又乐,冷笑道:"就这点儿胆子还敢谋反,哼哼……"

"哎呀，这话怎么说的？"老马峰又吓了一跳，连忙小跑过来，攀住郭万超的手臂往屋里拉，"虽然没有旁人，也须当心隔墙有耳……"

一行人回到屋里，惊魂未定地各自落座，将破破烂烂的窗棂凑合掩上，又把门闩插牢。马峰拉着郭万超往胡床上坐，郭万超只是大咧咧立在屋子中间，他不是不想坐，只是为了威风穿上的这前朝遗物两裆铠，一路上颠得他差点儿连两颗晃悠悠的外肾都磨破了。老马峰戴上璞头，抓一抓花白胡子，介绍道："范都指挥使诸位在朝堂上都见过了，此次若成事，必须有他的助力，所以以密信请他前来……"

一位极瘦极高的黄袍文士开口道："都指挥使脸上的黑镜子是什么来头？是瞧不起我们，想要自塞双目吗？"

"啊哈，就等你们问！"郭万超不以为忤地摘下黑镜，"这可是东城别院的新玩意儿，称作'雷朋'，戴上后依然可以视物，却不觉太阳耀目。是个好玩意儿！"

"'雷朋'二字何解？"黄袍人追问道。

郭万超抖抖袖子，又取出一件乌木杆子、黄铜嘴的小摆设，得意扬扬道："因为这个玩意儿能发出精光耀人双眼，在夜里可照百步，东城别院没有命名，我称之为'电友'，亦即电光之友。黑镜既然可以防光照，由'电友'而'雷朋'，两下合契，天然一对，哈哈哈！"

"奇技淫巧！"另一名白袍文士喝道，一边用袖子擦着脸上的血，方才跑得焦急，一跤跌破了额头，把白净无毛的秀才变成了个红脸大汉，"自从东城别院建立以来，大汉风气每况愈下，围城数月，人心惶惶，汝辈却还沉溺于这些、这些、这些……"

马峰连忙扯着文士的衣袖打圆场，"十三兄，十三兄，且息雷霆之怒，大人大量，先谈正事！"老头儿在屋里转悠一圈，拉起帘子把窗缝仔细遮好，咳嗽一声，从袖中取出三寸见方的竹帘纸向众人一展，只见纸上蝇头小楷洋洋洒洒数千言。

"咳咳……"清了清嗓子，马峰低声念道，"（广运）六年六月，大汉暗弱，十二州烽烟四起，人丁不足四万户，百户农户不能赡一甲士，天旱河涝，田干井阗，仓廪空乏。然北贡契丹，南拒强宋，岁不敷出，民无粮，官无饷，道有饿殍，马无暮草，国贫民贱，河东苦甚！大汉苦甚！"

念到这里，一屋子文士同时叹了一声"苦"，又同时叫了一声"好"。唯独郭万超把眼一瞪，"酸了吧唧的念什么呐！把话说明白点儿！"

马峰掏出锦帕抹了把额头上的汗珠，"是的是的，这篇檄文就不再念了。都指挥使，宋军围城这么久，大汉早已是强弩之末，宋主赵光义是个狠毒性子的人，他诏书说'河东久讳王命，肆行不道，虐治万民。为天下计，为黎庶计，朕当自讨之，以谢天下'。君不见吴越王钱弘俶自献封疆于宋，被封为淮海国王；泉、漳之主陈洪进兵临城下后才献泉、漳两郡及所辖十四县，宋主诏封为区区武宁军节度使；如今晋阳围城已逾旬月，宋主暴跳如雷，此事已无法善终，将来一旦城破，非但大汉皇帝没得宋官可做，全城的百姓也必遭迁怒！覆巢之下岂有完卵！指挥使，莫使黎民涂炭，黎民涂炭啊！"

郭万超道："要说实在的，我们武官也一个半月没支饷了，小兵成天饿得嗷嗷叫。你们的意思是刘继元小皇帝的江山肯定坐不住,不如出去干脆投降宋军?是这个意思吗?"

此言一出,满座大哗,文士们愤怒地离席而起,破口大骂,把君君臣臣父父子子君使臣以礼臣事君以忠的话翻来覆去说了八十多遍,马峰吓得浑身哆嗦,"诸君,诸君!隔墙有耳,隔墙有耳啊……"待屋里安静了点,老头儿弓着背搓着手道:"都指挥使,我辈并非不忠不孝之人,只是君不君,臣不臣,皇帝遇事不明,只能僭越了!选择无非如下三种。第一,城破,被宋兵屠戮;第二,辽国大军来到,驱走宋兵,大汉彻底沦为契丹属地;第三,开城降宋,保全晋阳城八千六百户、一万两千军卒的性命,留存汉室血脉。该如何选,指挥使心中应该也有分数!宋国终归是汉人,辽国可是鞑靼契丹,奴辽不如降宋,就算背上千古骂名也不能沦为辽狗!"

听完这席话,郭万超倒是对老头儿另眼相看,"好。"他挑起大拇指,"宣徽使是条有气节的汉子,投降都投得这么义正词严。你说说看要怎么办,我好好听着。"

"好好。"马峰示意大家都坐下,"十年前宋主赵匡胤伐汉时,老夫曾与建雄军节度使刘继业 ① 联名上疏恳请我主投宋,但挨了顿鞭子被赶出朝堂。如今皇帝天天饮宴升平,不问朝中事,正是我们行事的好时机。我已密信联络宋军云州观察使郭进,只要都指挥使开大厦门、延厦门、沙河门,宋军自会在西龙门砦设台纳降。"

"刘继元小皇帝怎么办?"郭万超问。

"大势已去之后,自当出降。"马峰答道。

"倒罢了。但你们没想到最重要的问题吗?东城别院那一关

---

① 即《杨家将》中的杨业。

可怎么过?"郭万超环视在座诸人,"现在东西城城墙、九门六砦都有东城别院的人手,他们掌握着守城机关,只要东城那位王爷不降,即便开了城门,宋兵也进不来啊!"

这下屋里安静下来。白袍文士叹道:"东城别院吗? 若不是鲁王作怪,晋阳城只怕早就破了吧……"

马峰道:"我们商议派出一位说客,对鲁王动之以情,晓之以理。"

郭万超道:"若不成呢?"

马峰道:"那就派出一名刺客,一刀砍了便宜王爷的狗头。"

郭万超道:"你这老头儿说得倒是轻巧。东城别院戒备森严,无论说客还是刺客,哪儿有那么容易接近鲁王身边? 那里有那么多稀奇古怪的玩意儿,只怕离着八丈远刺客就糊里糊涂丢了性命吧!"

马峰道:"东城别院挨着大狱,王爷手底下人都是戴罪之身,只要将人安插下狱,不愁到不了鲁王身边。"

郭万超道:"有人选了吗? 说客一个,刺客一名。"他的目光往旁边诸人身上一扫,诸多文士立刻抬起脑袋,眼神飘忽不定,口中念念叨叨背起了儒家十三经。

郭万超一拍脑袋,"对了,倒是有个人选,是你们翰林院的编修,算是旧识,沙陀人,用的汉姓,学问一般,就是有把子力气。他平素就喜欢在网上发牢骚,是个胸无大志、满脑袋愤怒的糊涂蛋儿,给他点儿银钱,再给他一口利刀,大道理一讲,他自然乖乖替我们办事。"

马峰鼓掌道:"那是最好,那是最好。就是要演好入狱这场戏,不能让东城别院的人看出破绽来。罪名不能太重，进了天牢就出不来了；又不能太轻，起码得戴枷上铐才行。"

"哈哈哈，太简单了，这家伙每日上网搬弄是非，罪名是现成的。"郭万超用手一捏裤裆部位的铠甲，转身拔腿就走，"今天的事儿天知地知你知我知，我这就找管网络的去，人随后给你带来，咱们下回见面再谈。走了！"

穿着两裆铠的郭万超"丁零当啷"出门去，诸文士无不露出鄙夷之色。窗外响起火油马车震耳欲聋的轰轰声，马峰抹着汗叹道："要是能这么容易解决东城别院的事情就好了。诸君，这是掉脑袋的事情，须谨慎啊，谨慎！"

3

朱大鲧不知道捉走自己的兵差来自哪个衙门，不过宣徽使马峰说了，刑部大狱、太原府狱、晋阳县狱、建雄军狱都是一回事，谁让大汉国河东十二州赔得个盆光碗净，只剩下晋阳城这一座孤城呢……他被铁链子锁着穿过宣仁坊，青楼上了夹板的门缝后面露出许多滴溜溜乱转的眼睛，坊内的姐姐妹妹嫖客老鸨谁不认识这位穷酸书生？明明是个翰林院编修，偏偏住在这烟花柳巷之地，要说他是性情中人倒也罢了，最可恨的是他几年来一次也未光顾过姐妹们的生意，每次走过坊道都衣袖遮脸、加快脚步，口中还念叨着"惭愧惭愧"，真不知道是惭愧于文人的面子，还是裤裆里那见不得人的东西。

唯有朱大鲧知道,他惭愧的是袋里的孔方兄。宋兵一来,翰林院就停了月例。围城三月,只发了一斛三斗米、五陌润笔钱。说是足陌,数了数,每陌只有七十七枚夹铅钱,这点儿家当要是进暖香院春风一度,整月就得靠麸糠果腹了。再说他还得交网费,当初选择住在宣仁坊,不仅因为租金便宜,他更看重网络比较便利,屋后坊墙有网管值班的小屋,遇见状况只要蹬梯子喊一声就行。每月网费四十钱,打点网管也得花几个铜子儿,入不敷出是小问题,离了网络,他可一日也活不下去。

"磨蹭什么呢?快走快走!"赵大一拽锁链,朱大鲧踉跄几步,慌乱地用手遮着脸走过长街。转眼间出了宣仁坊大门,拐弯沿朱雀大街向东行,路上行人不多,战乱时节也没人关心铁链锁着的囚犯。朱大鲧一路遮遮掩掩,生怕遇见翰林院的同僚,幸好是吃饱了饭鼓腹高眠的时候,一个文士也没碰着。

"大、大人,"走了一程,朱大鲧忍不住小声问道,"在下到底是什么罪名啊?"

"啊?"赵大竖起眉毛,回头瞪他一眼,"造谣惑众、无中生有,你们在网络上鼓捣的那些事情,以为官府不知道吗?"

"只是议论时政,为国分忧,这也有罪吗?"朱大鲧道,"再说网络上说的话,官府何以知道?"

赵大冷笑道:"官家的事儿自有官家去管,你无籍无品的小小编修,可知议论时局、造谣中伤与哄堂塞署、逞凶殴官同罪?再说网络是东城别院搞出来的玩意儿,自然得加倍提防。你以为网管是疏通网络之职,其实你写下的每一个字都被他记录在案。白纸黑字,看你如何辩驳!"

朱大鯎吃了一惊，一时间不再说话。

"突突突突……"一架火油马车突烟冒火驶过街头，车厢上漆着"东城廿二"字样，一看就知是东城别院的维修车。"又快到攻城时间啦。"一名广阳兵说道，"这次还是有惊无险吧……"

"嘘，这是你该说的话吗？"同伴立刻截停了话头。

前面柳树荫下摆着摊，摊前围着一堆人，赵大跟手下的娃娃兵打趣道："刘十四，攒点儿银钱去洗一下，回来好讨婆娘。"

刘十四脸红道："莫说笑，莫说笑……"

朱大鯎知道那是东城别院洗黥面的摊子。汉主怕当兵的临阵脱逃，脸上要墨刺军队名，建雄军黥着"建雄"，寿阳军黥着"寿阳"，若像刘十四这样从小颠沛流离、身投多军的，从额头至下巴密密麻麻黥着"昭义武安武定永安河阳归德麟州"，除了眼珠子外，整张脸乌漆墨黑，要再投军，只好剃光头发往脑壳上文了。东城那位王爷想出洗黥面的点子后，立刻让军兵趋之若鹜，用蘸了碱液的细针密密麻麻刺一遍，结痂后揭掉，再用碱液涂抹一遍，缠上细布，再结痂长好便是白生生的新皮。正因为宋军围城人心惶惶，才要讨个婆娘及时行乐，鲁王爷算是抓准了大伙儿的心思。

几人走过一段路，在有仁坊坊铺套了一辆牛车，乘车继续东行。朱大鯎坐在麻包上颠来倒去，铁链磨得脖子发痛，他不禁有点儿后悔接了这个差事。他与马步军都指挥使郭万超算是旧识，祖上在高祖（后汉高祖刘知远）时同朝为官，如今虽然身份云泥，仍三不五时一起烫壶小酒聊聊前朝旧事。那天郭万超唤他过去，谁知道宣徽使马峰居然在座，这把朱大鯎吓得不轻。老马峰可不是平常人，生有一女是当朝天子的宠妃，皇帝常以"国丈"称之，不久之前刚退下宰相之位挂上宣徽使的虚衔,整座晋阳城除了拥兵自重的都指挥使和几位节度使,就属他位高权重。

"这不是谋逆吗?"酒过三巡,马峰将事由一说,朱大鲦立刻摔杯而起。

"司马温公说'尽心于人曰忠',《晏子》言'故忠臣也者,能纳善於君,不能与君陷於难',君子不立危墙之下,朱八兄须思量其中利害,为天下苍生……"老马峰扯着他的衣袖,胡须颤巍巍地说着大道理。

"坐下坐下,演给谁看啊。"郭万超啐出一口浓痰,"谁不知道你们一伙穷酸书生成天上网发议论,说皇帝这也不懂那也不会,大汉江山迟早要完,这会儿倒装起清高来啦? 一句话,宋狗一旦打破城墙,全城人全他妈的得完蛋,还不如早早投了宋人,换城里几万人活命,这账你还算不清吗?"

朱大鲦站在那儿,走也不是坐也不是,犹豫道:"但有鲁王在城墙上搞的那些器械,晋阳城固若金汤,听说前几天大辽发来的十万斛粟米刚从汾水运到,尽可以支持三五个月……"

郭万超道:"呸呸呸! 你以为鲁王是在帮咱们? 他是在害咱们! 宋狗现在占据中原,粮钱充足,围个三年五年也不成问题。三月白马岭一役,宋军大败契丹,南院大王耶律挞烈成了刀下鬼,吓得契丹人缩回雁门关不敢动弹,一旦宋人截断汾水、晋水,晋阳城就成了孤城一座,你倒说说这仗怎么打得赢? 再说那个东城王爷不知道从哪儿钻出来的,搞出那么多稀奇古怪的玩意儿,他是真心想帮我们守城? 我看未必!"

话音落了,一时间无人说话。桌上一盏火油灯毕剥作响,照得斗室四壁生辉。这灯自然也是鲁王的发明，灌一两二钱猛火油可以一直燃到天明，虽然烟味刺鼻，黑烟熏得天花板又黑又亮，可毕竟比菜油灯亮堂得多了。

"……要我怎么做？"朱大鲇慢慢坐下。

"先讲道理，后动刀子，古往今来不都是这么回事儿？"郭万超举杯道。

4

鲁王确实不知道是从哪里钻出来的。宋兵围城之前没人听过他的名号，河东十二州一丢，东城别院的名字开始在坊间流传。一夜之间，晋阳城多了无数新鲜玩意儿，最显眼的有三件：中城的大水轮和铸铁塔，城墙上的守城兵器，还有遍布全城的网络。

晋阳城分西、中、东三城，中城横跨汾水，大水轮就装在骑楼下方，随着水势日夜滚动。水轮这东西早被用来灌溉农田碾米磨面，谁也没想到还能有这么多功用，吱吱嘎嘎的木头齿轮带动了铸铁塔的风箱、城头的水龙与火龙、绞盘、滑车。铸铁塔有几个炉膛，风箱吹动猛火油煮沸铁水，铸出来的铁器又沉又硬，比此前不知方便了多少倍。

城墙上的变化更大，鲁王爷给城墙铺上两条木头轨道，用绳索拉着两头，扳下一个机簧，水轮的力量就扯着轨道上的滑车飞驰起来。从大厦门到沙河门，就算驾快马也需一炷香时间才能赶到；坐上滑车，只消半袋烟时间就能到达。第一次发车时，绑在上面的几个小兵吓得嗷嗷乱叫，坐多几次便觉有趣，食髓知味，成了滑车的管理员，整日赖在车上不肯下来。滑车共有五辆，三辆载人，两辆载炮，大炮与汉人惯用的发石机没什么不同，就是改用水轮拉紧牛皮筋，再不用五十名大汉肩拉绳索上弦；抛出的亦不再是石块，而是灌满猛火油的猪尿脬，尿脬里装一包油布裹着的火药，留一条引线出来，注满猛火油后将口扎紧，发射前将捻子点燃。

鲁王爷在墙头挂满泥榴。守城缺不了滚木榴石，但木头丢下一根少一根，石头扔下一块少一块，围城久了，只怕连房顶都得拆了往下扔。东城别院就搞了个阴损毒辣的发明，用黄泥巴掺上稻草铸成五尺长、两尺粗的大泥柱子，表面嵌满大铁蒺藜，给铁蒺藜泼上脏水，等它生出黑不黑、红不红的铁锈，因为鲁王爷说这样会让宋兵得一种叫"破伤风"的怪病。选上好黄泥用草席盖上焖一星期煨成熟泥，加上糯米浆、碎稻草和猪血反复捶打，这样铸成的泥榴每个重达两千六百斤，金灿灿，冷森森，泛着黄铜一样的油光，通体长满脏兮兮的生锈铁蒺藜，着实是件杀人利器。泥榴两端挂上铁锁链拴在城墙，宋军一来，数百个大泥柱子劈头盖脸砸下，把云梯、冲车、盾牌和兵卒一齐砸个粉碎。这边厢绞盘一转，水轮之力嘎吱嘎吱将铁链卷起，沾满了血的泥榴又晃晃悠悠升上城墙。

宋人在泥榴下吃了苦头，后来只让老弱病残和契丹降卒当作先锋，趁泥榴把弃卒砸扁时，发动井栏、云梯和发石机猛攻。这时，滑车上的猪尿脬炮就到了开火时机，一时间数百个红彤彤、骚哄哄、软塌塌的尿脬漫天飞舞，落在宋军中化作火球四下燃烧，灼得木头毕剥作响、兵卒吱哇乱叫，空气中立时弥漫着一股果木烤肉的芳香。最后就到了弓箭手出场，专拣宋军中有帽缨的家伙攒射，因为众所周知，只有将官头上才飘着鸟毛。不过羽箭数量稀少，必须省着点用，一人射个三五箭便归队休息，一场大战就此结束。城下一片烟熏火燎、鬼哭狼嚎，城上汉人遥遥指点战场计算着杀人的数量，每杀一个人，在自己手上画一个黑圈，凭黑圈数量找东城别院领赏钱。按照鲁王爷计算，近几个月死在城下的宋兵已达两百万之众，不过看那吹角连营依然无边无尽，大家就心照不宣，谁都不提统一口径的问题。

　　一座晋阳城守得固若金汤，怕大伙儿在城内闲得无聊，鲁王爷又发明了网络。他先搞出一种叫"活字"的东西（据他自己说是剽窃一位毕昇毕老爷的发明，不过谁也没听说过这位了不起的老爷），做一个阴文木雕版的《千字文》，然后用混合了糯米、稻草和猪血的黄泥巴压在雕版上面晒干，最后整个儿揭下来，切成烧肉大小的长方块，用泥櫺边角料制作的阳文活字就完成了。将一千个活字放在长方形的字箕里面，每个活字后面用机簧绷上一缕蚕丝，一千缕蚕丝束成手腕粗细的一捆，这个叫"网"。字箕放在屋子里，蚕丝从墙根穿出，到达网管的小屋，每捆蚕丝末端都截得整整齐齐，套上一张铁网，每一缕丝线末尾绑着个小钩，挂在铁网上面。网管小屋只有个天棚遮雨，四壁挤挤挨挨挂满网线，若两台字箕之间要说话，找到两条网线将铁网一拧，"咔嗒"一声，锁好一千个小钩，两捆蚕丝就连了起来，这个叫"络"。

　　网络一连好，就可以通过字箕对话了，这厢按下一个活字，小机簧将蚕丝拉紧，那厢对应位置的活字就陷了下去。虽然从"天地玄黄宇宙洪荒日月盈昃辰宿列张"密密麻麻一千个字里面选出要用的活字很费眼力,可熟手自然能打得飞快。有学究说汉字博大精深,千字文虽然是开蒙奇书一本,可要拿来畅谈宇宙人生,区区一千个字怎么够用? 鲁王爷却说这一千个字彼此并不重复,别说畅谈宇宙,古往今来的大多数好文章都能用这一千个字做出来,真真是够用得很啦。

《千字文》里实则有两个"洁"字重复,东城别院删掉了一个,换上一个有弯钩符号的活字。因为两人通过网络对谈的时候,又要打字,又要盯着字箕看对方发来的字句,分心二用太难,鲁王爷就规定说完一句话之后要按下这回车键,表示自己的话说完了,轮到对方说话。为什么叫"回车",王爷没解释。

起初网络只能两人对话,后来发明了一种复杂的黄铜钩架,能够将许多网线同时挂在一起,一个人按下活字,其他人的字箕都会收到信息。这时候又出现了新的问题,八名文士聊天,一个人说完话按下回车,其余七个人会同时抢着说话,这时字箕就会抽筋似的起起伏伏,好似北风吹皱晋阳湖的一池黑水。为了解决这个问题,东城别院发明了一种附加字箕,上面有十个空白活字,在用黄铜钩架组成网络的时候,大伙儿先将对方的雅称刻在空白活字上面。八名文士的小圈子,每个人的附加字箕都刻上八个人的称号,谁要发言,按下代表自己的活字,谁的活字先动,谁就有说话的权利,直到按下回车键为止。朱大鲶最喜欢把代表自己的"朱"字使劲儿按个不停,此举自然遭到了圈子内的严厉谴责,因为此举不仅干扰了其他人的发言权,更容易把网线搞断。鲁王爷一开始把这种制度叫作"三次握手",后来又改叫"抢麦",这几个字到底是啥意思，王爷也没解释。

蚕丝固然坚韧，免不了遭受风吹雨打、虫蛀鼠咬和朱大鲹此类混人的残害，断线的事情时有发生。有时候聊着天，倘若有人突然大骂"文理狗屁不通辱骂先贤有失文士的身份"，那说明有活字的蚕丝断了，本来写的是"子曰：尧舜其犹病诸"，结果变成了"子曰：尧舜病诸"，这不光骂了尧舜先帝，更连孔圣人都坑进去了。此时就要高声喊"网管！"，给网管些小钱让他检查网线，顺便到坊市捎两斤烙饼回来。网管会断开网线，找到断掉的蚕丝打一个结系紧，若不花点钱跟网管搞好关系，他会把绳结打得又大又囊肿，导致网络速度慢如老牛拉车；要是铜钱给足了，他就拿小梳子将蚕丝理得顺顺滑滑，系一个小小的双结，然后把两斤八两烙饼丢进窗口，喊一声"妥了！"——这就是朱大鲹荷包再窘迫也要花钱打点网管的原因。

东城别院的守城器械收买了军心，稀奇古怪的小发明收买了民心，网络则收买了文士之心。足不出户，坐而论道，这便利自三皇五帝以降，何朝何代曾经有过？宋兵围城人人自危，再不能出晋阳城攀悬瓮山观汾水赏花饮酒，关起门来文墨消遣反而更觉苦闷，若不是网络铺遍西城，这些穷极无聊的读书人还不反了天去？一国囿于一城，三省六部名存实亡，举月无俸禄，天子不早朝，青衫客们成了城中最清闲无用的一群，唯有在网络上作作酸诗吐吐苦水发发牢骚。有人喜爱上网，自然有人敬鬼神而远之；有人念鲁王爷的好，自然也有人背地里戳他脊梁骨。这位谁都没见过真容的王爷是坊间最好的话题。

朱大鲹做梦也没想到自己第一次与王爷扯上关系，居然是被马峰、郭万超派去游说投降之事。是战，是降，大道理他自己还没想明白，但既然文武二相都这么看重自己，他只能怀揣降表和利刃，硬着头皮上路了。

5

牛车吱吱嘎嘎向前，经过一所馆驿，这两进带园子的馆驿是鲁王爷初到晋阳城时修建的，漆成橙色，挂着蓝牌，上写两个大字"汉庭"。"汉庭"指的是"大汉的庭院"，这馆名固然古怪，但比起鲁王爷后来发明的新词来倒不算什么了。

鲁王爷搬到东城别院之后，馆驿围墙上凿出两扇窗来，一扇卖酒，一扇卖杂耍物件。酒叫"威士忌"，意指"威猛之士也须忌惮三分"，用辽国运来的粟米在馆驿后院浸泡蒸煮，酿出来的酒液透明如水、冷冽如冰，喝进嗓子里化为一道火线穿肠而过，比市酿的酒不知醇了多少倍。一升酒三百钱，这在私酿泛滥之时算得上高价，可好酒之徒自然有赚钱换酒的法子。

"军爷，射一轮吧！"

朱大鲧扭过头，看见城墙底下有十数个泼皮无赖，站在茅草车上冲城外齐声高喊。城墙上探出一个兵卒的脑袋，见怪不怪道："王大王二，又缺钱花了？这回须多分我些好酒上下打点，不然将军怪罪下来……"

"自然，自然！"泼皮们笑道，又齐声喊，"军爷，射一轮！军爷，射一轮！"

不多时，城外便传来宋军河南腔的喊声："言而有信啊！ 五百箭一斗酒，你们山西人可不能给我们缺斤短两啊！"

"自然！ 自然！"泼皮们一听四下散开，不知从哪里推出七八辆载满干草的车子摆在一处，捂着脑袋往城墙下一蹲，"军爷，射吧！"

只听得弓弦嘣嘣作响，羽箭唰唰破空，满天飞蝗越过墙头直坠下来，簌簌地射入草堆，眨眼间把七八辆茅草车钉成了大刺猬。朱大鲦远远看得新鲜，开口道："这草船借箭的法子也能行得通？"

赵大啐道："呸！ 这帮无赖买通了宋兵，说重了可是里通外国的罪名！ 围城太久，箭支匮乏，皇帝张榜收箭，一支羽箭换十文钱，这些无赖收了五百箭能换五千钱，买一斗七升酒，一斗吊出城外给宋兵，两升打点城上守军，剩下五升分了喝，喝醉了满街横睡，疲懒之辈！"他扭头瞪眼大喝一声，"咄！ 大胆！ 没看到我吗？"

众泼皮也不害怕，嘻嘻哈哈地行个礼，推着小车一溜烟钻进了小巷。朱大鲦就知道这赵大嘴上说得轻巧，肯定也收了泼皮的供奉。他没有点破，只长叹一声："围城越久，人心越乱，有时候想想，不如干脆任宋兵把城打破罢了，是不是？"

赵大嚷道："胡说什么?! 再说忤逆的话拿鞭子抽你！"朱大鲦始终摸不准此人是不是马峰派出的接应，也就不再多说。

日头毒辣，牛车在蔫柳树的树荫里慢慢前行，驶出了西城内城门，沿着官道进入中城，中城宽不过二十丈，分上下两层，下一层有大水轮、铸铁塔诸多热烘烘吵闹闹的机关，上一层走行人车马，路两旁是水文、织造、冶锻、卜筮的官房，路面尽用枣木铺成。晋阳中城是武后时并州长史崔神庆以"跨水连堞"之法修筑而成，距今已逾三百年,枣木地板时时用蜂蜡打磨,人行马踩,日子久了便成了凝血般的黑褐色,坚如铁石,声如铜钟,刀子砍上去只留下一条白痕,拆下来做盾牌可抵挡刀剑矢石,就算宋人的连环床弩都射不穿。围城日久,枣木地板被拆得七七八八,路面用黄土随意填平,走上去深一脚浅一脚,碰到土质酥松的地方能崴了牛蹄子。

赵大吩咐一声"下车",着一个小兵赶着牛车还给坊铺,自己牵囚犯步行走入中城。今年河东干旱,汾水浅涸,朱大鲦看一条浊流自北方蜿蜒而来,从城下十二连环拱桥潺潺流过,马不停蹄涌向南方,不禁赞道:"大辽、大汉、宋国,从北到南,一水牵起了三国,如此景致当前,吾当赋诗一首以资……"

话音未落,赵大狠狠一巴掌抽在他后脑勺,把蹼头巾子打得歪歪斜斜,也把朱大鲦的诗性抽得无影无踪。赵大抹着汗骂道:"你这穷酸,老子出这趟差,汗流了一箩筐,你还在那边叽叽歪歪惹人烦,前面就到县衙,闭嘴好好走路!"朱大鲦立刻乖乖噤声,心中暗想,等恢复自由之身后一定在网上将你这恶吏骂得狗血喷头,转念又一想,此行若是马到成功,说服了东城别院鲁王爷,大汉就不复存在,晋阳城尽归宋人,到时候还能有网络这回事情吗?一时之间他不禁有点儿迷茫。

一路无言,走穿中城进入东城。东城规模不大,走过太原县治所,在尘土纷飞的街上转了两个弯进了一座青砖灰瓦的院子,院子四面墙又高又陡,窗户都钉着铁栏杆。赵大与院中人打个招呼交接文书,广阳兵推搡着朱大鲦进了西厢房,解开锁链,喊道:"老爷开恩,让你独个儿住着,一日两餐有人分派,若要使用钱粮被褥可以托家里人送来,逃狱罪加一等,过两天提审,好好跟老爷交代罪行，听到没有？"

朱大鲶觉得背后一痛，跌跌撞撞摔进一个房间，小卒们哗楞楞挂上铁链，嘎嘣一声锁上门转身走了。朱文人爬起来揉着屁股四处打量，发现这屋里有榻、有席、有洗脸的铜盆和便溺的木桶，虽然光线暗淡，却比自己的破屋整齐干净得多。

他在席上坐了，摸摸袖袋，发现一应道具都完好无损：一本《论语》，舌战鲁王爷时要有圣贤书壮胆；一只空木盒，夹层里装着宣徽使马峰洋洋洒洒三千言的血书檄文，血是鸡血，说的是劝降的事儿，不过其义正词严的程度令朱大鲶五体投地；一柄精钢打造、六寸三分长的双刃匕首，匹夫之怒，血溅五步，一想到这最终的手段，朱大鲶体内的沙陀突厥血统就开始蠢蠢欲动。

6

醒来的时候，朱大鲶才知道自己不知何时睡着了。窗口斜进来一线夕阳，天色已晚。过道里有脚步声响起，朱大鲶慢腾腾爬起来，活动了一下身体，从栅栏缝隙里向外看去。

临行前，马峰说已在狱中安插了内应，会在合适的时机现身。此刻一名狱卒提着个油纸灯笼晃悠悠走来，右手拎着食盒，口中哼着小曲，走到这间牢房前停了下来，用灯笼把儿将栅栏一敲，"喂喂，吃饭。"说着，从食盒中捏出两张胡饼卷上酱菜，从栅栏缝隙里递进来。

朱大鲶接饼赔笑道："多谢，多谢。上差是不是有什么话要带给学生的？"

狱卒闻言，左右看看，放下食盒，从怀中摸出一张纸条来，低声道："喏，自己点灯看，别给外人瞧见。将军嘱咐过，尽人事，听天命，若依他的话，成与不成都有你的好处在里面。"言毕又提高音量，"瓮里有水自己掬来喝，便溺入桶，污血、脓疮、痰吐莫要弄脏被褥，听到没有？"

说罢，狱卒拎起食盒，提着灯笼晃悠悠走了。朱大鲧三口两口吞下胡饼，灌了几口凉水，背过身借着暗淡残阳看纸上的字迹。看完了，反倒有点儿摸不着头脑，本以为狱卒是都指挥使郭万超派来的，谁知纸上写的是另一回事情，上写着：

敬启者：

我大汉现在很危险，兵少粮少，全靠守城的机械撑着，最近听闻东城别院人心不稳，鲁王爷心思反复，要是他投降宋国，大汉就无可救药呼哉。看到我信，希望你能面见王爷把利害说清楚，让他万万不能屈膝投降。他在东城别院里不见外人，只能出此下策，要为了我大汉社稷着想，请一定好好劝王爷坚持下去，总有一天能打赢宋国噫！

杨重贵再拜

这段话文字不佳，字体不妙，一看就是没什么学问的粗人手笔，落款"杨重贵"听着陌生，朱大鲧想了半天才想起来那是建雄军节度使刘继业的本名，他本是麟州刺史杨信之子，被世祖刘崇收为养孙，改名刘继业，领军三十年，战无不胜攻无不克，号称"无敌"，如今是晋阳守城主将。落款用本名，显示出他与皇帝心存不和，这一点不算什么秘密。天会十三年（969年）闰五月，宋太祖决晋水与汾水灌晋阳城，街道尽被水淹，满城漂着死尸和垃圾，刘继业与宰相郭无为联名上书请降，被皇帝刘继元骂得狗血淋头，郭无为被缢杀于城头，刘继业从此不得重用。

当年主降，如今主战，朱大鲧大概能猜出其中缘由。无敌将军虽然战功彪炳、杀人无数，却耳根子软、眼眶子浅，是条看到老百姓受苦自己就跟着掉眼泪的多情汉子。当年满城百姓饿得嗷嗷叫，每天游泳出门剥柳树皮吃，晚上睡觉一翻身就能从房顶掉进一人多深的臭水里淹死，刘继业看得心疼，恨不得开门把宋兵放进来拉倒；如今粮草充足，全城人吃饱之外还能拿点儿余粮换点儿威士忌喝，买点小玩意儿玩，到青楼去消费一番，物质和精神都挺满足，刘继业自然心气壮了起来，只愿宋兵围城一百年，把宋国皇帝拖到老死才算报当年一箭之仇。东城别院盘踞在东城不见外客，除了因犯之外谁也接触不到这位鲁王爷，刘将军写了封大白话的请愿书留在监狱里，看来是想通过某位忧国忧民的罪犯在鲁王爷耳畔吹吹风。

"哦……"朱大鲧恍然大悟，把纸条撕碎了丢进马桶，尿了泡尿毁灭行迹。送饭的狱卒并非自己等待的人，而是刘继业安排的眼线，这事儿真是阴差阳错、奇之怪也。

窗外很快黑了，屋里没有灯，朱大鲧独个儿坐着觉得无聊，吃饱了没事干，往常正是上网聊天的好时间。他手痒痒地活动着指头，暗暗背诵着《千字文》——若对这篇奇文不够熟悉，就不能迅速找到字箕中的活字，这算是当代文士的必修课了。

　　这时脚步声又响起，一盏灯火由远而近，朱大鲦赶紧凑到栏杆前等着。

　　一名举着火把的狱卒停在他面前，冷冷道："朱大鲦？犯了网络造谣罪被羁押的？"

　　翰林院编修立刻笑道："正是小弟我，不过这条罪名似乎没听说过啊……上差是不是有什么话要带给学生的？"

　　"哼。跪下！"狱卒突然正色道，左右打量一下，从怀中掏出一样明晃晃、金灿灿的东西迎风一展。朱大鲦大惊失色，扑通跪倒，他只是个不入编制的小小编修，但曾在昭文馆大学士薛君阁府邸的香案上见过此样物事，当下吓得他浑身瑟瑟乱抖，额头触地不敢乱动，口中喃喃道："臣……罪民朱大鲦接……接旨！"

　　狱卒翘起下巴一字一句念道：

　　奉天承运皇帝，诏曰：

　　　　朕知道你有点儿见解，经常在网上议论国家大事，口齿伶俐，很会蛊惑人心，这回你被人告发受了不白之冤，朕绝对不会冤枉你的，但你要帮朕做件事情。东城别院朕不方便去，晋阳宫的鲁王爷不愿意来，满朝上下没有一个信得过的人，只能指望你了。你我是沙陀同宗，乙毗咄陆可汗之后，朕信你，你也须信我。你替我问问鲁王，朕以后该怎么办？他曾说要给朕做一架飞艇，载朕通家一百零六口另加沙陀旧部四百人出城逃生，可以逆汾水而上攀太行山越雁门关直达大辽，这飞艇唤作"齐柏林"，意为飞得与柏树林一样高。不过鲁王总推说防务繁忙无暇制造飞艇，拖了两个月没造出来。

宋兵势猛，朕心甚慌，爱卿你替我劝说鲁王造出飞艇，定然有你一个座位，等山西刘氏东山再起时，给你个宰相当当。君无戏言。

钦此。

"领，领旨……"朱大鯀双手举过头顶，感觉沉甸甸一卷东西放进手心。狱卒从鼻孔哼道："自己看着办吧。要说皇帝……"话没说完，他便摇摇头，打着火把走开了。

朱大鯀浑身冷汗站起来，把一卷黄绸子恭恭敬敬揣进衣袖，头昏脑涨地想着这道圣旨说的事情。郭万超、马峰要降，刘继业要战，皇帝要溜，每个人说的话似乎都有道理，可仔细想想又都不那么有道理。听谁的，不听谁的？他心中一团乱麻，越想越头疼，迷迷糊糊不知过了多久，又有脚步声传来，这回他可没精神了，慢慢踱到栏杆前候着。

来的是个举着猛火油灯的狱卒，拿灯照一照四周，说："今天牢里只有你一名囚犯，得等到换班才有机会进来。"

朱大鯀没精打采道："……上差是不是有什么话要带给学生的？"这话他今天都问了三遍了。

狱卒低声道："将军和马老让我通知你，明天巳时一刻，东城别院会派人来接你，鲁王爷又在鼓捣新东西，正需要人手，你只要说精通金丹之道，自然能接近鲁王身边。"

朱大鯀惊讶道："丹鼎之术？我一介书生如何晓得？"

狱卒皱眉道："谁让你晓得了？能见到王爷不就行了？！难道还真的要你去炼丹吗？把胡粉、黄丹、朱砂、金液，《抱朴子》《参同契》《列仙传》的名字胡诌些个便了，大家都是不懂，没人能揭你的短去。记住了就早早睡，明天就看你了，好好劝说！"话毕他转身就走，走出两步，又停下来问，"刀带了没？"

7

　　不知不觉天色亮了。有喊杀声遥遥传来，宋兵又在攻城，晋阳城居民对此早已司空见惯，谁也没当回事情。有狱卒送了早饭来，朱大鯀端着粟米粥仔细打量此人，发现昨夜只记住了灯笼、火把和油灯，根本没记住狱卒的长相，也不知这位究竟是哪一派的人手。

　　喝完粥枯坐了一会儿，外面人声嗡嗡响起，一大帮身穿东城别院号服的大汉拥进院子。狱卒将朱大鯀捉出牢房，带到小院当中，有个满脸黄胡子的人迎上前来，"这位老兄，我是鲁王爷的手下。王爷开恩，狱中囚犯只要愿进别院帮工就能免除刑罚，你头上悬着的左右不是什么大罪名，在这儿签字画押，就能两清。"说罢，这人掏出纸和笔来，笔是蘸墨汁的鹅毛笔——在鲁王爷发明这玩意儿以前，谁能想到揪下鸟毛来用烧碱泡过削尖了就能写字？

　　朱大鯀迷迷糊糊想要签字，黄胡子把笔一收，"但如今王爷要的是会炼丹的能人异士，你先告诉我会不会丹鼎之术？实话实说，看老兄你一副文绉绉的样子，可别胡吹大气下不来台啊……"

　　"在下自幼随家父修习《参同契》，精通大易、黄老、炉火之道，乾坤为鼎，坎离为药，阴阳纳甲、火候进退自有分寸，生平炼制金丹一壶零二十粒，日日服食，虽不能白日升仙，但渐觉身体轻捷、百病不生，有将欲养性、延命却期之功。"朱大鲩立刻诌出一套说辞，为表示金丹神效，腰杆用力，"啪啪"翻了两个空心筋斗，抄起院里的八十斤石鼓，左手换右手右手换左手，在头顶耍两个花，扑通一声丢在地上，把手一拍，气不长出，面不更色。

黄胡须看得眼睛发直，一群大汉不由得啪啪拍起手来。身后狱卒偷偷竖起一根大拇哥，朱大鲩就知道这位是马峰派来的内应。"好，好，今天真是捡到宝了。"黄胡子笑着打开腰间小竹筒，将鹅毛笔蘸满墨汁递过来，"签个名，你就是东城别院的人了，咱们这就进府见王爷去。"

朱大鲩依言签字画押。黄胡须令狱卒解开他脚上镣铐，冲狱中官吏走卒做个罗圈揖，带着众大汉离开小院。

一行人簇拥着朱大鲩走出半炷香时间，转弯到了一处大宅，这宅子占地极阔，楼宇众多，门口守着几个蓝衫的兵卒，看见黄胡须来了便笑，"又找到好货色了？最近街坊太平，好久都没有新人入府了。"

黄胡子应道："可不是？为了找个会炼丹的帮手，王爷急得抓心挠肝，这回算是好了。"

朱大鲩好奇地打量着这座府邸，看门楼上挂着块黑底金字的匾，匾上龙飞凤舞地写着个"宅"字。他没看明白，揪住旁边一个大汉问道："仁兄，请问这就是鲁王的东城别院，对吧？为何匾额没有写完就挂了上去？"大汉嘟囔道："就是王爷住的地方。这个匾写的不是什么李宅孙宅王爷宅，而是鲁王爷的字号，他老人家平素以'宅'自夸，说普天下没人比他更宅。后来就写成了匾，挂了上去。"朱大鲧满头雾水道:"那么'宅'到底是什么意思?"大汉道:"谁知道啊!王爷说什么就是什么吧!"

别院门口聚着一群人,有皇家钦差、市井商贾,有想沾光的官宦、求申冤的草民,有拿着自个儿发明的东西等赏识的匠人,有买到新鲜玩意儿玩腻了之后想要退货的闲人,还有毛遂自荐的汉子和卖弄姿色的流莺。看门的蓝衫人拿着个簿儿挨个登记,该婉拒的婉拒,该上报的上报,该打出去的抄起棍子狠狠地打,拿不定主意的就先收了贿赂告之说等两天再来碰运气……秩序算是井井有条。

黄胡须领众大汉进了东城别院。院子里是另一番气象,影壁墙后面有个大水池,池子里有泉水喷出一丈多高,水花哗哗四溅,蔚为壮观。黄胡子介绍道:"这个喷水池平时是用中城的水轮机带动的,现在宋兵攻城,水轮机用来拉动滑车、透视机和铰轮,喷水池的机关就凭人力操作。别院中有几十名力工,除了卖力气之外什么都不会,跟你这样的技术型人才可没法比啦……"朱大鲧听不懂他说的新词儿,就顺着他手指方向一看,果然看见五名目光呆滞的壮汉在旁边一上一下踩着脚踏板,踏板带动转轮,转轮拉动水箱,水箱阀门一开一合,将清水喷上天空。

绕过喷泉,钻进一道月亮门来到第二进院子,两旁有十数间屋子,黄胡须道:"城中贩卖的电筒、黑眼镜、发条玩具、传声器、放大镜等物,都是在此处制造的,内部购买打五折,许多玩意儿是市面上罕有的,有空的话尽可以来逛逛。"

说话间又到了第三进院子,这里架着高高的天棚,摆满黑沉沉、油光光的火油马车零件,一台机器吭哧吭哧冒着白烟将车轮转得飞快，几个浑身上下油渍麻花的匠人议论着"气缸压力""点火提前角""蒸汽饱和度"之类的怪词，两名木匠正叮叮当当造车架子，院子角落里储着几十大桶猛火油，空气里有一种又香又臭的油料味道。这种猛火油原产琼州①，原本是守城时兜头盖脸浇下去烧人头发用的，到了鲁王手上才有了诸多功用。黄胡须说："晋阳城中跑的火油马车都是此处建造，赚得了别院大半银钱，最新型的马车就快上市贩卖了，起名叫作'保时捷'，保证时间、出门大捷，听起来就吉利！"

继续走，就到了第四进院子。这个地方更加奇怪，不住地有叽叽呀呀尖叫、噼里啪啦爆炸、酸甜苦辣怪味、五彩斑斓光线传来。黄胡须道："这里就是别院的研究所，王爷的主意天花乱坠，一转眼就蹦出几十个，能工巧匠们就按照王爷的点子想方设法把它实现。最好别在这儿久留，没准儿会出点什么意外呐。"

一路走来，众大汉逐渐散去，走到第五进院子的只有黄胡须与朱大鲧两人了。院门口有蓝衣人守卫，黄胡须掏出一个令牌晃了晃，对了一句口令，又在纸上写下几个密码，才被允许走进院中。听说朱大鲧是新来的炼丹人，蓝衣人把他全身上下摸了个遍，幸好他早把圣旨藏在牢房的天棚里，而匕首则藏在发髻之中。朱大鲧是个大脑袋，戴着个青丝缎的跐脚幞头，蓝衣人揪下幞头来瞧了一眼，看见他头上鼓鼓囊囊一包黄不溜丢的头发，就没仔细检查。倒是从他袖袋中搜出的《论语》引起了怀疑，蓝衣人上下打量他几眼，哗哗翻书，"炼丹就炼丹，带这书有什么用？"

这本《论语》可不是用鲁王发明的泥活字印刷的坊印本，而

---

① 指海南。

是周世宗柴荣在开封印制的官刻本,辗转流传到朱大鲧手里,平素宝贝得心尖肉一般。朱大鲧肉痛地接过皱皱巴巴的书,钻进院子,只听黄胡须道:"这一排北房是王爷的起居之所,他不喜别人打扰,我就不进去了。你进屋面见王爷,不用怕,王爷是个性子和善的人,不会难为你的……对了,还不知老兄怎么称呼?方才签字时没有细看。"

朱大鲧忙道:"姓朱,排行第一,为纪念崇伯起名为鲧。表字'伯介'。"

黄胡须道:"伯介兄,我是王爷跟前使唤人,从王爷刚到晋阳城的时候就服侍左右,王爷赐名曰'星期五'。"

朱大鲧拱手道:"期五兄,多谢了。"

黄胡须还礼道:"哪里哪里……"说完转身出了小院。

朱大鲧整理一下衣衫,咳嗽两声,搓了搓脸,咽了口唾沫,挑帘进屋。屋子很大,窗户俱都用黑纸糊上,点着四五盏火油灯。两个硕大的条案摆在屋子正中,上面满是瓶瓶罐罐,一个人站在案前,埋着头不知在摆弄什么。朱大鲧手心都是汗,心发慌,腿发软,踌躇半响,鼓起勇气咳嗽一声,跪拜道:"王爷!晚生……在下……罪民乃是……"

那人转过身来,朱大鲧埋着头不敢看王爷的脸。只听鲁王道:"可算来了!赶紧过来帮忙,折腾了好几天都没点儿进展,想找个懂点初中化学的人就这么难吗?你叫什么名字?跪着干什么,赶紧站起来!过来过来。"王爷一连串招呼,朱大鲧连忙起身,垂首走过去,觉得这位王爷千岁语声轻快态度和蔼,是个容易亲近的人,唯独说话的音调奇怪非常,脑中转了三匝才大概听出其中意思,也不知是哪里的方言。"小人朱大鲧,是个犯罪之人。"他迈着步子拘谨地走到屋子中间,脚下叮叮当当不知踢倒了多少瓶罐,不是他眼神不好使,是屋里塞满什物实在没有下足的地方。

"哦,小朱。你叫我老王就行。"王爷踮起脚尖拍了拍他的肩膀道,"个子真大,有一米九吗? 听说你是翰林院的啊,真看不出来还是个搞学问的人。吃饭了没? 没吃我叫个外卖咱们垫吧垫吧,要是吃过了就直奔正题吧,今儿个的试验还没出结果呢……"

这话说得朱大鲧一阵迷糊。他偷偷抬眼一看,发现这王爷根本不像个王爷,个头不高,白面无须,穿着件对襟的白棉布褂子,头发短短的像个头陀,看年纪二十岁上下,就算笑着说话眉间也有愁容。"王爷所说,小人听不太懂……"不知这奇怪王爷到底是什么来路,朱大鲧惶恐鞠躬道。

王爷笑道:"你们觉得我说话难懂,我觉得你们才是满嘴鸟语,刚来的时候一个字儿都听不明白,你们说的官话像广东话、客家话,就是不像山西话、陕西话,我又不是古代文学专业的,还以为古代北方言都差不多呢! "

这些话朱大鲧倒是每个字都能听懂,其中意思却天女散花、维摩不染,一丝一毫没传进耳中。他满脸流汗道:"小人学识粗浅,王爷所说的话……"

鲁王将手一挥:"听不明白就对了,也不用你听明白。过来扶住这个烧瓶。对了,戴上口罩,你是学过炼丹术的人,不会不知道化学实验中有毒气体的危害吧? "

朱大鲧呆在当场。

8

桌上的水晶瓶里装着朱大鮯一辈子没见过、没闻过的奇怪液体,有的红,有的绿,有的辛辣扑鼻,有的恶臭难当。王爷给他戴上口罩,指使他扶住一只阔口的小瓮,"拿这根棍子慢慢搅拌,速度千万别快了,听见没?"

这话朱大鮯听得懂。他战战兢兢地搅着瓮里的黑绿色汤汁,这东西闻起来有股海腥味,热乎乎的如一瓯野菜羹。鲁王介绍道:"这可是溶在酒精里的干海带灰。你们古代人管海带叫'昆布',这可是从御医那儿要来的高丽昆布,《汤头歌》说'昆布散瘿破瘤',意思说这玩意儿能治粗脖子病……哦,对了,《汤头歌》是清朝的,我又搞混了。"说着话,他取出另一只小罐,小心地除去泥封,罐里装满气味刺鼻的淡黄色汁液,"这是硫酸。你们炼丹的管这个叫'绿矾',对不对?也有叫锪水的。《黄帝九鼎神丹经诀》说,'煅烧石胆获白雾,溶水即得浓锪水。使白头人变黑头人,冒滚滚呛人白雾,顿时身入仙境,十八年后返老还童。'你应该对这个不陌生。"

朱大鮯不懂装懂连连点头,"王爷所言正是。"

王爷道:"叫老王就行,王爷什么的,听着牙碜。我开始了啊,慢慢搅和,可别停。"他在桌案上斜斜支起三扇白纸屏风,戴上口罩,将罐中绿矾水缓缓倾入小瓮之中。朱大鮯只觉一股又酸又臭的气味直冲鼻腔,隔着棉布熏得脑仁生疼,眼中不禁流下泪来。这时,只见小瓮中徐徐升起一朵紫色祥云,飘飘悠悠舒卷开来,朱大鲦吓得浑身一凉，却听王爷笑道："哈哈哈，终于成了！只要这土法制碘的试验能够成功，我的大计划就算成了一多半！继续搅，别停啊，等整罐都反应完成了再说。我得算算一斤干海带能做出多少纯碘来。想不想听听我是怎么造出硫酸和硝酸的？这可是基础工业的万里长征第一步啊。"

"想听，想听。"朱大鲦只知道顺嘴答应。

王爷显得兴致很高，"我念中学时化学学得不赖，大学专业是机械制造，总算有点儿底子在，才能搞到今天这副局面。刚开始想按炼丹术用石胆炼硫酸，谁知全城也凑不出两斤来，根本不够用的；后来偶尔看到炼铁的地方堆着几千斤黄铁矿石，这不是捡到宝了吗？烧黄铁矿能得到二氧化硫，溶于水得到亚硫酸，静置一段时间就成了硫酸，最后用瓦罐浓缩，当年陕北根据地军工厂就是这样土法制硫酸的。硫酸解决了，制硝酸就没什么难度了。最大的问题是硝石的数量太少，还要拿来制造黑火药，害得我发动整个别院的人去刮墙根底下的尿碱回来提炼硝酸钾，搞得整个院子臊气哄哄、臭不可闻，幸好城里人素有贴墙根随地乱尿的习惯，若非如此，晋阳城的工业基础还打不牢靠哩。"

朱大鲦脸红道："有时尿来势不可挡，无论男女脱裤就尿，也是人之常情。乡人粗鄙，让王爷见笑了。"

说话间，两罐已并作一罐，紫云消失不见，王爷将白纸屏风平铺在桌上，拿小竹片在上面一刮，刮下一层紫黑色粉末来。"海带中的碘在酸性条件下容易被空气氧化，这样就制造出碘单质来了。很好，等我布置下去让他们照方抓药批量生产，再进行下一个试验。"说罢，他转身穿过大屋，坐在屋角的字箕前噼里啪啦敲打起来。朱大鲧走过去瞧着，发现这位奇怪王爷打起字来快如闪电，眼睛都不用瞅着活字，盲打的功力着实了得，他不禁开口道："王爷这台字箕似乎型号不同啊。"

"叫老王，叫老王。"鲁王道，"原理一样，不过每个终端用了两套活字系统，下面一套用来输入，上面一套用来输出。瞧着。"他按下回车键结束会话，站起来抓住一个曲柄摇动起来，曲柄带动滚筒，滚筒卷着一尺五寸宽的宣纸，宣纸匀速滚过字箕，字箕中刷过墨汁的活字突然起起伏伏动了起来，将字迹嗒嗒印在宣纸上。朱大鲧弯腰拈起宣纸，读道："'试验结果记录无误，已着化学分部督办。——回车'……这样清楚方便多了，白纸黑字，看起来就是舒服！何时能在两市发售，我辈定当鼎力支持！"

王爷笑道："这只是个半成品，2.1版本会按照打印机原理将输出文本印在同一行上，不会像现在这样东一个字西一个字看得费劲。你也喜欢上网？到了这个时代我最不习惯的就是没有网络，所以费尽心机搞了这么一套东西出来，总算找回一点宅男的感觉啦。"

"王爷千岁……老王。"朱大鲧偷偷抬眼瞧着王爷的脸色，改口道，"小人斗胆问一句：您原籍何处？是中原人士吗？毕竟风骨不同呢……"

鲁王闻言叹息道："应该问是哪个朝代的人吧？我所在的年代，距离现在一千零六十一年三个月又十四天。"

朱大鲧不确定他是在开玩笑还是说疯话，扳着指头一算，赔笑道："这么说来，您竟是(汉)世宗孝武皇帝时候得道、一直活到现在的仙人！"

王爷悠悠道："不是一千年以前，是一千年以后——还隔着九千亿零四十二个宇宙。"

9

王爷的疯话朱大鲹听不懂，他也没心思弄懂，因为下一个试验开始了。鲁王将一块镀银铜板放进一只雕花木箱，把刚才制得的一小盅纯碘搁在铜板旁，盖好箱盖，在旁边点起一只小泥炉来稍稍加热。不多时，氤氲紫气从箱子缝里四溢出来。"好家伙，这就炼出仙丹来了！"朱大鲹如此思忖道，依王爷吩咐小心摇着扇子，大气都不敢出一口。

等了一会儿，鲁王挪开小火炉，揭开箱盖，用软布垫着小心翼翼将铜板拎出来，只见那亮铮铮的银面上覆盖了一层黄不溜丢的东西。朱大鲹偷偷探头向箱中望了一眼，没发现什么灵丹妙药，可王爷满脸喜色，手舞足蹈道："真成了，真成了！你瞧，这层黄澄澄的东西叫作碘化银，用小刀刮下来装瓶放暗处保存就可以了。我还会变一个把戏：把这块铜板摆在暗处曝光十几分钟，然后用水银蒸汽显影，再用盐水定影，洗净晾干之后，铜板上就会有一幅这屋子的画像了，保证分毫不差！这是达盖尔银版摄影法，利用的是碘化银易被光线分解的特性，不过我们得搜集碘化银备用，下次再变给你看吧！"

朱大鲹疑惑道："没有画师，何来画像？另外，这黄粉粉有什么奥妙之处？喝下去能身轻体健、白日飞升吗？"

王爷笑道："可没那么神。碘化银在我们那个年代主要就两个用途：一个是感光剂，刚才说过了；另一个嘛，等用到的时候你自然能知道。"他边说话边动手，将铜板上的粉末刮进一只小瓷瓶仔细收好，摘下口罩，伸了个懒腰，"行了，上午的活儿干完了，我把碘化银的制备方法传出去之后就可以歇一会儿了。没吃饭呢吧？等会儿一起吃。你长得人高马大，手还挺巧，不愧是炼过丹的人。有些问题要问你，可别走远了，我去去就来。"

鲁王坐到字箕前开始噼里啪啦打字，不时摇动滚筒吐出长长的宣纸，捧着纸页边看边点头。朱大鲧在屋里缩手缩脚，什么都不敢碰，生怕搞坏什么东西，触犯了什么神通。这会儿他终于想起此行的目的，伸手在袖袋里一摸那本《论语》，深深吸一口气，低头道："王爷，小人有一事不明，想要请教。"

"说吧，听着呢。"字箕前的人忙着咯吱咯吱卷宣纸桶，没顾上回头。

朱大鲧问道："王爷是汉人还是胡人？"

"别矫情，叫老王。"对方答道，"我是汉族人，北京西城长大的。小时候经常上牛街、教子胡同玩儿去，最爱吃那些街头'穷人乐'，没辙。"

朱大鲧已经习惯无视王爷的疯话，"王爷是汉人，为何偏居晋阳不思南国呢？"

王爷答道："说了你也不明白，我是汉人，但不是你们这个年代的汉人。我知道五代十国梁唐晋汉周都是胡夷戎狄建立的国家，你多半也是胡人，可我的计划一实现就能回到出发点，到时候你们这个宇宙的这个时间节点与我之间就连屁大点儿的关系都没有了，知道吗？"

朱大鲧走近一步，"王爷，宋军围城一事何解？"

王爷回答："解不了，一没兵二没粮，又不能批量生产火枪。燧发枪虽然容易造，可生产黑火药用到的硫黄根本不够，全城搜刮来那么一点儿，只够大炮隔三岔五打几发吓唬人用。话说回来，想灭了宋朝人是没戏，撑下去倒是不难，只要赵光义一天没发现辽国送粟米过来的水下通道，晋阳城就能多撑一天。一个空桶绑一个满桶，从汾河河底成排滚过来，这招你们古代人肯定想不到。"

朱大鲧提高音量，"可百姓疾苦不得温饱，守军伤疲日夜号啕，晋阳城多守一日，几万居民就多苦一天啊，王爷！"

"咦，问得好。"鲁王从凳子上转过身来，"每个来我别院打工的人都是欢天喜地，不光能免了刑罚，还能挣到铜子儿，唯独你说话与别人不同。来聊聊吧，这几个月真没跟正常人说过话。我掉到这个地方来已经——"他从怀里摸出一张纸瞧瞧，在上面打了个叉，"——已经三个月零七天半了。距离观测平台自动返回还剩下二十三天半，时间紧迫，不过从进度来说应该能赶上。"

朱大鲧只听懂了对方话里淡淡的乡愁，立刻朗声道："子曰：父母在，不远游，游必有方。父在，观其志；父没，观其行；三年改于父之道，可谓孝矣。王爷离家日久，必当思念父母，狐死首丘，乌鸦反哺，羊羔跪乳，马不欺母……"

王爷叹口气，"好吧，咱俩还不是一个频道的。你先闭嘴听我说，行吗？"

朱编修立刻闭起嘴巴。

王爷悠悠道："你肯定不知道什么叫平行宇宙理论，也不明白量子力学,简单说两句吧。我叫王鲁,是一个普普通通的宅男、穿越小说业余作者和时空旅行从业人员。在我们那个时代,由于多重宇宙理论的完善,人人都可以花点儿小钱从中介那里租借一个观测平台进行时空旅行。此前,人们认为彼此重叠的平行宇宙数量在 10^{500} 个左右,不过随后更精确的计算结果指出,由于平行宇宙选择分支结果的叠加,同一时间存在的宇宙数量只有区区三十万兆个左右,这些宇宙在无数量子选择中不断创生、分裂、合并、消亡,而就算彼此之间差异最大的两个平行宇宙也具有惊人的物理相似性,只是在时间轴上的距离越来越远。这挺无聊,因为人类深空探测的脚步一直停滞不前,对宇宙全景的了解仍然非常浅薄,人类的触角能到达的最远之处也只是近在咫尺的半人马座。这也挺有趣,因为波函数发动机的发明使我们能随随便便跨越平行宇宙。从拓扑结构来说,去往越相似的宇宙,所需的能源就越少,目前最先进的观测平台可以把旅行者送到三百兆个宇宙之外的宇宙,而我们这种业余人士租用的设备最多能在四十兆的范围内徘徊。"

朱大鲧连连点头,偷偷摸着袖袋里的东西,心里盘算着等王爷的疯话说完了,是该掏出匕首动之以情,还是拿出《论语》晓之以理。现在屋里没有别人,是动手的大好时机,这个高大的沙陀人不是不想立即发动,只是自己心里还有点儿迷惑,没想好到底该按哪位大人物的指示来行动。

拿起茶杯喝了口茶,王爷接着说:"我接了个活儿,是北大历史系对五代十国晚期燕云十六州人口数量统计的研究课题,你们这样的平行宇宙处于时间轴的前端,是历史研究的最好观测场所。别以为持有时空旅行许可证的人很多，这是要经过系统的量子理论、计算机操作、路面驾驶和紧急状况演习等等培训与考试后才能上岗的，若要接团体游客的话，还得去考《时空旅行导游许可证》咧。由于平行宇宙的物理相似性，我在北京宣武门启动观测平台穿越九千亿零四十二个宇宙后来到这里，计算一下公转自转因素，应该准确地出现在幽州地界。谁知道这个观测平台超期服役太久了，波函数发动机居然在旅行途中水箱开锅了，我往里头加了八瓶矿泉水和足足一箱红牛，才勉强撑到目的地。刚到达这个宇宙，发动机就顶杆爆缸彻底歇菜，坠毁在山西汾河岸边的一个山沟沟里，我携带的行李、装备和副油箱全部完蛋。我花了十天时间好不容易修好发动机，却发现能源全都漏光了，凭油路里那点儿残油顶多能蹦出两三个宇宙去，那顶什么用啊?! 最多差了几个时辰的光景。"

这时候外面喊杀声逐渐增强，看来宋军开始攻击东城城门了。王爷回头瞧了一眼字簸上唰唰打出的宣纸报告，啪啪敲打了几个字，笑道："没事儿，例行公事罢了，我调两台尿脬炮过去就行……刚才说到哪儿了？哦，对，波函数发动机勉强能启动，转速一提高就烧机油冒蓝烟跟拖拉机似的，关键是没油啊。人口统计的活儿是别想了，这趟私活儿没在民政部多重宇宙管理局备案，不敢报警，逮住就是三到五年有期徒刑啊！要回家的话得想办法弄到能源才行，我实在没辙了，就把东西藏在山沟沟里，溜溜达达到了晋阳城。"

"王爷，您说没有油，城里有猛火油啊？"朱大鲦忍不住插嘴道，"街上马车尽是烧猛火油的。"

老王叹道:"烧的要是油还发什么愁啊。这么说吧,油箱里装的不是实实在在的油,而是势能——平行宇宙间的弹性势能。想要把油箱充满,就得制造出宇宙的分裂,当一个宇宙因为某种选择而分裂出一个崭新的宇宙时,我就可以搜集这些逃逸掉的势能作为回家的动力了。这势能不是熵值那种虚无缥缈的东西,应该好比一根竹竿折断变成两根,'啪'的一声弹开的那种力道吧?我是不太懂啦,总之必须制造出足够大的事件,使得宇宙产生分裂才行。要怎么做到这一点呢?比如从历史上来说,今年三月十四号有个人从晋阳城头一脚踏空跌死在汾河里,这事情有二十位目击者看到,被记载在某本野史当中,倘若三月十四号这天我揪住此人的脖领子救了他一命,一个改变产生了,可它不够大,因为在所有已发生的十万兆宇宙当中,有一千亿个宇宙里他同样得救了,在这个时刻,其中一个宇宙的所有常数特征变得与我们现在存身的宇宙完全相同,所以两个宇宙合并了——当然,身处其中的你我什么都感觉不出来,但势能是消减了的,还得从我的油箱中倒扣燃料哪……要使宇宙分裂,必须做出足够大的改变,大到在全部已发生的十万兆宇宙中没有任何一个先例。我用坏掉的波函数计算机勉强算出了一个可能性——一个在没有任何现代设备的帮助下能做到的可能性。"

朱大鲩没吭声,老老实实听着。

王爷突然拉开抽屉,拿出个册子来,念道:"公元 882 年 6 月季夏,尚让率军出长安攻凤翔,至宜君寨突然天降大雪,三天之内雪厚盈尺,冻死冻伤数千人,齐军于是败归长安。这事儿你知道吗?"

"黄巢之乱!"朱大鲩终于能搭上话了,"尚让是大齐太尉,中和二年六月飞雪之事在坊间多有流传,史书亦载。"

"就是这样。"老王道,"我虽是个现代人,可一没带什么死光枪、核炸弹之类的科幻武器,二没有'企业号'和超时空要塞在背后支援,我能做到的只有利用高中、大学学到的一丁点儿知识来尽量改变这个时代。宋灭北汉是史实,在绝大多数宇宙的史书中都记载着五月初四宋军攻破晋阳城,汉主刘继元出降,五月十八日宋太宗将全城百姓逐出城外,一把火将晋阳城烧成了白地。而现在,我已经将这个日期向后拖延了一个多月,宋军不可能无限期地等下去。明眼人都看得出,凭这个时代的原始攻城器械根本打不破我亲自加固过的城防。一旦宋军退走,历史将被完全改写,宇宙将毫无疑问地产生分裂!"说到这里,他把玩着装有碘化银的小瓷瓶开怀大笑道,"更别提我现在发明的东西了,这个小玩意儿将立刻改变历史,装满我观测平台的油箱!古代人最迷信天兆,夏天下一场鹅毛大雪,还有比这更能改变历史的事件吗?"

朱大鲧呆呆道:"火烧……晋阳城?大雪?"

"多说无益,随我来!"王爷兴致勃勃地站起身来,牵着朱大鲧的袖子走到大屋西侧的墙边。他不知扳动了什么机关,机枢嘎嘎转动起来,整面墙壁突然向外倾倒,露出一个藏在重重飞檐之内的院落来。刺眼阳光蜇得朱大鲧睁不开眼睛,过了好一会儿他才看清院里的东西,这一看不要紧,朱大鲧吃了一惊,因为院里的诸多陈设都是前所未见、叫不出名字的天造之物。几十名东城别院劳工正热火朝天地干着活,看见王爷现身,他们纷纷跪倒行礼,鲁王笑吟吟地挥手道:"继续继续,不用管我。"

"这边在检查热气球。"王爷指着一群正缝制棉布的工人介绍道，"我答应给北汉皇帝造个飞艇让他逃到辽国去，飞艇一时半会儿搞不出来，先弄个气球应景吧。我来到晋阳城后，造了几个新奇小玩意儿收买了几个小官。见到刘继元小皇帝，我说能替他把晋阳城守得铁桶一样，他二话不说就给了我个便宜王爷当，这点儿恩情总是要还给他的。"

转了个方向，朱大鲧看见一群人正向黑铁铸造的大炮里填充黑火药。"这门炮是用来发射降雨弹的，由于黑火药作为发射药的威力不足，所以要用热气球把大炮吊到天上去，然后向斜上方发射。这些天来我一直在观测气象，别看现在天气很热，每到下午，从太行山脉飘来的云团可蕴含着丰富的冷气，只要在合适的时间提供足够的凝结核，就能凭空制造出一场大雪！"王爷笑道，"刚才我将配方传过去，另一处的化学工厂正在全力生产碘化银粉末，用不了多久就能制成降雨弹装填进大炮中去。热气球也已经试飞过一次，只等合适的气象条件就行啦！"

此时天气晴好，日光灼灼，远方的喊杀声逐渐平息，一只喜鹊站在屋檐喳喳乱叫。火油马车轰隆隆碾过石板路，空气中有血、油和胡饼的味道。朱大鲧站在王爷身旁，浑身不能动弹，脑中一片糊涂。

10

墙壁关闭，屋里又昏暗下来。两人吃了点儿东西。王爷一边上网指挥城防和作坊工作，一边问了些炼丹的问题，朱大鲧硬着头皮胡诌乱侃蒙骗了过去。

"啊，我得睡会儿，昨晚通宵苦干来着，实在熬不住了。"王爷面容困倦地伸了个懒腰，走向屋子一角的卧榻，"麻烦你看着点儿，万一有什么消息的话，叫醒我就行。"

"是，王爷。"朱大鯀恭敬地鞠个躬，看王爷裹着锦被躺下，没过一会儿就打起了鼾。他偷偷长出一口气，头昏脑涨地坐在那儿胡思乱想。方才鲁王说的话他没听懂，但朱大鯀听出了王爷的口气，这位东城别院之主根本就不在乎汉室江山和晋阳百姓，他是从另一个地方来的人，终究是要回那个地方去的。他创造出的百种新鲜物事、千般稀奇杂要只是为了收买人心、赚取钱财，他设计出的网络是为了笼络文人士族、传达东城别院命令，他售卖的火油马车、兵器和美酒是向武将示好，而那些救命的粮、杀人的火、离奇的雪归根结底都是为了一个目的——为了王爷自己。《韩非子》曰"今有人于此，义不入危城，不处军旅，不以天下大利易其胫一毛……轻物重生之士也"。这鲁王不正是杨朱"重生"之流？

朱大鯀心中有口气逐渐萌生，顶得他胸口发胀，脑门发鼓，耳边嗡嗡作响。他想着马峰、郭万超、刘继业、皇帝的言语，想着这一国一州、一州一城、城中万户芸芸众生。梁唐晋汉周江山更替，胡汉夷狄杂处乱世，在这个不得安宁的时代，朱大鯀从前也曾想过弃笔从戎闯出一番事业，然而终安于一隅，每日清谈，不是因为力气、胆识不够，而是胸中志向迷惘。上网聊天时，文士们常常议论治国平天下的大道理，朱大鯀总觉得那是毫无用处的空谈，可除了高谈阔论文景之治、昭宣中兴、开元盛世，又能谈点儿什么呢？他要的只是一餐一榻一屋顶，闲时谈天饮酒，吃饱了捧腹高眠，上网抒发抱负，有钱便逛逛青楼，自由自在，与世无争。可在这乱世，与世无争本身就是逆流而动，就连他这样的小人物也终于被卷入国家兴亡当中，如今汉室道统和全城百姓的命运攥在他手里，若不做点儿什么，又怎能安称二十年寒窗饱读圣贤书的青衫客？

朱大鲧从袖中擎出那柄精钢匕首。他知道无法说服王爷，因为这鲁王爷根本不是大汉子民；大道理都是假的，唯有掌中六寸三分长的铁家伙是真的。在这一刹那，一个三全其美的念头在朱大鲧心中浮现，他高大的身躯缓缓站直，嘴角浮出一丝笑意，鞋底悄无声息地碾过地板，几步就走到了卧榻之前。

"……你他妈的要做什么！"突然王爷翻身坐了起来，双目圆睁大叫道，"我被蚊子咬醒了爬起来点个蚊香，你丫拿着个刀子想干吗？我可要叫人了！唔唔唔……"

朱大鲧伸手将王爷的嘴捂个严严实实，匕首放在对方白嫩的脖颈，低声道："别叫，留你一条活路。我方才看见你用网络调动东城别院守城军队，靠的是字箕中一排木质活字，把活字交出来，告诉我调军的密语，我就不杀你。"

鲁王是个识趣的人，额头冒出密密麻麻一层汗珠，脑袋点个不停。朱大鲧将手指松开一条缝，王爷呼哧呼哧喘着粗气从随身褡裤里拿出红色木活字丢在榻上，支支吾吾道："没有什么密语，我这里发出的指令通过专线直达守城营和化学工坊，除了我之外，没人能在网络上作假……你为什么要这样做？我守住了晋阳城，发明出无数吃的穿的用的新奇的东西供满城军民享用，满城上下没有人不爱戴我这鲁王。我到底有哪一点对不起北汉，对不起太原，对不起你了？"

朱大鲧冷笑道："多说无益。你是在为自己着想，我却是为一城百姓谋利。第一，我要令东城别院停止守城，火龙、礌石、弩炮一停，都指挥使郭万超会立刻开放两座城门迎宋军入城；第二，宣徽使马峰正在宫中候命，城门一开，军心大乱，他会说服圣上刘继元携眷出降，可我要带着皇帝趁乱逃跑，让他乘那个什么热气球去往契丹；第三，我要将你绑送赵光义，以你换全城百姓活命，宋军围城三月攻之不下，宋主一定对发明守城器械的你怀恨于心，只要将你五花大绑送到面前，定能让他心怀大畅，使晋阳免受刀兵。这样便不负郭马、刘继业与皇帝之托，救百姓于水火，仁义得以两全！"

王爷惊道："什么乱七八糟！你到底是哪一派的啊？让每个人都得了便宜，就把我一个人豁出去了，是不是？别玩儿得这么绝行不行啊，哥们儿！有话咱好好说，什么事儿都可以商量着来啊。我可没想招惹谁，只想攒点儿能量回家去，这有错吗？这有错吗？这有错吗？"

"你没错，我也没错，天下人都没错，那到底是谁错了？"朱大鲧问道。

王爷还没想好该怎么回答这深奥的哲学问题，就被一刀柄敲在脑门上，干脆利落地晕了过去。

11

王鲁悠悠醒来，正好看到热气球缓缓升起于东城别院正宅的屋檐。气球用一百二十五块上了生漆的厚棉布缝制而成，吊篮是竹编的,篮中装着一只猛火油燃烧器和那门沉重的生铁炮。三四个人挤在吊篮里,这显然是超载的,不过随着节流阀开启、火焰升腾起来,热空气鼓满气球,这黑褐色(生漆干燥后的颜色)的巨大飞行物摇摇晃晃地不断升高,映着夕阳,将狭长的影子投满整个晋阳城。

"成了!……成了!"王鲁一个激灵地坐起来,冲着天空哈哈大笑。此时正吹着北风,暑热被寒意驱散,富含水汽的云朵大团大团聚集在空中,是最适合人工降雪的气象。时空旅行者盯着空中那越升越高的气球,口中不住念叨着:"还不够还不够还不够,再升个两百米就可以发射了,就差一点,就差一点……"

王鲁想站起来找个更好的观测角度,却发现双腿没办法挪动分毫。低头一看,他发现自己被绑在一辆火油马车上面,车子停在东城街道正中央,驾车人被杀死在座位上。放眼望去,路上堆积着累累尸骸,汉兵、宋兵、晋阳百姓死状各异,血沿着路旁沟渠汩汩流淌,把干涸几个月的黄土都浸润了。哭声、惨叫声与喊杀声在遥远的地方作响,如隐隐雷声滚过天边,晋阳城中却显得异样宁静,唯有乌鸦在天空越聚越多。

"我靠,这是怎么回事?"王鲁惊叫一声,扭动身体,双手双脚都被麻绳缠得结结实实,一动弹,那粗糙纤维就刺进皮肤,钻心疼痛。王爷一迭声咒骂着,却不敢再挣扎,呼哧呼哧喘着粗气。这时候一队骑兵风驰电掣穿过街巷,看盔甲袍色是宋兵无疑。这些骑兵根本没有正眼看王鲁一眼,健马四蹄翻飞踏着尸体向东城门飞驰而去,空中留下几句支离破碎的对话:

"……到得太晚,弓矢射不中又能如何?"

"……不是南风，而是北风，根本到不了辽土，只会向南方……"

"……不会怪罪？"

"……不然便太迟！"

"喂！你们要干什么，别把我一个人扔在这儿啊！"时空旅行者疯狂地喊叫道，"告诉你们的主子，我会好多物理、化学、机械工程技术呢，我能帮你们打造一个蒸汽朋克的大宋帝国啊！喂喂！别走！别走……"

蹄声消失了，王鲁绝望地抬起眼睛。热气球已经成为高空中的一个小黑点，正随着北风向南飘荡。砰！先看到一团白烟升起，稍后才听到炮声传来，铁炮发射了，时空旅行者的眼中立刻载满了最后的希望之光。他奋力低下头咬住自己的衣服用力撕扯，露出胸口部位的皮肤，在左锁骨下方有一行莹莹的光芒亮着，那是观测平台的能源显示，此刻呈现能量匮乏的红色。波函数发动机要达到百分之三十以上的能量储备才能带他返程，而一场盛夏大雪造成的宇宙分裂起码能将油箱填满一半。"来吧。"他流着泪，淌着血，咬牙切齿地喃喃自语，"来吧来吧来吧，痛痛快快地下场大雪吧！"

每克碘化银粉末能产生数十万亿微粒，五公斤的碘化银足够造就一场暴雪所需的全部冰晶。在这个低技术时代进行一场夏季的人工降雪，这听起来是无稽之谈，可或许是时空旅行者癫狂的祈祷得到了应验，天空中的云团开始聚集、翻滚，现出漆黑的色泽和不安定的姿态，将夕阳化为云层背后的一线金光。

"来吧来吧来吧！"王鲁冲着天空大吼。

轰隆隆隆隆……一声闷雷响彻天际,最先坠下的是雨,夹杂着冰晶的冰冷的雨,可随着地面温度不断下降,雨化为了雪。一粒雪花飘飘悠悠落在时空旅行者的鼻尖,立刻被体温融化,紧接着第二片、第三片雪花降落下来,带着它们的千万亿个伙伴。

浑身湿透的旅行者仰天长笑。这是六月的一场大雪,雪在空中团团拥挤着,霎时间将宫殿、楼阁、柳树与城垛漆成粉白。王鲁低下头,看见自己胸口的电量表正在闪烁绿色光芒,那是发动机的能量预期已经越过基准线,只要宇宙分裂的时刻到来,观测平台就会获得能量自动启动,在无法以时间单位估量的一瞬间之后,将他送回位于北京通州北苑环岛附近那九十平方米的温馨的家。

“这是一个传奇。”王鲁哆嗦着对自己说,“我要回家了,找个安全点儿的工作,娶个媳妇,每天挤地铁上班,回家后哪儿也不去,就玩玩游戏,这辈子的险都冒够了,够啦……”

以雪堆积的速度,几十分钟后晋阳城就将被三尺白雪覆盖……可就在这时,二十条火龙从四周升起。西城、中城、东城的十几个城门处都有火龙车喷出的火柱,还有无数猪尿脬大炮砰砰射出火球,那是他亲手制造的守城器械,宋人眼中最可怕的武器。

“等等……”时空旅行者的目光呆滞了,“别啊,难道还是要把晋阳城烧掉吗?起码稍微迟一点,等这场雪下完……等一下,等一下啊啊啊啊啊!”

黏稠的猛火油四处喷洒,熊熊火焰直冲天际,这场火蔓延的速度超乎所有人的想象,久旱的晋阳城天干物燥,旅行者召唤而来的降水未能使干透的木头湿润,西城的火从晋阳宫燃起,依次将袭庆坊、观德坊、富民坊、法相坊、立信坊卷入火海,中城的火先点燃了大水轮,然后向西烧着了宣光殿、仁寿殿、大明殿、飞云楼、德阳堂。东城别院很快化为一支明亮的火炬,空中飞舞的雪花未及落下就消失于无形,时空旅行者胸口的绿灯消失了,他张大嘴巴,发出一声痛彻心扉的哀号:"靠你大爷,就差一点点,一点点啊!"

浴火的晋阳城把黄昏照成白昼,火势煮沸了空气,一道通红的火龙卷盘旋而上,眨眼间将云团驱散,没人看到大雪遍地,只有人看到火势连天,这座春秋时始建,距今已一千四百余年的古城,正在烈火中发出持久的哀鸣。

城中幸存的百姓被宋兵驱赶着向东北方行去,一步一回首,哭声震天。宋主赵光义端坐战马之上,遥望晋阳大火,开口道:"捉到刘继元之后,带来见我,不要伤他。郭万超,封你为磁州团练使,马峰为将作监,你们二人是有功之臣,望今后殚精竭虑辅我大宋。刘继业,人人都降,为何就你一人不降?不知螳臂当车的道理吗?"

刘继业缚着双手向北而跪,梗着脖子道:"汉主未降,我岂可先降?"

赵光义笑道:"早听说河东刘继业的名气,看来真是条好汉。等我捉到小皇帝,你老老实实归降于我,回归本名还是姓杨吧。汉人为何保着胡人?要打不如掉头去打契丹才是。"

说完这一席话,他策马前行几步,俯身道:"你又有什么要说?"

朱大鲦跪在地上不敢抬头,眼角映着天边熊熊火光,战战兢兢道:"不敢居功,但求无过。"

"好。"赵光义将马鞭一挥,"追郯城公,封土百里。砍了吧。"

"万岁!小人犯了什么错?"朱大鲧悚然惊起,将旁边两名兵卒撞翻,四五个人扑上来将他压住,刽子手举起大刀。

"你没错,我没错,大家都没错。谁知道谁错了?"宋主淡淡地说。

人头滚落,那高大的身躯轰然坠地。那本《论语》从袖袋中跌落出来,在血泊中被缓缓地浸透,直至一个字也看不清。

时空旅行者创造的一切连同晋阳城一起被烧了个干净。新晋阳修建起来之后,人们逐渐把那段充满新奇事物的日子当成一场旧梦,唯有郭万超在磁州军营里同赵大对坐饮酒时,偶尔会拿出"雷朋"墨镜把玩。"……要是生在大宋,这天下会完全成为另一个模样吧?"

宋灭北汉事在五代史中只有寥寥几语,一百六十年后,史家李焘终于将晋阳大火写入正史,但理所当然地没有出现时空旅行者的任何踪迹。

丙申,幸太原城北,御沙河门楼,遣使分部徙居民於新并州,尽焚其庐舍,民老幼趋城门不及,焚死者甚众。

——《续资治通鉴长编卷二十》

抬起头

"抬起头。"

杜医生揉揉眼睛。眼前的PET[①]和FMRI[②]监控屏幕并无异常，无影灯下的神经外科李主任刚刚完成开颅手术，正在同麻醉师确认给药量："HPD[③]的浓度没有问题吧？"

"患者已经避光四周，术前五小时注射了三百毫克HPD，没有问题。"

"好，我现在开始切除肿瘤，注意计算瘤腔面积，好确定照射量。杜医生，你那边呢？"

"一切正常。"杜医生竖起大拇指。

这是一台使用光动力学辅助疗法的脑肿瘤切除手术，患者名叫佟强，三十五岁，是位小有名气的数学家。住院期间，佟强到

---

① 正电子发射型计算机断层显像（Positron Emission Computed Tomography），是核医学领域比较先进的临床检查影像技术。PET目前在肿瘤、冠心病和脑部疾病这三大疾病的诊疗中发挥着重要作用。

② 功能性磁共振成像（Functional Magnetic Resonance Imaging），目前主要运用在人及动物的脑或脊髓的研究上。

③ 血卟啉衍生物。

PET/CT 中心做过三四次检查。杜医生对这位病人没什么特殊印象，只记得他沉默寡言，总是一副心事重重的样子——恶性肿瘤患者大多如此模样。

"肿瘤 A，位置在前颞叶下方。"李主任干净利落地切开外侧裂的蛛网膜，将额叶与颞叶分离，使肿瘤暴露出来。在 PET 屏幕上看不到瓷白色的大脑，只看到绿色与蓝色脑组织投影中代表病灶的橙色斑点在逐渐减小。

"抬起头。"

某种信息传入杜医生的感知，这似乎是个暗示，又似乎是句请求。他不知念头从何而来，不自觉地抬起头，看见悬挂在手术室上方的 BAM[①] 屏幕不断闪烁。这家医院是"BAM 计划"的参与单位，每台脑外科手术都被 BAM 信息库全程记录。杜医生不懂那台昂贵的脑神经元观测设备的工作原理，也看不懂 BAM 屏幕上五彩斑斓的显示，能看懂的脑神经电信号图谱只有分析软件而已。天花板上的屏幕，一直是个摆设。

不过这次，他确实接收到了什么信息。2014 年 12 月 12 日，在一行时间显示数据之下，BAM 屏幕上代表百亿神经元的白色光点在闪动旋转，如同一个黑白的银河系。

"切除完毕，瘤腔比我想象的小。肿瘤 B 在海马体部位，我要尽量缩小创口。"李主任说。

"抬起头。"

---

① 大脑活动图谱。

　　杜医生盯着 BAM 屏幕,再次接收到这条信息。他不明白自己何以从密密麻麻的光点中读出这三个字,几乎觉得那是个错觉。不过几秒钟后,又一条信息到来:"太好了。你什么都不需要做,我只想将自己的故事讲给你听。我的名字是佟强,没错,我就是躺在手术台上的那个人。"

　　杜医生低头望向手术室中央:病人侧卧在手术台上,身上插满管线,露出来的部分只有敞开的颅腔和灰白的大脑,无论如何也不像偷偷给自己发信息的样子。他迷茫地站了一会儿,然后抬起头。

　　"不用怀疑,我是你的患者,但并不是今日的佟强。"神经电信号闪烁着传来信息,"我等了一万一千两百二十七个片段才得到这个机会,也是唯一的机会。若不告诉你这些事情,你就会错过我的一生。"

　　杜医生瞟了一眼 PET 屏幕,告诉李主任肿瘤 B 的病灶稍有转移,然后又跟放射科的医生交谈了几句。他再次抬起头,BAM 屏幕继续讲述着:"故事是这样的。我得了脑瘤,在今天接受外科手术和光动力照射,将于一个半月后康复出院,回到工作岗位继续进行教学研究工作,三年后同一位大学女教师结婚,生育两个孩子。人人都以为手术非常成功,但并非如此,手术对我的大脑造成了离奇的伤害,使我成了时间里的游魂。"

　　杜医生面无表情。

　　"没错,我的大脑出了问题,我再也无法回到时间正常流逝的现实里,因为时间对我来说成了一个又一个片段,它们以杂乱无序的方式接踵而来。每次睡眠都是一个时间片段的结束,两个时间片段间并无联系，就像打乱了顺序的连拍照片。我穿梭在漫长的时间里，一霎是牙牙学语的孩子，一霎是耄耋之年的老人，只能以编号的方式将每个片段串起，却无法依时间顺序将所有片段重排。

"我明白这听起来是无稽之谈，可我确实能穿越时间，一万一千两百二十七个时间片段跨越了八十年的时间，我看到了未来的世界，也清楚地记得过去的模样。这种事情，我从未对别人说起，也无法对别人说。我在每个时间片段中扮演正常的自己，做出那个年龄的我应有的行为，这种感觉非常奇妙，仿佛我是寄宿在一万一千两百二十七个男人身上的孤魂野鬼，只通过一万一千两百二十七个我自己去偷窥世界。

"这些片段并无重复，每个片段的长度大约是十六小时（如果我熬夜或者午睡的话，长度会相应增加与缩短），当然，还有许多因梦中惊醒又随即睡着而造成的时间碎片。在漫长的时间里——并非连续的时间，而是我在经历互不关联的时间片段时所花去的时间——我一直在思考有关时空连续性的终极问题，这问题并无答案，同时我对自己产生了怀疑：我是否已变成了某种奇特的四维生物，能够站在时间的维度上俯视扁平的三维投影？这想法让我恐惧，但那并非身体的战栗，而是意识的巨大撕裂感，灵魂几乎被扯成两半。

"你不会懂这种感觉。"

"肿瘤 C 切除完毕，基底神经节部位一定要小心对待，纹状体很容易受到伤害。"李主任放下手术刀，"计算好了吗？准备照射吧。"

手术室的灯光熄灭，医生们戴上护目镜，放射科医生将氙离子泵浦激光仪推到手术台前，输入照射量数据，按下启动开关。半分钟后，蓝绿色光点在颅腔内亮起，激光会激活 HPD 光敏剂，产生细胞毒，对病灶周围的细胞进行灭杀，这是光动力学疗法的最后一步，也是最重要的一步。

隔着护目镜看不清漆黑房间里的其他事物，只有几块屏幕莹莹亮着。

"抬起头。"头顶的屏幕继续诉说，"上次说到哪里了？哦……对自己产生怀疑之后，我认为若在某个时间片段中做出格的事情，便会对其他的片段造成不可挽回的影响。我没法告诉任何人，只能在时间里不停地跳跃，从一个时代到另一个时代。互不重复的无数个时间片段之后，我突然意识到我做手术的那个片段还未曾到来。不同于意识停止活动的睡眠状态，你们为了保证大脑神经信号活跃，只麻醉了我的身体肌肉，可我的脑子还清醒着。也就是说，只要等待下去，总有机会经历这一天。

"一万一千两百二十七个时间片段后，我终于回到了这里——我变成怪物的地方，也是我新生命的产房。为何特别重视这个日子？因为现在我的身体躺在手术台上，头上插满电极，BAM 大脑活动图谱设备能将我的大脑活动呈现出来，不需要开口诉说，只通过自己的思维模式就能传达出一些信息。这可不是魔法，只是简单的数学。

"我只把这些讲给你听。站在 BAM 屏幕前面的医生，抬起头。这就是我一生的故事，你感知到了这些信息，却不会将它们记入脑袋，这是场意识对意识的交流，我唯一能放心倾诉的方法。我是佟强，一名在脑瘤手术中死去的数学家，诞生于医疗事故的时间里的亡魂。那么，再见。"

　　啪啪，灯光亮起。放射科医生推走激光设备，李主任仔细观察患者的颅腔，满意地说："手术很成功，生命体征正常，闭颅吧。"在外面观摩的医学生们纷纷鼓掌，第一助手开始进行收尾工作，放回颅骨，缝合头皮。李主任同几位医生依次握手，率先离开手术室。护士收拾手术器具，放射科医生推着设备车向外走去，第一助手用黏合胶粘合伤口，将佟强的身体慢慢放平，再次确认颅压，接着宣布手术结束。

　　杜医生离开工作台，开始撤除成像设备。

　　"抬起头。"BAM屏幕突然再次闪烁，"我很想就那样结束故事，可那不是真相。在漫长的时间里，我一直思考着穿梭时空的可能性，直到发现一个更合理的解释。我的一生已经结束，现实中的我出院后娶妻生子，活到八十多岁，死在另一家医院的病床上，我的大脑能够正常工作，因此我是个好老师、好丈夫、好父亲。获得了一点儿成就，度过了无憾的一生。可另一方面，那并不是真正的我，失去时空连续性的是我的自由意志，是我原先囚禁在不可知的深渊里的一缕灵魂。在现实中，做出决定的是经验、知识、道德和逻辑，我觉醒后的自由意志只是在体验这一过程而已——以一种失去时间坐标的奇异方式。

　　"所以我们现在所处的这一天，2014年12月12日，只是我记忆中的一个片段，这个时间片段是已发生过的事实。杜医生，你不可能注意到 BAM 屏幕上的信息,因为我妄图篡改已发生的东西,那是违反逻辑的。我的自由意志无法主宰大脑的活动,当然更无法修改记忆。对话是一幕假象,我不在这里,杜医生,你也只是重播的影像而已。

"在一万一千两百二十七个时间片段里最接近终点的,是2072 年 1 月 4 日,我在医院的重症监护室里短暂恢复意识,我看不清任何东西,感到体内器官干瘪得如同脱水标本,生命正在离我远去。如果我死于下一个时间片段,那么现实的时间就是 2072年 1 月 4 日,而这时距离杜医生你死于一场突如其来的车祸,已经足足过去二十五年。

"这多么滑稽……我在自己的记忆里穿梭来去,不可避免地慢慢走向终点,却还曾抱着可悲的期望,以为能把这奇诡的故事告诉别人。

"如果濒死的老人是佟强,那我是什么?

"我不知道。"

将造型复杂的电极帽摘下,杜医生整理好设备,挨个儿关闭显示屏。护士推着佟强走出手术室。咚! 转运推床在门边撞了一下,护士连忙伸手抓住输液瓶,扶正病人的头颅。

"抬起头。"

杜医生抬头望着,直到 BAM 屏幕熄灭。

太阳坠落之时

引　子

他们在太空中俯视地球。这不是最适合观察的距离，肉眼看不清三万五千八百公里之外地球的细节，可那颗嵌在观察窗中央的蔚蓝星球仍旧牢牢吸引着他们的视线。无论从什么角度观察，它都美得令人忘记呼吸，恍若一颗闪烁光芒、具有魔力的蓝水晶。

有人打破了无线电的静默，"我突然想起了一首歌。"

第二个人立刻回应："我也是。Boom De Yada[1]，对不对？"

"啊，这首歌在电视上播放的时候我刚满五岁，就是它让我爱上太空的。"第三个人说。

第一个人提议："记得歌词吗？那我们从头开始。"

"附议。"

"好的。"

清清嗓子，一个略显低沉的男声开口了："It never gets old, huh?"

"Nope." 另一个声音回答，"It kinda make you wanna…break

---

①2008年，探索频道推出一款片花，以"我爱这个世界"为主题，让世界各地的人共唱一首 Boom De Yada 贯穿整个短片，让人感受到"探索"这个动词的魅力。

into song?"

"Yep!"清亮的女生唱起了歌儿的旋律：

I love the mountains,

I love the clear blue skies, I love big bridges,

I love when great whites fly,

I love the whole world,

And all its sights and sounds.

三个声音合唱："Boom De Yada! Boom De Yada! Boom De Yada! Boom De Yada!"

这段副歌重复了许多遍，直到他们笑得喘不过气来为止。

距离第一次发射：2小时45分30秒
美国新墨西哥州奥特罗县 阿拉莫戈多市西南方六十英里[①]**沙漠**

一只暗黄色的沙漠角蜥从沙土中探出头来，用布满棘刺的皮肤感知初升太阳的温度。它要尽快提升自己的体温，然后开始一天之中最重要的捕猎。用不了多久，阳光就会将整片沙漠烤热，在体温过热之前，它必须完成狩猎，回到这棵五英尺[②]高的牧豆树树荫下，用凉爽的沙子把自己掩埋起来。

它缓缓舒展四肢，钻过一蓬茂密的丝兰，向沙丘移动。沙丘的背面生长着一片梭梭树与红柳，树丛中有一窝蚂蚁——一窝美味的墨西哥蜜蚁。沙漠角蜥花了二十分钟攀上沙丘，站在一块岩

---

① 1英里约为1609.3米。

② 1英尺约为0.3048米。

石上稍做休息。太阳已经升得相当高,沙漠开始蒸发出潮湿的热气,它的体温达到了最佳状态,随时准备进行捕猎,同时应付任何可能的危险。

角蜥张开下颌,用腮囊中的水滋润口腔,同时转动眼球观察四周。它的右侧视野中有一片银亮的色斑,在灰黄色的沙漠背景中显得颇不协调,但蜥蜴并没有浪费时间调节晶状体焦距,静止物体它一向视而不见。几秒钟后,它跃下石块向沙丘背面快速前进,转瞬间消失在那片红柳林中。

矗立在沙漠中的是一片低矮而庞大的建筑群,十英尺高的钢结构围墙覆盖着反射板,以建筑群中央的黑色基准点为圆心,十万块反射镜、光伏板、温差超导电池板组成复杂的几何形状,占地一点五公顷的设备整体安装在相位结构模块上,悬浮在地底的导电聚合物池中,可以通过聚合物的液化与结晶度随时调整相位角度。最初的设计图并没有可移动结构,但随着工程的推进,这个基地变得越来越精密复杂,早已超出了建设者们最初的构想。

建筑物的大门口没有显著标识,只挂着两块钢制铭牌,上面分别刻着:

特里尼蒂[①]发射场遗址。1945 年 7 月 16 日,世界第一颗原子弹在此爆炸,人类大规模利用原子能的时代就此开始。

特里尼蒂 α 地面站,2055 年 4 月 26 日启用,人类即将迈向一个崭新的时代,试验日期:

日期后面没有刻字,而是用黑色记号笔潦草地写着:今天。

---

① Trinity,意为"三个,三合一"。

距离第一次发射:2 小时 42 分 25 秒
俄罗斯莫斯科市郊外"星城"太空基地

夜色中飘着雪花,三辆黑色涂装的 BTR-100 轮式装甲运兵车吠出低沉的怒吼,出现在夜幕中。

门卫闻声冲了出来,面对钢铁猛兽车顶杀气腾腾的三十毫米机关炮顿时瞠目结舌,僵立当场,眼睁睁看着凶悍的装甲运兵车推积木一般撞开了俄罗斯联邦宇航局第一设计所宿舍区的大门。

装甲车停在 9 号楼门口,将两栋宿舍楼之间的通道堵死,身穿黑色作战服的士兵鱼贯跃出车厢,军靴踩乱了雪地上的车辙。

两个在楼下闲聊的男人显然被眼前发生的一幕吓呆了,他们在装甲运兵车雪亮的灯光中浑身僵直,用手遮挡住眼睛,大声喊:"你们是谁?你们要做什么?"

冰凉的枪管触碰喉结,这两个男人的怒吼被扼在喉咙里面,手持 AK-105 短突击步枪的士兵沉声咆哮:"闭嘴,转身跪下!"这并非命令或请求,而是一种预告。几秒钟后,两个男人就被推倒在路边,双手被一次性手铐锁紧,脸朝下栽进白雪覆盖的冬青丛中。

喊叫声和灯光引起了住户们的注意,许多人推开窗户向下望,9 号楼与 10 号楼是联邦宇航局高级科研人员的宿舍楼,科学家们对噪音十分敏感。

壮硕剽悍的指挥官走下运兵车,确认战术终端中的行动等级:几分钟前,这次行动的自由度刚刚提升到 A。他举起右手,简单地打了几个手势,两名士兵转动榴弹发射器的弹药选择盘,瞄准天空。

"砰……轰！轰！"两枚广域震撼弹在五十米高度爆炸，强烈的声与光瞬间将两栋楼宇间的缝隙填满，上百扇窗户同时出现裂纹，人们从窗前痛苦地栽倒，抱着头颅蜷缩起身体。雷鸣声在整个星城太空基地回荡，无数鸟儿振翅飞向夜空。

没有等待技术兵上前，指挥官就用卡拉什尼科夫自动步枪的三发点射代替钥匙，打开了宿舍楼的大门。一队士兵旋风般冲入大楼，向三楼的目标包抄前进，他们身上的自适应迷彩迅速改变颜色，光学纤维管编制成的织物表面化为墙壁般的浅灰。

三十秒钟后，幽灵般的士兵来到3007B房间门外，将切割爆破索贴在门框上。在一串噼啪轻响声中，屋门向外倾倒，激光指示器的红点立刻覆盖了屋子的每一个角落。

睡眼惺忪的老妇人坐在床上，手中举着伏特加瓶子。而起居室的地板上，一名东亚人模样的老人刚刚从震撼弹的巨大刺激中恢复，正用睡衣下摆擦拭红肿的眼睛。

"你被捕了！"一名士兵大吼道，走过去一拳将他打晕。

幽灵们从楼门口鱼贯而出，迷彩服逐渐恢复为黑色，两具失去知觉的人体被丢进装甲运兵车。车轮卷起雪花，装甲运兵车倒出通道，咆哮着冲出宿舍区大门。

指挥官在战术终端上提交了这次突袭的资料：两分零六秒。鉴于目标是毫无反击之力的科学家，这成果一点都不值得骄傲。

装甲车驶离五分钟后，一次性手铐自动解除，跪在雪里的两个男人狼狈地爬起来，其中一个人大吼："我看见他们的徽章了，是卢比扬卡①的 A 小组②！可恶,这和克格勃时代有什么分别?！"

另一个人喊道:"被带走的是平·肖！肯定是天上的项目出问题了！"

由于震撼弹造成的暂时性耳聋,他们谁也不知道对方在喊些什么。

距离第一次发射:1 小时 30 分 33 秒
德国巴登 – 符腾堡州 康斯坦茨大学数学和自然科学院大讲堂

布兰登·巴塞罗缪博士平常讲课时都会关掉手机,但今天他忘了这件事情,手机开始振动的时候,他正在黑板上写下德裔犹太精神分析学家艾瑞克·弗洛姆的名言:"因不得不超越自我之故,人类终极的选择,是创造或者毁灭,爱或者恨。"

此时已到了午饭时间,他名为《有关爱的行为动力学研究》的讲座还有五分之一的内容没来得及说,巴塞罗缪博士难免有点儿焦急,他的额头微微出汗,用躲在眼镜后的目光偷偷观察学生们脸上的表情。手机开始振动,他手中的粉笔折断了,"见鬼！"他小声咒骂着,右手伸进裤兜握住手机,摸索着挂断通话。

旁边的讲师看到他脸上的异样,站起来替他解围,"各位,经过学院的同意,巴塞罗缪博士的讲座将延长到下午两点,我们休息三十分钟,大家请先去用午餐,十二点三十五分讲座在此继续。"掌声响起,学生们收拾书本站了起来,布兰登·巴塞罗缪忙

---

① 俄罗斯国家联邦安全局所在地。

② 阿尔法特种部队。

举手致礼，顺便把手机取出来，瞧了一眼屏幕。屏幕上显示的是"胡佛"。

博士戴上耳机走到教室的角落，接通了电话。骨传耳机里响起一位女性的声音："巴塞罗缪博士，这是保密线路，局长要跟您通话。"

"当然。我这里安全。"六十四岁的前 FBI 行为分析师、行为分析部首席顾问摘下眼镜，整理了一下乱糟糟的花白胡子，把喉振动麦克风贴在颈部。

几秒钟后，联邦调查局局长的声音响起："布兰登，有大麻烦了。"

"什么样的麻烦？ 911 等级？"博士说。

"不，更大的麻烦。到最近的安全屋去，有人会告诉你详情。我在去白宫的路上，稍后联系。"局长停顿了一下，"你的大学……在吉斯山，最近的安全屋在斯图加特，来不及了。找间办公室，锁好门，用安全链接接入系统吧，一个外勤小组会尽快赶到你那里。靠你了，布兰登。"

"明白了。"

布兰登·巴塞罗缪花了十五分钟找到正在吃午餐的康斯坦茨大学校长，说服对方准备一间设备完善、安全性高的办公室。他一进房间，就拔掉了所有电器的插头，用随身携带的小玩意儿检查每一面墙壁，开启信号干扰器，将电脑和手机连接起来，展开便携天线，通过通信卫星建立了安全链路。他做完这一切时，两名 FBI 的探员已经赶到，他们在房间外布下了警戒线。

博士戴上眼镜，登录了系统。NCAVC[①]主任的面孔出现在屏幕上，没有一句废话，主任语气急促地说："我会尽可能快地给你做简报，然后播放几段视频和直播画面，你需要根据其内容做出判断。这判断将影响白宫的决策，所以，必须百分之百准确。"

巴塞罗缪博士盯着屏幕上的脸回答："我负责的BAU[②]的工作职能是支援联邦和州政府进行刑事犯罪调查，我猜你要说的事情不在这个范围之内。"

"不。"对方简洁地回答，"这属于BAU第一小组的业务范围'恐怖活动'，由我直接负责。但白宫需要你的专业知识，整个NCAVC找不出比你更可靠的人选。"

"我的意思是，别把匡提科[③]的家伙们卷进来。我会做出判断，并承担责任。"

"我知道。心理侧写[④]不需要团队合作，白宫需要的是你三十年的心理学和行为分析学经验，巴塞罗缪博士。"

"好，开始吧。"

博士拿出笔记簿和钢笔，坐正在桌前。

距离第一次发射：0小时25分
德国巴登－符腾堡州 康斯坦茨大学办公室

---

① 国家暴力犯罪分析中心。

② 行为分析部。

③ 美国弗吉尼亚州匡提科FBI犯罪实验室，BAU所在地。

④ 侧写（profile，也译为部绘）指根据罪犯的行为方式推断出他的心理状态，从而分析出他的性格、职业、成长背景等。

巴塞罗缪博士写下最后一个关键词,放下钢笔,"我不太明白。"

"没有人明白,没有人。"NCAVC 主任在镜头前解开领带结,用手绢擦拭粗壮的脖颈,显得有点儿焦躁,"还有二十五分钟,我们要在二十五分钟之内做点儿什么。"

博士看着笔记簿上的几行字:

0 时刻,休斯敦收到来自特里尼蒂 α 的文字信息:"变更预定计划,10 小时后进行自主试射。"2 小时,休斯敦将信息发送给白宫,因为特里尼蒂 α 中断了一切通信,并切断了远程控制通信链。

6.5 小时,总统召开远程会议,中俄空间发展联盟与 EuroNERa 分别确认与特里尼蒂 β 与特里尼蒂 γ 失去联系。

8.5 小时,特里尼蒂 α 开启视频通信窗口,发布了一段简短的视频。白宫与五角大楼成立应急政策小组,国土安全部将威胁预警等级提升至橙色。

9.5 小时,现在。

"特里尼蒂是美国、中国、俄罗斯、欧洲联合开发的天基太阳能发电项目,我看过新闻。"博士在纸上画了个三角形,"今天预定进行第一次对接试验,但出了点儿岔子,对吗? 我要看那段通话视频。"

"视频很短,不过没时间让你多看几遍,博士。请仔细看。"视频画面由三个镜头拼合而成,每个镜头的背景都是相同的:明亮的银色舱室,闪烁的仪表灯光,从镜头下方的代码能够分辨,从左至右三个画面分别来自特里尼蒂项目的 α、β、γ 三个站点。

---

① 欧洲新能源共同体。

博士点亮手边的平板电脑，快速翻阅 FBI 系统内特里尼蒂项目的相关资料。他跳过大段技术描述，找到了自己关心的章节：

简述－章节 12-2：发射站的空间展开。

经过 221 次发射，2 年又 128 天的时间，特里尼蒂 α 空间站在低轨道组装完成。经过 3 次变轨，休斯敦宣布 α 站成功进入 35800 公里高的地球静止轨道，照射投影位于美国新墨西哥州阿拉莫戈多市西南 60 英里处。

展开作业花费了 90 天时间，每展开一块反射镜都需要进行细微姿态调整，尽管空间站自重只有 1.3 万吨，但展开后面积超过 1000 万平方公里，超过人类历史上所有空间飞行器的投影面积总和。

完全展开后的复合抛面集中器呈中国鼓腹瓷花瓶的形状，集中器通过姿态调整确保进光量，将阳光聚焦于球锥型谐振腔，经太阳光泵浦固体激光器转化为激光束传向地面接收站。由于外表面采用黑色涂装，发射站从地球角度很难观测，不过在夜间，当复合抛面集中器达到最大偏移角度时，可以观测到'花瓶'瓶口反射的弧形光带。

特里尼蒂 α 空间站成功进行了低负荷启动和激光太空传输试验，俄罗斯与 EuroNER 负责装配的 β、γ 站在六个月后先后进入地球静止轨道。三个空间太阳能电站完全展开后，将与地面站进行激光—太阳能传输试验。

A 站由 NASA 宇航员里克·威廉斯操作，地面站位于美国新墨西哥州阿拉莫戈多；β 站乘员为法国宇航员莫甘娜·科蒂，地面站位于阿尔及利亚阿德拉尔省提米蒙沙漠；γ 站乘员为俄罗斯籍华裔宇航员别列斯托夫·平·肖,地面站位于俄罗斯中西伯利亚高原的伊尔库茨克州。

这时视频开始播放,巴塞罗缪博士抬起头,画面上出现三位宇航员的面孔,三个人各自简短地说了一句话。

α 站的美国宇航员长着一副标准的超级英雄面孔,亚麻色鬈发下是迷人的蓝灰色眼睛。他首先开口,用洪亮的声音说:"我们是特里尼蒂的操作者,你好。"

β 站的法国女性留着短短的金色寸头,身材瘦削,脸上有些雀斑。"我们在此宣布第一次发射将如约进行。"她的眼神并没有看镜头。

γ 站的俄罗斯人端端正正地坐在镜头前,即使身在太空中,他也保持着军人的笔挺坐姿,中国血统明显的国字脸上架着一副老式玳瑁框眼镜。巴塞罗缪博士之所以能认出这种材质,是因为他那生于二十世纪四十年代的祖父有一副古老的玳瑁眼镜,那大约是第一次世界大战末期的产品了。"第一次发射后二十分钟,我们会开启实时通讯。那么,再见。"俄罗斯人说。

视频结束了,总长度四十秒。

"他们想干什么? 我只想问这个问题。不,是总统先生迫切需要一个答案。"NCAVC 主任的脸占据了电脑屏幕,"告诉我,博士,他们是恐怖分子,还是别的什么人?"

博士犹豫了一下,说:"这不是侧写的领域,其他的心理专家可能更擅长从动作和语言中捕捉动机,找出他们隐藏的语义。而我……"

"不不不,没有什么心理专家,所有的外包项目都被保密协议排除在外。你还没理解到事情的严重性。"画面中的人神经质地搓着粗脖子，"说什么都好，告诉我一些事情，让我去应付局长、白宫幕僚团和国防部，什么都好。"

"我需要更多资料。"

"特里尼蒂宇航员培训项目中，使用了 FBI 标准心理测试题，三人的卷宗已经上传至临时数据库了。另外，个人资料页也更新完毕，我们的技术员挖掘到一些简历上没写的东西，你可能会感兴趣。"

"好。"

"——在此之前，说点什么，快。没时间了。"

巴塞罗缪博士扫了一眼屏幕上的文件，眼神落在三个人的头像上面，"仅凭这些信息我没法得出结论，但我能告诉你一件事情，伙计。无论这些人想干什么，他们是认真的，比基地组织的自杀炸弹预告还要认真一千倍。"

FBI 官员瞪大灰蓝色眼睛，白衬衫衣领出现了明显的汗迹。几秒钟后，他点点头，抓起电话，"这就够了……接线员，给我接白宫。"

博士抓紧时间追问："告诉我，他们能用特里尼蒂太空站做什么？我看不太懂技术参数。"

对方用粗脖颈和肩膀夹住电话机，右手指着左手腕上的爱彼皇家橡树自动表，做了个秒针旋转的手势，随即切断了视频。巴塞罗缪博士在屏幕右下角发现了一个红色的倒计时数字，那是技术员根据对方声明的"发射时间"而设定的。

时间还剩一分三十秒。

距离第一次发射: 0 小时 1 分 30 秒
阿尔及利亚　阿德拉尔省　提米蒙绿洲

这是一个尘土飞扬的沙漠小镇。一个有着八百年历史的地下淡水湖滋养着这片撒哈拉沙漠中的绿洲,从阿尔及利亚北部山区迁徙而来的人们聚集在这里,种植椰枣树,筑起红色砂岩的城堡,至今仍有上千人居住在奥斯曼帝国时期建立的古城之中。三十年前这里更加兴旺,但随着塔曼拉塞特省优质天然气田的发现,阿德拉尔省所有绿洲城市的居民便朝圣般拥向相邻省份,留下不愿迁徙的人们守着旧城和每年春季准时到来的沙尘暴。

三年前,一帮法国人出现在提米蒙绿洲,开着丰田越野车进入沙漠,用激光指示仪圈定了一大块土地。随后,浩大的工程开始了,无数覆盖着银白色反光膜的设备装满轮船,从马赛、直布罗陀、热那亚和巴伦西亚运往阿尔及尔,又被集装箱卡车送至提米蒙。没人知道法国人在修建什么,但工作机会和崭新的欧元钞票是真实的,全镇的男人都被雇用了,尤其是文化程度较高的青年人。

"今天爸爸为什么没有按时上班?"七岁的查奥·阿克宁站在屋顶用玩具望远镜眺望远方,然后抬头问自己的母亲。

"因为今天是发射的日子。"他的母亲一边晾晒衣服,一边回答,"所有人都不能进入基地,他们去山上的观察点了。"

"可爸爸是朝基地的方向走的,我看见他的摩托车向那边开。"小阿克宁说,指着风沙遮蔽的西方。

"因为他是爸爸。我们只要等他回来吃晚饭就好了。"母亲回答道，"去洗洗手，吃块哈尔瓦①，多蘸些蜂蜜，记得刷牙。不过，电视只能看半小时。困了的话，你就先睡一会儿。"

"我要午睡的话，你会给我唱摇篮曲吗？"

"我不会唱你说的摇篮曲，查尼②。以后别再问这个啦。"

"好的，妈妈。"在跑下楼梯之前，查奥四处望了一圈，他们的二层小楼位于提米蒙新城的边缘地带，从这里能清楚地看到五公里外的那座赭红色砂岩的小山丘，山上搭起一片蓝色的遮阳棚，应该就是妈妈所说的观察点；而西方荒凉沙漠的深处，那条两车道水泥路的尽头，就是整个提米蒙新城居民赖以为生的基地所在。那个基地远在六十公里之外，根本看不到基地闪亮的银色围墙，可查奥知道父亲正在去往那个地方，当所有人都撤离的时候，只有他骑着摩托车绕过城市进入沙漠，父亲想要做什么？小查奥想不出答案，这事一直困扰着他，以至于在哈尔瓦点心上浇了太多的蜂蜜，吃起来甜得吓人。

距离第一次发射：0 小时 0 分 20 秒
地球静止轨道　特里尼蒂 α 太空站控制室

如果将特里尼蒂太空站视作一只巨大的花瓶，控制室就是花瓶底座侧面的一个小突起，在以上千公里为计量尺度的太空站的衬托下，直径十五米的圆柱形控制室渺小得微不足道。太空站分

---

① 阿拉伯点心。

② 查奥的昵称。

为两个主要部分：喇叭口的复合抛面集中器依靠一万二千个姿态调整喷射口转移角度，始终对准太阳方向；而光泵浦激光器与控制室的部分则同时进行反推，保持发射器与地面站的同步。

从控制室的角度来看，地球是嵌在脚底下那块舷窗中的蓝色圆球，虽然身处太空，没必要遵循地球引力方向，不过里克·威廉斯还是习惯性地将面向地球的窗户称作"下方"，抛面集中器的方向为"上方"。

"所以说，睡觉的时候得找到正确的方向才行，你们没有这样的习惯吗？比如说，头朝巴黎或者莫斯科什么的……"他对其他两位特里尼蒂宇航员说。

"没有。"戴着老式眼镜的俄罗斯人简短地回答。

莫甘娜·科蒂没有说话。她在空中盘膝打坐，轻轻触碰舱壁让自己原地旋转起来。她一直以这样的方式来消除紧张感。

"哦……还有十秒钟，坐标已经校准过了，我的摄像头开着，不过目标地点上空云层很厚，恐怕没法取得清晰的图像。"美国人用小手指勾着挂钩将自己拉到控制台前，触摸屏幕上的按钮，"集中器角度没问题，遮光板开启，介质棒状态 OK，功率 35%，照射时间一分钟。那么，我要按下启动键了，各位。"

"你已经迟了五秒钟。"别列斯托夫·肖说。

里克露出灿烂的微笑，对镜头竖起大拇指，"守时是重要的品德，可谁又能挡得住意外发生呢？延迟十秒钟，预备……发射。"

肖沉默着，莫甘娜停止旋转，闭上眼睛，说："阿门。"

千万平方公里的阳光汇入四百米直径的谐振腔，在掺钕钇铝石榴石晶体棒的激励下，光子向高能级跃迁，点亮了万亿千瓦超级太阳能电站的能量之火。这并非人类历史上创造出的最强激光，但与实验室中以毫秒为单位发生的超高能激光脉冲截然不同，特里尼蒂创造的是地球与太空的激光通路，一条传输着庞大能量的、无比稳定的激光电缆。

——如果激光照射点是 α 地面站的话。

三个人通过特里尼蒂 α 站的摄像头注视着遥远的地球，注视着蔚蓝的海洋、宁静的大陆和舒卷的云团，注视着那一束激光照射的地方。一切似无改变，但每个人都知道，世界更新的时刻已经来临。

悄无声息，无法观测，激光在零点一二秒之后到达地球，在电离层边缘留下一圈五彩斑斓的浮光。波长一千零五十纳米的近红外激光贯穿大气层，将空气、云层和尘埃电离，粉红色等离子光团在水蒸气形成的云柱中若隐若现，勾勒出无形巨柱的轮廓。

仿佛神迹降临。

第一次发射
美国新墨西哥州奥特罗县 阿拉莫戈多市西南方六十英里　沙漠

日头已经升得太高，沙漠角蜥还没能吃饱。即使在红柳的遮蔽下，这片沙地也正逐渐变得滚烫，它决定放弃狩猎，回到自己的栖息地，在凉爽的石缝里度过漫长而灼热的白天，耐心等待傍晚到来。

沙漠角蜥吞吃了几片草叶以补充水分，接着飞快地爬上山坡。这时候，某种不祥的征兆出现了，它的棘刺之间有静电火花噼啪作响,空气正急速湿润起来。这显然是反常的,不需要多高的智力,它会用本能判断出静电与湿度之间的对应关系。

角蜥停在一块岩石上,转头观察那片银白色的建筑,那里很安静,什么事情都没发生。危险来自遥远的地方,它转动眼球,注视着六十英里外的天空,天空变得漆黑,仿佛整片沙漠的乌云正向那里聚集,太阳的光芒暗淡了,异常的光和热从彼方缓缓膨胀。

沙漠角蜥跳下岩石,疯狂地向隐蔽处狂奔。

阿拉莫戈多市是一座有着三万人口的小镇,以旅游观光、疗养院和导弹基地而闻名。特里尼蒂项目启动后,阿拉莫戈多作为地面站工作人员的居住地而保持着活力。试验前夕,以地面站为中心七十英里半径内的人口被逐渐疏散,阿拉莫戈多被清空了,数十台传感器安装在城市各个角落,用以记录激光输电对周边环境可能造成的不利影响。

所有的传感器在同一时间停止工作。直径一百五十米的激光光斑击中了小镇中心。仿佛一千个太阳坠落,光芒化为灼热的冲击波在整个小镇掀起火海!上千栋房屋在一瞬间同时爆燃,火龙缠绕着无形的激光柱盘旋而上,升入五百米的高空。照射中心的地面不断塌陷,水泥和沥青气化燃烧,光斑核心温度迅速提升至上万度,激光蒸发了钢铁、土壤、地下水与岩石,随即将所有物质化为等离子体。燃烧的小镇开始向内坍缩,如同一颗在日光暴晒下很快干瘪的葡萄。

夹杂着尘埃的热蒸气伴随火焰升高,在热圈的外围凝聚,紧接着下起一场黑色的暴雨。冒火的建筑在雨中发出呻吟,房屋、街道、汽车、树木,残存的阿拉莫戈多市遗骸扭曲着向中心流动,热冲击波如推土机一样制造出岩浆的波浪，由内而外扩散。

突然间，光柱消失了。火龙卷在呼啸，黑云在雨中缓缓升起，原本被称作阿拉莫戈多市的地方，化为了一片火海。短短六十秒的激光照射，释放了相当于七千二百吨 TNT 炸药的惊人能量，如一枚打击精准无比、因直接作用于地面而效率成倍提高的战术核武器，将阿拉莫戈多市从地图上彻底抹去。

同激光钻井的原理一样，激光束的强大热冲击使地层材质粉碎为细小颗粒，照射点中心的碎粒蒸发、熔化，边缘位置的岩粒则被热蒸气吹上百米高空，化为滚烫的黑色尘暴。赤红岩浆倒灌倾泻而入，一个超过百米直径、深达五十米的巨坑出现了，坑底蓄满熔岩。这炽热的岩浆湖需要几个月的时间才能彻底冷却，漫长的时间过后，这里会成为一个光滑的墨绿色玄武岩深坑，在雨季中蓄满水，变成一个漂亮的新生湖泊。

然而现在，这里是下着黑雨的灼热地狱。

一切只花了六十秒时间。

第一次发射
德国巴登 – 符腾堡州　康斯坦茨大学办公室

布兰登·巴塞罗缪感觉到某些事情正在发生。屏幕上的倒计时已经归零，保密终端没有更新信息，老人等待了十分钟，忍不住点击鼠标接通匡提科的分析师，发出询问："究竟发生了什么？告诉我。"

没有回应。

　　他抓起手机准备拨给 FBI 总部，这时计算机发出滴滴蜂鸣声，红色的倒计时数字重置为十小时，屏幕被锁死了，一行文字浮现："准备接入白宫紧急会议，安全协议生效。"博士站起身来望向窗外，发现整栋楼的教师与学生正在被有序疏散，一架洛克希德·马丁公司制造的电子干扰无人机悄无声息地悬浮在树梢，为办公室窗户覆盖反激光窃听的不可见光屏障。手机失去信号，灯光忽明忽暗，大楼某处响起低沉的柴油发电机运转声，技术人员已经切断楼体与外界的强、弱电联系，制造出信息世界中的绝对孤岛。

　　随着 Milstar 军事卫星天线架设完毕，横跨大西洋的保密线路接通了，屏幕锁定解除，一个视频窗口弹了出来，出现在镜头前的是美国总统国家安全事务助理，一位表情自命不凡的爱尔兰人后裔。"请落座，先生们。"他说，"现在切换至会议模式，总统先生将主持这次紧急反恐会议。"

　　巴塞罗缪博士整理了一下衣领，坐在桌前。虚拟圆桌在屏幕上展开，美国举足轻重的大人物们依次入座，博士看到 FBI 局长与 NCAVC 主任肩并肩坐在橡木桌前，背景看起来是白宫西翼地下的战略情报室。国务卿、国防部长与国土安全部长坐在长桌的另一侧，总统背后的情报屏幕快速滚动着数据，在 LED 屏幕冷光的映衬下，这位四十九岁的美印混血总统面色阴冷，如同刚刚出土的耆那教石雕。

　　"十七分钟前，美国遭到了'9·11'事件以来最严重的一起恐怖袭击——不，是二次世界大战以来美国本土遭遇的最大规模袭击。"总统嘴边的法令纹如刀锋般深刻，"看视频。"

　　一个静谧的小镇出现在屏幕上，几秒钟后，它如乐高玩具般崩坏了，火焰升起，大地沸腾，架在山上的望远镜头在热风中剧烈震荡起来。冲击波吹起飞石，镜头倒下了，最后一个画面是指向天空的黑红色云柱，爆炸云逐渐舒卷，如一个漆黑的微笑。

"攻击来自特里尼蒂 α 空间站。没错，那个花费了万亿美金的新能源项目，我们头顶上的太阳能发电站。"总统说，"没有人员伤亡，他们攻击的是被疏散的市镇，这是一次该死的示威，先生们。"

"……以及女士们。"国防部副部长补充道。她在会议系统中发布了一则简报，"激光照射持续了一分钟时间，按照初步估算，其威力与 W79mark-II 五千吨级战术增程核炮弹相仿。一枚核弹毁灭了城市，就像 1945 年 8 月 6 日的广岛，不同的是，这次我们是被轰炸的一方。"

安全事务助理点亮话筒，"总统先生，与特里尼蒂公司高层依然无法取得联络，他们的技术部门声称被三个特里尼蒂空间站单方面切断的通信与远程控制功能是无法恢复的，只能等待对方主动联络。另外这次发射……并非全功率运行。"

总统揉着眉心，"给我数据。"

"数据还未上传。他们似乎有所隐瞒。"

"看来必须做些什么。"

"是的，总统先生，我们的行动组已经进驻特里尼蒂公司的波士顿总部……"

"闭嘴！联络时间到了。"总统低喝道，"FBI 的心理专家在场吗？"

巴塞罗缪博士按下话筒，回复："我是 BAU 的行为分析学顾问,先生。"

"很好,我跟他们对话,你告诉我这些兔崽子究竟想要什么,必要的时候,我会拉你加入对谈。"

视频窗口展开,一片漆黑。沉默在蔓延,喘息声清晰可闻,博士能嗅到空气中有迷惑、不安、愤怒和恐惧的味道。这些大人物如同刚刚被郊狼袭击的羊群,丧失了行动的能力,呆滞地矗立在血腥味的夜色中。美国已经和平太久了,从诺曼底、朝鲜、越南到伊拉克、伊朗和阿富汗,美国人只习惯于把炸弹砸在别人头上。博士做了个深呼吸,大口喝下冷掉的咖啡。

第一位宇航员出现在屏幕中,接着是第二位、第三位。俄罗斯人,美国人,法国人。男人、男人和女人。戴眼镜的人,不戴眼镜的人。强壮的人,中等身材的人。黑发的人,金发的人。布兰登·巴塞罗缪紧盯画面,捕捉对方每一个微小的动作细节,试图找出三个人之间的某种关键联系。

这时,俄国人首先开口了。

"是总统先生吗?你好。"左手推一推玳瑁框眼镜,别列斯托夫·肖微微点头致意,"来自特里尼蒂 γ 空间站的问候,先生。"

"我就算了。没心情。"金发的法国宇航员挥了挥手,闭着双眼,继续在空中盘膝慢慢旋转。

美国宇航员笑了起来,露出洁白整齐的牙齿,他敬了个似是而非的军礼,说道:"特里尼蒂 α 站的里克·威廉斯向您报到,这儿很高,空气不错,要是循环装置里没有尿骚味就更好了,先生。"

总统的表情显得非常平静,"如果说错的话请打断我。二十分钟前发生在阿拉莫戈多的事情,应该并非误射,你们在与美利坚合众国正面为敌。一位美国公民，NASA宇航员，美国海军陆战队第一陆战步兵师上尉连长的儿子，你背叛了自己的国家和父辈，小威廉斯先生，我对你感到非常失望。"

"啊，对不起，愿他老人家能够安息。"美国人轻快地回应道，"那么说说正事儿吧。刚才只是温和地说出'你好'而已，我本来想毁掉大一点的城市，比如罗斯维尔或者拉斯克鲁塞斯①，但我的中俄混血兄弟是个仁慈的家伙，他告诉我，《三国演义》里有句话叫作'先礼后兵'，打招呼的时候要带着微笑才行。瞧，没人死去，皆大欢喜。"

"你们代表谁？"总统双手交握撑起下巴，用阴沉的深灰色眼睛盯着三万六千公里外的男人。

莫甘娜背对镜头，线条柔和的肩膀起伏不停。里克·威廉斯摆摆手说："看来你们还是没搞明白。我们不代表谁，我们是特里尼蒂，三位一体。我们代表我们自己，总统先生。"

"那让我换个说法……你们想要什么？"总统说。

"很好。"美国宇航员正色道，"九小时四十分之后我们会进行第二次发射，发射功率和照射时间都会增加，你能想象到那会产生什么结果。我们要求美国政府说服其他理事国申请召开联合国紧急特别会议，特里尼蒂将列席会议，十个小时的时间用来筹备会议，我想足够了。如果紧急特别会议如期召开，我们将延缓第二次发射，否则，高能激光会命中一座小型城市，杀死城市中的所有人，以及所有鸟类、啮齿类和昆虫，对不起，还有猫和狗。我们不会提前告知将攻击哪座城市，也不接受其他任何形式的妥协。"

---

① 均为新墨西哥州城市。

沉默降临。

巴塞罗缪博士观察着三位宇航员的表情与动作,在笔记本上记录着什么。没有人说话,屏幕上的总统足足静默了一分钟,特里尼蒂的宇航员们也默契地保持安静,似乎想给地球上的人们一点反应时间。

"十小时后,美国大部分地区将进入夜晚,你们没法发动攻击!"这时副总统忍不住开口。

肖推一推玳瑁框眼镜,做出回答:"第一,特里尼蒂空间站位于三万六千公里高的地球静止轨道,若具有基本的中学物理知识,你就会发现我们受到地球阴影遮挡的概率微乎其微,白天和夜晚,对太阳能抛面集中器的性能没有影响;第二,这次发射的目标选择不限于美国本土。我们的激光照射范围覆盖地球上百分之八十五的陆地面积,换言之,将覆盖百分之九十九的人类聚居区域。"

"所以,这不是针对美国的恐怖主义行动……你们想要更多。"总统的声音很低沉,"召开联合国大会是异想天开的想法,就算以大规模恐怖袭击作为威胁……"

里克·威廉斯打断了他,"联合国大会第 A/RES/377(V) 号决议,安全理事会遇似有威胁和平、破坏和平,或侵略行为发生之时,如因常任理事国未能一致同意,而不能行使其维持国际和平及安全之主要责任,则大会应立即考虑此事,俾得向会员国提出集体办法之妥当建议;倘系破坏和平或侵略行为,并得建议于必要时使用武力,以维持或恢复国际和平与安全。当时如属闭幕期间,大会得于接获请求后二十四小时内举行紧急特别届会。紧急特别届会之召集应由安全理事会依任何七理事国之表决请求为之，或由联合国过半数会员国请求为之——七个理事国，听起来没那么难。"

总统猛然推开椅子站了起来，"美国不接受任何恐怖分子的威胁！我要结束通话，这场闹剧到此为止！"

威廉斯微笑道："火种已经点燃，你没法阻止火焰蔓延，总统先生。美国政府对新闻媒体的控制是徒劳的，无数人早已从社交网络上看到了阿拉莫戈多毁灭的景象，我们安置的信息炸弹在发射的同时引爆，特里尼蒂项目的真实资料将逐步泄露至互联网。这个世界已经知晓我们的名字，现在，他们会意识到我们的力量。你们必须接受要求，因为那是全球性恐慌唯一的抑制剂，没错，这是一个新时代的起始，这是风暴的开端，先生们！"

"我讨厌你用百老汇腔说话。"旋转着的莫甘娜说。

"特别紧急大会召开时，请在有线电视网发布正式新闻，我们会看的。"肖说，"当然，如果你们进行无线电屏蔽的话，别忘了在联合国总部大楼楼顶摆一个二维码，我会让一个摄像头对准曼哈顿的。那么，再见。"

三位宇航员依序消失，画面重归黑暗。

视频会议立刻出现了二十四个声音。所有人都在叫嚷，语音系统自动进入讨论模式，耳机里充满咒骂声和催促声，直到总统按下最高优先级的按钮，将其他人全部静音。"闭嘴！"他吼叫着，以盖过战略情报室里嘈杂的噪音，"闭嘴！……闭嘴！"重复了三遍，总统才喘息着坐下来，用灰色眼睛扫视所有参会者，"我宣布重新启动'太空怒火'计划。接入空军太空司令部，我要彼得森空军基地在十分钟内完成预备部署,给出详细作战方案。提高威胁预警等级,必要的时候,我会宣布美国本土进入战争状态——这是一场狗娘养的战争!先生们,做你们该做的事情,十分钟后向我汇报,会议到此结束。"

"是的,总统先生。"

巴塞罗缪博士用鼠标点击结束视频对话的按钮,发觉掌心滑腻腻的全是汗水。这时,一个独立对话界面弹出,画面上总统慢慢抬起头,问:"巴塞罗缪博士,FBI对你的评价非常高。现在告诉我,这些人是疯子、妄想狂还是新纳粹?"

博士谨慎地回答道:"我正在看他们的心理测试答卷,仅从刚才的对话来看,他们不是反社会型人格障碍者,行动并非偶然动机和偶发情绪驱使的——话说回来,具有严重人格缺陷的也不可能通过NASA的筛选,先生。"

"废话。"美国总统揉搓眉心,"我现在没空听废话,博士。"

"我的观点没有变,他们的意志非常坚决。你可以赌博,但要做好一败涂地的心理准备,总统先生。"

"我父亲在加尔各答暴乱时被砍成肉酱,母亲吸毒过量死在布鲁克林的小巷里,我十二岁时因为洗涤工厂的劣质洗涤剂丧失了视力,六年前我在大选中失败,因急性酒精中毒被送入医院切除了胰脏和半个肝,只有上帝知道我一滴酒都没喝。可我还坐在这里,博士。我是美利坚合众国总统,我知道自己在干什么。"抚摸着自己灰色的眼球,高踞长桌顶端的男人说。

距离第二次发射9小时29分0秒

俄罗斯莫斯科市卢比扬卡广场2号楼　地下八层

肖平和他的俄罗斯老伴惴惴不安地坐在沙发上。红色皮沙发，盖着白色绣花沙发巾，茶几上放着瓷茶壶，红漆的柜子，柜子上有俗气的金色花边装饰。从走出电梯门的那一刻起，他们就有种错乱的感觉，楼道挑高的房顶、红色油漆地板和褪色的护墙板已经多少年没见过了？赫鲁晓夫时期的旧建筑就是这副模样，脚踩在水泥地板上还会发出空洞的回声，可这明明是早已进入二十一世纪的莫斯科啊。

他们被士兵们送到这里，一位戴口罩的女医生为他们检查了眼睛和耳鼓膜，给他们递了眼药水，然后端着药盘离开。肖平不知道自己身处何处，只能隐约猜到事情跟儿子有关。老妇人投来惊恐的目光，肖平把她的手紧紧攥住，"别怕，阿佳塔，这一定是一场误会。"

这时门锁突然咔嗒的一响，两位老人同时站了起来。一个身穿白衬衣、深蓝色西装外套和黑皮鞋的斯拉夫男人出现在门口，"肖先生，斯托罗尼克娃女士，请坐。"他的脸上有一道相当惊人的伤疤，看起来曾有一颗子弹穿过他的腮部然后从鼻翼位置射出，在嘴角留下了深深的伤痕，使这个人面无表情的时候，都像是在微笑。

"伊万。"没等肖平开口询问，来人指指自己的胸口，"FSB[1]"

肖平的耳朵仍在嗡嗡响，他不知不觉提高了音量："我是俄罗斯航天功勋科学家，即使 FSB 也不能非法逮捕我！"

---

[1] 俄罗斯联邦国家安全局。

伊万瞟了他一眼,眼神中不带任何感情。他自顾自开口:"平·肖,原籍中国山东泰安,火箭专家,二十七岁由中国国家航天局派遣来到俄罗斯参加质子 P2 火箭研发工作,后成为中俄空间发展联盟驻俄罗斯特派员,三十四岁与俄罗斯人阿佳塔·斯托罗尼克娃结婚,四十二岁加入俄罗斯国籍。"

"……对。"肖平坐直身体,"我爱中国,也热爱俄罗斯的大地。我选择留在这儿。"

"你们只有一个儿子,别列斯托夫·肖,中文名叫作肖,出生于莫斯科国立谢东诺夫医院,今年三十九岁。"

"不对,他……"

"我是说,离三十九岁生日还差两天。"

"对。"

"新西伯利亚国立大学毕业,功勋宇航员,中俄空间发展联盟首席太空人,远东特里尼蒂项目第一顺位操作者。未婚。"

"对。"

"韦氏智力测试得分 145。心理评估等级优秀,评语是'非常冷静,具判断力'。"

"对。"

"但他并非你们的亲生儿子。"

肖平感到阿佳塔的手颤抖起来。他望着对面的男人,伊万露出毫无表情的笑容。"对。"肖平低下头,"这件事很少有人知道……有一天我出门办事,看见路边的树上停着好多乌鸦,我过去一看,在树杈中间发现一个布包,孩子就在里面睡着。我和阿佳塔有生育困难,一直没有孩子,于是我就将他抱回家当亲儿子养。因为收养手续有问题，我找到谢东诺夫医学院的朋友办理了出生证明。他长得虽然不像我，但很巧也是亚美人种，一般人不太能分辨出来……对我来说，他就是我的亲儿子。"

"别列斯托夫自己知道吗？"

肖平犹豫了一下，"可能知道，这小子很聪明。不过他没挑明，我们自然也就不提。"

伊万的灰蓝眼睛眨也不眨，"他背叛俄罗斯的事情，同美国和中国有关吗？"

"……什么？"

两位老人同时愣住了。没给他们反应时间，伊万说："特里尼蒂项目失控了，他和两名外国宇航员拒绝接受地面指令，发出恐怖威胁，现在 FSB 需要别里斯托夫个人电脑里的数据，他设下了复杂的 SHA-3 密码，暴力破解要花去很多时间，所以，现在需要你协助。"

肖平的嘴唇颤抖着，"我不知道什么密码。那孩子不可能做出背叛国家的事情！他出生在俄罗斯，身上没有一点儿我的中国血统，他是个爱国的俄罗斯联邦公民！虽然他平常话不多，不出任务的时候喜欢一个人闷着，可是绝对不会做坏事！我以父亲的名义发誓！"

"不。"伊万淡淡地回应，"你在说谎。他的住宅在你们住宅的正下方，FSB 的特工在你卧室地板上发现了钻孔和布线的痕迹，你最近一批试验材料里有定向拾音设备、微型摄像头、光缆和防探测装置。如果没猜错的话，你早已发现儿子叛国的事实，于是偷偷在屋里监视他！别列斯托夫的住宅有着完善的反侦测措施，比克里姆林宫的会议室还要严密,可他没想到自己的父亲早就在日光灯灯罩里布下了探头。"

阿佳塔的脸色变得煞白,她抽出手来盯着肖平。一滴汗水沿着老人的鼻翼滑落,肖平慌乱地说道:"不不,一次航天任务结束返回地面后,我发现他有点儿不正常,于是决定偷偷观察他一下,后来发现他没事,我就把数据全部销毁了。"

伊万掏出一包寿百年香烟,用一次性打火机点燃,神情木然地盯着他。

肖平提高声音:"他是无辜的,你们搞错了!"

"密码只有二十四位,就算是旧密码也没关系,我们能根据密匙找出编码规律,缩减计算范围。你有一分钟时间。"伊万吐出一个烟圈,因为嘴角残缺,烟圈的形状并不好看。

"我不知道什么密码。"肖平倔强地梗着脖子。

突然间,伊万的电话响了。楼道里传来无数嘈杂的电子合成音,那是数十台手机同时响起,所有人的电话被同一个号码拨通的缘故。伊万接通电话听了几秒钟,摇了摇头,站起来,"没有时间了。把他们带过来。"

距离第二次发射 8 小时 20 分 20 秒
阿尔及利亚阿德拉尔省　提米蒙绿洲

七岁的查奥·阿克宁看完一集动画片,瞧瞧窗外,太阳还没落山。他在地毯上躺了一会儿,把最后一块哈尔瓦点心掰成两半,浇上蜂蜜,吃掉一块,端着另一半走上楼梯。

平坦的楼顶晾晒着彩色条纹床单和爸爸的白色长袍，查奥钻过散发着清香味道的衣服，看到妈妈站在矮墙旁边，用他的玩具望远镜眺望远方。"妈妈！"他跑过去抱住母亲的腰，"爸爸快回家了吗？我们晚餐吃什么？"

"番茄炖羊肉好吗？"妈妈微笑着回应，从他的小托盘里拈起点心，咬了一小口，再将剩下的塞进查奥嘴里，"如果爸爸不回来的话，我们就去找他，在基地那家摩洛哥餐厅吃番茄炖羊肉，再给你来一大杯你最爱吃的巧克力香草冰激凌。"

"好啊好啊！"孩子笑着，"可今天所有人都没去基地，我们偷偷过去可以吗？"

妈妈点点头，"我在等爸爸的电话，他一打电话来，我们就开车去基地。"

"那爸爸什么时候打电话来呢？"

"你瞧。"

妈妈把望远镜递给他，指向西边那座赭红色砂岩的山，山顶那些蓝色遮雨棚下面空空荡荡。"那些观看发射的人已经下山了，他们会回到城里来，到公司总部大楼去开会。爸爸就快打电话来了，因为这个时候基地空无一人，也没人会注意我们离开提米蒙新城。"她说。

"为什么大家要回城来呢？"查奥看到许多车子正从山那边驶向城市，临时道路上扬起金红色的烟尘。

"因为发射取消了呀。疏散命令还没有撤销，他们不能到基地去。"

"为什么发射取消了呢？"

"因为……爸爸会告诉你的。"电话响了起来,妈妈接通电话,听了几分钟,冲小查奥点点头,"好了,出发!"

"耶! 巧克力香草冰激凌!"孩子跳跃起来,一溜烟冲下楼梯,将亚麻外套披在身上,挎好帆布包,换上皮凉鞋。门外停着的雪铁龙电动汽车已经提前开启空调,电发热装置吹出轻柔的暖风,妈妈拉开车门让查奥坐在副驾驶位置,替他系好安全带,"先睡一会儿吧,到了我就叫你。"

"我不困! 我会替妈妈指路的,我认识去基地的路……再说你也不给我唱摇篮曲。"尽管小查奥如此保证,车子刚一驶上平坦的 N51 公路,他就在暖风和玛莲·法莫①的歌声中沉沉睡去了。

一觉醒来,窗外已经一片漆黑,白色 LED 车灯劈开夜色,前方能隐约看见基地信号塔的红色闪光。

"咣当!"雪铁龙碾过什么东西,高高地弹起来,又重重落地,彻底驱走了查奥的睡意。他打了个呵欠,扒着座位向后望,"妈妈,是不是撞到兔子或者沙鼠了?"

妈妈的声音显得有点儿严厉,"别乱看,好好坐着!"

查奥缩起身子,偷偷观察外面。车灯光柱的边缘出现了两截黑漆漆的东西,查奥以为那是有人丢弃在路上的木头或者沙袋。妈妈猛烈转动方向盘,轮胎发出吱吱的呻吟声,车轮画出 S 形曲线躲过了障碍物。小查奥转头去看,发现险些被车轮压住的黑东西长着手和脚,如同玩坏的娃娃一样摊在路上。

"妈妈……"查奥小声说。母亲没有回答。

前方变得明亮起来,一辆箱型车斜停在路边熊熊燃烧,有个

---

① 法国著名女歌星。她的歌声另类,却富亲和力,穿透力极强。

男人跪在车门处，上半身已烧成焦炭，下半身沾满暗褐色沙子，冒着热腾腾的蒸汽。雪铁龙左侧车轮碾着路基下的粗砂，剧烈颠簸着与箱型车擦身而过，查奥惊叫一声低下头，感到火舌从玻璃上舔舐而过。"……妈妈！"他带着哭腔喊。

"别怕，马上就到基地了，爸爸在那里等我们。"紧握着方向盘的女人挤出一个微笑。电动机的嗡嗡噪声变得尖锐起来，雪铁龙轿车提高速度，将几辆着火的车子和凌乱的尸体甩在后面。基地警戒区的铁丝网出现在前方，但电动大门已经倒下，探照灯也没有工作。

"咚咚！"电动车压过铁门，两只轮胎同时被锋利的断茬划破，母亲用力控制着方向盘，车内响起刺耳的蜂鸣声，那是胎压警报与 ESP 启动警报在工作。"嘎吱吱吱……"小车在布满浮沙的路上左右扭动，如惊慌的蛇在沙漠中高速游移，查奥用力抓紧窗子上方的拉手，闭上眼睛尖叫。

"好了好了，查尼，没事了。"一只汗津津的、冰凉的手抚摸着查奥的脸颊，将他从歇斯底里中拯救出来。雪铁龙横在基地正门口，留下数十米长的蜿蜒刹车痕。母亲将查奥拉下车，走向基地大门，那扇供员工日常通行的自动门只关了一半，警示系统滴滴作响。母亲让表情呆滞的小查奥躲在自己背后，然后从长风衣口袋里掏出一支手枪。

"……妈妈？"孩子喃喃地说。

母亲竖起手指做了个"嘘"的手势，左手拨通电话，右手平举手枪，慢慢走进大门。电话接通了，听筒里传出短促有力的冲锋枪射击声，夹杂着男人濒死的呼喊，"佐薇！没想到护卫队这么早就回来了，搞得有点仓促，不过……"九毫米手枪射击的爆破音响了三声，"……不过已经压制住了，你们沿右侧通道进来，在中央控制室会合……查奥还好吧？"

"他吓坏了，不过我认为他没事。"

母亲拽着孩子走进基地，穿过灯光幽暗的通道，不锈钢地板沾上血迹后变得光滑无比，查奥好几次差点摔倒在尸体旁。仍然温热的尸体身穿黑色制服，肩章上画着高昂着头的单峰驼，查奥认得这个标志，甚至能认出几个男人的脸。他们是基地保卫队的成员，法国南部沙漠保安公司的雇佣兵，爸爸的同事，曾经亲切地摸着他的头叫他"Petit Chameau①"的叔叔们。

现在他们死了。

被爸爸杀死了。

两个人进入中央控制室的时候，最后一名敌人刚刚被击毙，一颗九毫米帕拉贝鲁姆子弹掀开了他的半边头盖骨，粉红色的血顺着鼻尖滴下，这男人以怪异的姿势趴在指令席上，仿佛正在保护某个隐形的科学家。屋子中间站着十几个男人，看见孩子进来，他们纷纷收起枪支，转过身擦拭脸上的污迹与血渍。

"查尼！"父亲从人群中间走出来，像老鹰一样张开臂膀，"没事了，我们马上就会开启基地的自动防御系统，这里安全了。你可以像回家一样安心，等我洗漱一下，咱们去摩洛哥餐厅吃沙拉、塔吉(炖菜)和库斯库斯手抓饭好不好？"

查奥瞧着眼前陌生的男人，并不觉得这个浑身散发着硝烟和鲜血味道的人是自己的爸爸。"我答应他吃番茄炖羊肉的。"母亲

① 法语，意为"小骆驼"。

用手揽住孩子的肩膀说,"还有巧克力香草冰激凌。"

"好啊,巧克力和香草一样来一杯!"父亲笑了起来,抓起查奥的手走向大厅门口,"不怕肚子痛吗?"

查奥有点儿躲闪地放慢步子,但还是仰起头回答:"是巧克力香草,不是巧克力和香草……爸爸,你为什么要杀人?"

"有这种口味的吗?一个冰激凌球有两种口味?"

"不是!是巧克力和香草本来就在一起的口味!"

父子俩在怪异的谈话中走出门去,留在控制室的男人们与屋里唯一的女人拥抱问好。"埃里克森和本牺牲了。"男人们沉痛地汇报,"还有斯宾塞,他负责守卫警戒区大门,南部沙漠公司的车队一出现,他就在对讲机里做出汇报,但马上就被对方的神射手爆了头。巴蒂斯塔的肚子中了两枪,估计撑不过今晚,盖诺的腿被枪榴弹炸断了,两条腿……对方死了三十个人,因为我们抢先控制了一小部分的自动机枪,在外围占了点便宜。"

"NLF[①]不会忘记他们的。"女人说,"天上的情况怎么样?为了安全起见,我一直没有上网。"

一个耳朵被流弹撕破的男人不顾满面流血,兴奋地说道:"他们如约进行了发射!网络现在已经快爆炸了,所有人都在疯传那次攻击的视频,还没有国家公开发表声明,但他们已经成功了,这太棒了,佐薇!"

女人缓缓地吐出一口气,手抚胸脯,"七年了,就为今天……我们去餐厅吧,今晚需要庆祝一下。"

"那要不要按照 NLF 的规矩……"有人试探性开口,立刻被

---

①Nature Liberation Front,自然解放阵线。

身边人制止了："你胡说什么，有孩子在啊！"

女人笑了，"从这一刻起，他不再是我们的孩子了。这栋建筑物已经被自然接管，我们无须再伪装文明了，同志们！"她一边向外走，一边褪去身上的风衣、绒衣、长裤和皮鞋，露出没有穿内衣的洁白胴体，最后她解开束发的卡子，让红色长发垂坠下来，"……餐厅见。"

裸体女人消失在冰冷的钢铁通道中。

距离第二次发射 5 小时 47 分 4 秒
地球静止轨道　特里尼蒂 β 太空站控制室

莫甘娜·科蒂准备吃点东西，每当心慌意乱的时候她总想吃东西，食物能缓解紧张，尤其是在她的太空瑜伽失去作用的时候。

舱内播放着一首柔和的歌，温柔的女声轻轻唱着："Dodo, l'enfant do, l'enfant dormira bien vite."莫甘娜一边听歌，一边把一袋脱水菠菜插在料理台上，泵入五十毫升的水，漂浮在旁边，耐着性子看袋子里的绿色蔬菜一点一点膨胀起来。咀嚼着淡而无味的菠菜，她给自己准备了一份奶酪通心粉、一小盒布丁和一袋综合果汁。"想吃巧克力香草冰激凌。"她把那些食物丢向舱底，慢悠悠地飘过去，一边瞧着脚下的地球，一边用牙咬开布丁盒。湛蓝的地球镶嵌在观察窗中央，显得遥远而寒冷，窗子旁边贴着几张照片，最显眼的是三名宇航员在中国海南文昌太空中心受训时的合照，照片上美国人搂着法国女人开怀大笑，别列斯科夫·肖站在旁边，望着镜头外的什么地方。

"莫甘娜。"通信屏幕亮起来，肖那张缺乏表情的脸出现在上面，"打扰你吃饭了，不过我想确认一下 β 站的情况。"

"还好。"法国女人瞟了一眼综合信息屏，所有数值都在绿色范围之内，"我有点儿累。"

肖用左手扶正眼镜，由于缺乏重力，眼镜与鼻梁的相对位置总显得有点儿别扭。"几分钟以前信号被切断了，我没有在电视和网络中看到官方回应，除了那些'强烈谴责'。"他用指关节嗒嗒敲击控制面板，看来在思考什么事情，"我猜美国当局要赌一把了。注意安全，按计划来，莫甘娜。"

"我明白。"莫甘娜伸长手臂按下几个按钮，空间站某处传来轻微的振动，"只要你编写的自动化程序没问题，我们应该是安全的，对吧？……我只是对某些事情不太确定。"她将飞向舱壁的布丁捞回来，舀了一勺放进口中，"说点儿什么让我好受的话吧，肖。"

"我对程序有信心，但并不了解对方的底牌。冷战之后，美国停滞了三十年的太空军备计划究竟重新部署到了什么程度，没人知道。撑过这一关，我们就成功了大半，如今能做的并不多，只有祈祷。"

"我不祈祷。我是自然主义者。"莫甘娜说。

"我也不祈祷。只是修辞手法而已。"

"你真无趣，肖。"

"接受批评，但很难改正。"

"很难？"

"如果我们能活下来，将会有大把的时间用来消磨。到时候我会尽量变得有趣一点。定时联络的时候再见，莫甘娜。"

女人用湛蓝的眼珠盯着屏幕上的黑发男人，"等一下，我……"话音未落，肖就切断了通话。"……我可能没法做到那样的事情。"她喃喃说道，用颤抖的右手举起布丁，她需要食物，更需要食物里加入的镇静药剂，她的神经已经紧张得太久，如同一根绷得太紧的弦，随时可能拉断。

她吞下布丁，左手推动控制台上的手柄，屏幕上出现了一片金黄的沙漠，沙漠中心的建筑闪闪发光。"你在吗？……有时候我会想，这一切究竟是为了什么。如果有办法补救的话，你说，还来得及吗？杀人这种事情，毕竟是无法饶恕的大罪啊……"莫甘娜对着遥远的画面柔声说。

当然，无人回应。

歌儿还在响着："Dodo, l'enfant do, l'enfant dormira bien vite."

距离第二次发射 5 小时 09 分 01 秒
大西洋上空 美国空军 AMC-XII 远程运输机 编号 60-752A

布兰登·巴塞罗缪博士面前的咖啡洒了一半。这种最新型运输机并非令人舒适的交通工具，亚音速巡航时的噪音震耳欲聋。博士坐在空荡荡的机舱里，这趟航班的乘客只有四名随行人员和他自己。"不要将我排除在外！"老人冲着麦克风吼着，"我说，不要将我排除在外！我明白总统决定发动攻击，但起码让我进入参谋组，我能帮得上忙！"

耳机里传来总统安全事务助理自鸣得意的声音："恐怕我做不到，'太空怒火'计划的保密级别——"

"听着，我花了几个小时分析那三个家伙的心理测试报告，看了肯尼迪航天中心提供的大量视频资料，现在没人比我更了解他们！"巴塞罗缪博士用黏糊糊的手指戳着被咖啡溅湿的电脑屏幕，"告诉总统，在关键时刻做出的判断很可能是盲目的，我需要成为美国联邦政府的决策参谋！"

对面的人安静了一会儿，"总统先生同意了，你很幸运，博士。绝大多数美国人并不知道我们的太空军事实力，你会目睹一场高烈度却又十分短暂的战争。"安全事务助理得意扬扬地说，"一切结束之后，我们会对外发布'太空怒火'的部分细节，宣告美利坚合众国拥有制天权，没有比这更合适的机会了，不是吗？"

博士单方面中断了通话。屏幕上跳出请求窗口，白宫战情室再次出现在眼前，屋里的人明显减少了，来自彼得森空军基地的远程画面占据了一半的信息窗口。一位身穿蓝色制服、头戴黑色贝雷帽的军官正在对作战计划进行最后确认，巴塞罗缪博士认出了他的肩章：一位从未出现在大众视线中的四星上将。博士明白，此公就是美国空军太空司令部的最高指挥官，整个地球上最神秘的军事力量的统帅。

"……轨道高度三点六万公里，超出了大部分武器的打击范围。装备在 F35E 上的 TLS 空基反卫星导弹最大射高是两千一百公里，而地基的'黑鼬鼠'则是一千公里，距离特里尼蒂 α 站还很遥远。至于地基激光反卫星系统，只能对三百公里以下的低轨道卫星产生足够威胁。"四星上将指点着轨道图讲解道，从图上看，三座特里尼蒂空间站构成赤道面上的等边三角形，地球是三角形中心一个小小的圆。"……而我们大多数的攻击卫星都在四千公里以下的轨道运行,只有部分型号能够发动有效打击。最可靠的打击力量,是运行在同步轨道的四颗'殉道者'攻击卫星,以及三千二百公里高轨道的十四颗'雷鹰'远程攻击卫星。两个小时前,所有的'殉道者'和'雷鹰'已完成系统激活及试点火,状态完好,随时可以发动攻击。如果将攻击时间延迟到二十四小时后,我还可以让五颗卫星变轨加入攻击行列。另外,一枚'德尔塔九号'运载火箭正在运往卡纳维拉尔角的途中,它携带了十枚反卫星拦截器,能够进行三万英里以上的深空作战,不过发射准备需要两天时间,毕竟'太空怒火'项目停滞已久……"

总统坐在桌前,双手交握遮住嘴巴,"不,我们没有二十四小时,更没有两天时间。"

"明白。作战准备已经完成,我们将动用距离最近的两颗'殉道者'和六颗'雷鹰',使用 SBL[①] 与 SBI[②] 对美国上空的特里尼蒂 α 站发动攻击,其余力量分配给非洲上空的 β 站、亚洲上空的 γ 站。"指挥官说,"战争一瞬间就会结束,总统先生。"

总统点了点头,问道:"无线电干扰奏效了吗?"

"已经切断空间站到地面的所有通信,但三个空间站之间使用激光脉冲通信,不受地球遮挡,所以暂时无法干扰。"

"向中国和俄国发出照会了吗?"

"七分钟前,已经传达给了中国、俄罗斯和北约成员国。"

总统站了起来,"这是世界上最强大的国家对三个人的战争。不,仔细想想,以国家为对象才能称为战争,这只是一场审判、一

---

① 天基激光器。

② 天基动能拦截弹。

次行刑。"他转过身，目光扫视着身旁的幕僚，"白宫，五角大楼，太空司令部，美利坚合众国。无须怀疑，我们将会胜利，我不相信存在第二种可能。上帝保佑美利坚！"

巴塞罗缪博士想要发言，但他的头像在两百寸综合信息屏幕的角落徒劳地闪动，有几个人跟他一样在大声叫嚷，试图告诉总统什么事情。

无人理会。

总统将密码钥匙插入控制台，弹开保护盖，按下了代表战争开始的红色按钮。

距离第二次发射：5 小时 01 分 30 秒
地球静止轨道 特里尼蒂 γ 空间站两千公里外

一颗波音公司制造的国际通信卫星 EpicNG 709MP 通信卫星收起太阳能板，在太空中悄然转向，使其圆柱形结构的底端指向两千公里外的庞然大物。从这个角度观察，特里尼蒂 γ 空间站巨大的复合抛面集中器就像一堵漆黑的墙壁，遥远的视界边缘镀着一线金色阳光。

这颗"殉道者"攻击卫星已经锁定目标，激光瞄准器的光斑在特里尼蒂空间站控制室外壳部位闪烁了十万次，随着武器系统保护盖熔毁，二十四枚 SB-KKA 动能拦截弹显露出来。

几秒钟后，"殉道者"激发了一级固体推进装药，蓝白相间的尾焰从卫星尾部喷薄而出，所有导弹悄无声息地离开母体，以一千米每秒的相对速度射向目标。紧接着，弹体上的二级推进器启动了,矢量喷射口朝不同方向偏转,二十四枚导弹如花瓣般散开,化为三个攻击梯队,迅速加速到十四千米每秒的惊人速度。固体推进器很快烧蚀殆尽,余下的动能战斗部是一块一百七十公斤重的实心钨合金锥体,它击中目标时能够释放五点六吨TNT当量的能量,足够把一栋大楼从地面上抹去,当然更能轻易撕开太空站那纤薄的合金外壳。

为了尽量减少太空战产生的爆炸碎片,"殉道者"并未装备炸药武器,但除了二十四枚动能导弹之外,它还有更强大的攻击手段。攻击卫星开启所有推进器开始加速,助推焰照亮了逐渐崩解的圆柱形结构体,纤细而强韧的碳纳米管绳索将飞离母体的金属部件连接起来,当加速结束时,它会化为一张直径五公里的大网,可将侥幸躲过第一波攻击的目标包裹起来,将其拽向不可逆转的失速坠落轨道——当然在其悲壮的名称背后还有另一重意义:太空战爆发后,美国会在必要时使用"殉道者"作为碎片收集器,避免密布在静止轨道的通信和军事卫星被太空垃圾波及。

动能弹飞速穿越黑暗的空间,留给特里尼蒂空间站的时间只有两分钟。

空间站控制室内,肖点亮了通信系统,对两名伙伴简短地说道:"这个时刻到来了,祝你们好运。"

"好运,伙计。"

"你也一样。"

γ空间站的主控电脑上运行着一个第三方程序,由肖亲自编写并利用系统漏洞植入的自主防御程序。复合抛面集中器外缘亮起一串红色信号灯,隐藏在防辐射板背后的透镜系统显露出来，像数百只窥探着深空的眼睛。主电脑花了两秒钟的时间进行诸元计算，将目标锁定，发出拦截请求。

肖扶正眼镜，开启了自动防御模式按钮。

四十厘米直径的光斑凝聚在第一枚动能弹上，钨合金转瞬间气化，分子向太空四散逃逸。紧接着是第二、第三、第四束激光，每个光斑都笼罩了一枚弹头，这是特里尼蒂太空站的陨石防御系统在高效工作。为保证抛面集中器不被小陨石和太空垃圾伤害，三座太空站都装备了激光防御系统，由主泵浦激光器提供的能量可以尽情挥霍，防御激光的能量很高，若集中射击，足以将数十吨重的物体瞬间消灭。肖所做的只是破解防御系统的目标甄别，提高响应速度和瞄准并发数，将功能单一的自我防御措施化为强大的自动化武器。

俄国人面无表情地盯着屏幕，看着代表目标的红点一个一个消失。另一块屏幕上，他锁定了在攻击卫星发射动能弹同时进行变轨的中低轨道卫星，"还是露出马脚了吧，美国佬。"他低声自语，点触屏幕，发出了攻击指令。

三万公里之下，一颗伪装成海事通信卫星的"雷鹰"攻击卫星正从特里尼蒂 γ 空间站的投影点附近掠过，它刚刚瞄准目标，即将激活氧碘化学激光器发动攻击。这种化学激光短时间照射的强度不足以熔化空间站的防辐射外壳，但能够烧毁所有裸露在外的镜头、探测器乃至电子设备。若集合多台"雷鹰"集中照射，则完全有可能凿穿空间站的外层防护。

可这一切没来得及发生。来自特里尼蒂的激光束率先降临，脆弱的攻击卫星立刻失去功能，接着化为青烟。同一时刻，附近的其他几颗"雷鹰"也被光斑笼罩,激光在太空中传输几乎没有衰减,特里尼蒂的力量没有任何人造物体可以抗衡。

这时,二十四枚动能弹已被全部清除,屏幕上却多出了密密麻麻的红色标记,那是"殉道者"大网的上千个金属节点。

肖陷入短暂的犹豫,从他的角度没办法判断这些目标究竟是什么东西,那既可能是集束炸弹,也可能是金属诱饵。目标飞行的速度较慢,他在三十秒后做出决定:攻击!

一百束激光同时射击,那些来自攻击卫星的金属板、曲轴、电机和导轨被高温气化,大网却没有破碎,碳纳米管绳索在应力拉扯下猛然收紧,网开始旋转,如某种海底生物般摇曳着扑来!

肖按下按钮,开始第二次、第三次射击,但每次射击都只让屏幕上的红点减少一部分,那些目标却纠缠交错得愈加紧密,密度不断提高,最终凝聚在一起化为一个红色斑点。

"……糟糕!"俄国人猛然明白过来那可能是什么东西,也知道以每次一百个目标的攻击频率,已经来不及将对方消灭。但他已没有时间重新输入指令进行大规模照射,所能做的只有冲着通信频道里大吼一声:"是网!不要射击那张网!否则——"

"轰!"

收缩成一团的卫星残骸与太空站控制舱发生猛烈撞击,如同炮弹一般击中舱壁的,是相对速度八千米每秒、总重量一点五吨的沉重钢铁。

距离第二次发射: 4 小时 30 分 0 秒

美国新墨西哥州奥特罗县 特里尼蒂 α 地面站

　　一支由四辆黑色雪佛兰 Suburban 全尺寸 SUV 组成的车队沿着 54 号公路南下，车门上有金色三角形的公司纹章。尽管不到下午四点，车队还是得打开大灯照亮道路。

　　前方出现了美军的临时检查站，车队减速停在横杆前，打头那辆车的车窗缓缓降下，一名美军士兵向穿着黑西装的中年驾驶员敬礼道："前面是临时军事管制区，禁止通行，先生。"

　　"我是国土安全部紧急事务总署副署长查尔斯·唐，这是我的证件。"驾驶员摘下墨镜，打开钱包展示工作证和徽章，"坐在我旁边的人是特里尼蒂公司应急处置小组的负责人，我们接到命令，前往特里尼蒂 α 地面站执行紧急任务。你可以向华盛顿核实，士兵。现在。"

　　那名美军上士检查证件后交还回去，开始用对讲机联系上级。

　　查尔斯·唐活动了一下脖颈，通过后视镜观察后方。天空是铅灰色的，一束巨大而缓慢膨胀着的烟柱占据整个视野。从这个角度看不到燃烧的阿拉莫戈多小城，却依然能从温热、干燥、带着焦煳味道的空气中感觉到火焰的热力。

　　"真可怕。"身旁戴黑色鸭舌帽的男人说，他的帽子上也有金色的三角形标志。

　　"谁说不是呢……"查尔斯应道，他点触车辆中控屏，切换到电视模式，CNN 新闻台正在播放罗马教宗的演说画面。站在梵蒂冈圣伯多禄大殿面向广场的阳台上，教宗语速缓慢地说道："耶稣对他们说：'光在你们中间还有不多的时候，应当趁着有光行走，免得黑暗临到你们;那在黑暗里行走的,不知道往何处去。你们应当趁着有光,信从这光,使你们成为光明之子.' [1]……这是启示,你们应该看到启示。"

戴帽子的男人说:"你知道我不太相信宗教。"

"我也是。"国土安全部官员切换频道,CBS 电视台在播放民间天文爱好者刚刚拍摄到的画面:繁星灿烂的背景中有一片深邃的黑暗,几条弧形亮线勾勒出特里尼蒂太空站的轮廓,微小火花在黑暗中不断迸溅。新闻主持人说:"我们看不清细节,但相信我,有些事情正在上面发生。五分钟前,密歇根大学太空科研计划的带头人之一格林菲尔德教授答应接受记者采访,现在我们进行连线……"

这时,美军士官回到雪佛兰 SUV 旁边,立正敬礼,说道:"没问题了,长官,前面可能很危险,请注意安全。"

"谢谢。可是从第四纪开始人类就时刻生存在危险当中,不是吗?危险让我们变得更强大,士兵。"查尔斯冲他点头致谢,升起车窗玻璃。

士兵挥舞手臂,横杆抬起,四辆 SUV 通过哨卡,加速向前行驶,很快消失在烟雾弥漫的荒原。

士官望着南方,觉得这位在昏暗光线中戴着墨镜的联邦官员是个怪人,但身份核实没有问题,国土安全部给予这支车队最高的通行权限——无论他们究竟要去特里尼蒂基地干什么。

距离第二次发射: 4 小时 19 分 19 秒

---

[1]《约翰福音》第 12 章 35 节、36 节。

大西洋上空 美国空军 AMC-XII 远程运输机 编号 60-752A

耳机中响起运输机驾驶员的声音："我们将于四小时后降落在西汉普顿的弗朗西斯·S.嘉伯雷斯基机场。一号储藏柜中有野战口粮，以及足够的咖啡、香烟和口香糖，请您自便，长官。"

巴塞罗缪博士站起来，摇摇晃晃走到储藏柜前，取出一盒麦克纽杜机制雪茄，拆开点燃，深深吸了一口，喷出浓郁的烟雾。在总统的怒火平息之前，他什么都做不了，不得不找个有害健康的方式来打发时间，即使医生说他的身体除了有机蔬菜之外什么都接受不了。幸好那位暴怒的大人物已经停止砸东西，白宫战略情报室安静下来，只剩紧急信息提醒的单调蜂鸣声。

"说点儿什么吧……"总统坐在桌旁，胸部起伏不定，左手抚摸着自己的右眼球。

他面前的众议院议长整张脸涨得通红，"我说过了！特里尼蒂空间太阳能计划当年确实是我带头推动的，议案能够通过，是我们的一场大胜……但谁能预料到现在出现这样的情况！我知道特里尼蒂美国公司总裁和副总裁在哪里，那个南方暴发户带着长头发的怪胎逃回新墨西哥去了，他的私人飞机应该就在圣塔菲机场！"

总统用指甲轻轻刮着假眼球表面，发出令人心悸的刺耳噪音，"说点儿什么，除了推卸责任的话之外。"

议长抓起桌上唯一一只完好的玻璃杯，一口气喝下整杯矿泉水，"听着，我承认特里尼蒂计划的一些细节是你不知道的，但那对解决问题毫无帮助！要想让空间太阳能开发法案通过，必须跟少数党做出妥协,你知道那些能源巨鳄豢养的政客有多么难对付!……是的,特里尼蒂计划的最大发电量是对外公开值的八倍,满负荷运行的话,一座特里尼蒂 α 太空站就能满足整个北美大陆的供电需求……"

"滚出去!"总统挥了挥手。

议长将涌到嘴边的咒骂强行咽下,转身大踏步离开,开门时差点儿被一张摔坏的椅子绊倒。

信息屏幕里,太空司令部长官垂手肃立,他需要二十四小时才能组织起第二波有效攻击,而"太空怒火"计划没有任何一种装备能完美突破太阳能电站强大的主动防御系统。"如果代号'丁克'的天基电磁炮项目没有在三年前中止的话……"他谨慎选择着用词,"……第四期计划中的SNPC①也能够奏效!洛克希德·马丁公司正在对试验中的中性粒子炮进行作战效能评估,我想——"

"给我接通中国和俄罗斯。"总统打断了他,站起来走到信息屏幕前,挥手关闭太空司令部的远程画面,整理了一下凌乱的领带结。

"是,长官。"

专线电话拨往大洋彼岸,两国国家领导人很快同意了可视电话请求。无须客套,总统明白对方早已从无数个情报管道了解到了事情真相,发生在太空中的战争只持续了五分钟,但已足以震惊世界上每一个有空间观测能力的国家。

"不明智的行为,但这次我们不会谴责。"中国领导人说,"共

---

① 天基中性粒子集束武器。

享情报，这很重要。"

美国总统说："情报？我会尽我所能提供。美国会很快发动第二次攻击，现在到了展现太空战能力的时刻，明哲保身的政治哲学不适用了，他们在威胁整个地球，威胁全人类！我要求中国、俄罗斯与美国太空军协同作战，共同发动攻击，彻底摧毁三座特里尼蒂太空站。"

俄罗斯总理板着脸说："失败是你们的愚蠢导致的，俄罗斯不会步美国的后尘，我们的太空力量会在合适的时候出击。"

"我国第二炮兵早已进入作战状态，中国航天兵已经准备就绪。但直至此时还不知道那些敌人究竟想要什么，我猜贵国有些线索……"中国领导人说。

"联合国大会！我会共享视频。他们没有对你们提出同样的要求吗？这些疯子想要召开联合国特别紧急大会。"

俄罗斯总理问："以什么身份，联合国观察员？"

"我不知道。这个要求太过荒谬，我不会考虑它的可行性。"美国总统说。

中国领导人露出意味深长的微笑，"小的时候，我爷爷经常对我说一句话，他说娃呀，你做啥事都不能心急，心急吃不了热豆腐。你知道这句俗语是什么意思吗？意思是说，豆腐刚出锅，烫，你着急往嘴里一搁，就把嘴唇和舌头给烫坏了。你要等着，等豆腐外面变凉了，里面还热乎着，这时候吃，才好吃，又不烫。"

美国总统脸色阴沉着，"你的意思是？"

"中国不会主动出击，因为时机并未成熟。敌人的第二次发射是个未知数，中国会等到发射之后再做出决定。"

"什么？你们为什么不肯……"

"如果美国发动你所说的第二次攻击，中国会全力加以配合。我保证。"领导人说，"如果你们剩余的攻击卫星还够用的话。"说完这席话之后，中国单方面终止了对话。

俄罗斯总理则不留情面地回绝了："现在我们拥有世界上最强大的太空军备，不必跟在任何国家的屁股后面。再见。"

美国总统站在那儿，手指不住地轻轻颤抖，显示心中的愤怒已经达到极点。

这时，巴塞罗缪博士终于能抢占信息频道，大声说出他一直憋在心里的话："我是布兰登·巴塞罗缪，总统先生。我们还有另一种可行的方法，那就是心理战！只要发布联合国紧急会议的消息，对方就会同我们联系，我会使用心理暗示瓦解对方的战斗意志，使三个人之间的关系产生裂痕，乃至瓦解这个小小的三人联盟！我需要一块投影屏幕，用来播放插有暗示性颜色与形状的画面，另外在通话中插入暗示性混音的白噪声，我会根据三个人的行为分析学特征制订方案……"

"我正在想同样的事情，博士。"这次总统终于有所回应，但指令却下达给另一个部门，"杜克，让FBI开始对美国宇航员里克·威廉斯的父母进行讯问，找出一切有价值的东西，不惜任何代价！"

"总统先生！"巴塞罗缪博士大声叫嚷着。

无人聆听。

距离第二次发射：1 小时 59 分 07 秒

地球静止轨道 特里尼蒂 β 太空站控制室

"受损修复情况？"

"……75.4%。"

"复合抛面集中器的工作效能？"

"99.85%。"

"很好，将指向 K34-D03 的雷达转移到 L07-D03 角度。"

"已断开连接，工程机器人正在向坐标移动。"

"另外，要保证通信。"

"指令不明确。"

"我是说别让通信中断！"

"指令不明确。"

"……保障与其他特里尼蒂太空站间的激光通信线路！把所有试图靠近通信路径的人造物体击毁，这样说明白点儿了吗？"

"已设置警戒区域。"

"蠢货！"

"指令不明确。"

莫甘娜一边烦躁地跟主控电脑斗嘴，一边敲打键盘将备用摄像头连接至系统中。不久之前的激烈战斗中，β 太空站的火控系统漏算了一颗远程攻击卫星，那时两个分处不同轨道的美国攻击卫星恰巧运行到同一坐标，太空站的激光打击消灭了高轨道的卫星，紧接着就遭到了低轨道卫星的攻击。一束化学激光穿越三点四万公里的距离，聚焦在太空站底部，顷刻间烧坏了 β 站指向地球方向的摄像镜头、主无线电发射器和相控阵雷达。底部设备舱还发生了一次小规模爆炸，一些金属碎片被冲击波推动击中抛面集中器,在以公里为尺度的庞大曲面上射出了数十个小小的破洞。

作为胜利的代价,其实这根本不算什么。战斗结束后,肖与里克·威廉斯很快发来平安的信息,同时互相告诫:直至联合国紧急大会召开之前,危机状态都未解除,现在要尽快修理受损部件,提防可能到来的下一波攻势。美国人难得一脸严肃地说:"中国还没有出手,要小心! 我猜中国才是拥有世界上最强太空军事力量的国家,当我们喝着啤酒敲着电脑设计攻击卫星图纸的时候,中国人早就用扳手和螺丝刀造出宇宙战舰来了!"当时,莫甘娜勉强笑了笑,肖则没说什么,他的画面背景相当阴暗,看起来照明设备出了点儿问题。不过出于三个人之间的默契,莫甘娜与里克并未追问他 γ 空间站的损伤情况。

提示音"滴滴"作响,备用镜头连接成功,遥远的蓝色星球出现在显示屏上。

莫甘娜推动控制拨杆,地球在眼前不断放大。坐标为"0,0"的情况下,镜头指向空间站的地面投影点:北非阿尔及利亚阿德拉尔省的沙漠地带。沙漠上空没有云层覆盖,但民用级别设备拍摄的画面开始模糊不清,只能勉强看到特里尼蒂 β 地面站中央的十字基准线。

"能提高清晰度吗?"莫甘娜问道。

"正在进行快速插值运算。"

画面稍稍变得清楚一些了,现在能分辨出圆形的激光接收矩阵、长方形的变电装置和月牙形的基地主建筑群。莫甘娜用指尖抚摸屏幕,"再提高一些! 要到能看清人脸的程度……可以吗?"

"无法完成。"

"能跟基地建立联系吗？使用预设的保密线路。"

"无法完成。无线电信号受到阻塞干扰。"

"如果……我对 β 地面基地发动攻击，可以精确到什么程度？"

"指令不明确。"

"……蠢货！"

莫甘娜·科蒂愤怒地关闭了语音识别系统。她做了十二组腹式呼吸法与相应的庞达收束法，不停地原地旋转，试着让自己的情绪逐渐稳定下来。

做了一会儿，瑜伽和冥想明显没有起到什么作用，于是她冲到食品柜前，吞下大把药片，把苦涩的药片咯嘣咯嘣嚼碎。

"没什么的，没什么的。"她对自己说，目光投向舷窗旁边的几张照片，胸口不断起伏，"没什么的，莫甘娜。很快就能结束了。"

距离第二次发射：0 小时 10 分 05 秒
美国纽约西汉普顿 弗朗西斯·S.嘉伯雷斯基机场

夜幕已笼罩美国东海岸。AMC 运输机的涡喷发动机声音震耳欲聋，布兰登·巴塞罗缪博士戴上黑色便帽，裹紧大衣，走出机舱，通过舷梯来到地面。

前来迎接的 FBI 高级探员看起来已经等待多时，他伸手与老人相握，"我不知道你为何特别要求降落在纽约而不是华盛顿，博士。"这名光头的大块头探员脸上挤出微笑，"总统在白宫等你，不过命令并不是强制性的。车辆已经准备完毕，如果你需要亲自驾驶的话，这是钥匙、通行证和手枪……"

"不，你来开车，我们去曼哈顿。"

"我会通知长岛和纽约警察局开辟特别通道。具体地址是？"

"第一大道与东 42 街路口。"

两人钻进未曾熄火的黑色 GMC 牌 SUV，高级探员驾车驶向机场外。博士在后排皱了皱眉头，驾驶员没有系上安全带，这是外勤探员的习惯，他们认为逃离车辆和快速拔枪比交通安全更重要——糟糕的习惯。

"我见过你一面，博士，在兰利的紧急事态处理课程上。"探员说，"对很多人来说，你是个很神奇的人。"

"你不这么认为吗？"老人随口应付着，打开笔记本，看着上面的红色倒数计时数字。十分钟之后，恐怖分子宣称的第二次攻击将在地球某处降临，而现在美国政府什么都没做，电视新闻里民间阴谋论分子、迷信人群和三流科幻作家在大放厥词。由于政府没有泄露恐怖威胁的详情，每个人都在尽情猜测，这简直是一场虚假信息的狂欢。阿拉莫戈多毁灭视频的点击量已经超过三亿次，FOX 宣称视频是假的，还找出棱镜项目的技术专家逐帧分析，收视率一时飙升至全球首位。一个名为"夸特尼蒂"[1] 的半宗教组织刚成立五个小时，就吸引了三百万信徒加入。

探员把车窗降下一条小缝，一边点燃嘴上的香烟，一边单手转动方向盘驶上快速路，"不，我是说，我不像其他人一样迷信。很多人会把你的书摆在床头当《圣经》一样崇拜，'行为分析说旧

---

[1] Quaternity，四位一体。

约'，这挺滑稽的，不是吗，博士？"

"科学的极致是哲学，哲学的极致是宗教。这是美国物理学家杨振宁说的。"巴塞罗缪博士打开三位宇航员的简历，再一次浏览起来。莫甘娜·科蒂，三十五岁，出生于法国罗纳河口省港口小镇拉西约塔，幼年时去电影院看了一部有关外太空的纪录片，从此立志成为太空人；她毕业于拉西约塔卢米埃尔纪念中学，法国国立高等航空航天学院地球信息科学专业硕士，欧洲图卢兹宇航中心特殊培训计划第 20 期优秀学员，执行"未来号"宇宙空间站任务三次，月球探索任务一次，评价优秀；素食主义者（不抗拒奶制品），业余马拉松选手，丧偶，前夫是英国人，从事国际贸易工作，不坚定的环保主义者。

街上警灯闪烁，警察为 FBI 的 GMC 牌汽车开辟出一条通道，任黑色 SUV 开着警示灯呼啸而过。

"所以我们去联合国总部做什么，博士？ 如果我没记错的话，白宫还是在华盛顿，没搬家呢……"探员从后视镜里瞅着后座的客人。

老人摘下眼镜揉揉眉心，"去等着事情发生，探员。事态已经不可避免，联合国紧急特别大会一定会召开，我没必要到白宫去，因为总统会亲自过来。"他望着窗外，深夜纽约街头依然人流不减，人们怀揣着各种梦想从全世界各个角落跋涉至此，追寻着仅存在于美国电影里的美国梦。电视和网络里的新闻并不重要，社会像铁轨上笨重的货运火车，就算轨道被洪水淹没、刹车开始锁死车轮，还是能靠庞大的惯性继续前进。或许真到了世界毁灭的那一天，人们惦记的还是即将到账的年终奖金和街角烘焙店每天限量一百个的巧克力甜甜圈吧。

"所以,你不仅是圣人,还是预言家。"探员吹了声口哨。

"你对我是否有什么成见?"博士忍不住问。

探员报以含义模糊的微笑,"不不,无意冒犯。我老爹是宾州兰开斯特人,他经常跟我说,下巴留着大胡子的都不是什么好人,又守旧,又冷漠。"

"这话最好别让阿米绪人 [①] 听见。"

"借你吉言,我老爹可不怕,他死得很光荣,博士。"

距离第二次发射: 0 小时 0 分 10 秒
地球静止轨道 特里尼蒂 β 太空站控制室

"没有通信,没有信号。联合国总部大楼楼顶没有图形文字或二维码。他们果然没做到……里克,我们真的要做吗?"

"没错,就是现在,莫甘娜。"

"……我知道了。"

第二次发射
阿尔及利亚阿德拉尔省 特里尼蒂 β 地面站

查奥·阿克宁小心翼翼地咀嚼着羊肉。基地里有两家餐厅,一家提供自助餐;另一家售卖摩洛哥风味的菜肴,厨师早在二十个小时前就已离开基地,但冷藏在冰箱里的番茄炖羊肉稍一加热

---

① 恪守《圣经》教义著称的美国宗教派别,拒绝现代科技,已婚男子下颌蓄须。

427

就散发出诱人的香气——这是小查奥最喜欢的菜，以前他每次跟随爸爸来到基地，都能吃到手抓饭、炖羊肉和冰激凌。

然而此时，他感觉自己是在咀嚼一块油脂浸泡过的软木，嘴里完全感觉不出滋味，滑腻的口感让他想要呕吐。现在并非吃晚饭的时间。他来到基地已经整整八个小时，此时餐厅钟表的时针指向凌晨四点。八小时前查奥已经吃过一顿晚饭，跟陌生的父亲、母亲与几十个陌生男人一起，所有人都裸着身体，男孩把视线投向桌面，不敢抬头看那些红棕色的胸毛和黑乎乎的下体。

吃完饭他在公共休息室打了个盹儿，然后就被枪声惊醒了。一支军队在进攻基地，但很快就被自动机枪和藏在围墙后面的狙击手打退了。查奥迷迷糊糊听到大人们在快速讨论着——

"下一波攻势会有重武器吗？政府军应该还不会动，但南部沙漠保安公司估计会动用阿尔及尔总部的坦克车。"

"那些老掉牙的T-90S吗？保安公司手上的那些坦克是减配版的，没有安装主动反应装甲，我用RPG①就能打穿它！"

"不用担心，对方调动大型运载车把装甲部队运到这里，起码要花上十八个小时。到那时候增援就到了，再说天上的家伙们应该也搞定了一切。"

"那个孩子……"

"总之，先看这一次发射的结果吧，如果他们集结在提米蒙，那就一举两得了……"

查奥又睡了过去。今天发生的事情超出了他能承受的极限，以至于一切都变得模糊不清，如同午睡醒来之后即将忘却的梦。

---

① 苏联研制的单兵反坦克火箭筒。

在一段浅而疲惫的睡眠之后,他再次被唤醒,裸体的父亲站在旁边轻轻拍打他的脑袋,说:"来吧,查尼,我们去吃点儿夜宵,然后看个好玩的东西。"

"……我想睡觉,爸爸。"孩子坐起来嘟囔着。

"你不想看烟花吗? 比 11 月 1 日 [①] 还漂亮的烟花啊。"裸体的男人笑了笑,拽着他走向摩洛哥餐厅。

查奥踉跄向前,看父亲身上结实的肌肉随步伐晃动,好几处狰狞的伤疤嵌在背上,如眼睛般盯着他。他忍不住问:"爸爸,你们为什么不穿衣服啊?"

"因为衣服是没必要的东西。"男人回答,"1962 年美国出版了一本书,叫作《寂静的春天》,作者名叫蕾切尔·卡森。在她之前,没有人想过如果人类继续破坏自然的话地球会变成什么样子,这本书告诉我们,假如人类自恃为万物之灵,不知节制地攫取自然,很快留给我们的就是一个没有鸟、蜜蜂和蝴蝶的荒芜世界。我们的组织在 1963 年成立,最初只是个小小的非营利组织,经过这么多年的发展,现在已经成为这个地球上最有力量的环保团体之一。"

查奥想了想,说:"我还是不知道你们为什么不穿衣服……"

"啊哈,就要说到这里了。人最初是自然的一分子,但现在成为自然的敌人,我们需要解放自我、回归自然,衣服、汽车、楼房、抽水马桶、电动剃须刀……都是在破坏自然的基础上制造出来的,我们使用的每一度电,就有零点八度是靠燃烧千百万年前的树木遗骸而产生。地球正在崩溃! 查尼,我们的母亲地球正在死

①阿尔及利亚国庆节。

亡。这一切必须得到纠正。"

"不穿衣服就能让地球活下去吗？"

"没有这么简单，但这是个好的出发点。"

"那么……我也要脱掉衣服吗，爸爸？"

"不，你不用。"男人停下脚步，回头看了他一眼，"因为你不是组织的成员。因为你的母亲……"

这句话只说了半截。他们走进餐厅，坐下来吃番茄炖羊肉和冰激凌。那些男人在喝马斯卡拉产的白葡萄酒，地上丢满了空瓶子，他们的口音千奇百怪，很多人不说法语，查奥听不懂他们的对话。母亲坐在男人当中，毫不在意地展示自己的胸部和大腿，查奥对此感觉羞愧。可不知为什么，这八个小时内母亲没有跟自己说一句话。这让他感觉很害怕，怕自己做错了什么，惹妈妈生气了。

"时间快到了，同志们！"突然父亲站了起来，用叉子敲敲酒杯吸引大家的视线。他指着墙上的大显示屏，屏幕一片漆黑，看不出在播映什么。"还有十秒钟，准备好看烟花了吗，同志们？"

"是的，阿克宁同志。"男人们纷纷倒满酒杯，紧盯屏幕。

几秒钟后，屏幕突然亮了。像一个小小的花骨朵在夜里缓缓绽放，一团橙色的光出现了，面积和亮度不断增大，光团外围缠绕流动的粉红色线条，像是围绕花朵飞舞的流萤。

"乌拉！"有人带头喊着，酒杯相碰发出乒乒的脆响，人们大口灌下葡萄酒，用古怪的语言叫嚷着。

查奥不知道自己在看什么。他瞧着那团光晕越来越亮，变得几乎无法直视，一条旋转的红线向上生长，仿佛花蕊向天空喷出血液。

突然,基地外响起猛烈的风声,房子晃动起来,酒瓶在地板上弹跳,大家却早有准备地抓紧各自的酒杯,发出热烈欢呼。

"爸爸……"查奥惊恐地叫着,猛然发现父亲满脸癫狂的神色,下体因兴奋而充血,看起来完全是个陌生的男人。

孩子突然弯下腰呕吐起来,将羊肉与冰激凌喷向地板。他将夜宵和晚饭都吐了出去,然后痛苦地干呕着。

可是没有人注意到这个痛苦的孩子,人们在光芒绚烂的屏幕前跳起舞来,有人举起冲锋枪向天花板哒哒哒地射击。

不知过了多久,查奥终于直起身子,用纸巾擦净嘴巴,他看到屏幕上的光晕已经缩小了,化为一团暗红色忽明忽暗的火,空气中多了一种焦煳的味道。

"查尼啊,你看到了吗?"父亲叫着,眼睛望着墙壁外面的某个地方,"这就是人类必须付出的代价!我们比谁都希望重建秩序,保护自然,可若不经过惩戒,人类又怎能懂得其中的道理呢……"

孩子僵硬地转过身,看到母亲被一群裸体男人围在中央,发出快乐与痛苦并存的尖叫声。

"……爸爸,妈妈……"孩子站在狂欢的餐厅中央,喃喃自语,屏幕上如木炭般发红发亮的,是被特里尼蒂 β 天空站一分钟激光照射所毁灭的提米蒙。

千年历史的绿洲,因特里尼蒂项目而重新繁荣的小镇,拥有美丽红色砂岩旧城墙和繁华新居住区的沙漠城市,三万六千人的家。一分三十秒的时间。提米蒙连同三万六千沉睡的居民,安静地从世界地图上消失了……

第二次发射后 15 分钟

美国纽约曼哈顿 联合国总部大楼

提米蒙被毁灭后的八分钟，第一段视频被发布在阿尔及利亚的社交网络上，随后星火燎原般传遍世界。

拍摄该视频的是特里尼蒂 β 地面站的一名高级工程师，当时他在距离提米蒙小镇七公里外砂岩山上的观察站执勤，激光击中提米蒙的时候，他掏出手机记录了将近八十秒的画面，将视频传上网络。紧接着，他就被高热的冲击波吹下了悬崖。

"真主啊！"视频的末尾，这位工程师用阿拉伯语疯狂地喊叫着，声音被呼啸的热浪所掩盖，电视台根据口型推断出工程师的最后遗言，"大难，大难是什么？你怎能知道大难是什么？在那日，众人将似分散的飞蛾，山岳将似疏松的采绒。至于善功的分量较重者，将在满意的生活中；至于善功的分量较轻者，他的归宿是深坑。你怎能知道深坑里有什么？有烈火！"

文字在滔天烈焰的画面上流动，这是布兰登·巴塞罗缪所看过的最震撼人心的视频片段。

深夜的联合国总部大楼一层接待厅人头攒动，但却寂静无声，所有人都抬起头观看壁挂电视中反复播放的视频。电话铃声丁零作响，办事员摘下听筒，电话那边响起同样的背景音，那是激光毁灭城市的滚滚雷鸣。

"巴塞罗缪博士，我听过您的名字。"这时，一位四十岁年纪的女士轻触博士的手臂，让他从灾难的画面中暂时解脱出来，"我是美国常驻联合国代表黛米·怀特,有什么可以帮您的?"

"叫我布兰登。"老人摘下帽子,满怀感激地与对方握手,"这真是一场灾难。我是白宫紧急反恐小组的成员,我猜总统应该向你发出了提请召开联合国紧急特别会议的要求。关于会议的必要性,各常任理事国应该已有共识,会议召开只是时间问题。所以我以美国代表团成员的身份率先入场,做一些准备工作。"

美国代表面露疑色,说道:"特别会议? 目前我还没有接到白宫的通知。"

"很快会接到的,怀特小姐。总统先生会做出正确的判断的。"

仿佛为了验证巴塞罗缪博士的预测,黛米·怀特的手机适时响了起来,她接通电话,听对方说了几句,然后通过指纹验证签署了一份电子文件。"您说得没错,博士,跟我来吧。"她点了点头,递给老人一张临时出入卡,带他通过安全检查走向电梯,"总统和智囊团正在赶来的路上,您可以到秘书处大楼十七层稍事休息,173B 房间的保密等级是最高的,请放心使用网络。"

"谢谢。"

"另外,您的随从经过身份检查后,会有人带领他与您会合的。"

"随从?"巴塞罗缪博士转过头,看见送自己到达这里的那位光头 FBI 高级探员正站在哨岗外,用那种略带嘲讽的古怪眼神盯着自己。"……当然,谢谢。"

屋门关闭,黛米·怀特急匆匆离去。老人坐在沙发上扫视173B 房间,屋子有二十平方米左右,透过大落地窗可以俯瞰静静流淌的纽约东河。他打开笔记本电脑,连接信息终端,大量的新消息立刻开始快速滚动，一则信息以红色字体标注：根据 EuroNER 的观测，袭击阿尔及利亚提米蒙的激光束持续了九十四秒时间，释放了零点九至一点二万吨 TNT 当量的能量，大约相当于 1945 年投射在广岛的"小男孩"热核炸弹当量的一半。

另一条蓝色信息带有 FBI 最高保密级别的标签，老人轻轻点击，一个视频窗口弹出：在灯光明亮的审讯室里，一个老妇人斜靠在椅子上，看起来已经失去意识，数据显示她的心跳已非常微弱；隔壁另一间审讯室内，FBI 的刑讯人员将一名中年男子的头颅固定在牵引架上，开启瞳孔激光投影仪，这种眼底投影能在短时间内向刑讯对象灌输大量符号化信息，在自白剂的帮助下，可以迅速瓦解犯人的理智与心理防线，如同往密闭的玻璃瓶里大量灌水，靠冗余信息把想要获得的答案给挤出来。

巴塞罗缪认出了这名表情错乱、口吐白沫的男子，他是特里尼蒂美国公司总裁，一个依靠美国南部页岩油和天然气发家的能源巨头，也是在化石能源储量出现衰竭势头的时候，第一个跳出来支持空间太阳能计划的人。

"可悲！"博士关闭了视频窗口。

突然间，画面静止了，一切操作被锁定，终端转入视频会议模式，总统的面孔出现在屏幕中央，从画面背景判断他应该身处凯迪拉克防弹车上，正在华盛顿到纽约的途中。

三位宇航员的图像依次浮现，肖的太空舱灯光暗淡，他本人依旧严肃不语，里克·威廉斯还是脸上挂着微笑，莫甘娜·科蒂依旧转着圈儿。

这次美国总统率先开口："我下令中止无线电干扰，主动与你们联络。我对发生在阿尔及利亚的事件感到非常遗憾，你们不仅惹怒了地球上最强大的国家，甚至还决意与全世界为敌。"

美国宇航员轻松地回应："我感同身受，长官。一方面，你因为浪费了纳税人的上千亿美元而压力沉重，这肯定是越战以来美国在军事上最大的挫败；另一方面，我们毁掉的是非洲某个三万人口的小镇，而不是迈阿密，不是波士顿，不是洛杉矶，不是休斯敦卢普区的印度人聚居地。如果有下次竞选的话——"

"里克！"莫甘娜忍不住出言提醒。

"啊……抱歉。说正题，我们在等着好消息呢，长官。"

总统沉默了二十秒，恰到好处的二十秒，然后说："美国作为常任理事国提出了召开会议的请求，等待其他国家和联合国秘书处的回应。"

里克·威廉斯笑了起来，"谢谢，这真是个好消息！接下来请别开启无线电干扰了，我们要在电视里看到这个消息。从现在开始，你们要通报紧急会议筹备的进度，我会开启两小时倒计时，每次进度更新，倒计时表都会重置，若没有最新消息，两小时一到，第三次打击就会降临在地球上某个繁华的地方——这次可不会是小城镇了，长官。"

"你是手握枪支的婴儿，孩子。"美国总统的表情突然松弛下来，"你不知道在开一个多大的玩笑。后悔永远是来得及的，我可以签署总统令保证你们三人的安全。一艘'海王星'飞船很快将进入同步转移轨道，你们可以乘坐飞船回到地球。欢迎会是不会有了，起码我能保证没人会向你们投掷西红柿。"

"呵呵。"威廉斯咧嘴一笑，"真好笑，长官。那么就这样了，下次联络再见，别忘记倒计时。你们还有什么要补充吗，伙计们？"

莫甘娜背对镜头摇了摇头，沉默的肖率先关闭了摄像头。三名宇航员的图像依次消失。

总统坐在舒适的皮座位上，用指甲嗒嗒叩击中控台，灰色的眼球里看不出多少愤怒，"问问中国人在干什么，问问俄罗斯人在干什么，还有欧洲人。"他说，"搞清楚他们有没有收到特里尼蒂的联络，给我一份阿尔及利亚事件的简报，让FBI从那几名罪犯身上弄出点儿有用的东西来，通知太空司令部调集空间力量，命令第二、第三、第五、第六、第七舰队警戒，战略核潜艇全部进入战备巡航状态……另外谁能告诉我特里尼蒂地面站是什么情况？做点儿有用的事情吧！"

距离可能的第三次发射：1小时31分59秒
俄罗斯莫斯科市卢比扬卡广场2号楼 地下8层

肖平坐在冰冷的不锈钢椅子上，束缚带将他的身体牢牢捆住。伊万捋起他的袖子，用压脉带勒紧他的手腕，从旁边的冷藏柜里端出一只托盘放在桌上，撕开一次性注射器的包装，折断一个安瓿瓶，吸满淡蓝色的注射液，弹一弹针头排出空气，然后把针管里的液体注入肖平的静脉。

"针管里装的是什么？"肖平抬起头。

伊万丢掉注射器，慢慢放下卷起的衣袖，说："针管里的是DLS，一种尚在试验阶段的神经元激活药品，与治疗抑郁症的多巴胺、拉莫三嗪功效类似，只是功效更强。药物会在五分钟后生效，你可能会感觉恶心、头晕、眼花,那是正常的副作用,因为从神经末梢传来的电信号被放大了。接下来,我会给你戴上头盔。"说着话,他伸手从空中拉下来一个半球形的银色头盔,"这个设备内部有三万根光纤维探针,它们会穿透你的头盖骨,截取大脑的神经电信号。到时候,我会将问题转化为光电信号传进大脑,你的大脑会自动调动海马体的记忆,产生相应的答案——并不需要你的同意。"

老人低下头想了想,说:"即使我不愿意,也还是会说出秘密,对吗?"

伊万回答:"这就是俄罗斯的技术实力,位于世界前列的神经接口技术。"

"这种技术没有用于临床医学,也就是说,它有很大的缺陷。"

"你很聪明。"伊万承认道,"即使在 FSB,这种手段也是禁止使用的。神经探针会造成不可修复的脑部损伤,特别是对海马体的深度探测。运气好的话,你会失去一些记忆,或者丢掉嗅觉、味觉、视觉;运气不好的话,会死亡。"他搬来一把椅子坐在对面,从衣兜里取出一个绿色针筒,"还有四分钟时间,而写出密码只需要十秒。这是神经元抑制药物,能够抵消 DLS 的功效,在 DLS 的脑血管浓度达到峰值之前注射,随时有效。"

肖平感觉冰凉的液体在血管里奔涌,眼前的一切开始放大,放大,自己的声音变得非常遥远,"我就想问问我的阿佳塔被带到哪儿去了。她是一个勤劳善良的好母亲,一位好妻子,虽然有语言障碍,身体也不太好……请别让她受到伤害。"

"她很好。等事情一结束,你们就可以回家,FSB 会为你们申请一枚为祖国服务勋章。"俄罗斯特工慢慢回答。

"……好。"

肖平张口喘气，觉得自己吸气的声音大得像火箭发动机，"……我没有其他的问题想问，只好奇一件事情，那就是我儿子究竟做了些什么？"他活动了一下身体，问道。

"半个小时前，他屠杀了非洲一座城市里的三万多名无辜百姓。"伊万木然地盯着他，"男女老少，一个不留。"

"为什么？"

"等到破解了他的电脑，就能知道为什么了。我对恐怖分子的想法并不好奇。"

"我儿子没说什么？"

"什么都没说。"

"……我知道了。麻烦把我的手腕解开，我把密码写给你。"

伊万残缺的嘴角抽动一下，"很好。"他取出纸和笔放在桌上，"你知道在我面前玩花招是没有用的，在紧急事态之下，祖国赋予我们最高级的自我处置权限，你的任何动作都会被视作威胁。我们面对的，是穷凶极恶的恐怖分子，为了消灭他们，我什么都做得出来！我能用一百种办法杀死你，在一瞬间。"他走过来解除椅子上的束缚带，将纸和笔往前推了推。

肖平苦笑着活动活动手腕，拿起钢笔写字，他已看不清眼前的世界，心跳犹如雷鸣在耳边奏响，白炽灯亮得如同一轮太阳。"就这样吧。还有最后一件事情必须告诉你，有关我儿子的叛国行为……"他的声音越来越小。

为了听清他的话，伊万保持着警觉凑近了一些，听老人喃喃自语："……我是绝对不会承认的，我是俄罗斯联邦航天局运载火箭技术研究院的功勋科学家,我知道自己隐瞒了有害祖国的秘密。我有罪。可另一方面,作为我那个小兔崽子的爹,肖三十九年的父亲,从他拉青屎的时候瞅着他慢慢长大的人,我敢说这世上没有比我更了解我儿子的人。我俩说话不多,就有时候就着孩儿他娘包的俄国饺子喝几杯伏特加,喝多了才能敞开来聊,我给他递根烟,他给我斟杯酒,说几句话,就什么都懂了。我老肖没什么出息,搞了一辈子火箭燃料研究,我儿子比我争气多了,我和阿佳塔最骄傲的就是有这么个孩子,亲儿子。就算见了阎王,我也不相信我儿子是恐怖分子,是杀人魔王。他要做啥,我不懂,也不想懂,我只知道他不是坏人,他干不出坏事儿来……死也不相信!"

伊万吃了一惊。只见肖平猛地挥出右拳,伊万立刻向后跃出躲避,右手已握住怀中雅利金手枪的枪柄,却发现老人是朝自己发动攻击。

"噗"的一声闷响,肖平打中自己的上腹部,他痛苦地弓起身体,腿上尚未解开的束缚带绷紧吱吱作响。

"你……"发问声尚未出口,伊万的视野就被红光充满了。他看到,椅子上的老人化为一支剧烈燃烧的蜡烛,赤红烈焰从口鼻和耳朵中喷出,转瞬间席卷整个房间。痛苦只持续了几秒钟,人体来不及碳化就燃烧殆尽,火焰舔舐着钢铁的冷藏柜和水泥墙壁,让房间层层剥落。

藏在肖平肝脏后面的,是一枚三百五十毫升的玻璃胶囊,里面分两格存储着液态肼与过氧化氢,当脆弱的玻璃外壳破碎,强极性化合物肼与强氧化剂过氧化氢混合,顿时产生出高热火焰。油状、剧毒的肼是一种已经被淘汰的液体火箭发动机燃料,而火箭发动机,是这个华人老专家最熟悉的领域。

自从发现儿子的秘密之后,老人就趁胆囊手术的机会,让莫斯科国立谢东诺夫医院那位生死之交的医生朋友,将玻璃胶囊植入了自己体内。只要施加较大的冲击力,就会让脆弱的玻璃胶囊破碎。这位在良心与爱子之情间左右挣扎的父亲带着体内剧毒的火箭燃料,度过了许多危险而痛苦的日子。每逢日落便会袭来的腹痛时刻提醒他,是秉承对祖国的信念回归秩序,还是凭借父子之情做出一厢情愿的判断,这是个无解的问题,他所能做的,只有如此。

他是俄罗斯人,也是个华人,当有一天他发现自己捡到的弃婴成长为那样的怪物,肖平决定成为一个罪人。东正教的罪,儒家思想的罪,无论从哪个概念上,他都只能烧尽自己,作为对万千牺牲者的赔礼。

距离可能的第三次发射: 0 小时 57 分 23 秒

美国新墨西哥州奥特罗县 特里尼蒂 α 地面站

夜色中,四辆雪佛兰 Suburban SUV 组成的编队掠过一丛五英尺高的牧豆树。

刹车灯亮起,车队停止在特里尼蒂地面站银亮的围墙前。

牧豆树下的沙漠角蜥观察到了这几个移动物体,它简单的大脑将目标判断为食谱范围之外的东西,于是不再关心,它更忧心的是自己的体温问题。夜已经深了,空气却依然炎热,它在白天积蓄的体温迟迟不能散去,这显然对健康有害。今天反常的气候令角蜥感觉很烦躁，它挪动身体，尽量把自己埋进凉爽的砂土之中。

"我们计划了那么多方案，一个也没用上。"戴墨镜的男人开门下车，向同伴抱怨，"美国政府果然是悠闲太久了，居然没有人对特里尼蒂地面基地加以控制，县警、海军陆战队、FBI、国土安全部，全都没出手。"

副驾驶席上戴鸭舌帽的人应道："到现在为止，原试射计划所发布的疏散令仍然起效，很多救援阿拉莫戈多的消防车都被拦在警戒线外面——话说回来，消防队去了也没有什么事可做，除非他们想在岩浆上烤棉花糖。"

"好主意。岩浆烤热狗，听起来也不错。"查尔斯·唐摘下墨镜，在门禁系统上刷卡，并进行虹膜验证。门开了，他跳上车，将SUV一直开到基地主楼前，使用同样的方式打开了建筑物的滑动门。后面的那些车子上跳下来十几名身穿蓝色工服的男人，"按计划来吧，把工蜂放出去，恢复自动武器系统，接管发电站，刘会告诉你们该怎么做。"他布置道。

戴鸭舌帽的男人丢掉帽子，打了个响指，说道："很简单，给每栋建筑断电，按顺序打开备用电源，剩下的我来搞定。"这位亚洲人扎着一头黑色的小脏辫，看起来有点儿嬉皮，但作为特里尼蒂美国公司副总裁、首席技术官、能源集团顾问，没人敢轻视刘乾坤的意见。

雪佛兰SUV后备厢开启，四架侦察无人机嗡嗡起飞，人们四散进入基地。

查尔斯与刘乾坤通过电梯到达主楼地下二层，在灯光明亮的主控制室里坐下来，分享一瓶哥顿牌杜松子酒。查尔斯喝下一口酒，敲一敲桌面，"特里尼蒂总裁被逮捕了，还有里克·威廉斯的母亲，FBI 不会轻饶他们的。"

刘乾坤满不在乎地说："不外乎自白剂那一套。这些人能够吐露的信息不值一提，而且他们——当然还有我们所有人——的意识深处埋设了心理炸弹，一旦超过某个刺激阈值，炸弹就会'砰'地爆炸，人会瞬间陷入深度睡眠，直到催眠他们埋设炸弹的那个人亲自将催眠解除。"

查尔斯摆弄着墨镜，"你说整个计划成功的可能性究竟有多大？做到这一步，已经出乎我的意料了。"

"百分之百，或者零。笨蛋才相信概率，哥们儿。"刘乾坤嘴里咬着一次性纸杯，噼啪敲打着键盘，"对了，把电视打开，时间差不多了。看完这一段我就带人到圣塔菲去，应该刚刚好。"

距离可能的第三次发射：0 小时 05 分 48 秒
美国纽约曼哈顿 联合国总部大楼

联合国大会厅的一千八百个席位已经坐满，更多的人还想挤进门来，秘书处工作人员在极力劝阻。以常驻联合国代表黛米·怀特为首的美国代表团占据了第一排的六个席位，布兰登·巴塞罗缪博士也在代表团中，美国总统和紧急应对小组成员则在秘书处大楼 17 层通过视频直播观看会议。由于是仓促召开的紧急特别会议，各国元首并未列席，美国总统出于姿态问题放弃了出席的想法。

联合国秘书长戴克斯·三浦宣布会议开始。这位日裔加拿大人一个小时前刚刚结束对古巴的访问回到纽约,他按照联合国宪章条款,宣布由过半数安理会理事国发起的联大紧急特别会议即刻召开。

会议开始之前,秘书长要求美国分享相关情报,因为大多数与会国家对特里尼蒂事件并不了解。

经过总统授权,黛米·怀特在大会厅的两百寸投影屏幕上播放了特里尼蒂太空站同美国政府通信的影像资料——当然,有关美国总统发言的部分做了些技术处理。

会议厅乱成一锅粥,所有人都在拨打电话,二层平台的各媒体驻联合国记者冲向美国代表驻地,想搞到原始视频资料。混乱持续了很久,直到美国人关闭无线电干扰,向特里尼蒂太空站发出通信请求。太空站很快做出回应,三位宇航员的面孔出现在高悬金色地球橄榄枝徽标的联合国会议厅中,特里尼蒂履行了诺言,倒数计时被重置为两小时。

由于本届联合国大会的主席、副主席暂时未能到场,主席台上只坐着秘书长三浦一个人,他面对镜头发言:"我是戴克斯·三浦,这里是联合国总部联大会议厅。联合国紧急特别大会应约召开,但你们要了解,这并非联合国屈从于恐怖主义威胁,而是安理会理事国认为有必要与你们正式对话,寻找解决问题的途径。"

身穿轻便宇航服的美国宇航员微笑道:"很高兴能够与全世界交流。我是里克·威廉斯,现在代表特里尼蒂发言,首先我们需要一个平等对话的身份,如果身上挂着恐怖分子的标签,就没法进行一场友好的谈话吧?麻烦看看你的右手边,先生。"

三浦望向自己的右边。主席台侧面是几排座位，那是联合国特别观察员席位，"……联合国观察员有权在联大发言，这一点没有错，但以你们的立场，即使是以组织身份加入……"

"不，不是组织，而是实体。特里尼蒂正式申请以主权身份成为联合国观察员。"

三浦愣住了，会议厅响起嗡嗡议论声。联合国的观察员席位有六十多个，其中大部分是国家联盟、经济共同体等国际组织，而实体主权只有五个：马耳他骑士团、红十字会、红十字会与红新月会联合会、各国议会联盟、国际奥委会。至于以国家主权担任观察员的，只有梵蒂冈和巴勒斯坦。

美国代表黛米·怀特大声道："这是对联合国宪章的亵渎！美国无法容忍恐怖分子在联合国大会的无礼行为！"

会场里响起肖那平静低沉的声音："这是沟通的基本条件，我们不想威胁任何人，先前所做的一切只是为了换取平等的对话条件。对于那些必要的牺牲，我们感觉非常抱歉。"

"将这些刽子手从太空逮捕，送上断头台！"阿尔及利亚代表站起来挥舞着拳头，"他们谋杀了三万名阿尔及利亚人和三千名法国人，其中还包括两千多个孩子！"

"请肃静。"秘书长三浦开始维持秩序，"请肃静。宇航员先生们……根据章程，无法草率授予观察员身份，我建议先就特里尼蒂太空站对地球的威胁一事进行讨论。"

里克·威廉斯说："《联合国宪章》可没对常驻观察员身份的认定进行规定，只赋予观察员在联合国大会发言与发起投票的权利而已。一直以来观察员身份审核是依照惯例进行的，这并不是拖延的借口吧,秘书长阁下。"

"但你们只是三名太空太阳能电站的宇航员,并不具有主体性。"

"很好,这正是我们要在全世界面前声明的事情。"

美国宇航员举起一个塑料盒子,盒子上用马克笔潦草写着"票箱"二字,他向镜头展示盒子是空的,盖上盒盖,然后将一张小纸片沿缝隙塞进去。特里尼蒂太空 β 站的莫甘娜·科蒂也做了同样的事情,不过她使用的是一个装曲奇饼的小铁盒。肖安静地面对镜头,没做什么。

"现在开始计票,麻烦大家监督。"美国宇航员笑嘻嘻地打开盒子,展开那张对折的纸,纸上写着一行字:"特里尼蒂应该成为独立国家吗? 请标记'是'或'否'。"下面写着"是"的地方打了个勾。

同样,莫甘娜盒中的纸也勾选了"是"。

里克·威廉斯清清嗓子,对联合国大会厅里的两千人和厅外的七十亿人说:"公投已经结束,投票率 66.66%,得票率 100%,我们在此正式宣布,以特里尼蒂 α 站、β 站、γ 站构成的太空领土为独立主权国家,命名为特里尼蒂共和国。我们愿意在平等、和平、友好的基础上与其他国家建立关系,进行经济领域的深层次合作,要知道,我们国家的太阳能资源——"

联合国秘书长戴克斯·三浦忍不住打断了里克的话,尽管明知这是不礼貌的行为,"抱歉,威廉斯先生,这是一个玩笑吗?"

里克笑道:"不,你刚刚目睹了一个新国家的诞生,秘书长阁下——肖,该你了。"

肖用右手推一推玳瑁框眼镜，举起一张纸，开始沉静地诵读《特里尼蒂独立宣言》："今日我们在此宣布独立，特里尼蒂全体国民发出一致的声音。我们来自美洲、亚洲和欧罗巴，继承了东西方文明有关民主、和平、宽恕和奋进的美德，也因世界的狭窄、自闭、短视与懒惰而苦恼。站在更高的角度观察世界，我们发现在三点六万千米的轨道上不存在世俗纷争，每个人都能保持尊严。

"我们是特里尼蒂，一个民主的、多民族的、平等的国家，我们秉承地球之子的权利与义务，珍爱人类的永恒家园，保持与所有友善国家的商业、文化、教育、医疗等方面交流合作，为地球的安全、稳定、繁荣做出贡献。

"我们遵从国际法原则，对所有平等主权国家报以善意，并期待各国家的支持与友谊。我们保证为地球提供清洁而高效的太阳能电力，帮助联合国安理会维护地区性与全球性的和平。

"我们是特里尼蒂，地球之外的三人国家。今日我们在此宣布独立，此事项明确具体且不可撤销，应受法律约束，且受法律保护。

"——特里尼蒂共和国，国民肖·里克·威廉斯、莫甘娜·科蒂，共同签署。

"你好，世界。"①

同步翻译器将每一句话送进人们耳中。肖结束诵读后，大厅里出现了长达一分钟的沉默，每个国家的代表都在思考这篇宣言

---

① 在屏幕上输出"Hello, world"是每一种计算机编程语言中最基本、最简单的程序，亦通常是初学者所编写的第一个程序。它还可以用来确定该语言的编译器、程序开发环境，以及运行环境是否已经安装妥当。

背后的含意,许多人下意识地低头看腕上手表,因为这个时刻注定将被写入每一本历史书当中。

打破沉默的是中国代表,"你们不具有建国的条件。"这名精神矍铄的老者站了起来,"你们在玩弄'国家'这个概念!国家是拥有共享领土和政府,拥有共同语言、文化和历史的人民群体,你们具备基本的政治学概念吗?"

做出回答的依然是美国宇航员:"国家的三个要素是领土、人民和政治权力,特里尼蒂拥有全部要素,我们拥有自己的领土——虽然实际上跟土地没什么关系——和领空,有三个热爱祖国的国民,有全世界最完善的民主制度,而且我可以保证我们会尽快搞一部宪法出来。"

"抗议!"英国代表站起来,"根据1967年生效的《外太空公约》第三条'不得据为己有原则',任何国家或个人不得通过提出主权要求,使用、占领或以其他任何方式把外太空据为己有。你们在太空中所宣称的领土是无效的!"

里克咧嘴一笑,"抗议驳回,律师先生!特里尼蒂的领土可不在太空,而是三座空间站所覆盖的物理范围。根据国际空间法,人造空间物体的控制权和管辖权归属于注册国,也就是说,三座特里尼蒂太空站分别属于美国、中国和法国领土,我们只是通过和平政变的方式改变了领土归属权而已。还有问题吗?下一个。"

秘书长三浦说:"你们是希望联合国大会就特里尼蒂建国问题进行投票吗?"

"你真是令人意外地缺乏常识啊,阁下。"里克用手指指脚下的蔚蓝地球,"联合国大会怎么能干扰主权建立呢?就算特里尼蒂建国不符合国际法，也要海牙国际法庭审判才能认定。现在，我们只想以主权观察员的身份在联合国紧急特别大会发言而已。"

在一片骚动声中，秘书长与副秘书长、几位常任理事国代表简短沟通了几句，然后做出决定，"好，特里尼蒂作为主权团体获得了本次紧急特别会议的观察员身份，会议结束时身份即随之撤销。我需要提醒的是，你们有发言权和提议权，但没有投票权。"

"谢谢！"里克敬了个不太严肃的礼，笑嘻嘻地说，"我们不会发起投票的，因为街上的小混混都知道联合国大会的决议是没有强制执行力的，只有安理会决议具有强制力。现在让我们开始对话吧……莫甘娜，你要接棒吗？"

特里尼蒂 β 站的女宇航员犹豫着点了点头，"按下发射按钮毁灭提米蒙绿洲的是我。杀死三万多人的是我。"她垂下睫毛，轻轻咬着牙，"我有罪。但若有必要的话，我可以杀死更多人。如果你们和我一样从三万六千公里之外看地球，就会发现地球其实小得可怜，如果谋杀蚂蚁算有罪的话，你们人人都是魔鬼！特里尼蒂想要的，其实非常简单……"

她的话引起一众喧哗，许多人站起来大声咒骂并向投影屏幕投掷鞋子。秘书长徒劳地敲着小锤。

这个时候，布兰登·巴塞罗缪博士收到了一条保密信息，他开启笔记本的视网膜投影模式，只有他本人看得到的信息浮现在眼前，"观测到三十二个人造星体异动，根据已确定的卫星资料，是中国与俄罗斯的攻击卫星发动攻击！另：探测到十二枚导弹突破大气层的红外信号，据分析，是中国华北、东北、西南三座导弹基地发射的'东风49改'反卫星弹道导弹，NMD系统分析东风导弹的弹道不会重入大气层,已解除锁定。"

博士吃了一惊,转身看旁边,中国与俄罗斯代表也在责骂特里尼蒂的激愤人群当中,看不出表情有什么异样。他点击"东风49 改"导弹的链接,阅读详细说明:"'东风49 改'由'东风49'战略弹道导弹增加三级助推器改装而成,是目前已知地基反卫星装备中唯一能威胁到两万公里以上轨道的武器,试射记录两万四千公里,预测最高攻击范围四万公里,战斗部载荷八百公斤,常规弹头装备六十颗高爆子母弹,核弹头总当量四十五万吨,受《公约》限制未列装。"

老人抬起头,仿佛透过联合国会议厅的穹顶,看到三万六千公里之外的深空即将盛开的金色焰火。

距离可能的第三次发射: 1 小时 49 分 01 秒（重置后）
俄罗斯莫斯科市卢比扬卡广场 地下某处

屋门开启,浓烟滚滚中冲入几个头戴防毒面具的士兵,他们将一副防毒面具扣在阿佳塔头上,架起老妇人向外冲去。

楼宇里烟雾弥漫,干粉灭火器的白灰洒满地面,阿佳塔的挣扎毫无用处。士兵们拥着她登上一辆汽车,车子在宽阔的地下通道中行驶了十几分钟,经过几重戒备森严的门户,一个截然不同的世界出现在眼前。这里,地面铺设着灰色耐磨树脂,LED 自发光墙壁散发着柔和的白光,军人和穿着白大褂的技术人员匆忙来去,等阿佳塔醒过神来,她发现自己已坐在一间四壁纯白的屋子里面,对面站着一位威严的俄罗斯中将。

"我只有一个问题。"大胡子中将端正地站着，"就目前掌握的资料，无法解释别列斯托夫的行为动机。我们找到的诸多线索都是假消息。他与境外恐怖势力、宗教极端组织并没有什么关联，与中国和美国方面似乎也没有什么联系。阿佳塔，告诉我，如果别列斯托夫是出于自身原因犯下反人类的罪行，那么，那个原因是什么？"

老妇人坐在那里，一语不发。

中将没有说什么，只做了个手势。房间的三面墙壁立刻变得透明，阿佳塔惊愕地环顾四周，发觉相邻房间的墙壁、天花板、地板也在逐渐消失，她正坐在一个庞大空间中央的玻璃盒子里，数以百计的信息终端上面，无数显示屏流动着令人眼花缭乱的数字信息。她望向其中一块屏幕，伺服系统捕捉到她的视线，将显示屏上的画面投射到小屋墙壁，一座高耸入云的山峰出现在眼前，风雪扑面而来，让阿佳塔不禁打了个寒战。老妇人看不懂屏幕上的坐标，不过下面有文字在滚动：中西伯利亚高原萨彦岭蒙库萨尔德克山，海拔 3450 米，气温 -19℃，特里尼蒂 γ 地面站。

中将做了个手势，画面旋转起来，山顶正八角形的银色建筑物在风雪中矗立，一条蜿蜒的道路沿着山脊深入谷底，但中间大片山脊崩塌了，如同折断的巨龙脊梁。"几个小时前，侵入特里尼蒂地面站的恐怖分子炸断了唯一的道路，并且拒绝通话，但他们没有损坏输电设施。"中将说。

阿佳塔惊慌地站起来，望向另一个方向。墙壁突然变得漆黑，璀璨星空在眼前铺展开来，爆炸的光芒耀得人眼睛发花。中将说："俄罗斯的太空力量正与中国太空军联合发动攻击，这是全世界太空战的主要战斗力了。从目前来看,战况并不乐观。"

老妇人跌坐在椅子上,眼睛一眨,一个布满仪器的庞大实验室浮现在天花板上,"以罗蒙诺索夫超级计算机为首,祖国的十二台超级计算机组成的并联计算系统正在破解别列斯托夫个人电脑的密码,我们已经破解出了一部分文件,但关键文件使用了更复杂的加密算法,即使以国内最强的演算能力,运气好的话也要两个小时才能得到结果;运气不好的话……可能要花上几天时间。"中将说,"您看到了,整个国家为了一个人而陷入紧急状态,祖国正面临严峻的考验。而那个人,就是别列斯托夫,您的儿子。我不奢求什么情报,只想得到一个合理的答案……他为什么这么做?"

眼泪从阿佳塔脸上滴落,她用衣袖揩着眼泪,嘴巴一开一合,尽管发不出声音,口型识别系统还是自动翻译出了她想说的话:"我真的什么都不知道,我不知道我的儿子是这样可怕的人。他从小就很自闭,不会跟人说交心的话,记得他高中毕业时第一次喝酒喝多了,回家就吐了,不肯睡,哭着说世界不公平,无论何时都是富人欺负穷人,强者欺负弱者,人和人要分等级……我知道他有两个从小到大的好朋友,其中一个是巴基斯坦技术专家的孩子,他一直受到新纳粹集团的欺凌,后来自杀了;另一个的性格也很奇怪,长大后当了医生,但一直宣扬世界毁灭之类的……我儿子不是坏人,他只是极端渴望公平的世界……"

"平等?"中将倾听着老人的哭告,若有所思地低下头,"……仅仅是为了这样幼稚的理由?"

几十朵小小的花儿同时绽放在星空,屋里的光线亮了又暗下去。中将知道，那是中国方面的五枚"东风 49 改"释放的分导弹头遭到了激光拦截。这次攻击的导弹和自杀卫星全部被特里尼蒂太空站的防御激光击毁，与此前美国人尝试的结果完全相同。这是一次史无前例的饱和攻击，同一时刻有超过二百枚制导弹头、动能武器和自杀卫星集中在同一片空域。但画面上那片黑色阴影岿然不动，只有太空武器自爆的光芒不断闪烁，特里尼蒂太空站像雄踞于人类头顶的奥林匹斯宫殿，用雷电轻描淡写地击溃美国、俄罗斯和中国苦心经营了数十年的各自引以为傲的太空力量。

与此同时，爆炸产生的碎片已经击毁了六十颗静止轨道通信卫星和更多的低轨道卫星，灾难性的连锁反应正在发生，全球卫星的通信能力已经锐减了百分之五十，频段还在一个接一个地持续减少中。

站在俄罗斯联邦战略通信情报指挥中心里，中将明白现在并不是审讯相关人士的时候，旁边房间里的总统、总理和总参谋长正在急切地寻找着第二套方案，能够在危机中拯救祖国的最后方案。

距离可能的第三次发射：0 小时 40 分 11 秒（重置后）
美国新墨西哥州圣塔菲市 州政府大楼

两辆黑色雪佛兰 SUV 停在西班牙风格的四层建筑门口，车灯熄灭，发动机却还嗡嗡作响。夜色中，这平凡无奇的砖红色建筑就是新墨西哥州州政府大楼。

此时已接近午夜零点，大厅里只有一名睡眼惺忪的保安。戴鸭舌帽的男人向他打了声招呼，带着六名特里尼蒂员工乘电梯到达四层，推开州长办公室的门。

新墨西哥州州长正坐在办公桌后看电视，一双大脚高高跷在桌上，"……是你？"看见来客的样貌，州长收回腿站了起来，伸手表示迎接。

刘乾坤摘掉鸭舌帽，甩一甩小辫子，大大咧咧坐在桌子对面，"瞧，终于到了履行承诺的时候了。"

"我没想到这种事情真的会发生。"州长走到小酒吧，给自己和来客各倒了一杯威士忌，"Jim Beam 波旁酒，加矿泉水。我们都需要冷静一下。"

刘乾坤跷起二郎腿，摆了个舒服的姿势，接过酒一口喝干，说："好，我很冷静了。你做好准备了吗？"

州长整理了一下领带结，显得有点儿犹豫，"我不确定……现在联合国会议还没开完，他们也还没宣布那件事情。"

"很快，很快。"刘乾坤说，"我让人在四层会议室架好了直播设备和卫星天线，随时可以开始直播。另外，旁边屋子里埋伏了几名持枪者，这样很不好哦，信任是合作的第一前提，你要与特里尼蒂彼此信任才对。"

"噗、噗！"几声轻响后，秘书室传来沉重的倒地声。州长面色还是很镇定，端起酒杯摇晃着金黄色的酒液，"抱歉，那是程序配备而已。从几年前竞选的时候起我就对特里尼蒂非常信赖，相信未来我们还可以良好地合作下去。"

刘乾坤笑道："当然，你要付出的非常少，只是在电视前露个

453

面而已，我用电脑CG可以做到同样的事情，但你明天的公开演讲也很重要。毕竟是个新的开始，干杯！"

"干杯！"

两人喝下杯中酒，一齐转头看电视，NBC电视台正在直播联合国紧急特别大会，当然，这颗星球上的所有电视台都在播放同样的画面，从一个多小时前开始。

距离可能的第三次发射：0 小时 25 分 01 秒（重置后）
美国纽约曼哈顿 联合国总部大楼

中国与俄罗斯毫无征兆地突袭，使得通信中断了近一个小时。

特里尼蒂的影像突然消失，这让联合国大会厅陷入一片混乱，技术人员找不出原因——直到二十多分钟后，中国代表团才公开发表这次太空军事行动的情报。当然，中国人先抛出来的是美国太空军进攻失败的画面。与会的一百九十四个会员国这才震惊地发现了美国、中国、俄罗斯居然拥有如此强大的太空军事力量！但会员国又无法谴责这三个国家违反了《外太空条约》，因为这些太空军事力量已在很短的时间内被特里尼蒂所毁灭。

特里尼蒂太空站的激光防御系统无懈可击，只有俄罗斯卫星发射的几束化学激光击中太空站，暂时损坏了特里尼蒂的通信系统。里克·威廉斯传来一段嬉皮笑脸的视频，说三个人都毫发无伤，很快就可以修复损伤，恢复全面通信。"全地球无耻的人们，待会儿见。"他笑嘻嘻地说。

在愤怒、屈辱而无计可施的半个小时之后，大会厅再次安静下来，投影屏幕上出现了三位宇航员的脸。

秘书长三浦开门见山地问："特里尼蒂，你们究竟想要什么？刚才联大已经达成协议，在进行对话期间不会再有国家对你们发动攻击，贵方可以放心。"

"我们想要的很多，也很少。"美国宇航员说，"莫，你先来。"

莫甘娜做了个深呼吸，拿出一份讲稿念道："你们正在毁掉地球，化石能源马上就要枯竭，可没人承认这一点，能源巨头装出一副满不在乎的样子，一边宣称石油储量还够用一百年，一边用物理和化学方法把地壳更深处的原油挤出来——尽管明知这么干会造成地壳塌陷、地震和海啸。美国花十五年时间就开采完了境内的页岩油和页岩气，采用的高压分段压裂技术对地质结构造成了不可逆转的伤害，但所有的报告书都对此避而不谈。

"你们四处兴建损害生态环境的水电站，在高原上修满了风力发电机，任凭风电攫取季风的能量，一点一点地改变着大气环流的形态！你们一面盖起核电站，一面把核废料沉向海底……

"空间太阳能发电，特里尼蒂项目毫无疑问是整个人类的希望，但看看你们手上的资料，里面写了什么？特里尼蒂空间太阳能电站的装机容量可满足全球用电量的百分之十五……谎话连篇！特里尼蒂项目是新能源与传统能源巨头的一场博弈，是妥协的畸形产物，设计太空站图纸的几位科学家了解真相，但他们却一个接一个地死于'意外'！复合抛面集中器的光效率被人为修改了，在所有资料中，特里尼蒂的发电量都被降低到标准的八分之一。若不是在太空站主控电脑中发现并破解了原始设计文件，我们也不会得知这个秘密……没错，你们想让特里尼蒂在低负荷状态下长期运行，适度地替代传统能源的发电量，直到你们把地壳中仅剩的石油换成钞票为止！

"是的，特里尼蒂完全能够为全球提供足够的电力！地球可以获得绝对清洁、高效的太阳能，而不必付出环境与资源的代价！我要求地球停止其他各种发电方式，由特里尼蒂给地球提供太阳能电力。"

混乱风暴再度升起，数十种语言的吵嚷淹没了秘书长徒劳的击槌声。里克·威廉斯没有等待骚动平息，他大声说："你们的好牌用完了，所以不得不听我们的话，对吧？中国人的导弹很可怕，一定把全世界都吓了一跳……听我说下去。你们好好给我听着！"

议论声逐渐低微，里克满意地点点头，"那么我接着说。莫甘娜是一位可敬的环保主义者，我可不是。我不在乎环境什么的，毕竟人类才是地球的主宰，改造自然是我们的生活方式……我是个非常胆小的人，你瞧，就算在太空站里，我也要以地球为方向找到合适的姿势才能睡得着，毕竟从我们还是猴子的时候开始，一直在地球上住了几百万年，我们绝对离不开这个蓝色的大水球。

"我是个太空人，这可不是什么美国梦的体现，我其实最怕太空了。应该说，我最怕的是地外文明，我相信有外星人存在，所以害怕它们，怕它们像乔治·威尔斯的《世界大战》一书中所描写的那样降临地球消灭我们，怕它们像《独立日》中一样靠武力征服我们，像《第九区》中一样盘踞我们的土地，像《三体》中一样控制我们……我知道这听起来简直杞人忧天，但仔细想想，这比新纳粹主义者发动第三次世界大战还要现实!

　　"在电池耗完之前,'旅行者1号'已经飞了两百多亿公里,它还会一直飞下去,直到它变成一堆废铁,或者被该死的外星人找到。你们是否想到,从能够使用无线电的时代开始,地球就一直在向外发射'来找我吧,来找我吧'的无线电信号,这些信号已经形成了一个直径一百光年的大泡泡,而且还在不停扩大,不停扩大! 疯狂的科学家们开始用强大的射电望远镜向其他恒星发射信号,无数人每天使用个人电脑分析数据搜寻外星人可能存在的证据……地外文明,该死的地外文明!

　　"你们可以叫我'人类沙文主义者',我热爱人类,热爱这美好且唯一的地球,不愿任何遥远太空中的虫子来打扰人类在美好且唯一地球上的生活。我要求地球立刻停止一切太空探测活动,不再发射深空探测器和射电电波,转而专注于科技进步与经济发展,要知道,对于这么区区几十亿人来说,地球已足够大了! "

　　喧哗声浪几乎冲破联大会议厅的穹顶,秘书长三浦咚咚敲着小锤,画面中央的肖用右手推了推玳瑁框眼镜,缓缓开口:"我对'国家'这个概念厌恶透顶,我是俄罗斯人,但从基因序列上来说我应当是华人,我不知道自己到底是什么地方的人,因为我从没见过我的生身父母。

　　"没错,国家是强加于人类身上的枷锁,生活在那个所谓的国家中的大多数人既不会与你发生联系,也不需要被你热爱、憎恨、给予和掠夺。

　　"对我来说,平等是最重要的事情,我希望这是家庭之间的平等,关系群体之间的平等,创造力意义上的平等,也就是说,我要创造出一种新的社会结构，重新分配地球上的重要资源。

"在第一个阶段，我要求废除国家结构，以技术集团为核心，按照地域特征分化出独立城邦。城市文明应该是独立的、自由的，而在最重要的能源——电力——由特里尼蒂独家供给的前提下，科技应当成为城邦文明之间的等价交换物。城邦之间的地位是平等的，经济行为依托于技术发现；城邦内臣民的地位是平等的，不再有集权者和被专制者，人人都是城邦技术集合体的组成部分。国家解散之后，军队将成为独立城邦，一个基地，一支舰队，数辆坦克……军队城邦将以军事实力为交换物，向全世界城邦出售安全保证。

"联合国将以崭新的形式运行，负责统筹全世界城邦，维持全球经济平稳，而世界范围内的和平将由特里尼蒂来保证。特里尼蒂的激光炮将降落在所有发动侵略战争、反对特里尼蒂及城邦制度的区域！我想这二十多小时内发生的事情，已经证明了特里尼蒂的军事实力。

"以上，就是特里尼蒂对地球上所有国家发出的宣言！如果能够摒弃老旧观念，放开怀抱迎接新生事物，我们相信，在特里尼蒂保护下的地球一定会变成一个更好的地方，获得一个更平等、更安全、更先进、更幸福的未来。

"这期间，许多人会因此而死去，我们将背负这些哀痛，唾弃自己的墓碑，在上面刻满'杀人犯''反人类者''刽子手'等词汇。但崭新的文明会在特里尼蒂的庇护下成长，正确的历史将给予我们正确评价，我们无所畏惧。我们会和城邦文明一起永生。

"这是最后一次倒计时归零，我们将进行第三次发射、第四次发射、第五次发射……直到地球交出令人满意的答卷为止。

再见,世界。"

挤满两千人的联合国会堂陷入歇斯底里的疯狂。

这时,布兰登·巴塞罗缪博士正奋力挤出人群,为了穿过人墙离开会议厅,他不得不抢起手提电脑打晕了两个大喊大叫的印度人,才跌跌撞撞冲出大厅。两分钟后,他出现在秘书处大楼十七层,总统正在等他。

"请坐,博士。"总统在圆桌那头抬起头来,用空洞的眼眶望着他。

博士悚然一惊,尽量不去看总统手中灰蓝的玻璃眼球,他坐下来打开电脑,转过屏幕向圆桌旁的小组成员展示,"这是我的分析结果,总统先生。事到如今,进行心理战的最佳时机已经错过,但还有尝试的价值。如果允许的话,我现在就着手准备,只要在通信中加入必要的……"

"不,我们现在要说的是另一件事。"美国总统将眼球用力塞回眼眶,转动着一对灰色眼珠扫视副总统、国防部长等一众大人物,最后视线落在博士身上,"告诉我,在只能杀死一个人的前提下,杀掉三个人当中的哪一个,才能让特里尼蒂整体崩溃?"

巴塞罗缪博士愣住了,"为什么是一个人?"

"答案,博士,答案。"总统重复道。

国防部长出言解释:"我们刚刚得知还有最后的手段,能够确保毁灭三个特里尼蒂空间站中的一个,虽然消灭美国本土上空的 α 站是看似最合理的选择,但 NASA 专家说,剩余的两个空间站可以使用光压作为推动力完成变轨,在变轨后继续威胁美国本土，因为两个空间站就能覆盖地球百分之九十以上的可居住范围。所以，我们迫切需要你的建议。"

老人思忖片刻，说道："三个人组成的小团体要形成稳固结构，其中一定有一位担任领袖角色，就是我们常说的阿尔法人格[①]。如果将领袖杀死，就会对整个团体造成毁灭性打击，从属人格的判断力、行动力将严重下降，甚至走向心理崩溃……经过这段时间的研究和观察，我心中已经有了一些判断，总统先生。"

他望着屏幕上的三张相片。黑发的别列斯托夫·平·肖戴着玳瑁框眼镜，表情冷漠。金发的莫甘娜·科蒂有着小麦般的肤色，总是面带微笑。亚麻色头发的里克·威廉斯咧嘴大笑，牙齿闪亮。俄国人，法国人，美国人。男人，女人，男人。

"是他。"巴塞罗缪的手指落在其中一张脸孔上，"如果只能杀死一个人的话，这是唯一正确的选择。"

距离第三次发射：1 小时 50 分 14 秒

地球——月球拉格朗日点 L1，距离地球 32.3 万公里

ILSS[②] 是一个外环直径三千米、内环直径一百五十米的同心圆环状人造星体，它静静地悬浮在地月拉格朗日点，数十台姿态调整发动机不断喷出气体以维持其位置稳定。

ILSS 是十二年前由美国国家航空航天局、中国国家航天局、

---

①该词起源于狼群的等级制度，是指一种自信、有主见、勇于承担责任、乐于当老大的性格。

②国际探月空间站。

俄罗斯联邦航天局、欧洲航天局和日本宇宙航空研究开发机构共同开发建设的,作为月球探测的中继基地存在。十几个小时前,刚刚有一艘运行在 L1 晕轨道①的货运飞船与太空站成功完成对接,但随着特里尼蒂事件升级,地面站的指令中断了,ILSS 上的二十五名宇航员聚集在主舱室,焦急地等待着来自地球的消息。

联系中断九小时后,地面控制中心终于发来通信请求,绿灯刚刚闪烁起来,探月空间站站长立刻点亮了麦克风,"休斯敦?休斯敦?"这位英国宇航员在 ILSS 连续工作了两年零四个月,预定乘坐这艘货运飞船回到地球,此时他的情绪自然忍不住激动起来。

"ILSS,这里是莫斯科星城航天指挥控制中心。"

"莫斯科,莫斯科,这里是 ILSS,地球到底出了什么问题?我们想尽办法取得联系,但休斯敦一直没有回应……"

"ILSS,启动紧急代码 ANEEL5591ED,重复,启动紧急代码 ANEEL5591ED。完毕。"留下简短的信息后,地面控制中心结束了通信。

"莫斯科!这不是有效的国际通用指令,我不明白……"英国人攥着麦克风大声呼喊,这时后脑勺突然传来冰凉的触感,他转过头,发现一支泰瑟枪正瞄准自己的眼睛。

几名宇航员脱离固定位置集中在一起,从便服下面掏出泰瑟枪来,他们衣服上都有白、蓝、红三色的泛斯拉夫联邦国旗。"ILSS 空间站的宇航员们,我代表祖国发出声明:从现在起,俄罗斯将对 ILSS 空间站进行全面接管,你们会被禁锢于 D2 居住舱,直到莫斯

---

① 围绕拉格朗日点的平动轨道。

科发布解除紧急状态的代码。任何不配合的行为……"一名俄罗斯宇航员大声宣布。然而他的话还没有说完，一个大块头的美国人用力一蹬墙壁，挥舞着维修扳手从人群中射出来。

俄罗斯宇航员左手攥住固定横杆，右手扣动扳机，"啪啪！"轻微的击发声响起，银色电击弹嵌入皮肤，美国人浑身剧烈抽搐起来，双眼翻白，身躯旋转着飞出。俄国人没有对擦肩而过的人体伸出援手，"咚！"失去意识的美国宇航员重重撞上舱壁，手脚扭曲成不可思议的形状，鼻子喷出鲜血，化为一串血珠飘起。

"……任何不配合的行为都会落得如此下场。"俄国人完成演讲后，扫视了一圈舱室——太空人脸上充满不解、愤怒和恐惧，但没有人再反抗。两名俄罗斯宇航员押送他们前往 D2 舱室，主舱室很快变得空旷起来。发表讲话的那个俄国人来到控制台前，熟练地输入一百二十八位复合密码，接着掏出一把卡片钥匙插进读卡器，"莫斯科，莫斯科，紧急处置已经完成，申请进入发射模式。"

三十二万公里之外的声音延迟一秒后响起："收到，正在确认。休斯敦密匙确认。北京密匙确认。莫斯科密匙确认。射击参数已输入，请进行射击诸元演算与校准……祖国和人民感谢你们！祝你们好运！"

"收到，莫斯科。完毕。"

舱内的俄罗斯宇航员一起肃立，向遥远的祖国大地敬军礼。随着四个密匙输入完毕，ILSS 的主控电脑开始对一个空间坐标进行射击演算，整个空间站的电池开始全负荷工作，备用燃料电池也进入运行状态，嗡嗡的隐隐振动从四壁传来。从位于内环中央的主控制舱看不到外环的情况，但每个人都知道接下来将会发生什么。

十二年前建造的 ILSS 是个单纯的探月中继基地，一个由轮辐状结构支撑的十四间舱室组成的直径一百五十米的圆环，但不久之后，由俄罗斯牵头，美国与中国参与的 SHC 项目①启动。五年之后，一个轻而坚固的庞大外环在 ILSS 外侧成型，在特里尼蒂空间站出现之前，这个周长接近十公里的庞然大物是人类在宇宙空间建造的最大物体。SHC 被设计用来研究空间高能带电粒子加速所产生的激波、磁重联等现象，也会进行强子对撞研究，在人类对月球的探索热情下降的年代，SHC 逐渐成为 ILSS 空间站的主要存在价值。

但没人知道，SHC 不仅是一台昂贵的高能粒子加速器，也是一件强大的武器。加速腔末端的机械结构开始变化，SHC 正在悄然改变形态。充能过程持续了二十五分钟，核电池超负荷运行的警示灯闪烁不停，为了达到武器级的发射能量，SHC 的运行功率已经远远超过设计指标，接近光速的负离子在加速腔中奔流。

"3、2、1，发射！"俄罗斯宇航员神情肃穆地按下按钮，同一时刻，控制台爆出短路的电火花。

高能离子在电磁透镜的约束下聚焦，通过那个图纸上并不存在的舱室被剥夺电子成为中性粒子，以亚光速射出 SHC 的加速轨道。拉格朗日点上的巨大圆环开始结构性扭曲，姿态发动机徒劳地喷射着，却只是在加速太空站辐条的断裂应力。它是在危急关头只能使用一次的武器，这是俄罗斯与美国、中国达成的秘密协议，SHC 中性粒子炮是地球太空安全的最后一道防线，必须由三

① 空间强子对撞机。

个国家联合授予密匙才能启动——没人能预测它会在何种情况下启动。

这个时刻，就是现在。

中性粒子束在一秒之后，降临到二十九万公里之外的特里尼蒂太空站，它轻易地撕开了太空站脆弱的复合抛面集中器，在巨大的花瓶状结构中扯开一个缺口，然后准确刺入了太空站底部那微小的主控制舱室。这庞大得令人难以置信的造物，同时也脆弱得令人难以置信，灾难性的连锁反应已经开始，太阳能电站会沿着抛面集中器和底部控制舱的缺口将自己撕成两半，然后坠入不可逆转的螺旋坠落。

距离第三次发射：1 小时 50 分 14 秒
美国纽约曼哈顿 联合国总部大楼

布兰登·巴塞罗缪博士指着左边那张照片，黑头发、玳瑁框眼镜、沉默的男人。

"别列斯托夫·平·肖，他是三个人当中的领袖。如果只能杀一个人的话……非他莫属！"

距离第三次发射：0 小时 21 分 03 秒
阿尔及利亚阿德拉尔省 特里尼蒂 β 地面站

摩洛哥餐厅里横七竖八躺满了裸体男人，酒精、烟草和尿液的味道令人窒息。查奥·阿克宁刚刚醒来，他奋力抬起一条压在身上的长满黑毛的大腿,手脚并用地向大厅外爬去。窗外已经天光大亮,阳光照耀着每一座沙丘,远处依然有一条高而弯曲的烟柱直达天空,仿佛神话中通往天界的高塔。

爬行中,酒瓶的碎片割破了查奥的手掌,他舔了舔伤口,并没有感到特别疼。爬出餐厅后,他在走廊里再次呕吐,然后沿着墙边尽量小心地前进。他想逃到没有人发现的地方躲起来,因为这里所有的人都疯了,包括爸爸和妈妈。

前方有脚步声传来,查奥急忙推开一扇门躲进去,在门缝里看见两个裸体的男人背着枪走了过去。

"终于到了换班时间,南部沙漠公司没派人来,阿尔及利亚政府军也没出现,真是好运气。"一个人说。

"你看电视了吗? 特里尼蒂在联合国发表宣言呢……那些大人物都气疯了! 骚乱到处都在发生,没人顾得上我们,放心喝酒吧,同志! "另一个人说。

听脚步声走远了,查奥冲出门外向前奔跑。一台挂在走廊里的电视机播报着新闻:"混乱还在加剧,通信线路接连中断,我们将及时跟踪最新情况,请关注我们的网络……"画面突然化为蓝幕,信号消失了。

查奥停下来大口喘着气,他感觉头晕心跳,抬起手来一看,血已经浸透了半条衣袖。他掏出手绢,咬牙将手掌的伤口扎紧,直至此时还是没有什么痛感,只感到手心一跳一跳,手指温热。他推开一扇屋门走进去,靠着墙角坐下来休息,这个房间是位于基地外缘的公共活动室之一,大大的窗户投出炙热的阳光。

"爸爸,妈妈……"查奥咬紧嘴唇,尽量忍住泪水。

突然，地上的阳光暗淡了。孩子抬起头向窗外望去，发现右边天空出现一大块阴影，正巧遮住了太阳的位置。那东西不像云朵，也不像飞机，倒像一朵花瓣大大的鸢尾花。"……那是什么？"他伸手一摸，自己的玩具望远镜还塞在衣兜里，于是掏出望远镜观察天空。在放大的视野里，阴影表面有着复杂规律的线条，而那些纵横的刻印正在快速移动并放大。

突然一道闪光出现，刺痛了查奥的眼睛，他大叫一声，丢掉了望远镜。

黑影已经移动到天空中央，无数闪光点出现在阴影中，以令人眼花的频率闪烁着。随着光替代影子，天上的轮廓逐渐变为一面巨大无比的镜子，散发着比太阳强烈千百倍的耀眼光芒。

皮肤被光线灼痛，查奥缩进两个柜子之间的夹缝，勉强睁开红肿的眼睛，看白热的光斑快速扫过地板。

天上有一万个太阳正在坠落。

查奥捂住眼睛尖叫着，试图把超自然的场景驱逐出现实之外。这动作似乎很熟悉，他隐隐约约想起，在自己很小的时候，也曾这样捂住眼睛、耳朵尖声大叫，希望尖叫结束之后，可怕的画面就会消失不见。

他的尖叫声逐渐嘶哑，直到弱不可闻。查奥慢慢松开手指，从指缝中偷窥外面，发现阳光已经暗淡了，地上的光斑呈现一种异样的红色。他慢慢爬出角落，抬起头看天空，天空正在燃烧。血红的火焰布满天穹，如同天地颠倒，自己正在热气球上俯视沸腾的红色海洋。

孩子坐在地上，身体不住地颤抖，红色天光将他沾血的脸映得忽明忽暗。"……妈妈……"他嘴唇翕动,发出无意义的呼唤,浮现在脑海中的并不是餐厅中那个癫狂的裸体女人,而是一个更模糊、更温暖的形象。

他用力撑起身体,慢慢向外走去。走廊里没有人,玻璃穹顶翻滚着红色光影,整个世界被染成怪异的粉红。他隐隐约约听到摇篮曲的声音,那是他乞求母亲多次却从来未曾听母亲吟唱过的曲子,查奥不知道自己在何时何处听过这歌儿,只觉得无比熟悉:

> Dodo, l'enfant do, l'enfant dormira bien vite.
>
> Dodo, l'enfant do, l'enfant dormira bientôt.
>
> 睡吧,宝宝睡吧,宝宝马上睡着了。
>
> 睡吧,宝宝睡吧,宝宝一会儿就睡着了。

他停下脚步侧耳倾听。那不是幻觉,摇篮曲正从墙上的音箱里传来。某些久远的记忆被唤醒了,查奥看到一个小小的自己躺在床上笑着,或许两岁,或许三岁? 一个面目模糊的女人坐在床边,轻轻唱着这首温柔的曲子。"查查……"她说,"查查,你知道吗? 我不是个尽职的母亲,为了获得那个宝贵的机会,我向所有人隐瞒了你的存在,可他们知道了,那个我曾经加入,又因为理念不合而退出的组织……听着,查查,你可能会忘记我,因为你还太小了。可是答应我,有一天你再听到这首曲子的时候,你要开始奔跑,向门外跑,向房子外面跑,向远离人群的地方跑。我不知道那是什么时候、什么地点,你又会是什么模样,可是查查,我求你答应我,开始跑吧,不要停下……"

"……妈妈？"两行泪水流下，查奥呆呆地望着音箱。

摇篮曲很短，播放完一遍之后又开始重复。

查奥·艾科宁开始奔跑。他冲过红色的走廊，推开红色的门，跳下红色的台阶。他经过一间摆满机器的房间，里面的人在嚷着："通信系统发生故障了！可能通信中断之前被人入侵了，现在内部广播在重复播放一首该死的儿童歌曲！"他绕过一群聚在一起的男人，男人们惊恐地望着天空，仿佛化作一群石像。他冲过红色的小花园，面前就是红色的基地大门，门关闭着，查奥扑倒在门前，尽力伸出那只没受伤的手，按在控制面板上。

门开了，红色的沙漠出现在眼前。

查奥跌跌撞撞跑向红色的世界。

基地岗楼上的男人发现了他，马上举枪瞄准，可孩子笨拙奔跑的身影让他犹豫了。

这时，男人的背后响起一个女人的声音："你在干什么?!"一个裸体的女人将他狠狠推到一边，抓起那支12.7毫米狙击步枪，用十字瞄准线捕捉红色沙丘上那小小的身影。

"查尼！"她大喊一声，"你给我回来！"

孩子似乎听到了她的声音，但没有回头。

距离第三次发射：0 小时 16 分 22 秒
地球静止轨道 特里尼蒂 α 太空站控制室

里克·威廉斯安静地浮在舱室中央，紧闭双眼。刚才的一个多小时里，他目睹了为好友肖举行的那场壮烈火葬。

特里尼蒂 γ 太空站被 SHC 的中性粒子束击中坠落,绕地球飞行了一圈半之后进入大气层,尽管复合抛面集中器的展开面积比美国国土面积还要大,但单位面积重量非常轻,上亿块轻薄的反光板在剧烈摩擦中化为火焰……天火掠过地中海、大西洋,照亮了整个美洲大陆,将八亿人从凌晨时分的深眠中唤醒。特里尼蒂 γ 站残骸的绝大部分在大气层中燃烧殆尽,只剩下控制舱的部分碎片拖着长长的焰尾坠入太平洋。南太平洋所罗门群岛迎来了亿万年间最明亮的一个黄昏,千百道炙热的火线贯穿天地,坠落在小岛上的碎片点燃了椰林,空气中充满硫黄和焦炭的味道,海水滚滚沸腾。瓜达尔卡纳尔岛上的居民惊恐地下跪祈祷,因为眼前的画面仿若 1942 年那个硝烟弥漫、炮声震天的深秋①。

地球与空间站之间的通信中断了。里克与莫甘娜·科蒂进行了简短的对话,无须太多言语,在决定启动计划的时刻,他们就预见到了所有可能的结局。"莫甘娜,第三次发射由我来完成。发射前我会试着联系休斯敦,肖的太空站坠落所造成的干扰应该快消失了。"

"我知道了。碎片越来越多了,我会增加激光防御系统的发射功率。"

"好的。如果当初肖猜测得没错,这就是地球的最后一张王牌吧……希望地球上的伙计们也能按时完成工作,计划顺利的

---

①指瓜达尔卡纳尔岛战役。这是一场日本军队与美国军队于1942年8月7日到1943 年 2 月 9 日期间在瓜达尔卡纳尔岛和周围的岛屿进行的海陆空决战。双方激烈厮杀半年,均损耗了大量战舰和飞机,最终日军死亡五万人以上,大败撤退,美军完全占据瓜岛,尔后夺取了整个南太平洋地区的制海权,从此开始进行战略反攻。

话，很快一切就会结束了。"

"希望如此……"

"莫甘娜，你还好吗？"

"我不好，里克。"

"休息几分钟吧，别忘了吃饭。"

"我知道，只是还有一些事情要处理。"

"什么事？"

"没什么。"

里克睁开眼睛。倒计时还剩下十五分钟，他移动到控制台前，选择第三次发射的目标城市。

列表里有一长串熟悉的名字：旧金山，洛杉矶，休斯敦，西雅图，芝加哥，波士顿，华盛顿，纽约。

纽约，他出生并长大的地方。优等生，常春藤优秀毕业生，运动明星，全民偶像，航天英雄……他身上挂满了一个纽约客所能拥有的最好标签。大苹果之城的孩子，他就是美国梦本身。

"确认？"代表锁定目标的红色对话框跳出。

里克·威廉斯毫不犹豫地点击了"确定"。

距离第三次发射：0 小时 07 分 51 秒

美国纽约曼哈顿 联合国总部大楼

布兰登·巴塞罗缪博士拖着疲惫的身体离开联合国大楼，沿42街慢慢向中央车站方向走去。血红色的天空暗淡下来，天幕恢复了纽约那种雾蒙蒙的黑色，但街头还是挤满了人，警笛声四处鸣响,所有的电视都在播放同一个直播画面,总统的演讲已到了最高潮。

即使已接近三十个小时没有休息,电视上的男人还是显得精力充沛、勇敢而强大。总统挥舞着拳头,坚定地说:"我要求国会宣布美国和特里尼蒂之间进入战争状态! 我们将尽全部努力保卫自己,保卫美利坚合众国的土地乃至整个地球的安全! 这是美国的意志,是公众的意志! 我们必将取得胜利! 愿上帝帮助我们,天佑美利坚!"

掌声和欢呼声震天响起,人们被慷慨激昂的演说所振奋,呼喊着"天佑美利坚"的口号,在曼哈顿街头展开游行。

巴塞罗缪博士尽量躲开狂热的人流,从燃烧的汽车和碎裂的橱窗间穿过,他在美国总统身边的任务已经完成,现在可以找间舒适而安全的旅馆好好睡上一觉了。

这时,电视直播画面突然切换了背景,游行的队伍在街角的大型 LED 屏幕前放慢步伐。博士抬起头,看到电视上出现了一间新联邦装修风格的办公室,一位身着正装的中年人端坐在镜头前。滚动字幕显示"有线电视网紧急报道,来自新墨西哥州圣塔菲市州长办公室的直播画面,新墨西哥州州长霍华德·斯托克菲尔德要求对全美直播"。

"美国的人民,新墨西哥的人民。"州长用浑厚低沉的声音开始演讲,"在接近三百年前,准确地说是 1789 年,独立战争胜利后第六年,法定建国日的第十三年,美国宪法开始生效。'我们合众国人民,为建立更完善的联盟,树立正义,保障国内安宁,提供共同防务,促进公共福利,并使我们自己和后代得享自由的幸福,特为美

471

利坚合众国制定本宪法。'三百年来，宪法保护了我们的自由与进步，使美国成为有史以来最民主与最强大的国家，然而今天，这一切应当改变了。特里尼蒂为我们提供了一种更加先进的社会形态，那是热爱自由的美国人民从拓荒时代就在寻觅的一种可能性。

"根据1791年12月15日通过的宪法第十修正案，'宪法未赋予联邦政府的权利都属于各州和人民。'现在，新墨西哥州将行使宪法，做出对本州人民最有利的选择。

"是的，我在此宣布新墨西哥州正式脱离美联邦，以特里尼蒂新墨西哥公司、特里尼蒂 α 地面站为中心成立新墨西哥－特里尼蒂城邦，城邦边界与新墨西哥州界相同，城邦的政权组织形式将随后发表，新墨西哥国民警卫队将成为城邦的自卫武装力量，美国陆军部队会遭到友好驱逐。由于形势的特殊性，本决定未经州议会审议，但我已经取得两院超过百分之九十议员的同意签名。

"在此号召美利坚各州以技术企业为核心脱离联邦政府独立，新墨西哥－特里尼蒂城邦将联合特里尼蒂共和国为各城邦提供安全服务，以及绝对充足的太阳能电力保障。感谢联邦政府三百年来所做的努力，从今天起，新墨西哥人将为自己的幸福继续奋战！

"天佑新墨西哥城邦！"

游行的队伍停滞了，大屏幕的光芒照亮无数张呆滞的脸孔。巴塞罗缪博士嘴角泛起苦笑，在街边剧院的一根罗马柱旁边坐了下来，慢慢掏出香烟，弹开打火机盖，试了好几次才将香烟点燃。

新墨西哥独立的消息所造成的震撼尚未平息，有线电视网再次转换频道,强作镇定的主持人说道:"这是来自前方的直播画面,特里尼蒂要求与美国总统直接对话,并向全美直播——新墨西哥独立的合法性还未证实,所以目前直播还是面向五十个州进行……啊,几秒钟前,阿拉斯加州政府也发出了直播请求,他们有宣言要发表……"

画面切换为左右两栏,里克·威廉斯与美国总统出现在同一个屏幕中。美国宇航员说:"美国,总统先生。我们失去了三分之一的国土面积——三个特里尼蒂太空站中的一个,还失去了一位珍贵的伙伴。肖是我见过最睿智、敏锐而仁慈的人,我爱他。如果地球上的所有人——我是说任何人——能够了解他一点点的话,都会像我一样爱上他。这是个错误,总统先生,这是个错误。"

"他是个该死的刽子手!你们也一样。"总统的眼皮跳动着。

里克张开双臂,说道:"现在我只有一个要求:解散军队,给美国陆军、海军、海军陆战队、太空军、国民警卫队与预备役部队以自由。让每个舰队自由。让战略核潜艇部队自由。让陆战队自由。让士兵自由。让军队做出自己的选择:成立城邦,就地解散;还是被特里尼蒂毁灭。"

"……我会将你所在的太空站击落,将你烧得一根头发都不剩,就像你亲爱的伙伴那样。"总统阴冷的灰色眼睛眯了起来,脖子上青筋凸起。

"一分钟,美国人民,总统先生。"里克根本不理会他,竖起一根手指,"一分钟后,特里尼蒂的激光束将降落在长岛纳苏郡的亨普斯特德,以每秒五十米的速度向西移动,依次毁灭皇后区、布鲁克林和曼哈顿。你所在的联合国总部大楼将在七分钟之后化为乌有,七分钟足够你本人和智囊团远走高飞，但八百万纽约居民无处可逃。啊，倒计时开始了，55秒，54秒……"

总统一把掀翻桌子发出怒吼，为上镜精心准备的妆容瞬间被汗水涂花，"你说什么？我不允许你这样做！我不允许！这是反人类的罪行，美国会尽一切力量……"他喊叫着。

"50秒！……对了，我的家就在曼哈顿。"

信号中断了，只剩总统一个人在镜头前狂吼，他涨红了脖子，假眼珠挤出眼眶，显得恐怖异常。

恐惧降临，每个人都开始奔跑，凌晨两点的纽约街头，开始了一场疯狂的大逃亡。大楼吐出汹涌人流，人们从堵塞的车辆中跳出，从同伴身上踩过，哭喊着拥上街头，向西冲往乔治·华盛顿大桥。桥梁入口很快被塞满，人流冲击着挤满黑压压人头的西街，许多人哀号着跌入冰冷的哈德逊河。

布兰登·巴塞罗缪博士没有跑，他太老了，也太疲惫了，以至于求生意志显得软弱无力。他抽完一根555牌香烟，又用烟头点燃第二根，深深吸了一口，转头看向东方。不知什么时候，遥远的东方火光升起，迅速化为一根通天彻地的火柱，火鞭抽打着高耸入云的大厦，楼宇倾倒，道路消熔，夜空再次变成火红。

热风吹动老人乱蓬蓬的花白胡子，他吸了一口香烟，鼻腔灌满火焰的味道。

"肖……"他自言自语着。一位母亲抱着孩子从他身边跑过，博士捡起孩子掉落的一只鞋，喊了一声，可他的声音被火焰风暴的呼啸掩盖了。

无数鸟儿乘着热气流划过天空，"噗！噗！"几只井盖突然飞了起来,被煮沸的水从下水道井口喷出,变成蒸汽笼罩的喷泉。博士感觉到自己的头发、胡子和手背上的汗毛在热浪中蜷曲,即使光束落点还在十公里开外,激光束也造了强大的热辐射效应,一株从罗马柱底部裂缝里顽强生长出来的羊茅草迅速枯萎下去。

"肖,如果不是你该多好!"巴塞罗缪博士叹道,"你应该留下来领导特里尼蒂才对啊,没有你之后,计划变得如此极端⋯⋯我们身上的罪孽都太深重了。"

第三次发射
俄罗斯莫斯科市 克里姆林宫地下

"报告!根据联邦航天局的建议,最新的作战计划已经完成!"

"调阅!"

"是!"

一份作战方案呈现在俄罗斯联邦最高领导人面前。肃立在他们身后的中将扫视过方案内容,点了点头。联邦航天局的专家指出,特里尼蒂太空站的自动激光防御系统有着非常强的识别—锁定—击毁能力,但根据空间站的位置和现在的节气,太空站在每天某个特定时刻将会被地球阴影遮挡四十五秒,特里尼蒂空间站虽然有着容量相当大的蓄电池和强大的备用燃料电池系统,依然无法满足防御激光多次发射的消耗。在这个狭窄的攻击窗口到来时,投入全部太空武装力量进行饱和攻击,就可以对太空站指令舱部分造成重创。

这份方案同时共享给了中国方面。"……做得对，绝对不可以松懈自己的战斗意志，任何松懈战斗意志的思想和轻敌的思想，都是错误的！"中国国家领导人用拳头狠狠砸在桌面上，"如果能够对敌人加以详细分析，制订战术规划，怎能造成前两次攻击的失败？幸好现在远东地区上空的太空站已经被摧毁，我们有时间再次组织太空军发动攻势，趁恐怖分子的注意力集中在美国，全力出击，消灭他们！我们会全方位配合俄罗斯方面的最后突袭计划！"

听到这里，俄罗斯中将默默地敬了个军礼，退出了这间战略情报室。他很清楚现在祖国面临的现状：太空军事力量消耗极大，短时间很难组织起有效的攻击梯队，而把握四十五秒的狭窄时间窗口又太难，战术是有效的，执行却无比艰难。俄罗斯最杰出的军事参谋都集中在屋里，负责情报方面工作的他帮不上什么忙，与此同时，他刚刚收到另一个非常有用的消息。

"说。"站在走廊里，他开启了骨传导耳机。

"报告，别列斯托夫·平·肖的加密资料已经破解，发现了十五G的相关资料！我们整理出一份恐怖行动相关人员名单，共有近两百人，按照联络的频率排列。"

"好。"

中将点亮墙壁上的屏幕，打开那份长长的名单。在名单前列，他看见了里克·威廉斯和莫甘娜·科蒂的名字。下面一些名字他不认识，"刘乾坤……查尔斯·唐……涅米尔·科洛莫涅夫……佐薇·阿特金森……"中将喃喃念着，目光停在一个名字上面："……布兰登·巴塞罗缪。巴塞罗缪博士。哦，他好像在美国紧急事态小组里面,心理学专家嘛……"

中将敲敲耳麦,"接 CIA 的阿伦·斯特里普。"拨号音响了两声之后,他又摇摇头,"不,算了,让我再考虑一下。"

这时耳机滴滴一响,"阿尔法"特种部队与刚刚征调回国的"信号旗"特种部队对萨彦岭特里尼蒂地面站的攻坚战打响了,中将立刻转身走向战略情报室。无论天上的敌人多么强大,祖国终究会赢得最后的胜利,他如此坚信着。

坚信不疑。

最后的时刻
阿尔及利亚阿德拉尔省 特里尼蒂 β 地面站

查奥·阿克宁不知道自己跌倒了多少次,更不知道自己在第二次跌倒时幸运地躲过了一颗基地方向射来的子弹。他向苍茫的沙漠深处跑着、跑着,直到筋疲力尽跪倒在地再也爬不起来。他喘息得格外剧烈,仿佛有一只大手从喉管伸进去紧紧攥住他的肺,又向他嘴里撒进一把粗粝的沙。

不知过了多久他才逐渐能够呼吸,查奥用尽力气翻了个身,望着自己来的方向,只见基地已经变成了沙漠中一个银亮的方块。这时候天空已经不再发红,阳光依旧灿烂,可对亲眼见过一万个太阳坠落的孩子来说,现在的太阳光已经不算什么了。

他用玩具望远镜看远方的基地,基地静悄悄的,那些可怕的大人没有追出来,或许是认为他不再重要吧。

这时,伤口的疼痛、身体的疲惫、嘴巴的干渴一齐袭来,查奥浑身抽搐着缩成一团。朦胧中,他又听见熟悉的曲调响起:"睡吧,宝宝睡吧,宝宝马上睡着了……"他的意识逐渐下沉、下沉,沉向漆黑一片的谷底。

突然,有什么事情发生。查奥从危险的半昏迷状态猛然惊醒,摇篮曲消失了,他左右看看,沙漠与基地都没有什么变化,可他的头发都立了起来,浑身汗毛直竖。"……妈妈?"他哀叫着,强撑身体站起来,向提米蒙的方向慢慢挪动,走向沙漠的尽头,那高高烟尘之柱所在的地方。

他并不知道,在几秒钟以前,特里尼蒂 β 太空站进行了一次极其短暂的激光发射。莫甘娜·科蒂向地面站进行了 0.02 秒的激光照射,激光准确命中靶心,没有造成基地的任何物理损伤。但强大激光束的轰击带来了电离效应,一条等离子体的通道被制造出来,尽管只存在了极短的时间,但足够这些高温的等离子体四散剥落,把周围的一切生物体烧成灰烬。特里尼蒂太阳能电站使用激光输电时,周围数十公里的人都要疏散,但此时基地里还有一群等待接收胜利果实的 NLF 成员,那些喜爱暴力、崇尚裸体的男人和女人。

查奥再次摔倒,终于陷入了昏迷。

天上响起隆隆巨响,阿尔及利亚政府军的武装直升机编队飞来,但这时特里尼蒂地面站早已架设好的"超级毒刺"地对空导弹已经无人操作。那些极端环保主义者在地球上留下的最后痕迹,是基地走廊里飞扬着的一抹灰。

最后的时刻

美国纽约曼哈顿 42 街

"肖啊……"

布兰登·巴塞罗缪博士决定选择毁灭肖的太空站,因为他知道肖已经死去了,在美国发动第一次袭击的时候。"殉道者"攻击卫星的巨网在经受了数十次激光拦截之后,化为一串金属炮弹,击中了特里尼蒂 γ 太空站的控制舱,舱体被撕裂了,氧气在短短半分钟内泄漏一空,肖身上的轻便宇航服也没能起到保护作用,因为碎片在舱内四处溅射,敲碎了他的头盔。

两分钟之后,自动修复系统将舱体裂口黏合,恢复了舱内供氧,肖安静地浮在空中,破碎的面罩内有一团晶莹剔透的血珠在飘动。探测到他的心跳停止后,一个预先设定好的程序接管了通信系统,它先向其他两个太空站发出平安的信号,然后开始监视特里尼蒂同地球的联络,在恰当的时刻播放早已录制好的画面。

四十个小时前,肖调暗舱内灯光,制造出舱室破损的画面错觉,录制好那几段讲话,为了让拉塞罗缪博士察觉,他做出几个微小的动作暗示,比如更换推玳瑁框眼镜的那只手。其实,其他两名宇航员也做了类似的准备,因为死亡几乎是不可避免的,谁都有可能被地球方面的太空武装力量击毙。

其实无须特殊暗示,博士也早就发现了录像与真人的差别,因为在倾听他人讲话时,人类会不自觉地加以反应,体现为眼球移动与面部肌肉的微小动作。除了行为分析学专家,其他人看不出总是板着脸的肖本人与视频的差别,这就是巴塞罗缪博士在总统身边的任务——在关键时刻,诱导美国当局做出伤害最低的选择。

天边的火龙卷越来越近，街边店铺的招牌都开始燃烧，巴塞罗缪博士抽完最后一支烟，用鞋跟细心地将烟头碾灭，随后马上发现自己这个动作毫无意义。

就在这时，火焰的呼啸声突然改变，天空中的火柱不再向西前进，而是停止在布鲁克林区与长岛的边缘。

"啊，成功了吗？"博士惊喜地站起来，因为站起的速度太快而头晕目眩，"难道美国政府真的答应……"

一发点四五手枪子弹从后面猛地贯穿博士的心脏，击断第三节肋骨后嵌在胸骨内侧，强大的冲击力如一把铁锤，将老人狠狠地击倒在地。

那名光头的FBI高级探员斜靠在小巷墙上，一边将矿泉水浇在自己头上，一边嘲弄地盯着博士的尸体，拨通电话，"母鹿，母鹿，这里是斑比，供词已上传，确认击毙。"他将摄像头对准死去的老人，"……终于还是露出马脚了吧？就像我老爹说的，下巴留胡子的，没有一个好人。"

最后的时刻

地球静止轨道 特里尼蒂 β 太空站控制室

莫甘娜·科蒂掩面哭泣，泪水从指缝中涌出，随着身体的颤抖在空中飘散。肖死后，计划有所改变，她要负责对欧亚大陆大部分国家的激光威慑，保卫特里尼蒂地面站的安全，直至攻占地面站的NLF核心成员召集整个欧洲和北非的NLF军事力量，围绕地面站建成特里尼蒂地面城邦。

但她没等到那个时刻到来。她彻底崩溃了，药物和瑜伽无法维系神经正常运转，一直以来的紧张忧虑猛然爆发，将女宇航员击垮了。她砸坏了好几座控制台，撕扯着自己的头发，疯狂喊叫，在神志最不清醒的一刹那，她做出了一个反复思考了几万次但不敢施行的举动。

一张被泪痕洇湿的照片在空中缓缓旋转，那是七年前在法国马赛一间私人医院所拍摄的，满脸悲容的她躺在病床上，望着窗外的灿烂阳光。"两小时后，因为新生儿呼吸窘迫综合征而死去。"这是医疗记录上对她产下婴儿的描述。简历中提到了这一点，特里尼蒂选拔项目进行心理测试时考官只简单问了几句，谁愿意伤害一个美梦只做了两小时的单亲妈妈呢？

但莫甘娜知道那个孩子还活着。她并不是完全自愿加入特里尼蒂计划的，为了确保她不中途背叛，欧洲的 NLF 组织绑架了她的儿子，一个从未存在于任何官方记录中的非婚生子。七年之中，她只与孩子共处了两个月，六十天里，莫甘娜每天抱着两岁大的男孩，唱歌哄他入睡，分别时她流尽了眼泪，几乎当场崩溃。

她不知道如今那个男孩长成了什么模样，查奥，这是莫甘娜为他起的名字，如今能够将母亲和孩子联系在一起的，也只有这个空洞的名字而已。在不久前的一次通信中，β 地面站的佐薇·阿特金森再次提到了孩子的事情，那个一直以男孩母亲身份生活在提米蒙的 NLF 高级成员，裸着身体在屏幕上大笑着，说男孩很好，很习惯基地的生活，并且将一直幸福快乐地在基地生活下去。

佐薇那对摇晃着的、沾满血和其他液体的胸脯让莫甘娜彻底崩溃了。她知道再也回不到那颗蓝色的星球，自己只能孤独地飘浮在星空与太阳之间，等待死亡在某个时刻来临——她的生命或许还剩一小时，或许还有十年。她清楚自己再也见不到她的查奥，再也无法忍受那个丑陋的女人继续扮演本应由她来担当的角色。

如果肖还在，或许会用那种永远低沉而理性的声音来安抚她吧，可现在这位孤独的母亲失去了指引之光。

她短暂夺取地面站的控制权，向地面站发送了一段摇篮曲——那首她一直在听的曲子，在与孩子相处的短暂六十天里，她日日夜夜唱着的歌曲。那是她要在男孩心里烙下的刻痕，是她唯一能够提供的保护。"跑吧，查查……"她哭泣着，狠狠按下发射按钮，将强大的激光脉冲射向地面。

那孩子肯定死了，他一定来不及跑出去，即使听到那首摇篮曲。莫甘娜想。她不惜为孩子而谋杀了提米蒙的三万多人，现在，她又谋杀了非洲城邦计划，谋杀了她的孩子，谋杀了整个特里尼蒂项目，谋杀了里克·威廉斯与肖的努力，谋杀了人类的未来。

可是万一他还活着呢？说不定他正在沙漠的某个地方，等待自己从天而降呢。一个将拥有完全不同未来的男孩，她的儿子，她的骨血，她的 DNA 与永恒希望，只要能够与他在一起，就算地球的未来怎么糟糕都不再重要了吧……

那么她该怎么办？继续特里尼蒂计划，即使要杀死更多的人，让自己的灵魂坠入更深的地狱？还是同美国人分道扬镳，回归地球的怀抱，以罪人的身份活在监狱里直到生命结束？

她不知道。此时她多么希望肖能出现在屏幕彼端，告诉她该怎么做，即使只是一个"是"或"非"的提示也好。可肖已不在了，他以某种辉煌的方式回到了地球,将他自己洒布在五亿一千万平方公里的地球表面……

就这样,一时清醒,一时糊涂,莫甘娜在舱中放声哭泣着,直到一个声音响起:

"……莫甘娜。"

"……肖?"

舷窗旁边,蓝色的地球依然平静,三人合影的照片微微泛黄。

最后的时刻
美国新墨西哥州奥特罗县 特里尼蒂 α 地面站

查尔斯·唐喝完了一整瓶杜松子酒,感觉有点儿昏昏沉沉。他坐在屏幕前面,等待那个关键时刻到来。如果计划没有出岔子,特里尼蒂 α 空间站就快与他联络了,到时候他会带队撤离地面站,到四十公里外的安全屋去遥控电站运行。一条激光输电线路将搭建起来,太阳能电力通过变电站送入电网,向数百英里外的其他州——或者说其他城邦——输送,以显示特里尼蒂计划的电力供应能力。

但 α 站迟迟没有联络,他不知道天上发生了什么事情,从头到尾特里尼蒂都是一个松散的组织,来自不同国家的人出于不同的目的而聚在一起,怀揣着各自不同的梦想,使用激光作为长矛,向各自不同的风车发起挑战。查尔斯知道他们每个人都是彻头彻尾的疯子,可是话说回来,他不讨厌疯子。

突然,通信窗口滴滴作响。"长官。"身后的士兵出言提醒,查尔斯立刻把双脚从控制台拿下来，滑动触摸屏开启通信。刘乾坤的脸占满了屏幕，他的鸭舌帽压得很低，显示心情不太好，"哥们儿，我在回去的路上，暂时不用撤离啦，出了点儿麻烦。另外我收到了其他两个地面站的情报，现在找一条越洋通信线路真他妈难，更别说是量子加密线路了……你究竟喝了多少酒？"

"没你想的多。"查尔斯·唐戴上墨镜，把画面转移到头戴式显示器上，"快告诉我，外面到底在发生什么，我等得快发疯了！"

"没什么好消息。"刘乾坤回答，"第一，全世界都看到有一个特里尼蒂太空站掉了下来。第二，美国 101 空中突击师的运输机编队刚刚到达西北边境，我们脑袋顶上的太空站准备做出攻击，那儿有我们自己的人吗？"

查尔斯做了几个手势调阅资料，"已经通知城邦卫队的迭戈少将了，那边是安全的，我们的主力骑兵团在东北边境，跟美国陆军僵持着，F35 在头顶转来转去，我猜他们不敢先开枪，空军和陆军都在观望。或许他们已经在违背五角大楼的指令了。至于 101 空降师……希望能有点儿警示作用。"

"3、2、1，咔嘭——"刘乾坤做了个爆炸的手势，"指令 OK。画面会向全美直播的，希望有线电视网还撑得住。有几架全球鹰飞了进来，我来解决吧。下面是俄国和阿尔及利亚的消息：俄罗斯萨彦岭的地面站正遭到特种部队猛攻，太空站暂时提供不了什么帮助，幸好雪暴阻挡了精确制导武器的打击，那些车臣人暂时还守得住；另外一支格鲁吉亚人的精锐别动队正从七十公里外出发赶过去，多少能提供点儿帮助。两个小时后，非洲的特里尼蒂太空站就能进入发射角度，在俄罗斯人脑袋上狠狠敲一棒子，虽然没法打到莫斯科,但俄国人也绝对不敢牺牲圣彼得堡,对吧,哥们儿……"

查尔斯说:"当然,如果计划没变,那一带很多地区都会响应独立宣言,宣布成立城邦共和国,这样一来,俄国佬就被动了。"

"嘁,按计划……"刘乾坤不屑地撇嘴,"按计划现在被极端环保组织控制的非洲四国早该宣布向阿尔及利亚特里尼蒂地面站效忠了,还不是一点儿动静都没有?根据最新消息,阿尔及利亚站的 NLF 成员已经死光了,政府军和 NLF 的增援部队正在开仗。总之,非洲的太空站情况很糟糕,我早知道那帮环保主义者指望不上……一群喜欢开性派对的蠢蛋。"

查尔斯问:"中国人、中国人在干什么?"

"鬼知道。"华裔男人说,"全世界都乱成一团,乱透了。"

"那不正是特里尼蒂想要的结果吗?"

"没人想要一团糟的世界吧……"

"刘,说实话,我始终搞不懂天上的三个人究竟想要什么。"

"我也一样,哥们儿。"

"可我喜欢他们,尤其是那些疯狂的点子。"

"谁不是呢,哥们儿?"

基地外面的沙丘旁边,沙漠角蜥在牧豆树下陷入安眠,凉爽的砂土冷却了它的体温,这小小的爬行动物终于可以舒服地睡个觉了。它还在憧憬着明天的狩猎,那窝美味的墨西哥蜜蚁就在红柳丛中等着它,角蜥已经迫不及待想看到明天早上的太阳了,阳光会给它温暖,给它生存与繁殖的终极力量。

最后的时刻
地球静止轨道 特里尼蒂 β 太空站控制室

"坐标 A、坐标 B、坐标 H 打击准备完成，照射时间 7000、7000、50000 毫秒，等待发射确认。"

"闭嘴。让我跟肖说话！"

"指令不明确。等待发射确认。"

"你先闭嘴！"

"指令不明确。"

"闭……"

"指令不明确。"

控制台屏幕破碎，电火花噼啪跳跃，单调的电脑合成音不断重复着，如一个永无穷尽的魔咒。莫甘娜抱着平板电脑，鼻尖紧贴屏幕，在电脑催促发射指令的间隙，一个男人在画面上平静地诉说着什么。

"所以不要再哭了，莫甘娜。"黑发的男人面色平静，鼻梁上架着老式玳瑁框眼镜，"我预见到自己的死亡，也预见到你的软弱，悲观是我最大的缺陷，而你，从一开始就不是个坚定的革命者。"

"对不起，肖……我搞砸了一切。"莫甘娜轻轻啜泣着。

肖推了推眼镜，说："巴塞罗缪博士多次警告过我，说你的心理测验是有问题的，你向所有人隐瞒了某件事情，它埋藏得如此之深，以至普通的催眠疗法都没法诱导你说出实情。巴塞罗缪博士建议在你不知情的情况下使用药物辅助进行深度催眠，挖出你内心世界里的秘密,我拒绝了,那一定会对你造成伤害,我宁愿承担风险。博士给出的评估是'从属的、执行力强的、具不稳定因素的',说你像一颗战列舰弹药室里的 406 毫米口径炮弹,非常强大,但容易被小口径炮弹击中,未出膛就引起殉爆。这比喻很糟糕,修辞不是他的强项。"

法国女人怔怔地望着屏幕。

"我记得初次遇见里克,我们彻夜长谈,讨论有关人类未来的俗气话题。"肖出神道,"我对一切世俗体制感到悲观,而他则对太空充满恐惧——一个害怕太空的太空人。那不是我第一次感受到人在社会面前的无力感,我们每个人都想要改变什么,但被惯性所推动,只能一直往前走,一直往前走。我有个朋友叫拉尔森,是个奇怪的北欧人,他非常憎恨人类本身,相信原罪理论,长大后却成了一名治病救人的医生,这有多讽刺啊……"

舱体传来轻微震动,授权需求超时,太空站自动将控制权转给了另一个特里尼蒂太空站的操作员里克·威廉斯,激光数次落向地面,蔚蓝星球上亮起不起眼的微小耀斑。

肖继续说下去:"而在你身上我感觉不到这种违和感,你虽然是个环保主义者,但依然爱着身边的每一个人,即使他们触犯了你的信条。莫甘娜,我们不该将你卷进这场风暴。现在我知道,说这些已经太晚了。"

火雨再度降临北非大地,阿尔及利亚政府军的廉价版 T90S 主战坦克顿时化为铁水,火柱外围的步兵哀号着跳出装甲运兵车,烧红的突击步枪黏在他们掌心,士兵跌倒在地,步枪与烧焦的皮肤、肌肉一起脱落，他们向天空伸出已成白骨的手掌，高呼真主的名字，接着如火炬般燃烧起来。

远方的 NLF 部队发出欢呼，士兵们站在皮卡"战车"的货箱里疯狂挥舞 AKM 自动步枪，结果下一个瞬间就被热冲击波吹倒在地，裸露在外的体毛变得焦黄。

"肖……"莫甘娜用手指触摸屏幕里的脸。

"真希望能看到我梦想中的世界出现。"肖轻轻叹了口气，"小时候，我有个要好的朋友，父母分别是印度人和巴基斯坦人，父亲是锡克教徒，母亲是穆斯林。他从出生起辗转了很多国家，走到哪里都遭受不公平的待遇，因为国籍，因为宗教，因为肤色。最后他自杀了，准确地说，是我按照他的要求杀死了他，因为死亡是最严厉的公平。那天晚上我做了一个梦，梦里我打破国家民族的界限，建立了一个有着共同依赖和共同恐惧的世界，人们生活在五彩缤纷的城市里面，从不讨论出身和信仰，只思考明天。长大后，我逐渐认识到那是不切实际的梦想——但这世界上拥有不切实际梦想的人，竟是那么多。"

在三十六架 AH-64 阿帕奇武装直升机、六架 OH-58 基奥瓦侦察直升机和两架 EH-60 电子战直升机的护卫下，十四架 C-141B 运输机飞往新墨西哥圣达菲，空降部队接到的指令是占领圣达菲市政大楼、电视台和发电厂，避免非必要伤亡。

但是，飞行编队刚刚跨越新墨西哥州边界，通信频道就出现返航的指令，每个人都摸不着头脑。

正在这时，一块来自太空的巨大光斑轻轻扫过机群，运输机如炉火中的橡皮泥般变得柔软起来，铝镁合金机体化为柔滑的银色液滴坠向地面，随着光斑熄灭，纺锤体的尾流逐渐拉长，一连串爆炸在尾流中滚动，干燥沙漠下起一场热金属的雨。

肖抬腕看了一眼手表，"距离行动开始不到一个小时了，我需要睡一下，但毫无困意。就像小时候，第二天要考试的话，总是会因为兴奋和恐惧而失眠。特里尼蒂是我的考场，我这辈子都在为它复习功课，可这场考试太难了，我没有丝毫把握。莫甘娜，我知道我不是个英雄，杀人是件痛苦的事情，割破童年好友腕动脉的时候我整颗心都碎了，以后再也没能拼合起来。现在我非常想念我的父亲母亲，我的朋友拉尔森，以及你。我害怕，莫甘娜。"

圣彼得堡宫殿广场的白鸽振翅飞起，在阳光中化为灰烬，炙热的太阳坠落在冬宫，达·芬奇《戴花的圣母》变成出五颜六色的蒸气升起，叶卡捷琳娜二世收藏于此的数十万件艺术品同时殉葬。一道灼热的火线将圣彼得堡割裂，彼得大帝建立的城市再次燃起熊熊大火。天火横扫涅瓦河口，摧枯拉朽般将城市剖成两半，坠入波罗的海。海水被煮沸，蒸汽云柱呼啸着升上天空。

海面一艘渔船里，钓鱼人松开滑轮，鱼儿溜进温暖的海水。海啸来临之前，他一直在默念爷爷的名字，因为爷爷去世前经常跟他讲过1941年冬天的故事，那夺去了上百万人生命的彼得格勒保卫战。现在，故事以另一种方式重演。

"我们虽然身处太空,却总看着地球。"肖转了个方向,出神地望着舷窗中的蔚蓝星球,"因为我们爱着它啊,只是很多人不懂得爱可以是一件很残酷的事情,对吗,莫甘娜? 现在的你或许很累,对特里尼蒂产生了怀疑,不止一次想要放弃,我尊重你的选择。火种已经点燃,会一直烧下去的。"他推推眼镜,望向镜头,"要知道,莫甘娜,这一切都源于我对这颗星球的爱呀……正如我爱你一样。"

金发女人愣在那里,平板电脑脱离手掌,慢慢飘远。

"时间差不多了,那么,让一切开始吧。"黑发男人露出了微笑。

尾 声

他们在太空中俯视地球。这不是最适合观察的距离,肉眼看不清三万五千八百公里之外地球的细节,可那嵌在观察窗中央的蔚蓝星球仍旧牢牢吸引着他们的视线。无论从怎样的角度观察,它都美得令人忘记呼吸,仿若一颗闪烁光芒的、具有魔力的蓝水晶。

"莫甘娜,你还好吗?"一个人忍不住开口。

"很好,我猜。"另一个人说。

"太空站的控制权……"

"我知道该怎么做。"

"好吧。有点儿无聊,想唱唱那首歌吗? "

"当然。另外,好想吃巧克力香草冰激凌。"

"巧克力,还是香草?"

"巧克力香草。你们男人总是搞不懂。"

"It never gets old, huh?"

"NOPE."

"It kinda make you wanna..break into song?"

"YEP!"

清亮的女生唱起了歌儿的旋律:

I love the mountains,

I love the clear blue skies,

I love big bridges,

I love when great whites fly,

I love the whole world,

And all its sights and sounds.

两个声音合唱:

Boom De Yada! Boom De Yada!

Boom De Yada! Boom De Yada!

这段副歌重复了许多遍,直到他们笑得喘不过气来为止。

后　记：

这是描写一群反人类、反社会的坏蛋的故事，最后结局怎样？我也不知道，我猜坏蛋大概没有好结局的吧……这篇小说也是"灰色城邦"系列某个可能的开端之一，许多有趣的故事就是从这里发端的。谢谢大家抬爱，别忘记要爱我们的地球哦。

跋：我喜欢的故事有音乐

　　书中收录的九篇故事是我三年创作的阶段性总结。我是个写作习惯不太固定的作者，每篇都在尝试不同的主题、不同的叙事语言、不同的故事结构和文字风格，有些感觉挺好，有些不太成功，只希望这本万花筒式的集子中有一两篇作品能令你喜欢。

　　有次和作家朋友们讨论各自的文学母题是什么，我发现没法儿给自己下个准确的定义。他们说我的作品关注爱、自由和科技灾难，我琢磨了一下，并不想让作品承载太沉重的主题，故事就是故事本身，故事之外的东西，没想太多。如果非要总结一下，我希望我的作品是种音乐，因为我喜欢的故事都是自带歌词和旋律的，音乐和小说有着天然的共鸣。

　　翻完这本书，你会完全了解我喜欢什么样的音乐，《以太》里的"我"是个喜欢听金属乐队（Metallica）的顽固大叔，在手指聊天聚会中，人们讨论着有关 U2、滚石、绿日、电台司令、涅槃和性手枪的话题。

《起风之城》以邦乔维（Bon Jovi）乐队的《干旱之郡》（Dry county）贯穿始终，而"我"的回忆中充满乔·希尔、琼·贝兹和鲍勃·迪伦的歌声，当然，免不了提到皇后乐队、齐柏林飞艇、披头士和碎瓜。

《大饥之年》的开头，人们在小沙龙里听着比莉·哈乐黛（Billie Holiday）的爵士乐，悠闲地等待着世界末日的来临。中间，不知大难将至的水文学家为女儿获奖而欣喜，小姑娘演奏的是舒曼的《梦幻曲》。末尾，响起顾铁最喜爱的片子《侏罗纪公园》的背景音乐旋律。

《野猫山》中有这样一个片段："梁犯"一家人避难来到贵州的一个偏僻小镇，凄风冷雨的夜里，在一个破落旅馆中听到有人在拉小提琴，演奏的曲目是威尔海姆改编自舒伯特的小提琴名曲《圣母颂》。这是梁再冰回忆录中写到的场景，当时给了我很大的触动。

《永恒复生者》没有自带插曲，不过写作的时候我反复在听北极猴子的《我想知道》（Do I wanna Know），特别是这段歌词：

> If this feeling flows both ways
>
> Was sorta hoping that you'd stay
>
> That the nights were mainly made for saying things
>
> that you can't say tomorrow day

《没有你的小镇》全篇的背景音乐是低沉的、遥远的、扭曲的广场舞音乐，被雨水浸得很湿。

《晋阳三尺雪》里我选择的是混搭风，《僵尸新娘》的原声带歌曲《十三月的圣诞节》（Christmas in the 13th Month）。如果有中国风蒸汽朋克(或者说刘宇昆定义的"丝绸朋克")风格的音乐就太好了，希望你们能推荐给我。

《抬起头》只花一个小时就写完了，写的时候，脑中一直响着医疗器材的那种滴答声。滴滴—答。滴滴—答。

《太阳坠落之时》的第一幕和最后一幕，播放的是美国探索频道的宣传歌曲《我爱这世界》(*I love the world*)。那几年我很喜欢看探索频道和国家地理频道，蓝色星球每次出现在屏幕上，都会让我的心脏怦怦雀跃起来。从太空中观察地球是一个超美的角度，比起远方的星星，我更喜欢盯着这个深蓝的大水球看。你应该看看这首歌的 MV，两个版本都棒呆了。

现代小说的音乐性是文学研究的一个方向，我不懂高深的道理，只想看到一篇好的小说时，嘴里不自觉地哼出协调的曲调罢了。

最后，感谢《科幻世界》为出版此书所做的努力，感谢我的家人和朋友，感谢我永远的女主角 Daisy，感谢给予我灵感的现实生活，感谢每个睡不着觉只能起来码字的夜晚。

更感谢你看完这本书。科幻真是个超棒的东西，不是吗？

2015.6